Anne Freytag
Reality Show

ANNE FREYTAG

REALITY SHOW

Roman

dtv

Von Anne Freytag ist bei dtv außerdem lieferbar:
Aus schwarzem Wasser

Originalausgabe
© 2021 dtv Verlagsgesellschaft mbH & Co. KG, München
Das Werk ist urheberrechtlich geschützt. Jede Verwertung ist nur mit Zustimmung des Verlages zulässig. Das gilt insbesondere für Vervielfältigungen, Übersetzungen und die Einspeicherung und Verarbeitung in elektronischen Systemen.
Dieses Werk wurde vermittelt von der Verlagsagentur Lianne Kolf, München
Umschlaggestaltung: semper smile, München
Umschlagmotive: Plainpicture/Frank Herfort/Hayden Verry
und shutterstock.com
Gesetzt aus der Adobe Caslon
Satz: Gaby Michel, Hamburg
Druck und Bindung: CPI books GmbH, Leck
Printed in Germany · ISBN 978-3-423-26303-0

Für die Menschen, die verstehen, dass (auch diesmal) nur ein Teil der Geschichte Fiktion ist.

(Und auch ein bisschen für Brad Pitt. Und für Lars Eidinger.)

»We were all humans until race disconnected us, religion separated us, politics divided us and wealth classified us.« Pravinee Hurbungs

DER LAUF DER DINGE.

Das hier war nicht geplant. Nichts davon. Sie dort, der Pistolenlauf zwischen seinen Zähnen, der Ausdruck in seinem Gesicht – mehr als Angst, mehr als die Schweißperlen, die seine Schläfen hinunterlaufen wie Tränen aus einem nassen Ansatz.

»Wren.« Meine Stimme klingt schwach, wie die eines Waschlappens, der durch meinen Mund spricht. Wie konnte es so weit kommen? Was habe ich übersehen? Warum tut sie das?

Ich starre auf den Monitor. Zu weit weg von allem, abgehängt und doch dabei, auf eine untätige, passive Art daneben, ein Knopf in ihrem Ohr. Der Bildschirm ist bläulich, alles ist bläulich, der Typ, die Waffe in seinem Mund, die zweite in ihrer Hand, sein Gesicht, Wren.

Ich dachte, ich kenne sie. Ich dachte, ich weiß, wer sie ist, wie sie tickt, was sie antreibt. Aber wann kennt man jemanden schon? Ich meine, *wirklich*? Nicht nur die Oberfläche, nicht nur das, was sie einem zeigen, nicht nur bis knapp unter die Haut, sondern weiter, bis in die Schichten, in denen es wehtut. In denen wir unsere Geheimnisse begraben, wie Leichen auf einem Friedhof. Wir kultivieren sie mit unseren Gedanken, düngen sie mit unserem Schweigen, halten den Deckel darauf, damit sie nicht wieder zurück an die Oberfläche finden aus den Höhlen unseres Unterbewusstseins, Herzkammern, Nieren. Wir wollen sie in uns ersticken. Zum Schweigen bringen. Und scheitern daran.

Ich stütze mich mit den Handflächen auf dem Metalltisch ab, die Oberfläche ist rau, meine Ellenbogen zittern, ich schaue auf den Laptopbildschirm, versuche, die Situation zu begreifen, zu kapieren, was da gerade passiert. Ein Mann in einem orangen Sträflingsoverall auf dem Boden kniend, die Hände hinter dem Rücken mit Kabelbindern gefesselt, seine Frau und die beiden Kinder, ein Junge, ein Mädchen, zusammengekauert auf dem riesigen Ecksofa, eine hellgraue Insel aus teurem Stoff, die Kinder weinen, ihre Mutter hält ihnen die Augen zu – und es lässt mich vollkommen kalt. Sie, ihr Sohn, ihre Tochter, ihr Betteln. *Bitte, tun Sie das nicht. Bitte. Er ist ein guter Mann.* Immer dieselben Sätze, dieselbe Intonation unter erstickten Tränen, die Nase verstopft, geschwollene Schleimhäute.

All das ist mir egal. Aber *sie* nicht. Sie ist mir nicht egal.

Die Kameras blinken in schwarz-weiß an der Zimmerdecke, gleichmäßig wie ein Herzschlag. Und dann frage ich mich, wie das hier enden wird – ich in dieser gottverdammten Wohnung und sie in einem Kubus aus Glas, kurz davor, jemandem eine Kugel in den Kopf zu jagen. Am besten mit Millionen Zuschauern, die wie gebannt auf ihren Sofas und Sesseln sitzen, mit angehaltenem Atem und einer Hand in der offenen Chipstüte. So war es nicht gedacht. Das hier ist falsch.

»Swift?« Stille. »Swift, ist das live?«

Er reagiert nicht.

»Wren«, sage ich dann noch einmal, diesmal drängender. Aber auch sie antwortet nicht, steht halb mit dem Rücken zu mir. Eine schmale Schulter, ein Bruchteil ihres Profils, ein runder Hinterkopf. Ihr gesamter Körper ist starr, ihr ausgestreckter Arm, ihre Hand. Sie schiebt den Lauf der Waffe noch tiefer in seinen Rachen. Sein Gesicht sieht aus wie ein Schrei, ein Spiegelbild ihrer Entschlossenheit. Er kniet vor ihr, als würde er betteln, unterdrückt ein Würgen, seine Tochter heult, sein Sohn auch, seine Frau zittert, kein Flehen mehr, nur noch Kinderweinen. Der Moment ist zum Zerreißen gespannt, eine Stille, in der etwas lauert, als würden wir auf einen Funken warten. Darauf, dass alles in die Luft fliegt.

Es gibt einen Grund für das hier. Es muss einen geben, irgendeine Erklärung. *Denk nach, verdammt, denk nach.*

Dann erinnere ich mich. An Wren nackt im Schutzraum unter meinem Zimmer, an ihren Blick, als sie eins und eins zusammengezählt hat, daran, dass *sie* ihn in den Top Ten haben wollte, dass es *ihr* Vorschlag war. Davor war er nur ein möglicher Kandidat unter vielen. Zu der Zeit kam es mir nicht seltsam vor, ich habe es nicht hinterfragt. Aus dem Jetzt betrachtet hätte ich es tun sollen. Ich erinnere mich an den Ausdruck in ihrem Gesicht, an die Unnachgiebigkeit in ihren Augen. Meine Gedanken fallen wie Dominosteine, einer nach dem anderen, sie werden zu Gräueltaten in meinem Kopf, zu Adrenalin in meinem Blut, zu Aggression und geballten Fäusten. Mein Brustkorb zieht sich zusammen, meine Blutgefäße, meine Muskeln, mein gesamter Körper schrumpft. Schweiß an meinen Händen, Schweiß unter meinen Achseln, Schweiß an meinem Bauch.

Wieso hat sie es mir nicht gesagt? Wieso habe ich es nicht gemerkt?

»Woher kennst du ihn?« Ich stelle die Frage leise. Eine Stimmlage, die nicht zu mir passt. »Sag mir, was er dir angetan hat.«

Da endlich dreht sie sich um. Ein direkter Blick in die Kamera, als würde sie mich ansehen und nicht nur in eine Linse. Ihre Augen sind hart und leer, nicht grün-grau, sondern bläulich schwarz. *Gunmetal Blue.*

Sie sieht mich an, eine endlose Sekunde lang, nur mein Herzschlag und ihr innerer Kampf.

Dann richtet sie die zweite Waffe auf mich.

Und drückt ab.

92 MINUTEN ZUVOR.

HEINER VOIGT.
MARSCHBEFEHL.

Heiner Voigt steht nackt vor dem Spiegel in seinem riesigen Masterbad und dirigiert lustvoll den Radetzky-Marsch. Das Stück läuft in ohrenbetäubender Lautstärke, es ist so laut, dass die Kristalle des Deckenlüsters zitternd dazu vibrieren. Was für ein Abend. Ein Abend genau nach Heiners Geschmack. Er hasst Weihnachten, diesen Kommerzrausch, den man Heiligabend nennt, vollkommen lächerlich. Er feiert das Fest der Liebe seit Jahren allein. Heuer hat Heiner sich mit einer Ganzkörpermassage überrascht – er hat die kleine Asiatin vorhin ganz spontan im Internet bestellt, so wie etwas zu essen. Eine Stunde später war sie da. Mai-Jin, Mai-Li, Mai-Tong? Wen interessiert's? Sein Trapezius ist butterweich, genau wie sein Nacken. Mai-Jin, Mai-Li, Mai-Tong hatte erstaunlich starke Hände. Und exquisite Körperöle. Mit Jojoba und Lavendel. Heiner hatte schon so manche Massage, er kennt sich da aus. Im Anschluss an die heutige hat er sich gefühlt wie eine griechische Vorspeise, so glitschig war er.

Heiner hat der kleinen Asiatin ein großzügiges Trinkgeld gegeben und sie dann weggeschickt. Danach ist er in die Wanne gestiegen, eine Stunde Halbschlaf im Whirlpool, im Anschluss die Börsennachrichten. Wie gesagt: ein Abend genau nach Heiners Geschmack. Ein Fest der Liebe für sich selbst.

Heiner spürt seinen Magen knurren. Perfektes Timing. Denn während er hier oben noch dirigiert, wird in seiner Küche bereits das Essen für ihn zubereitet. *Ist es nicht schön, reich zu sein?*, denkt Heiner. Er muss nichts tun, kann alles bezahlen, jeden kaufen. Ein absoluter Systemgewinner.

Als er das Essen riecht, ganz salzig und würzig aus dem Erdgeschoss, läuft ihm das Wasser im Mund zusammen. Heiner hatte keine Lust auf Ente, genauso wenig auf Gans oder Reh, kein obligatorisches Weihnachtsmenü. Stattdessen Streetfood aus Shanghai – ein Kontrastprogramm zu diesem rührseligen Schwachsinn, dem die halbe Menschheit erlegen ist wie Neugeborenen und Welpen. Weihnachtslieder, Weihnachtsbäume, Weihnachtsdeko, Heiner hat dafür nichts übrig, für diesen an Kitsch kaum zu übertreffenden Konsumanfall, der sich hinter Traditionen und christlichen Werten versteckt. Die unbefleckte Empfängnis, eine Jungfrau, die Gottes Sohn in einem Stall zur Welt bringt. Ja, genau, so wird es gewesen sein.

Aber Heiner macht das Beste draus. Er marschiert gut gelaunt durchs Bad, spielt imaginäre Posaune, bewegt zackig den Kopf und amüsiert sich königlich. Heiner geht auf und ab, geht in der Musik auf, lächelt, als er sich im Spiegel sieht, so nackt und wohlgenährt. Diesen Wohlstandsbauch, den er sich redlich verdient hat, er hat ihn sich erarbeitet über Jahre hinweg.

Heiner stapft über die beheizten Fliesen, seine Fettschicht vibriert jedes Mal, wenn seine Fersen auf dem Boden aufkommen, so wie die Kristalle des Deckenlüsters. *So schließt sich der Kreis*, denkt Heiner. Und bei diesem Gedanken lacht er. Er lacht laut auf, doch man hört ihn nicht, der Radetzky-Marsch ist lauter.

Als der ein letztes Mal Fahrt aufnimmt, gibt Heiner alles.

Sein lichtes Haar wippt im Takt, er hebt triumphierend die Arme, erhaben, vollkommen zufrieden mit sich und der Welt. Am Ende des Stücks macht Heiner eine finale Drehung und fällt in eine tiefe Verbeugung vor seinem eigenen Spiegelbild. Als er sich im nächsten Moment wieder aufrichtet, hält ihm jemand eine Waffe an die Schläfe.

WALTER EMHOFF.
HOME SWEET HOME.

Das Garagentor schließt sich hinter Walter Emhoff wie ein Vorhang aus Metall. Als wäre es der Wall einer Festung. Danach ist es dunkel bis auf die rötliche Ambientebeleuchtung seines Wagens. Walter wartet darauf, dass das Licht der Garage angeht. Er hat sich daran gewöhnt, dass die Bewegungsmelder verzögert reagieren – unter Smart Home versteht er trotzdem etwas anderes. Er stellt den Motor ab und öffnet die Fahrertür, dann klickt es leise, und die Neonröhren schalten sich flackernd ein. Ein nüchternes, nacktes Licht, das den Raum riesig und tot wirken lässt. Betonwände, vier Wagen, einer links von ihm, zwei rechts, dazwischen Walter in seinem Mercedes. Er ist spät dran, seine Frau hatte ihn gebeten, früher nach Hause zu kommen, aber der Flug hatte Verspätung, und Walter hat es nicht sonderlich eilig gehabt, sie zu sehen – weder sie noch die Kinder. Eva und er haben sie verwöhnt, ihnen von allem zu viel gegeben – nur nicht von ihrer Aufmerksamkeit, die war meist woanders. Evas in der Kanzlei ihres Vaters, seine bei anstehenden Sportereignissen. Es ist leichter, etwas zu kaufen, als etwas zu ändern. Und es bringt das schlechte Gewissen zum Schweigen, eine Art materielles Gegengewicht, wenigstens auf Zeit. Das Ergebnis: leuchtende Kinderaugen, Dankbarkeit, Frieden.

Ein paar Minuten lang sitzt Walter da und starrt vor sich hin, dann nimmt er resigniert seinen Ehering aus dem Portemonnaie und steckt ihn an. Er kann ihn nicht tragen, wenn er seine Frau betrügt, das konnte er nie. Als wäre er kein Ehebrecher, solange er den Ring dabei abnimmt. Früher konnte er auf Knopfdruck von einem Leben ins andere wechseln, wie bei einem Fernsehprogramm. Mittlerweile ist es ein Kraftakt, als würde er sich dabei selbst verbrauchen, jedes Mal ein bisschen mehr. Als wäre er ein Verschleißteil seiner eigenen Lügen.

Walter öffnet die letzte E-Mail seiner Assistentin, liest noch einmal nach, welche Geschenke er für seine Frau und die Kinder besorgt hat – er war auch in diesem Jahr wieder großzügig –, danach steigt er aus, geht zum Kofferraum und öffnet ihn. Zwei große Papiertüten. Walter wirft einen Blick hinein. Das Geschenkpapier ist geschmackvoll weihnachtlich, an einer der Schleifen hängt eine Zimtstange, an einer anderen eine kleine Christbaumkugel. Jeder, der ihn kennt, weiß, dass er das niemals selbst verpackt hat. Es ist auf eine Art offensichtlich, die ihn zum Lachen bringen würde, wäre es nicht so traurig. Walter verabscheut die Feiertage, diese verlogene Zurschaustellung, das »so tun als ob«.

Er atmet tief ein, strafft die Schultern, tritt einen Schritt zurück, die Papierhenkel schneiden in seine Finger, dann drückt er den länglichen Knopf an der Fernbedienung seines Wagens, und der Kofferraumdeckel schließt sich wie von Geisterhand. Es ist eine präzise, gleichmäßige Bewegung, die Walter mag. So technisch und unmenschlich.

Als er in Richtung Tür geht, fällt sein Blick auf die Kamera an der Decke, sie ist auf ihn gerichtet wie ein Scheinwerfer. Walter sieht direkt hinein und lächelt wie für ein Publikum, als wäre er ein Theaterschauspieler, kurz davor, die Bühne zu betreten.

Die Sicherheitstür geht automatisch auf, Walter geht ins Haus, und sie geht zu. Kurz darauf wird es dunkel.

ZUR SELBEN ZEIT WOANDERS.

WELL THEN ...

Auf den Monitoren sind zehn kleine Kacheln. Wohnzimmer, Küchen, Weihnachtsbäume, Geschenke, Kaminfeuer, große Kinder, Kleinkinder, Männer in Anzügen, Frauen in Festtagskleidung, Mädchen mit Rüschen, Jungs mit gemusterten Wollpullovern. Zehn kleine Welten in schwarz-weiß mit bläulichem Stich. Als lägen sie unter einem von diesen Filtern, die man bei Filmen mit vielen Kampfszenen verwendet. Colour Grading. Dunkel und bedrohlich. Emhoff steht mit zwei Tüten in seiner Garage und lächelt aufgesetzt in die Kamera. Danach geht er ins Haus.

»Er ist drin«, sagt Swift.

Finch kommt zu ihm an den Tisch, stützt sich mit den Handflächen auf der Platte ab. »Was ist mit den anderen?«, fragt er.

»Die auch. Emhoff war der Letzte.«

»Gut«, sagt Finch. »Dann mach dicht.«

WALTER EMHOFF.
PAYBACK.

Und wieder spielt sie *Ave Maria*. Sie spielt es jedes Jahr, und jedes Jahr will Walter es ausschalten, so wunderschön und grausam ist es. Opus 52 No 6, D 839, Franz Schubert. Walter weiß nicht, woran es liegt, aber dieses Stück macht etwas mit ihm, als würde er davon als Sünder entlarvt. Als wüsste die Sopranistin alles, was er je getan hat. Als wäre sie die Verkörperung des durch ihn entstandenen Leids.

Walter hat vor drei Jahren mit alldem aufgehört, seither befriedigt er seine Sucht anders – und übt sich im Verdrängen, versucht, sein schlechtes Gewissen im Keim zu ersticken. Es ist ein Wettlauf, der ihn zunehmend ermüdet. Als wögen die Lügen zu schwer für nur zwei Schultern. Irgendwann wird ihn die Vergangenheit einholen, da ist er sich sicher, wahrscheinlich, wenn er es am wenigsten erwartet.

Walter spürt, wie ihn etwas an der Taille berührt, und zuckt zusammen. Eva legt die Arme um ihn.

»Geht es dir gut?«, fragt sie.

»Es war ein langer Tag«, erwidert Walter ausweichend.

»Es ist immer ein langer Tag«, antwortet Eva. Sie steht vor ihm, einen halben Kopf kleiner als er, und sieht ihn an. »*Wir* sind ein langer Tag.«

Walter weiß, was sie meint und nickt.

»Es wäre schön, wenn du den Kindern zuliebe so tust, als

wärst du gern hier. Du weißt ja, wie sensibel sie sind. Besonders Antonia.«

»Aber ich bin gern hier«, antwortet er.

»Ja«, sagt seine Frau.

Walter greift nach ihrer Hand. »Das bin ich«, sagt er.

»Ich denke, das geht überzeugender.« Eva lächelt. Und *Ave Maria* beginnt von vorn – Harfenklänge, die vor sich hin plätschern. Walter wird schlecht davon.

Er rührt sich nicht, steht nur da und betrachtet seine Frau. Sie ist schön, sie war immer schön. Blondes, schulterlanges Haar, ein Gesicht, das ihre Intelligenz widerspiegelt, graublaue Augen, teure Ohrringe und eine Strenge um den Mund, die verrät, dass sie sich häufiger grämt als lächelt. Seine Tochter wird ihr mal sehr ähnlich sehen. Auf den ersten Blick hübsch, auf den zweiten enttäuscht.

Eva sieht ihn unverwandt an, als würde sie versuchen, in ihn hineinzuschauen, ihn zu verstehen, die Sopranistin singt weiter, es klingt wie ein Klagen, der Chor setzt ein, Walters Puls beschleunigt sich. Und dann stellt er sich vor, wie er alles um sich herum kurz und klein schlägt. Wie er nach dem Schürhaken neben dem offenen Kamin greift und damit auf den perfekt geschmückten Christbaum eindrischt, links, rechts, links, rechts, Hiebe von oben und von unten, von allen Seiten. Walter stellt sich vor, wie die Kugeln in rote und goldene Splitter zerbersten, er stellt sich vor, wie die liebevoll arrangierten Päckchen durchs Wohnzimmer fliegen, wie das Geschenkpapier reißt, die Kartons mit den kleinen Weihnachtsmännern gegen die Wände knallen und dann zerbeult auf dem Boden landen. Walter stellt sich vor, wie er aus vollen Lungen schreit, so wie er noch nie geschrien hat – und Walter hat oft geschrien.

»Und du bist sicher, dass es dir gut geht?«, fragt Eva. Walter nickt.

»Okay.« Pause. »Wenn das so ist, hole ich jetzt die Kinder.« Ihre Aussage klingt nach einer Frage, also sagt Walter: »Ja.« Und lächelt.

Einen kurzen Moment zögert Eva, dann wendet sie sich ab und durchquert den großzügigen Wohnbereich. Walter fällt ihr geschmeidiger Gang auf, katzenhaft, als würde sie den Boden kaum berühren. Sie geht die Stufen nach oben in den ersten Stock. Walter sieht dabei zu, wie ihr Kopf aus seinem Blickfeld verschwindet, danach ihr Rücken, ihr Po, ihre Beine. Als sie nicht mehr zu sehen ist, fällt ihm das Atmen leichter.

Walter steht reglos da, ein verlorener Mann, der nach außen hin alles hat, ein Bilderbuchleben. Bilderbuchehe, Bilderbuchfamilie, Bilderbuchkarriere. Es ist wie bei einem dieser totretuschierten Fotos, auf denen die abgebildeten Personen nicht mehr zu erkennen sind. Zu glatt, zu glücklich, zu gut, um wahr zu sein. Auf ihn trifft das zu. Sein Leben ist wie der Maßanzug eines anderen.

Manchmal will Walter die Fassade einfach einreißen. Sich mit der Wahrheit aus der Lüge befreien. Aber er wird nicht die Wahrheit sagen. Weil es Dinge gibt, die zu groß sind, um sie zu beichten. Die nimmt man mit ins Grab.

Bei diesem Gedanken hört Walter Schritte auf den Treppen. Ihr Klang ist sein Kommando für eine heitere Miene. Ein Startschuss: Ready, set, go. Walter schaut hoch, maskiert mit seinem Lächeln. Doch noch im selben Moment spürt er, dass etwas nicht stimmt. So, wie ein Lügner einen anderen erkennt. Er kann nicht sagen, was es ist, nur, dass es so ist. Seine Mundwinkel sinken, eine tiefe Falte legt sich steil zwischen Walters Augenbrauen. Und da begreift er es. Dass es zu viele Füße sind. Die kleinen seiner Kinder, dazwischen die seiner Frau, dahinter ein Paar schwarze Stiefel, zwei Paar, drei Paar. Sie kommen im Gleichschritt.

Walter starrt auf die Stufen. Auf die Beine, die sichtbar werden, die Oberkörper, die Gesichter. Erst die seiner Kinder, dann das seiner Frau, alle drei auf dieselbe Art blank. Die Personen, die ihnen folgen, tragen Masken und schwarze Overalls. Walter weiß, was das bedeutet. Er weiß es, wie man manche Dinge einfach weiß.

»Guten Abend, Herr Emhoff«, sagt eine Männerstimme, die Walter nicht kennt. »Es tut uns leid, Sie und Ihre Familie am Weihnachtsabend derart zu überfallen. Doch ich befürchte, das ist bei einer Geiselnahme nicht zu vermeiden.«

V WIE VENDETTA.

Im selben Raum mit ihm zu sein ist surreal. Als wäre ihr Leben an einer Stelle angehalten worden und würde nun viele Jahre später an einer völlig anderen fortgesetzt. Zuletzt gesehen hat sie ihn, als sie sechzehn war. An einem trüben Sonntagabend im April nach einem Wettkampf. Die Scheibenwischer jagten auf höchster Stufe über die Windschutzscheibe – rechts, links, rechts, links. Sie erinnert sich noch, wie angestrengt es klang. Als wären die Wischer außer Atem. Im Hintergrund lief das Radio – irgendein Lied, an das sie sich nicht erinnert. Er ist gefahren. Sie saß mit gesenktem Kopf auf dem Beifahrersitz, die Sporttasche auf dem Schoß. Gesprochen haben sie nicht. Als sie beim Internat ankamen, hat er sie wie üblich vor dem Haupthaus rausgelassen und sich mit einem *Bis morgen* von ihr verabschiedet. Danach hat sie ihn nie wieder gesehen.

Bis jetzt. Bis zu diesem Moment.

Er steht in dem riesigen Wohnzimmer in Anzug und Krawatte, seltsam deplatziert, wie eine Spielfigur. Bei seinem Anblick arbeitet es in ihr. Alte Bilder drängen sich an die Oberfläche, ringen um ihre Aufmerksamkeit, ein Schwelbrand, der zur Stichflamme wird.

Als sie auf ihn zugeht wird ihr bewusst, wie viel besser sie ihn verdrängt hat, als sie dachte. Ihre Beine tragen sie, bewegen sich Schritt für Schritt auf ihn zu, während hinter ihrer

Maske die Fassade zu bröckeln beginnt. Sie hat vergessen, wie groß er ist. Aber nicht, wie klein er sie gemacht hat. Sich daran zu erinnern ist wie ein Ballon, der in ihr platzt. Sie beginnt zu weinen, was jedoch niemand sieht, weil Guy Fawkes auf der Maske weiter für sie lächelt.

Laut Duden ist Rache eine von Emotionen geleitete, persönliche Vergeltung für eine als böse, besonders als persönlich erlittenes Unrecht empfundene Tat.

Damals war sie die Maus und er die Katze. Jetzt ist es andersrum.

Nur, dass er das nicht weiß.

FERDINAND LITTEN.
SERVES YOU RIGHT.

Felicitas sitzt am Flügel und spielt *The Christmas Song* – Ferdinands Lieblingsstück zu Weihnachten. Ganz besonders, wenn sie es spielt. Bei ihr klingt es so einfach, als müsste das jeder können, selbst er mit seinen zwei linken Händen. Ferdinand liegt mit geschlossenen Augen auf dem Sofa. Er genießt den Moment, seinen wachsenden Hunger, das leere Gefühl in seinem Bauch, der darauf wartet, gefüllt zu werden. Ruth hat den ganzen Tag in der Küche zugebracht. Sie bereitet das Weihnachtsessen zu, Rehbraten mit Spätzle, das gesamte Haus duftet danach. Später gibt es Bratäpfel in Blätterteig mit Karamell, weil Nikolas und Pauline die so gern mögen. Die Zwillinge sind noch in ihrem Zimmer, Greta hat sie gebadet und hilft ihnen nun beim Anziehen. Ferdinand hört sie oben lachen und muss dabei selbst lächeln. Unbekümmert, unbeschwert, kindlich. Julian war auch mal so. Jetzt ist er das Gegenteil davon.

Er hat auch dieses Jahr nicht geschrieben, keine E-Mail, keine Weihnachtskarte. Ferdinand hat ihm eine geschickt. Nur ein paar Zeilen. *Fröhliche Weihnachten, ich hoffe es geht dir gut* – etwas in der Art. Es hat ihn überkommen, ein sentimentaler Kurzschluss kurz vor den Festtagen. Sonst neigt er nicht zu Gefühlsausbrüchen. Das Leben ist hart, aber ungerecht. Eine Philosophie, der er sich angepasst hat. Ferdinand denkt an die letzten Sätze, die er und sein Sohn im Zorn zueinander gesagt haben, an den verächtlichen Ausdruck in Julians Gesicht, unmittelbar bevor er gegangen ist. Dieser Blick hat sich in Ferdinands Erinnerung gebrannt. Wie ein Foto in seinem Kopf, das er nicht entsorgen kann.

Ruth hantiert in der Küche, Ferdinand hört, wie ein Gusseisentopfdeckel geöffnet und wieder geschlossen wird, im Hintergrund das Brummen des Backofens. Angenehme Geräusche, heimelig. Genau das, was er jetzt braucht. Die letzten Jahre waren anstrengend – und dieses ganz besonders. Er will nicht darüber nachdenken, konzentriert sich auf den Klang des Klaviers, driftet dennoch in Erinnerungen ab, lässt die vergangenen Monate Revue passieren, die Höhepunkte und Tiefschläge – allen voran Felicitas' Fehlgeburt. Neunzehnte Woche, ein Mädchen. Die Tage danach haben ihn aufgebraucht. Insbesondere seine Machtlosigkeit und die Wut darüber, den Launen des Lebens derart hilflos ausgeliefert zu sein. Kontrollverlust, Albträume. Wenigstens die Geschäfte sind gut gelaufen. Litten & Partner steht solide da. *Geradlinig, ausdauernd, verlässlich*, hört Ferdinand den Werbeslogan seiner Firma. Und dann, wie die Küchentür geöffnet wird. Kein Knarzen, nur ein leiser Laut, als würde das Haus flüstern.

Ja, die Feiertage werden ihm guttun. Die Stille und die Zeit mit der Familie. Wollsocken statt Anzugschuhe. Die Arbeit ein paar Tage ruhen lassen, ausschlafen, mit den Kindern spielen, Pauline endlich das Radfahren beibringen, ein paar Massagen, mit seiner Frau schlafen, mit ihr Wein trinken und in die Sauna gehen, nachts auf der Terrasse im Whirlpool sitzen und in den Sternenhimmel schauen. Ferdinand spürt, wie sich seine Stirn bei der Aussicht auf die kommenden Tage entspannt, wie seine Lider schwer werden. Er ist müde, kurz davor, einzunicken, die Klaviermusik lullt ihn ein, der Duft des Festtagsbratens vermittelt Wärme und Geborgenheit. Ein aufgehobenes Gefühl in all der Hektik, das ihn an die Weihnachtsabende seiner Kindheit denken lässt. An ihn als kleinen Jungen im Wohnzimmer seiner Eltern, an den Geruch von Tannennadeln und entzündeten Kerzendochten, an das Rascheln beim Auspacken der Geschenke.

Das ist der Moment, in dem er bemerkt, dass Felicitas aufgehört hat zu spielen – nicht am Ende des Stücks, sondern mittendrin. Es riecht nach etwas – Synthetik, Metall. Keine Töpfe mehr, kein Klappern, kein Kinderlachen, nur der Ofen. Die Stimmung kippt im Bruchteil einer Sekunde. Anspannung kehrt in Ferdinands Muskeln zurück, in seine Stirn, in seine Arme und Beine. Er öffnet die Augen und blickt in den Lauf einer Waffe. Die Person dahinter ist maskiert.

»Guten Abend, Herr Litten«, sagt eine Frauenstimme. »Mein Name ist Jay. Ich bin heute Abend für Sie zuständig.«

HARALD LINDEMANN.
TOP GUN.

Genau so hat Harald sich das diesjährige Weihnachtsfest vorgestellt. Die richtige Gesellschaft – Markus, Johannes und Kai –, die richtige Stimmung – angeheitert und hungrig –, der richtige Ort – sein Chalet in den Bergen, zu viert in einer Schneekugel in wohliger Wärme. Ein knisterndes Kaminfeuer, zwei großzügige Schlafzimmer mit eigenem Bad – weit genug voneinander entfernt –, eine Stube mit Essbereich und Leinwand, eine ausladende Liegewiese mit Fellen und Decken, auf den Fensterbrettern brennen Kerzen, die Geweihe an den Wänden werfen Schatten auf den Dielenboden. Eine Reihe von Angestellten kümmert sich um ihr leibliches Wohl.

Haralds Blick fällt auf die reichlich geschmückte Tanne vor der Fensterfront, draußen ist nur Schnee und irgendwo in der Dunkelheit das Tal mit seinen Dörfern – verstreute Lichterhaufen, die aus der Entfernung daran erinnern, dass es auch noch andere Menschen gibt. Aber die interessieren Harald nicht. Die Kleinbürger und Einfaltspinsel, die ihn nie verstanden haben. Markus legt liebevoll die Hand auf Haralds Schulter, er und ihre Freunde unterhalten sich, sie lachen, trinken Wein, im Hintergrund läuft amerikanische Weihnachtsmusik, die vor Kitsch nur so trieft. Es ist perfekt, wie in einem Weihnachtsfilm. Abgeschnitten vom Rest der Welt, sie, vier Könige auf seinem Gebirgsthron.

Keiner hätte ihm das je zugetraut, das alles. Das viele Geld, den Erfolg, die Immobilien und Wertpapiere. Mit Ausnahme seiner Mutter vielleicht, die hat immer an ihn geglaubt, Gott hab sie selig. Harald war stets anders gewesen. Schon als Junge. Heute mag er genau das – das Anecken, die Eigenheiten, die sein Leben erst zu seinem Leben machen. Früher war er einfach nur zu klein, zu zynisch, zu schwul. Schwul in einem österreichischen Kaff. Keine schöne Art aufzuwachsen, aber er hat viel daraus gelernt. Über den menschlichen Makel, die Abgründe, den Mob.

Schaut mal, da kommt die vaterlose Schwuchtel.
Der war bestimmt auch schwul, deswegen ist er abgehauen.
Ja, zu seinem Lover.

Harald hat so getan, als wäre es ihm egal. Meistens ist ihm das ganz gut gelungen, nur an Weihnachten war es schwer. Er hat die Feiertage immer geliebt. Das Glitzern, die Kugeln, den Schnee. Bereits als Kind, als verwöhnter kleiner Hosenscheißer, für den seine Mutter alles getan hat. Weil sie wiedergutmachen wollte, was sein Vater falsch gemacht hat: ihn totgeschwiegen wie eine Krankheit, von der man hofft, dass sie wieder verschwindet. Stattdessen ist er verschwunden. Zu irgendeiner anderen Frau in irgendeine andere Stadt. Harald hat ihn nie kennengelernt. Auch wenn er sich solche Treffen oft ausgemalt hat. Sein Vater, der seinen verlorenen Sohn sucht und findet, der ihm alles erklärt, und Harald, der ihm alles verzeiht. Irgendwann wurde diese Fantasie durch die Realität ersetzt. Nämlich, dass sein Vater ihn nie gesucht hat, weil er ihn nicht hat finden wollen. Dass er ihm egal war, ein Fehler aus seiner Vergangenheit, und sein Vater ein Arschloch.

Harald hat es weit gebracht. Manchmal fragt er sich, ob das so ist, weil er ihn beeindrucken wollte, dieses Phantom, das er sein Leben lang als Leerstelle mit sich herumgetragen hat. Um ihm eins auszuwischen, ihm zu zeigen, was für einen tollen Sohn er verpasst hat. Jeder Schritt auf der Karriereleiter ein weiteres *Fick-dich* in seine Richtung. Auf diese Art hat er es bis ganz nach oben geschafft. Er, ein Milliardär, der schwule Sohn eines Pharmavertreters aus einem Kaff in Österreich. Was für eine grandiose Geschichte. Der Antiheld.

Harald lächelt bei dem Gedanken – und bei dem an seine kleinen Schulkameraden, die in diesem Moment unten im Tal in ihrer Mittelmäßigkeit Weihnachten feiern. Mit ihren fetten Ehefrauen und ihren verkommenen Kindern, die nicht weit vom Stamm gefallen sind. *Er* ist weit gefallen. Im Nachhinein ein Segen.

Einer der Angestellten kommt zu ihnen an den Tisch und schenkt Wein nach. Harald versucht, sich an seinen Namen zu erinnern, aber er hat ihn vergessen – der junge Mann arbeitet zum ersten Mal für ihn. Normalerweise ist Harald gut mit Namen.

»Sind die Herren bereit für den ersten Gang?«

»Sind wir?«, gibt Harald die Frage weiter.

Markus zuckt mit den Schultern. »Lieber so in einer Viertelstunde?«

Johannes und Kai nicken. »Das klingt gut«, sagen sie.

»Sehr gerne«, entgegnet der Kellner und macht einen kleinen Diener. »Dann also in einer Viertelstunde.« Als er sich abwendet, klopft es an der Tür. Er hält inne, fragt: »Erwarten Sie noch weitere Gäste, Herr Lindemann?«

»Ich … nein«, sagt Harald und schaut fragend zu Markus. »Du etwa?«

Der schüttelt den Kopf.

»Soll ich mich darum kümmern?«, fragt der Angestellte.

»Nicht nötig.« Harald erhebt sich von seinem Stuhl. »Vielen Dank.«

Im Windfang ist es kühl, die schweren Vorhänge haben die Kälte draußen gehalten. Harald ist angetrunken, zuvor am Tisch ist es ihm nicht aufgefallen, doch jetzt, da er geht, bemerkt er es. Er hört, wie die anderen nebenan lachen, lächelt unwillkürlich mit. Es läuft ein Song von Ella Fitzgerald, Haralds Blick fällt auf seine Lammfellhausschuhe, und sogar die amüsieren ihn.

Als er wieder aufschaut, sieht er, dass das Glas des kleinen Fensters in der Haustür beschlagen ist. Er kann nicht sehen, wer draußen steht. Die Situation erinnert Harald an die Erste Allgemeine Verunsicherung, an deren Song *Ding Dong*. Er hat ewig nicht an dieses Lied gedacht. Bruchstücke des Refrains gehen ihm durch den Kopf. »Mach nie die Tür auf, lass keinen rein, mach nie die Tür auf, sei nie daheim«, singt Harald leise, während er mit der rechten Hand die Klinke umfasst und sie nach unten drückt.

Dann ist die Tür offen. Eisiger Wind. Drei schwarz gekleidete Gestalten mit gezogenen Waffen und maskierten Gesichtern.

»Herr Lindemann«, sagt der in der Mitte. »Bitte verzeihen Sie, dass wir einfach so in Ihre Feierlichkeiten platzen. Aber Sie sind heute Abend Teil unserer Show.«

VITAMIN D.

Der Schminktisch erinnert mich jedes Mal an Las Vegas mit seinen vielen goldverspiegelten Glühbirnen. Magpie hat ihn bei der Auflösung eines Varietétheaters entdeckt. Sie meinte: *Für so eine Show brauchen wir so einen Spiegel.* Langsam verstehe ich, warum. Er ist genauso over the top wie der Rest dieser Operation. Genauso wie der Typ mir gegenüber: Diese Influencer-optimierte Version von mir mit drei Millimeter kurzen Haaren, solariumgebräunter Haut und einem Muskelshirt mit Hula tanzenden Frauen drauf. Ich habe dreizehn Kilo abgenommen für diesen Scheiß. Mehrere Monate lang sieben Tage die Woche trainiert, mich auf einen Körperfettanteil von unter elf Prozent gehungert – und das alles für nur *einen* Abend.

Bei diesem Gedanken schütteln der Influencer und ich simultan den Kopf. Es irritiert mich immer wieder, dass er ich ist. Wie ein Instagram-Filter, der es in die Realität geschafft hat. Ich benutze die nicht mehr, diese Filter, weil ich sie nicht brauche. Nichts an mir ist wahr, aber alles ist echt. Sogar der Sixpack. Den zu kriegen hat gedauert. Beinahe ein Jahr habe ich darauf hingearbeitet. Fast ein Vollzeitjob. Aber kaum etwas generiert so viele Follower, wie halb nackt mit bösem Blick in eine Kamera zu schauen. Am besten leicht verschwitzt von einem gerade beendeten Workout oder noch nass vom

Duschen. Eine Gruppe junger Frauen hat meinetwegen den Hashtag *#sexonlegs* eingeführt. Es hat sich also gelohnt.

Das Entscheidende ist, es so aussehen zu lassen, als wäre es ganz einfach. Am besten sind Fotos, die den Eindruck erwecken, als wären sie nebenbei entstanden, aus einer Laune heraus und nicht geplant und konzipiert mit Ringlicht und Concealer, der die Schatten unter den Augen verdeckt. Scheinbar spontan und gut drauf. *Immer* gut drauf, während man hinter den Kulissen leise fluchend einen Eiweißshake nach dem anderen säuft und den WG-Mitbewohnern beim Pizzaessen zusieht. Und mein Vater dachte, ich hätte kein Durchhaltevermögen. Keine Disziplin. Keinen *Drive*, wie er es nannte. Ich kann noch hören, wie er es sagt: *Dir fehlt der Drive, Junge. Du bringst einfach nichts zu Ende.* Ich mache ein abschätziges Geräusch bei dem Gedanken. Wenn der mich jetzt sehen könnte …

Die Wahrheit ist, es hat mir nie an Drive gefehlt, ich hatte nur kein konkretes Ziel. Keinen Grund, mich anzustrengen. Ich war ein mikroskopisch kleines Molekül im Spucknebel des Lebens. Und jetzt bin ich der, der spuckt.

Anfangs habe ich den Influencer noch gespielt, aber seit einer Weile fürchte ich, spielt er mich. Als wäre ich mir im Laufe der Zeit selbst erlegen – so gut gelaunt, ein wahrer Sonnenschein, dank Solarium, Vitamin D und bezahlten Kooperationen. Oberflächlichkeit pays off. Ich rede sogar schon so wie die. *Pays off.* Trotzdem nice. Why not? Really?

Ich erhebe mich von dem schwarzen Klappstuhl und gehe ein paar Schritte zurück. Der Kerl im Spiegel sieht ziemlich scharf aus – und mir nicht sonderlich ähnlich. Er hat knapp acht Millionen Follower bei Instagram, ich habe noch nicht mal einen Account dort. Die Leute denken, sie wissen, wer ich bin, dabei kennen sie noch nicht mal meinen Namen. Ich bin eine perfekte Illusion. Deswegen bin ich der Moderator heute Abend. Weil ich die kantige Kieferpartie meines Vaters geerbt habe. Und die Eloquenz und Schlagfertigkeit meiner Mutter. Ich bin der Moderator, weil ich kein Problem damit habe, mich vor Millionen von Menschen zum Affen zu machen. Weil es mich nicht stört, in eine Kamera zu reden, als wäre da ein echtes Gegenüber. Und zu guter Letzt, weil Sex sells. Ich hätte nie für möglich gehalten, dass einem so viele Leute Einladungen zum Sex schicken könnten – dreißig, vierzig an einem durchschnittlichen Tag. Man könnte fast eingebildet werden.

Was sie nicht begreifen, ist, dass ich ihre Projektionsfläche bin. Ich lasse meine Follower entscheiden, ob ich einen Bart trage oder nicht, die Haare lang oder kurz, Shirt oder Unterhemd, Casual oder Business Style. Ich bin ihre Kreation, ein Produkt, das sie geschaffen haben – und das *sie* nun beeinflusst. Man könnte auch sagen, ich manipuliere sie, aber das klingt so negativ. Deswegen nennt man es Influencer. Eine moderne Krankheit, die sich rasend schnell verbreitet.

Die Leute kaufen, was ich in die Kamera halte, ziehen an, was ich anziehe, benutzen dasselbe Deo oder Duschgel, weil sie glauben, mir dadurch näherzukommen, ein Stück von mir zu haben, weil sie dieselben Fitnessriegel essen oder Boxershorts tragen. Eine Schafherde mit Smartphones und Apple Pay.

Die Kooperationen haben einen beträchtlichen Teil unserer Operation finanziert. Das Vitamin D, das ich jeden Morgen lächelnd hochhalte, die Sportgeräte, die Eiweißshakes, die Modelables, die mir ihre neuesten Kollektionen schicken. Ich bekomme Samples und Gutscheine und Einladungen zu

Veranstaltungen. Sie scheißen mich zu mit ihren verdammten Produkten und ihrer falschen Freundlichkeit, damit ich etwas Nettes darüber sage. Ein, zwei Storys, in denen ich idiotischen Blödsinn von mir gebe, wie: *Also ich verwende das jeden Tag.* Oder: *Mmmmm, mein absoluter Lieblingsjoghurt. Und das ganz ohne tierisches Eiweiß.* Oder: *Das ist mit Abstand das beste Shampoo, das ich je benutzt habe.*

Seit etwa einem Jahr zahle ich nicht mehr, wenn ich in Restaurants gehe – ich mache nur ein paar Storys. Ist kein Tisch frei, wird einer frei gemacht. Ich bin ein Erfolgsversprechen auf zwei Beinen. Eine Kunstfigur von Kopf bis Fuß, die auf Knopfdruck lächelt. Finch hat mal gesagt: *Du bist die schönste Lüge, die ich je gesehen habe.* Ich schätze, das bringt es auf den Punkt.

Mein Blick fällt auf die Uhr. Noch sieben Minuten.

»Okay«, sage ich zu meinem Spiegelbild. »Wir schaffen das.«

Ein Knacken in meinem Ohr, dann Finch, der sagt: »Alles gut bei dir?«

»Klar«, erwidere ich.

»Pep-Talk oder still sein?«

»Still sein.«

»Okay«, sagt er und danach nichts mehr.

Ich schließe die Augen. Es ist ein Gefühl wie kurz vor einem Sprung. Ein freier Fall, während ich mit beiden Beinen auf dem Boden stehe. Niemand ahnt, was wir gleich lostreten. Eine Lawine, die bisher nie da gewesene Ausmaße annehmen wird. Ich tease schon seit Tagen an, dass bereits sehr bald etwas richtig Großes passiert. Etwas, das es so noch nie gegeben hat. Einige meiner Halbhirne tippen auf Nacktfotos von mir. Andere fragen, ob ich einen Song aufnehme, und wieder andere, ob ich eine Rolle in einem Film ergattert habe. Kleingeister, denen nichts über Ruhm und Geld geht.

Ich öffne die Augen und sehe in das Gesicht des heutigen Abends. Einen der Köpfe hinter dieser Operation. Ein Rädchen von vielen, eine Bombe, die im Verborgenen tickt. *Master of Ceremony*, denke ich, während ich nach meinem Handy greife und ein letztes Boomerang von mir vor dem Vegas-Spiegel mache. Caption: WE ALL BLAME SOCIETY. BUT WE ARE SOCIETY. #getready #theshowmustgoon #zacherywiseman.

HANNELORE KÖSTER.
DIE WOHLTÄTERIN.

Langsam ist es nicht mehr zu leugnen. Auch, wenn Carolin es nicht wahrhaben will. Ihre Mutter baut zusehends ab. Nicht weiter verwunderlich mit beinahe sechsundneunzig. Und doch ist es befremdlich, dass die Frau, die seit jeher alle Fäden in der Hand hatte, zu schwach geworden ist, sie festzuhalten. Gicht, rheumatische Arthritis, Altersdiabetes. Und dann auch noch diese absonderlichen Geschichten, die sie seit einiger Zeit erzählt. *Erinnerungen*, wie sie sagt. Carolin hingegen glaubt, sie spinnt sich etwas zusammen – nicht selten eine Begleiterscheinung bei Demenz. Ihre Mutter hat nichts davon hören wollen, als die vor einigen Monaten bei ihr diagnostiziert wurde. *Papperlapapp*, sagte sie bloß.

Manchmal, meist abends vor dem Zubettgehen, tut Carolin ihrer Mutter den Gefallen und hört sich ein paar ihrer kleinen »Anekdoten« an. Erfundene Namen und Schicksale, von deren Echtheit sie vollkommen überzeugt zu sein scheint. Neulich haben sie gemeinsam ein paar alte Fotoalben angesehen, Bilder von fremden Gesichtern, bei deren Anblick ihre Mutter unvermittelt in Tränen ausbrach. Sie hat nie geweint. Solange Carolin denken kann nicht. Sie war nicht herzlos, aber eben auch nicht sentimental. Eine Strategin, die intuitive Entscheidungen trifft und diese dann eisern verfolgt. Auf diese Art hat ihre Mutter aus ein paar kleinen Hotels in München ein weltumspannendes Netz gewoben, einen mehrere Milliarden schweren Luxushotelkomplex. Sie war immer gut im Strippenziehen, verstand es, ihre scheinbare Unbedarftheit und charmante Naivität gezielt einzusetzen, wickelte reihenweise Männer um den Finger. Einer von ihnen war Carolins Vater. Als die beiden damals heirateten, wurde sie seine Frau, doch nie die Frau von. Sie nahm seinen Namen an, blieb im Herzen aber immer eine Brenner. *Ihre Waffen waren ihr Dekolleté und ihr Verstand*, sagte Carolins Vater früher gern. Sie selbst hat immer werden wollen wie ihre Mutter. Eine schöne Frau, die von den Mächtigen der Welt erst unterschätzt wird und diese dann bei Verhandlungen vor Ehrfurcht erzittern lässt. Und nun ist sie nur mehr ein Schatten ihrer selbst. Eine kleine, alte Dame mit gebeugter Haltung und kaputten Knien. Den strengen Blick hat sie noch, ihn und die darin deutlich sichtbare Unnachgiebigkeit und Willenskraft. Doch Willenskraft allein reicht nicht aus, wenn die der Muskeln schwindet. Ihre Mutter ist fragil geworden, ein Rest Mensch, der sich zum Sterben bereit macht. Und zum Abschied erzählt sie ein paar Geschichten, als würde sie einen Deckmantel aus Lügen überziehen, bevor sie die Welt verlässt.

Carolin wollte erst nicht wieder bei ihrer Mutter einziehen, in dieses riesige Haus, in dem sie auf- und aus dem sie herausgewachsen ist. Seither kam sie nur noch zu Besuch. Ein Gast an einem Ort, an dem sie laufen und sprechen gelernt hat. Ihr altes Kinderzimmer gibt es noch. Genau wie das ihres älteren Bruders. Zwei Museen, in denen die Zeit stehen geblieben scheint, ein blauer und ein rosa Raum, verbunden durch ein gemeinsames Badezimmer mit Wanne und zwei Waschbecken. Carolin hat eines der Gästezimmer in der ersten Etage bezogen. Es ist sonderbar genug, mit Mitte fünfzig wieder bei der Mutter einzuziehen, das rosa Kinderzimmer wäre wahrlich zu viel gewesen. Ein Rückfall in die Jugend, im letzten Lebensdrittel.

Carolin wohnt lieber im Hotel. Sie hat eine Luxussuite ganz für sich allein, Pool und Spa-Bereich nur zwei Türen entfernt, Zimmerservice, drei Restaurants zur Auswahl und einen Concierge. Es ist vielleicht nicht das Brenner's New York City, dafür ist es das Stammhaus. Das Hotel, mit dem alles begann.

Carolin leitet den europäischen Markt. Die Traditionshäuser. Trotzdem war sie enttäuscht, als das Überseegeschäft vor sechzehn Jahren an ihren Bruder Leopold ging. Nicht wirklich überrascht, nur enttäuscht. Sie wäre auch gern ins Ausland gegangen, hätte Deutschland – wenigstens auf Zeit – den Rücken gekehrt. Aber Leopold ist der Ältere, nicht zu vergessen der Sohn, und dann waren da auch noch Beth und danach die Kinder. Eine amerikanische Bilderbuchfamilie, während sie, Carolin, kinderlos blieb. Verheiratet mit dem Hotel, eine Karrierefrau ohne Mann, dafür mit Ambitionen.

Carolin hat die Brenner Hotels modernisiert, sie hat eine Frauenquote und Kitas an jedem europäischen Standort eingeführt, einen Mitarbeiterrat, in dem Belange und Ideen der Angestellten gesammelt und besprochen werden. Sie hat ein Austauschprogramm initiiert, das es dem Hotelpersonal ermöglicht, in einem der anderen Brenner Hotels zu arbeiten, Land und Leute zu studieren, neue Sprachen vor Ort zu lernen. Sie wurde fünfmal in Folge vom managermagazin zur Unternehmerin des Jahres gewählt – etwas, das ihre Mutter nie lobend erwähnte. Keine Anerkennung, nichts. In derselben Zeit hat ihr Bruder seine Frau dreimal geschwängert und drei Manager eingestellt, die ihm das Tagesgeschäft abnehmen. Etwas, das ihre Mutter großartig findet. *Leopold hat gelernt zu delegieren. Gut für ihn. Mir ist das nie gelungen.* Leopold. Der großartige Leopold.

Eigentlich wollte er Weihnachten bei ihnen verbringen, in Deutschland. *Man weiß ja nicht, wie lange Mutter noch lebt,* meinte er neulich am Telefon. Und hat dann wegen eines Geschäftstermins kurzfristig doch noch abgesagt. Carolin fragt sich, wofür er seine drei Manager bezahlt, wenn er dann doch zu jedem Termin selbst erscheinen muss.

Sie hat sich tatsächlich auf ihren Bruder gefreut. Auf ihn und die Kinder – auf Beth nicht unbedingt, aber die hätte sie ja ignorieren können. Sie haben sich seit fast vier Jahren nicht mehr gesehen, Leopold und sie. Er wird mit seiner Familie feiern, und Carolin verbringt einen weiteren Abend allein vor dem Fernseher. Ihre Mutter fühlte sich vorhin nicht gut, also hat Carolin sie am späten Nachmittag mit einer Tasse Lavendeltee zu Bett gebracht.

Das Menü, das Roswita zubereitet hat, war absolut vorzüglich, doch Carolin hätte sich gerne während des Essens mit jemandem unterhalten, Gesellschaft gehabt, sich amüsiert.

Bei diesem Stichwort geht die Tür zum Wohnzimmer auf, und ihre Mutter betritt den Raum.

»Ich habe Weihnachten verschlafen«, sagt sie mit ihrer alten Stimme. »Bitte entschuldige.«

»Das macht doch nichts«, sagt Carolin, »du warst eben müde.«

Ihre Mutter kommt auf sie zu. Sie trägt ein zu langes Nachthemd und offenes Haar, dünne weiße Strähnen, die ihr gewellt auf die Schultern fallen. Ein kleines Gespenst mit faltiger Haut.

»Was guckst du da?«, fragt sie.

Carolin zuckt mit den Schultern. »Eigentlich gar nichts.«

»Ich würde gern das Weihnachtskonzert ansehen, wenn es dir nichts ausmacht.«

»Meinetwegen«, sagt Carolin. »Auf welchem Programm läuft es?«

»hr4 schätze ich«, sagt ihre Mutter und sinkt in den Ohrensessel.

Carolin schaltet um. Danach sitzen sie im halbdunklen Wohnzimmer neben einem üppig geschmückten Christbaum, zwei einsame Frauen, denen es nach außen hin an nichts fehlt.

Das Konzert ist gerade im Begriff zu beginnen, der Moderator kündigt den ersten Star an. Im selben Moment bringt Roswita aus der Küche zwei Gläschen Portwein auf einem kleinen Tablett. Carolin schaut auf, als sie sie sieht, und lächelt. *Was für eine nette Aufmerksamkeit*, denkt sie. Dann plötzlich ein Aufschrei, der die Stille zerreißt. Das Tablett fliegt mitsamt den Gläschen in hohem Bogen durchs Zimmer.

Und eine Frau sagt samtig: »Guten Abend, die Damen.« Der Satz kommt beiläufig, so als wäre sie eingeladen und hätte sich etwas verspätet.

Roswita steht mit offenem Mund da, Carolin dreht sich ruckartig in die Richtung der Stimme und blickt im nächsten Moment auf mehrere Pistolen, die auf sie gerichtet sind.

»Wie ich sehe, sind Sie wieder wach, Frau Köster«, spricht die Frau weiter. »Ein Glück, wir dachten schon, Sie wären gestorben.«

Carolins Mutter erhebt sich langsam von ihrem Sessel, gebrechlich, aber vollkommen angstfrei.

»Wer sind Sie, und was wollen Sie in meinem Haus?«, fragt sie harsch.

»Wir sind gekommen, um Ihnen den Prozess zu machen,

Frau Köster«, erwidert die Frau hinter ihrer Maske. »Da Sie die in Nürnberg damals leider verpasst haben, dachten wir, wir bringen das Gericht zu Ihnen.«

»Das Gericht?«, fragt Carolin, als sie endlich ihre Stimme wiederfindet. »Ich glaube, Sie wissen nicht, wen Sie da vor sich haben. Meine Mutter hat ihr Leben lang nur Gutes getan.«

»Das ist so nicht ganz richtig. Nicht wahr, Frau Köster?«

**JOSUA SIEVERS.
LA DOLCE VITA.**

Wenn das vergangene Jahr anders verlaufen wäre, nämlich so wie die Jahre zuvor, dann wäre Josua jetzt mit an Sicherheit grenzender Wahrscheinlichkeit mit seiner Ex-Frau und den Kindern in Kitzbühel. Seine Assistentin hätte wieder die Hütte gemietet, in der er und seine Familie schon so oft waren – drei Schlafzimmer, ein beheizter Infinitypool mit Blick ins Tal, Weihnachten und Silvester in den Bergen, tagsüber auf der Skipiste, davor und danach ein paar Massagen, köstliches Bioessen, im Anschluss Entspannen bei einer Serie oder einem guten Roman. Sie hätten am Weihnachtsmorgen mit freundlichen Mienen am Frühstückstisch gesessen und wären sich im Anschluss aus dem Weg gegangen – oder auf die Nerven. Unsichtbare Angestellte hätten alles hergerichtet und wieder abgeräumt, von außen betrachtet wäre es perfekt gewesen, ein liebevoll gedeckter Tisch, die noch warmen Brötchen, die selbstgemachte Erdbeermarmelade, der frisch aufgebrühte Kaffee, Pulverschnee vor den Fenstern und blauer Himmel – und niemand hätte es genossen. Es hätte nur Geld gekostet. Ab einem gewissen Punkt in ihrer Ehe hatten Julia und er nicht mal mehr Streit. Stattdessen die immer gleichen Gesichtsausdrücke, die schon lange nichts mehr ausgedrückt hatten – außer vielleicht Langeweile und Resignation, halbherzig kaschiert hinter leicht gehobenen Mundwinkeln. Wäre alles beim Alten geblieben, hätten sie schweigend in ihrer perfekten Hütte gesessen mit Kindern, die auf Handys starren, zwei lebende Tote, die ab und an von ihren Brötchen abbeißen, nicht Skifahren wollen, sondern lieber nach Hause – zu den Freunden, zur Spielkonsole, in ihre Zimmer, Hauptsache weg.

Aber das Jahr ist anders gelaufen. Josua hat Pia kennengelernt. Sie war wie eine Weiche, die sich stellt. Das X in einer Gleichung, die er bis dahin nie hatte lösen können. Natürlich ist ihm die Trennung von Julia und den Kindern nicht leichtgefallen. Man krempelt ein Leben nicht einfach so um wie einen zu langen Pulloverärmel. Trotzdem hat er es getan. Josua hat sein Leben aus den Fugen gerissen. Und Pia ihres. Auch sie war davor verheiratet. Mit einem Architekten namens Tom, der, wenn es nach Josua geht, viel zu gut aussieht, mehr wie ein Schauspieler als ein Architekt.

Es ist nie schön, wenn Familien auseinanderbrechen. Aber genauso wenig schön ist es, wenn Familien aus den falschen Gründen zusammenbleiben. Pflichtbewusstsein, Vernunft, die Kinder, kein Ehevertrag, die gute alte Zeit, Erinnerungen an ein Damals, das es schon lange nicht mehr gibt.

Ich gebe euch ein Jahr. Maximal zwei, hört Josua seine Mutter noch sagen. Sie stand selbstgerecht da, die Hände in die Hüften gestemmt, ein herablassender Blick, nur dass sie dafür inzwischen zu ihm aufschauen muss. Die Situation hat Josua an seine Jugend erinnert, ein erschreckend reales Déjà-vu. Als wäre er plötzlich wieder zwölf Jahre alt und sein Büro sein damaliges Kinderzimmer. *Das ist nur eine Phase, eine Midlife-Crisis. Glaub mir, das geht vorbei.*

Drei Tage später hat Josua ein Haus in Solln gekauft und ist mit Pia zusammengezogen. Der Gesichtsausdruck seiner

Mutter war unbezahlbar, als er ihr davon erzählte. Josua muss heute noch schmunzeln, wenn er daran denkt.

Er schneidet lächelnd Karotten. Im Hintergrund läuft flüsternd die Dunstabzugshaube und im Wohnzimmer irgendein Song aus *La Dolce Vita*. Josuas Blick fällt auf den Christbaum neben dem Sofa. Er ist klein und schief. Pia meinte bei seinem Anblick, dass er sie an einen dicken alten Mann erinnert. Es war ein Mitleidskauf. *Mit ein paar Kugeln wird er bestimmt schön aussehen*, hat Pia gesagt. Und das tut er. Josua hat ihn eigenhändig geschmückt – es war das erste Mal seit Jahren. Vieles in diesem Jahr war das erste Mal seit Jahren, manches sogar das erste Mal jemals.

Josua atmet zufrieden aus. Keine Festtagsrobe, kein steifes Abendessen mit Tafelsilber und Schwiegereltern, die sich weder gegenseitig noch ihre Schwiegerkinder besonders gut leiden können. Julias Vater, Friedrich, der schon um 18 Uhr das dritte Glas Wein leert, um den Heiligen Abend irgendwie zu überstehen. Gut gekleidete Menschen, ein perfekter Baum, Stearinkerzen und Geschenkeberge, die wie im Wahn ausgepackt werden – und am Ende doch keinem gefallen.

Josua blickt über die Kücheninsel zu seiner Freundin, die – wenn sie nach der Roten Grütze Ja sagt –, bald seine Frau sein wird. Er tastet nach der kleinen Samtschatulle in seiner Hosentasche. Josua hat sich für einen antiken Verlobungsring im französischen Art-déco-Stil entschieden. Platin, ein lupenreiner Saphir, eingefasst von Brillanten. Knapp 7 000 Euro – und gerade gut genug.

»Hast du das eben gehört?«, fragt Pia und schaut auf.

»Nein«, sagt Josua. »Was denn?«

»Na, dieses Klicken.«

Im nächsten Moment springt Mable auf, rennt in den Flur

und beginnt zu bellen – so, wie sie nur bellt, wenn etwas nicht stimmt. Dann hört sie unvermittelt auf, als hätte sie jemand stumm geschaltet.

»Da ist jemand im Haus«, flüstert Pia mit dem Küchenmesser in der Hand.

Josua schüttelt den Kopf. »Unmöglich«, erwidert er gedämpft, »ich habe die Alarmanlage vorhin selbst aktiviert. Hier kommt keiner rein.«

»Sie sollten zukünftig besser auf Ihre Freundin hören«, sagt eine dunkle Stimme hinter Josua, und er dreht sich ruckartig um. »Einen schönen guten Abend, Herr Sievers. Es tut uns leid, Ihre Pläne zu durchkreuzen, aber Sie müssen heute leider noch arbeiten.« Kurzer Blick an Josua vorbei zu Pia. »Und Sie legen nun lieber das Messer weg, Frau Marino. Wir sind zu dritt, und wir sind bewaffnet. Ihre Villa befindet sich im Lockdown. Sie kommen hier nicht raus.«

HAUSWIRTSCHAFTSLEHRE.

Er hat gewusst, dass dieser Tag kommen würde. Dass Tag X eines Tages *heute* sein wird. Und jetzt ist es so weit. Nach knapp neun Monaten, in denen dieses Ereignis abstrakt in der Zukunft lag, steht es nun direkt bevor. Wirklich dort zu sein, fühlt sich anders an, als er gedacht hätte. Auf eine Art echt, bei der ihm der Schweiß ausbricht. Diese Wohnung hat einen Eigengeruch, sie riecht nach Geld. Nach Schnittblumen, teurem Parfum, Leder. Es ist das Zuhause von jemandem. Davor war es nur ein Ort, den man auskundschaftet. Ein Studium in schwarz-weiß, ein Grundriss, den man auswendig lernt. Ein Job.

Er zweifelt nicht an dem Plan, er zweifelt nicht an seiner Richtigkeit – die Realität ist Rechtfertigung genug. Und doch spürt er einen Widerstand, den er nicht erwartet hätte. Als würde ihm erst in diesem Moment bewusst, dass es hier um eine echte Person geht. Um eine Person, die ein Parfum trägt, das in der Kopfnote nach Bergamotte riecht. Jemand, der antiallergenes Waschpulver verwendet – oder verwenden lässt.

Ihre Recherchen im Vorfeld haben ergeben, wo die Hausherren beziehungsweise -damen sich am seltensten aufhalten. Hauswirtschaftsräume, Waschküchen und Werkzeugkeller. Aus diesem Grund haben sie sich genau dort positioniert.

Sie stehen lautlos in dem dunklen Zimmer. Zu dritt, er in

der Mitte, keiner bewegt sich. Die Tür ist nur angelehnt, das untere Scharnier quietscht beim Schließen, also haben sie sie offen gelassen. Er hört Schritte im Flur. Und eine Stimme, wie ein anschwellendes Flüstern. Sie warten auf das Kommando, auf ihren Einsatz. Lange kann es nicht mehr dauern.

Die Waffe hat er bereits entsichert. Bis auf den schmalen Lichtkegel ist es dunkel, als wäre die Wohnung schwarz-weiß. Er blickt durch die ausgestanzten Löcher seiner Maske. Darunter ist es heiß und stickig. Und das ist erst der Anfang des Abends. Plastik und Nervosität vertragen sich schlecht.

Benutzt ausschließlich eure Decknamen. Wenn es losgeht, sprecht nur, wenn es sich nicht vermeiden lässt. Ihr werdet nervös sein, das ist kein Problem. Haltet euch einfach an den Plan. Er denkt an Finch, an seinen eindringlichen Blick, an die Wahrheit in seinen Augen. *Ihr wisst, wozu diese Leute fähig sind,* hört er ihn sagen. *Ihr wisst, was sie getan haben.*

»Bereit machen«, sagt eine Stimme in sein Ohr. »Zugriff in zwei Minuten.«

Er ist bereit. Er ist es schon seit Monaten.

AGNES BRANDAUER.
IHRE VERBINDUNG WIRD GEHALTEN.

Agnes hatte bislang nie Probleme mit der Sicherheitsfirma. Bis heute.

»Bitte haben Sie noch einen Moment Geduld«, sagt eine säuselnde Frauenstimme zum wiederholten Mal. »Ihr Gesprächspartner ist gleich wieder für Sie da. SafeLink, Ihr Experte für Smart Home und Security-Lösungen.«

Doch Agnes hat keine Geduld mehr. Sie steht seit mehreren Minuten in Schuhen und Mantel transpirierend im Eingangsbereich ihres Penthouses und kann die Tür nicht öffnen. Die Verriegelungsvorrichtung ist blockiert, die elektrischen Jalousien wurden automatisch heruntergefahren, alles ist dicht, jedes Fenster, jede Tür. Der SafeLink-Mitarbeiter, den Agnes daraufhin angerufen hat, hat sie in die Warteschleife gelegt, solange er mit einem der Techniker spricht. Von außen betrachtet ist Agnes ihr Ärger nicht anzumerken, sie hat im Laufe der Jahre gelernt, ihre Gefühle zu kontrollieren, weniger »weiblich« zu wirken, weil sie ihre meist männlichen Geschäftspartner sonst als schwach oder emotional einstufen könnten. Weder das eine noch das andere trifft auf Agnes zu. Sie ist gradlinig und direkt, formuliert ihre Ziele unmissverständlich. Dieses Talent hat sie von ihrem Vater geerbt, die Augen und den Geschmack von ihrer Mutter. »Bitte haben Sie noch einen Moment Geduld, Ihr Gesprächspartner ist gleich wieder für Sie da. SafeLink, Ihr Experte für Smart Home und Security-Lösungen.« Agnes tippt ein weiteres Mal die PIN in die Alarmanlage neben der Tür, danach platziert sie die Kuppe ihres Zeigefingers auf dem Sensor daneben. Nichts.

»Frau Brandauer? Sind Sie noch da?«, fragt der junge Mann am anderen Ende der Leitung.

»Wo sollte ich auch sonst sein«, erwidert Agnes kühl.

»Laut unserem System«, übergeht er ihre Aussage, »ist mit Ihrem SafeLink-Zugang alles in Ordnung.«

»Ich versichere Ihnen, gar nichts ist in Ordnung«, erwidert Agnes. »Ich habe mich in puncto Sicherheitssysteme für SafeLink entschieden, um mich und mein Eigentum zu schützen, nicht um in meiner Wohnung eingesperrt zu werden.«

»Das Problem ist, es wurde kein Fehler dokumentiert – kein Glitch, nichts.« Er macht eine Pause, sagt dann: »Entschuldigen Sie, dass ich diese Frage stelle, Frau Brandauer, aber sind Sie sich ganz sicher, dass Sie eingesperrt sind? Vielleicht haben Sie einfach nicht fest genug gegen die Tür gedrückt? Immerhin handelt es sich eine Sicherheitstür – und die sind schwer.«

»Wie war noch gleich Ihr Name?«, fragt Agnes mit einem herablassenden Unterton.

»Brecht«, erwidert der Mann. »Benedikt Brecht.«

»Herr Brecht, ich habe dieses Penthouse in den vergangenen sieben Jahren ziemlich regelmäßig erfolgreich verlassen – was im Umkehrschluss ja bedeutet, dass ich offensichtlich in der Lage war, die Sicherheitstür zu öffnen. Sie haben es in meinem Fall mit einem intelligenten Gegenüber zu tun – ich weiß, das hat man nicht oft«, sagt Agens, um Contenance bemüht, »aber glauben Sie mir, die Wohnungstür ist verriegelt.

Es ist nicht möglich, sie zu öffnen, nicht nur mir nicht, generell nicht.«

»Es ist nicht so, dass ich Ihnen nicht glaube, Frau Brandauer«, erwidert der Mitarbeiter. »Das ändert jedoch nichts an dem Fakt, dass ich Ihnen von hier aus nicht helfen kann.«

»Und was jetzt?« Agnes blickt auf die kleine Uhr an ihrem Handgelenk. Sie ist bereits viel zu spät dran. Das zweite Mal Umziehen hat sie Zeit gekostet. Und nun *das hier*. Ihr Fahrer steht unten, ihre Freunde sind vermutlich längst im Lokal angekommen. *Sie* hat zu diesem Weihnachtsdinner eingeladen, es war ihre Idee. Und jetzt kommt sie zu spät. Agnes kann es nicht ausstehen, zu spät zu kommen. Zuspätkommen ist ein Zeichen von Respektlosigkeit.

»Es tut mir leid, Frau Brandauer, aber wie es aussieht, wird sich einer unserer Techniker das vor Ort ansehen müssen.«

»Sie verstehen nicht«, diesmal klingt Agnes ungehalten, »ich bin verabredet, ich richte ein Essen aus, meine Gäste erwarten mich.«

»Ich verstehe Sie sogar sehr gut«, erwidert er. »Aber vom Telefon aus kann ich leider nichts tun.« Kurze Pause. »Ein Security-Lockdown kann übers Backend aufgehoben oder überbrückt werden, doch dafür muss er dem System bekannt sein, und in Ihrem Fall ist er das nicht.«

Agnes wendet sich von der Tür ab. Sie atmet tief ein, schließt einen Moment die Augen, sammelt sich, unterdrückt das Bedürfnis, den Support-Mitarbeiter anzuschreien oder gegen die Tür zu treten.

»Und wie lange wird es in etwa dauern, bis Ihr Techniker hier ist?«, antwortet sie scheinbar gefasst. »Ich meine, damit ich im Lokal Bescheid geben kann.«

»Machen Sie sich darüber bitte keine Gedanken«, erwidert

er. »Ich habe längst im Cézanne angerufen und denen gesagt, dass Sie verhindert sind.«

Agnes runzelt die Stirn. »Was sagten Sie bitte?«

»Sie werden Ihre Verabredung zum Dinner leider nicht einhalten können, Frau Brandauer.«

»Ich fürchte, ich verstehe nicht.«

»Sie sind heute zu Gast in unserer Show. Und Ihr Auftritt ist abendfüllend.«

CLAUDIA KANITZ.
HÖHEPUNKTE.

Es läuft irgendein Lied. Er hat die Musik angemacht. Dann war er auf dem Bett, sie hat ihn zwischen ihren Beinen gespürt. Sehen kann sie nichts, ihre Augen sind verbunden, sie liegt gefesselt da, festgezurrt an Hand- und Fußgelenken. Sie wartet auf das wehrlose Gefühl, das sie so mag. Dieses Ergebene, Unterwürfige, das sie sonst nie ausleben kann. Ein Gefühl, das sie in sich eingesperrt hat wie ein ungezogenes Kind. Bei ihm kann sie es rauslassen. Claudia weiß nicht, wie der Mann heißt, mit dem sie gerade Sex hat – oder sollte sie sagen: der sie gerade fickt. Denn genau das tut er.

Bei ihrem ersten Treffen vor knapp einem Jahr hat er sich ihr als Sven vorgestellt, aber vermutlich ist das nicht sein echter Name, genauso wenig wie Isabelle ihrer ist. Wenn sie sich auszieht, wird sie zu ihr, mit Claudias Hüllen fällt auch die Vernunft. Svens Körper prallt gegen ihren, hart, kurz vor grob. Genau dafür bezahlt sie ihn. Für guten Sex und Diskretion. Dafür, dass Sven das tut, was sie will – dafür, dass sie tun muss, was er sagt.

Es ist wie ein Spiel, das sie erdet, ein Spiel, bei dem sie kurzzeitig die Kontrolle abgibt. Ein Spiel, das sie dazu zwingt, loszulassen, sich gehen zu lassen, treiben zu lassen, es einfach zu treiben, nicht nachzudenken. Zwei- bis dreimal die Woche mehr Körper als Verstand sein. Nicht alles richtig machen, zwanghaft korrekt und akribisch, stattdessen schwitzen, nackt sein, laut sein. Alles, was sie sonst nicht ist: nicht unten, nicht ergeben, einfach nur eine Frau, die genommen werden will. Sven tut ihr nicht weh, er tut ihr gut. Er macht es ihr so lange, bis sie nicht mehr kann. Und danach schläft sie wie ein kleines Kind. Ausgeknockt, als hätte man ihr einen Schlag versetzt.

Es dauert nicht mehr lang, dann wird sie kommen. Das Gefühl baut sich langsam in ihr auf, wächst stetig an, macht sich bereit zu brechen. Claudias Stimmbänder vibrieren, sie hebt ihr Becken, drängt sich ihm entgegen – dem Mann auf ihr, aber noch mehr dem Höhepunkt. Sven verlangsamt seine Bewegungen, Claudia hasst und liebt ihn dafür. Sanfte Reibung, ein Wimmern aus ihrem Mund, ihre Hände, die sich von den Bettpfosten losreißen wollen, angespannte Beine, ein atemloses *Bitte* in den Raum, den sie durch die schwarze Augenbinde nicht sehen kann, ein quälendes in sie Hineingleiten und wieder heraus, Svens Schwere auf ihr, er in ihr, noch ein *Bitte*. Dann Stillstand. Claudia atmet flach, ein unterdrückter Laut in ihrer Kehle. Die Musik läuft weiter, der Rest hat gestoppt. Claudia liegt blind und frustriert auf dem Rücken, sie ist so kurz davor, so kurz. Ihr Körper wartet gespannt, ein Gefühl, als wäre er im Begriff zu reißen. Sie will Sven anschreien, schreien, dass er weitermachen soll. Doch wenn sie das tut, wird er aufhören, das weiß sie – sie hat aus dem einen Mal gelernt. Claudia muss warten, sich zusammenreißen, geduldig sein. Sie kennt das von ihm. Dass er innehält, dass er sie zappeln lässt. Leiden. Genau das will sie von ihm. Das und den Rausch, der darauf folgt, die Erlösung, die es ohne Qual nicht geben kann.

Sekunden verstreichen. Drei, vier, fünf. Für gewöhnlich wartet Sven nicht so lange. Der Song endet, die Stille legt sich bedrohlich über die Dunkelheit. Genau da begreift Claudia, dass etwas falsch ist. Sie spürt, wie Sven langsam schlaff wird, spürt, wie sein Körper sich versteift, wie er sich von ihr entfernt, ohne sich zu bewegen, starr und doch woanders.

Dann eine Stimme.

»Schande, jetzt haben wir ihr den Höhepunkt versaut.«

Claudia zuckt zusammen, sie hört Schritte wie von schweren Stiefeln, fühlt sich auf eine Art schutzlos, die sie nicht kennt, die sie nicht will. Das warme Gefühl, das sie eben noch hatte, fließt aus ihr heraus wie Blut aus einer Wunde. Ihr Verstand feuert Fragen ab, von denen sie jedoch keine stellt: *Wer ist dieser Typ? Was sucht er in ihrer Wohnung? Wie hat er das Sicherheitssystem überwunden?* Claudia will Sven anschreien, diesmal, dass er ihr die verdammte Augenbinde abnehmen soll, sie von den Bettpfosten losbinden. Aber sie tut es nicht. Sie tut nichts. Adrenalin verteilt sich in ihrem Körper, dann holt sie Luft, doch der Fremde kommt ihr zuvor: »Ich erkläre gleich, wie das hier laufen wird.« Pause. »Aber erst mal gehst du von ihr runter.«

Sven folgt der Aufforderung sofort, er zieht sich aus ihr zurück. Claudia spürt die Leere, die sein Penis hinterlässt, die Kälte auf ihrer Haut, dann, wie die Matratze federt, als Sven aufsteht. Claudia bleibt ausgeliefert liegen. *Gefickt*, denkt sie. Ihr Körper schaltet langsam, das Programm *Sex* wurde zu abrupt beendet, wie ein Systemabsturz, den ihr Gehirn erst noch verarbeiten muss.

»Und nun zu Ihnen, Frau Kanitz.« Der Mann setzt sich zu ihr auf die Bettkante. Claudia bewegt hastig den Kopf hin und her, um die Augenbinde loszuwerden, sie sieht ein Stück schwarzes Hosenbein auf dem weißen Leintuch. Der Stoff erinnert sie an die Uniform eines Securitys. »Frau Kanitz, Frau

Kanitz, Frau Kanitz.« Claudia glaubt, ihn schmunzeln zu hören. »Sie fragen sich vermutlich gerade, was das alles soll. Wie wir hier reingekommen sind. Was wir mit Ihnen vorhaben.«
Da setzt die Panik ein. Bei dem, was sie ihr antun könnten, bei der Vorstellung, wie leicht sie es hätten.
»Keine Sorge. Nicht das, was Sie denken«, sagt er leise und dann lauter zu jemand anderem: »Los, deck sie zu.«
Claudia spürt, wie eine Decke auf sie geworfen wird. Dann, wie sich jemand ihr nähert. Sie versucht zurückzuweichen, im nächsten Moment reißt ihr eine behandschuhte Hand den Seidenschal von den Augen. Claudia blinzelt, das Licht erscheint ihr grell, obwohl es gedimmt ist, sie schaut sich hektisch um, sieht Sven nackt neben dem Bett stehen, flankiert von zwei Männern, die wie Soldaten aussehen, bewaffnet und maskiert, der dritte sitzt neben ihr auf der Bettkante.
»Na also«, sagt er. »So ist es doch gleich besser, nicht wahr?« Sie hört ihn hinter seiner Maske lächeln, dann beugt er sich in ihre Richtung. »Ich werde Sie jetzt losbinden, Frau Kanitz.« Er mustert sie durch die ausgestanzten Löcher in seiner Maske. »Sie werden mir doch keinen Ärger machen, oder?«
Claudia schüttelt schnell den Kopf. »Nein«, sagt sie. »Das werde ich nicht.«
»Gut«, erwidert er. »Ich schrecke nämlich nicht davor zurück, Frauen zu schlagen, müssen Sie wissen.« Nach einer kurzen Pause lacht er leise auf und sagt: »Wobei, vielleicht ist das ja total Ihr Ding?«
Bevor sie reagieren kann, sagt einer der anderen: »Noch sieben Minuten.«
»Na, so was. Wie die Zeit doch vergeht, wenn man Spaß hat.« Der Mann neben Claudia erhebt sich, steht neben ihr wie ein Turm. »Dann wollen wir mal, Frau Kanitz. Sie sind

heute Abend Teil unserer Show. Wir wollen doch nicht, dass Sie Ihren Auftritt verpassen.« Der Mann bückt sich nach dem kleinen Schlüssel, der auf dem Nachttisch liegt. »Wie heißt es so schön? Es gibt keine zweite Chance für den ersten Eindruck. Und glauben Sie mir«, er löst die erste Handschelle, »Sie wollen, dass die Sie mögen.«

CARL AHRENS.
DER PATE.

Die Küche ist groß wie ein Ballsaal, umgeben von Beton und Glas. Ein schmuckloser Bau, eine Festung am Hang, in deren Erdgeschoss Carl seine Frau schwungvoll zu Schostakowitsch im Kreis dreht. Sie bewegen sich leichtfüßig, tanzen um die Kochinsel – eins, zwei, drei, eins, zwei, drei –, berühren dabei kaum den blank polierten Boden. Sie sind ein eingespieltes Team, Susanne und er, auch abseits des Parketts.

In und neben der Spüle türmt sich das benutzte Geschirr des Weihnachtsessens – es ist das gute Porzellan der Urgroßeltern, das sie nur zu besonderen Anlässen benutzen. Alles ist heil geblieben. Keine Scherben, trotz der sieben Enkel – oder *der sieben Zwerge*, wie Susanne sie liebevoll nennt.

Als der Walzer an Fahrt aufnimmt, zieht Carl seine Frau fester an sich. *Jazz Suite No. 2*. Er hat das Stück aus einer Laune heraus aufgelegt. Carl liebt Walzer, und er liebt Schostakowitsch. Doch am meisten liebt er es, mit Susanne dazu zu tanzen. Er sieht sie an, ihr vertrautes Gesicht. Seine Gefühle ihr gegenüber haben sich auch nach über 40 Jahren Ehe nicht eingetrübt. Sie ist die Frau seines Lebens, seine bessere Hälfte – der eine Mensch, bei dem er zu Hause ist.

Carl wirbelt sie herum, Susanne lacht auf – es ist dieses laute, ansteckende Lachen, dem er sich nie hat entziehen können. Damals nicht und heute nicht. Sie ist kaum gealtert, nur gereift. Einzelne Haarsträhnen lösen sich aus ihrer Frisur. *Sie sind genauso gelöst wie sie*, denkt Carl bei ihrem Anblick und lächelt. Und dann wird ihm bewusst, dass er so viel mehr erreicht hat, als er je zu träumen gewagt hätte – als hätte er in seinem letzten Leben alles richtig gemacht, und dieses hier ist seine Belohnung.

Dann endlich beginnt Carls Lieblingsstelle, der Part des Stücks, den er mit *Der Pate* verbindet. Geigen, Flöten, eine Melodie, die so leicht ist, dass sich ihre Leichtigkeit jedes Mal auf ihn überträgt. Carl kann nicht unglücklich sein, wenn er Schostakowitsch hört, wenn er dazu tanzt, wenn er seine Frau in den Armen hält. Er kann dann nicht grübeln, sich nicht aufregen. Er existiert einfach, Beine, die ihn tragen, Füße, Drehungen, nur er, Susanne und der Walzer.

Sie tanzen an den Resten des Gänsebratens vorbei, der auf den Tellern eintrocknet, ebenso wie die Sauce in den Saucieren, die Rotweinneigen in den Gläsern und der Kakao der Kinder in den Henkeltassen. Alles verkrustet, wird hart und kalt, während Carl beginnt zu schwitzen.

Es ist ein schönes Leben, das sie da führen, Susanne und er. Mit ihr hat er nie aufgehört, Spaß zu haben, in all den Jahren nicht. Nicht mal in den schlimmsten Phasen – seine Krebsdiagnose vor sechs Jahren, Jonathans Autounfall, die Fehlgeburt, die seine Tochter in der achtundzwanzigsten Schwangerschaftswoche durchleiden musste. Sie haben alles überstanden. Gemeinsam. Als Familie.

Nach ein paar schweren Monaten ist Therese wieder schwanger geworden – und es geblieben. Jonathan hat die Reha erfolgreich hinter sich gebracht – er beginnt gerade wieder mit dem Joggen. Und er, Carl, hat den Krebs erfolgreich besiegt. Sie sind Kämpfernaturen. Charaktere, die nach einem

Schlag nicht einfach liegen bleiben, die nicht aufgeben – weder sich noch einander. Eine Familie eben. *Sieben Enkel*, denkt Carl nicht ganz ohne Stolz. Die jüngste gerade mal sechs Wochen alt. Vera.

Wenn er mal stirbt, wird etwas von ihm bleiben – drei Söhne und zwei Töchter. Sie sind ihnen gut gelungen, Susanne und ihm – wohlerzogen, weltoffen, kritisch, klug, gebildet, mit Werten und Anstand. Sie werden eines Tages die Firma übernehmen – dieses Imperium, das er mit seiner Frau erschaffen hat. Die nächste Generation wird das Ruder übernehmen, während er und Susanne ihren Lebensabend genießen. König und Königin einer eigenen Dynastie. In einem Betonbollwerk, das ihnen die Welt vom Hals hält. All die Normalbürger und Neider, die alles wollen, nur nichts dafür tun. Carl hat sein Leben lang geschuftet, sich alles selbst aufgebaut. Er hat nichts geerbt, nichts übernommen. Nur hart gearbeitet, das hat er immer. Manchmal hatte er mehr Mut als Verstand. Und Glück. Das auch.

Der Walzer neigt sich dem Ende. Ein paar letzte Schritte, ein paar letzte Drehungen, in denen die Küche zu einem Schmierbild hinter Susannes Gesicht wird. Es ist wahrlich ein heiliger Abend, ein Fest der Liebe.

In exakt dem Augenblick, als Carl das denkt, schrillt die Alarmanlage los. Ein Laut wie ein Schlag auf den Hinterkopf. Carl bleibt abrupt stehen, außer Atem, seine Frau in den Armen, Unverständnis in ihrem Blick.

Das System ist brandneu, Carl hat es erst vorgestern auf Empfehlung seines Sicherheitsberaters einbauen lassen. Eine weitere Maßnahme, um sich und seine Familie zu schützen. Vielleicht ist es nur ein Fehlalarm.

Vielleicht aber auch nicht.

Vielleicht ist längst jemand im Haus.

Carl will es nicht herausfinden. Er packt seine Frau am Arm und zieht sie mit sich in die Eingangshalle, weiter zu den Stufen in Richtung Obergeschoss. Sie gehen schnell, laufen aber nicht. Als sie die erste Etage erreichen, stoppt der Alarm so unvermittelt, wie er begonnen hat. Carl und Susanne bleiben stehen, sehen einander an, wagen nicht zu atmen. Von unten nur Stille. Zwei Sekunden lang, drei Sekunden, dann plötzlich Stimmen. Zwei Männer, vielleicht auch drei.

Carl ergreift die Hand seiner Frau, und sie laufen los. Susanne stolpert über den Saum ihres langen Kleides, Carl hält sie davon ab zu fallen, zieht sie hinter sich her. Er hört das Blut in seinen Ohren rauschen. Und das Getrampel schwerer Schuhe, harte Sohlen, die auf Fliesen treffen.

Erst am Ende des Flurs lässt Carl Susannes Hand los, sie ist verschwitzt und kalt, dann reißt er die Tür zum Schlafzimmer auf, kurz darauf die des begehbaren Schranks. Der Teppich schluckt jeden Laut. Aus dem Augenwinkel sieht Carl, wie Susanne behutsam die Tür hinter sich schließt, während er das Gemälde von der Wand nimmt. Es ist groß und schwer – allein käme seine Frau hier niemals raus. *Was für ein dummes System*, denkt Carl. Seine Arme zittern, als er den wuchtigen Rahmen abstellt. Unterdessen presst Susanne bereits die Kuppe ihres rechten Zeigefingers auf den Scanner. Doch es passiert nichts. Sie wischt ihre feuchten Hände am Stoff des Kleides ab, versucht es ein weiteres Mal.

»Komm schon«, sagt sie beschwörend, dann ein leises Klicken, und das Sicherheitsschloss wird entriegelt.

Es sind Sekundenbruchteile, eine Situation wie in Zeitlupe. Carl spürt den Puls in seinen Augäpfeln. Die Doppeltüren des begehbaren Schranks fliegen auf, und mehrere Männer stürmen herein, maskiert und bewaffnet. Susanne ist schon im Schutzraum, Carl mit einem Fuß drin, mit dem anderen draußen. Er bekommt im Lauf den Griff der Tür zu fassen. Sie sind fast da, nur mehr eine Armlänge entfernt, vielleicht auch zwei. *Das dauert zu lang*, schießt es Carl durch den Kopf, während er am Griff der Sicherheitstür zieht. Mehrere Waffen sind auf ihn gerichtet, kleine schwarze Augen, die Carl anstarren, dann ein metallenes Geräusch, laut und kurz. Danach Schwärze.

Carl kann sich atmen hören. Ein flacher Laut in der Dunkelheit. Als die Neonröhren anspringen, zuckt er innerlich zusammen. Susanne steht neben ihm, ganz blass in dem bläulich kalten Licht. Carl packt sie an den Schultern, er ist grober als beabsichtigt.

»Geht es dir gut?«, fragt er in einem harten Flüstern.

Sie nickt.

»Okay«, sagt er. »Raus hier.«

Der Korridor, der nach draußen führt, ist schmal und nur schwach beleuchtet. Susanne geht voraus. Für den Fall, dass diese Männer es doch irgendwie schaffen, den Sicherheitsmechanismus der Tür zu überwinden, sollen sie *ihn* erschießen und nicht sie. Carl spürt, wie ihm der Schweiß den Rücken hinunterläuft, die Schläfen und die Stirn. Er brennt salzig in seinen Augen, Carl wischt sich mit dem Hemdsärmel übers Gesicht. In der Ferne erkennt er die grüne Notausgangsleuchte. Sie haben es beinahe geschafft.

Susanne wird schneller, ihre Hände umfassen verkrampft den Saum ihres Kleides, Carl folgt ihr, seine nackten Füße treffen auf den harten Beton, dann endlich erreichen sie die Luke. Carl hat vergessen, wie klein sie ist, kaum größer als ein Abwassergully. Ein Rad und ein Hebel. Erst das Rad, dann der Hebel? Oder andersrum?

Der Mitarbeiter von SafeLink hat ihm mehrfach gezeigt, wie der Deckel zu öffnen ist, doch Carl kann sich nicht erinnern. Letztlich macht er einfach irgendwas, er hantiert herum, dreht und zieht, dann plötzlich ein lautes Klack, und die Luke springt auf.

»Du zuerst«, sagt Carl atemlos, dann folgt er seiner Frau ins Freie.

»Guten Abend, Herr Ahrens«, empfängt sie eine Stimme.

»Frau Ahrens.« Carl erstarrt. Vier Männer in schwarzer Montur, maskiert und bewaffnet. »Dachten Sie etwa, wir wissen es nicht? Dachten Sie, wir wissen nicht, dass es diesen Fluchtweg gibt?« Der Mann klingt amüsiert. »Wir wissen alles über Sie, Herr Ahrens.« Kurze Pause. »Einfach alles.«

JOHANN SANDER.
DER FRAUENFLÜSTERER.

Johann war sein Leben lang umgeben von Frauen. Von seiner Mutter, von seinen drei Schwestern, von seiner ersten Frau, dann der zweiten und jetzt der dritten. Vier Töchter. Kontakt jedoch hat er nur zu der einen: Kristin. Die bewohnt derzeit eines der Gästezimmer. Eine Behelfslösung, bis ihre neue Wohnung bezugsfertig ist.
 Amelie hatte nichts dagegen. Aber wie könnte sie auch? Immerhin ist Kristin ihre gleichaltrige Stieftochter. Außerdem die Halbschwester ihres zukünftigen Kindes. Sie konnte gar nicht Nein sagen, Kristin kann Amelie auch so schon nicht leiden. Was sie natürlich so nicht sagt. Sie kommuniziert es subtiler – auf jene passiv-aggressive Art, die Johann schon bei seiner Ex-Frau nicht ausstehen konnte. Als er Kristin darauf angesprochen hat, hat sie es abgestritten. *Wie kommst du darauf? Sie ist absolut ... reizend.* Das ist typisch für Kristin.
 Wobei er sie in diesem Fall sogar verstehen kann. Eine Tochter sollte nicht älter sein als die dritte Frau ihres Vaters, das sieht Johann ein, aber es hat sich nun mal so ergeben. Abgesehen davon ist Kristin bei ihnen zu Gast – in seinem und Amelies Haus. Es ist nicht ihre Schuld, dass Kristins langjähriger Partner kurz vor Weihnachten auf die Idee gekommen ist, sie zu verlassen. Johann hat ohnehin nie besonders viel von ihm gehalten, diesem *Tom.* Gesagt hat er nie etwas.

Dass er lasch ist und weichlich. Eine jämmerliche Version von einem Mann. Wehrdienstverweigerer, mehr muss man nicht sagen.

»Wir wissen seit heute das Geschlecht des Babys«, sagt Amelie in die Stille zwischen ihnen, die obligatorische Hand auf ihrem Bauch. »Wir wollten es nun doch wissen.«
»Hm«, macht Kristin.
»Es ist ein Mädchen«, sagt Amelie.
»Ach was. Noch eins?«, erwidert seine Tochter.
»Kristin«, sagt Johann tadelnd.
»Papa?«, sagt Kristin fragend.
Die Haushälterin betritt das Esszimmer. Eine weitere Frau in Johanns Leben. Wäre er mit *ihr* verheiratet, hätten sie bald Goldene Hochzeit. Fünfzig Jahre. Sie ist eine treue Seele, seine Hilde. Vertrauenswürdig, loyal, verschwiegen. Außerdem liebt er ihr Essen. Besonders den Rehbraten. Und ihren Apfelstrudel. Gewiss, sie ist nicht mehr die Jüngste, manch anfallende Aufgabe macht ihr mittlerweile arg zu schaffen. Aber sie ist unersetzbar, die Konstante in seinem Leben.

Hilde bringt eine weitere Flasche Rotwein an den Tisch und ein Glas naturtrübe Apfelschorle für Amelie. Während die drei Frauen reden, erhebt sich Johann und geht nach nebenan ins Herrenzimmer, Musik auflegen. Kurt Weill, den hat seine Mutter immer gern gehört – insbesondere die *Zuhälterballade*. Die Ironie entgeht Johann dabei nicht. Etwas in seinem Inneren möchte darüber lächeln, doch er lässt es nicht zu, seine Lippen bleiben eine gerade Linie. Gradlinigkeit hat er immer geschätzt. Eine weithin unterschätzte Charaktereigenschaft, wie Johann findet. Er drückt auf Play. Doch es startet nicht die *Zuhälterballade*, sondern *King Arthur* von Henry Purcell.

Johann will gerade die CD wechseln, als er die Unruhe der Hunde bemerkt. Eben lagen seine drei Weimaraner noch faul herum – einer auf dem Keshan vor dem Kamin, der zweite auf dem Hundebett, der dritte in Küchennähe –, wohl in der Hoffnung, etwas vom Festtagsessen abzugreifen. Jetzt sind sie alle auf den Beinen, Jagdhunde, die etwas gewittert haben. In Alarmbereitschaft. Johann vertraut auf ihre Nasen, auf ihren untrüglichen Spürsinn, er vertraut ihnen in der Dunkelheit, im Wald, auf der Jagd.

Unbehagen steigt in Johann auf, ein schneller Herzschlag, ein mulmiges Gefühl im Magen – beides argumentiert er weg. Sie leben seit jeher zurückgezogen, meiden öffentliche Auftritte, Fotos von ihm oder seinen Kindern existieren so gut wie keine, seine beiden Ex-Frauen haben strikte Verschwiegenheitserklärungen unterzeichnet, und es gibt keinen Grund zu der Annahme, dass sie sich nicht daran gehalten haben könnten. Kaum jemand weiß, wie Johann aussieht, geschweige denn, wie viel bei ihm zu holen ist. Über sein Vermögen wird allenfalls spekuliert, genaue Zahlen kennt niemand. Das Haus und das Anwesen sind videoüberwacht, das Security-System ist auf dem neuesten Stand der Technik. Johann hat alle möglichen Sicherheitsvorkehrungen getroffen, er hat sie sich einiges kosten lassen. Und er hat Gewehre im Haus. Johann weiß nicht nur mit ihnen umzugehen, er weiß auch, dass er nicht zögern würde, sie zu benutzen, sollte es die Situation erfordern.

Als die Hunde anfangen zu bellen, werden Amelie, Kristin und Hilde nebenan hellhörig. Hilde macht eine Bemerkung, etwas wie: *Das machen die doch sonst nicht.* Und sie hat recht. Seine Hunde hören aufs Wort, bilden mit ihm eine unverrückbare Einheit.

Der alte Holzboden knarzt, wie er es nur unter Schritten tut. Johann hört sie näher kommen, während er die Schlüssel zu seinem Waffenschrank aus der Hosentasche fischt und ihn mit ruhiger Hand aufschließt. Das Klickgeräusch des Schlosses geht im Gebell der Hunde unter. Johann greift nach einem der Gewehre und hängt es sich über die Schulter, dann nach einem zweiten, entsichert es und schließt den Schrank ab.

Im selben Moment ein undefinierbarer Laut im Flur – das Öffnen einer Tür? –, dann die Hunde, die Reißaus nehmen, sie rennen an Johann vorbei ins Esszimmer. Er folgt ihnen, das Gewehr im Anschlag, bereit zu schießen. Ob einen Hirsch oder einen Menschen – wie groß kann der Unterschied schon sein? Das Bellen der Hunde schwillt weiter an, hallt durchs Haus, wird zum Kläffen. Dann ein Aufschrei. Kristin oder Amelie, Hilde gibt keinen Mucks von sich, die Hunde knurren.

Kurz darauf ist es still.

Zu still.

»Wir haben Ihre Frau, Herr Sander«, sagt eine Männerstimme. »Oder sollte ich sagen, Ihre *Frauen*.«

Johann steht hinter der Wand zum Esszimmer. Es sind Ziegel, die Kugeln würden sie problemlos durchschlagen. Doch er weiß nicht, wen er treffen würde. Das Risiko ist zu groß.

»Tun Sie bitte nichts Unüberlegtes, Herr Sander. Wir sind zu viert und schwer bewaffnet. Ihre Hunde sind außer Gefecht gesetzt.«

Johann beißt die Zähne aufeinander.

»Keine Sorge, sie wurden nur betäubt.«

Er könnte über den anderen Flur gehen. Vielleicht haben sie den nicht gesichert. Aber was, wenn doch? Bei drei Geiseln wäre es ein Leichtes, an einer von ihnen ein Exempel zu statuieren.

»Nun kommen Sie schon raus, Herr Sander. Wir haben Ihre Frau, Ihre Tochter und Ihre Haushälterin in unserer Gewalt. Ihr ungeborenes Baby nicht zu vergessen. Bitte setzen Sie nicht deren Leben aufs Spiel.«

Johann schließt einen Moment die Augen, dann sichert er sein Gewehr, hält beide Waffen hoch, als Zeichen, dass er sich ergibt, und verlässt sein Versteck.

»Na, also«, sagt einer der drei maskierten Männer. »So ist es gut, legen Sie Ihre Waffen auf den Boden. Ganz langsam.«

Johann sieht in die Gesichter von Kristin, Amelie und Hilde, bleich und voller Angst. Dann bückt er sich und legt widerwillig die Gewehre ab. Einer der Männer kommt näher und nimmt sie an sich.

»Ich danke Ihnen für Ihre Kooperation, Herr Sander.«

»Was wollen Sie?«, fragt Johann kalt.

»Mit Ihnen spielen«, antwortet der andere. »Sie wurden ausgewählt. Für die Reality Show.«

EIN PAAR MINUTEN ZUVOR.

SHOWTIME.

Im echten Leben gibt es keine Generalprobe. Da gibt es nur das kalte Wasser und den Sprung.

Magpie wusste, worauf sie sich einlässt. Niemand hat sie zu irgendwas gedrängt oder ihr was vorgemacht, keiner hat sie gezwungen. Die Karten lagen auf dem Tisch – Fakten und Hürden und Gründe dagegen.

Vor allem Gründe dagegen.

Sie denkt an jenen Morgen zurück, an den Anfang. Da wusste sie noch nicht, dass sie es tun würde. Sie hat sich alles angehört, die Beweggründe nicht hinterfragt, nur Fragen gestellt, eine nach der anderen wie ein Wurfgeschoss. Am Ende hat sie Ja gesagt. Das war vor drei Jahren. Und jetzt ist sie hier, Drehbuchautorin und Regisseurin der vielleicht größten Show, die es hierzulande jemals geben wird. Eine Strippenzieherin unter Strippenziehern, ohne dass die davon wissen. Magpie sitzt eine Ebene über ihnen, die Hände voller Drähte, an denen sie hängen, und wartet auf den Startschuss.

Sie hat alles im Blick, einen Knopf im Ohr, hört eine Statusmeldung nach der anderen reinkommen.

»Team Voigt?«

»Wir sind drin.«

»Bestätige. Team Emhoff?«

»Stehen bereit.«

»Bestätige. Team Litten?«
»Vor Ort.«
Und das zehnmal.

Magpie hatte keine Ahnung, wie sich ein Körper voller Adrenalin anfühlt, wie sensibel die Haut reagiert, wie klar der Kopf wird, wie wach der Geist. Als wäre alles etwas schneller und zur selben Zeit langsamer. Und sie mittendrin.

Magpie geht auf und ab, der Raum ist abgedunkelt, nebenan läuft laute Musik, die Mitwirkenden bringen sich in Position, wie Spielfiguren auf einem riesigen Schachbrett. München, Stuttgart, Berlin, Frankfurt, Kitzbühel, St. Gallen ... 42 Geiseln gefangen in ihren Villen, Architektenhäusern und Chalets. In ihren Berghütten und Feriendomizilen. Und die Crème de la Crème von ihnen in den Top Ten. Sie ahnen nicht, was jeden Augenblick passieren wird. Dass Teams, bestehend aus vier bis sechs Personen, bereitstehen und auf ein Go warten. Und sie die unfreiwilligen Kandidaten in dieser riesigen Inszenierung – diesem Inbegriff von Trash-TV.

Drei Jahre lang haben sie auf das hier hingearbeitet. Auf diesen Abend – die Bescherung, die dieses Jahr etwas anders ausfallen wird als sonst.

»Ist die Kommunikation nach außen eingestellt?«

»Ja und Nein«, sagt Swift. »Alle Handys und Festnetzanschlüsse der Kandidaten sind so manipuliert, dass ausgehende Anrufe zu uns umgeleitet werden. Nur, dass sie das nicht wissen.«

»Hat dein Team das getestet?«, fragt Finch.

»Natürlich«, erwidert Swift. »Ich hatte gerade ein überaus nettes Gespräch mit Agnes Brandauer in ihrem Flur.«

»Was ist mit den Internetverbindungen?«, fragt Heron. »Sind die gekappt?«

»Die Schadsoftware, die ich als Trojaner verschickt habe, wurde mit dem System-Lockdown aktiviert. Nachrichten, Suchanfragen, E-Mails – landet alles bei uns.« Ein kurzer Plopp-Laut, dann sagt Swift: »Und siehe da, eben kam die Bestätigung der Öffentlich-Rechtlichen rein. Sie werden die Sendung nicht unterbrechen.«

»Und was, wenn doch?«, fragt Magpie.

»Tja, ich würde sagen, dann wird es viele wichtige Leichen geben.«

Magpie hört Finch leise lachen, ihr Herz rast, sie spürt, wie ihr Haaransatz im Nacken nass wird.

»15 Sekunden«, sagt Heron. »Sind alle bereit?«

»Ja«, sagt Finch stellvertretend.

»Thrush und Wren?«

»Thrush steht bereit, Wren ist drin.«

»Swift?«

»Läuft alles nach Plan.«

»Robin?«

»Ist vor drei Minuten angekommen.«

»Na gut«, sagt Heron. »Von nun an ist jeder auf sich allein gestellt.« Pause. »Wir schaffen das.«

Magpie grinst.

»Noch fünf Sekunden«, sagt Finch. »Noch vier, dein Einsatz, Magpie.«

Sie wünschte, sie wäre live dabei, wenn es passiert – nicht nur in schwarz-weiß und klein, sondern vor Ort. Aber sie führt Regie. Und mit diesem Gedanken im Kopf sagt sie: »Drei, zwei, eins ... Showtime.«

MERRY CHRISTMAS EVERYONE.

Es ist dunkel, die Sojakerzen brennen, der Linsenbraten ist im Ofen, die Nachspeise im Kühlschrank und Lena zufrieden. Sie sitzt auf dem Sofa und sieht ihren Kindern dabei zu, wie sie ihre Geschenke auspacken. Miriam hilft ihrem kleinen Bruder dabei, er ist noch zu ungeschickt, um die Schleife selbst zu öffnen, grobmotorische, fahrige Kleinkindbewegungen, die Lena auf eine seltsame Art berühren. Lorenz macht Fotos mit dem Handy, fängt den Moment ein, in dem Marius endlich den Elefanten auf Rollen in den Händen hält. Das Holzspielzeug war teuer, ist aber nachhaltig. Das war ihnen wichtig. Lena und Lorenz leben plastikfrei und vegan. Einige ihrer Freunde machen sich über sie lustig, aber das ist ihnen egal. Sollen sie doch reden. Lena hat sich an ihr reines Gewissen gewöhnt, es zu schätzen gelernt. Ja, zu Beginn ist es ihr schwergefallen, auf Käse zu verzichten, vor allem auf französischen Weichkäse – dazu ein paar Weintrauben und Weißbrot mit gesalzener Butter –, doch inzwischen mag sie den Cashewkäseersatz recht gern, den sie im Biomarkt an der Ecke bekommt. Er hat nicht viel mit Käse zu tun, aber er schmeckt gut. Und es werden keine Tiere dafür gequält. Und auch nicht getötet.

In der Nachbarwohnung läuft schon wieder so laut Musik. Nicht einmal heute nehmen sie Rücksicht, nicht mal am Heiligen Abend. Aber das sollte Lena nicht wundern, ihre Nachbarn sind rücksichtslose Arschlöcher, die sogar unter der Woche bis spät in die Nacht feiern und den ganzen Sommer über grillen. Dann stinkt alles nach Würstchen und Brathähnchen und Bier. Lorenz hat versucht, mit den Jungs zu reden, sie um Rücksicht gebeten, aber da kommt man nicht durch. Nicht mal einer wie Lorenz mit seiner Engelsgeduld. Klimawandel, Tierschutz, Kinder, die schlafen müssen – das alles ist ihnen egal. Eine Jungs-WG eben.

Als der Song nebenan noch weiter aufgedreht wird, atmet Lena angespannt ein. Die Musikauswahl ist nicht das Problem, es ist die Lautstärke und diese Nach-mir-die-Sintflut-Einstellung, die immer mehr um sich greift.

»Wer schreibt dir denn da die ganze Zeit?«, fragt Lorenz und schaut kurz vor vorwurfsvoll auf die Ablage neben dem Fernseher.

Lena hat das Eintreffen der Nachrichten gar nicht gehört, sie war zu sehr mit der Musik nebenan beschäftigt. »Ich weiß es nicht«, gibt sie zurück, da piept es erneut.

»Kannst du das bitte stumm stellen?«, fragt Lorenz, um einen freundlichen Ton bemüht. »Immerhin packen die Kinder gerade ihre Geschenke aus.«

Lena beschließt, nichts zu sagen, weil Weihnachten ist. Sie will nicht streiten. Also lächelt sie, verschluckt ihren Kommentar und geht zur Anrichte hinüber.

Ihr Handy zeigt zwei neue Nachrichten. Eine von Julia, eine von Katja. Es sieht ihren Freundinnen nicht ähnlich, grundlos die Bescherung zu stören. Immerhin feiern sie gerade selbst mit ihren Familien, Weihnachten ist ihnen heilig.

Lena öffnet WhatsApp mit einem mulmigen Gefühl im Bauch.

Julia hat einen YouTube-Link geschickt, kommentarlos, dahinter nur das Emoji mit den großen, runden Augen. Bei Katja ist es nur ein Satz: *Schalt sofort den Fernseher ein.* *Welcher Sender?*, schreibt Lena zurück. *Egal. Es läuft überall.*

—

»Ist der Weihnachtsbaum etwa aus Plastik?«, fragt Opa Fritz mit gerümpfter Nase.

»Ja«, sagt Sonja begeistert, »den hab ich aus dem Baumarkt. Man steckt ihn einfach zusammen.«

»Man steckt ihn zusammen? Aus dem Baumarkt?« Opa Fritz schüttelt den Kopf. »Zu Weihnachten gehört sich eine Nordmanntanne mit echten Kerzen«, erwidert er, und sein Sohn Jürgen verdreht sie Augen.

»Ich bitte dich, Papa. Lass uns doch ausnahmsweise mal nicht an Heiligabend streiten, in Ordnung?«

»Ich sag ja nur«, sagt er. Und dann: »Was ist das eigentlich für ein Krach?«

»Das ist kein Krach«, antwortet Franzi. »Das ist Mariah Carey. Ich liebe den Song!«

Opa Fritz reißt sich zusammen und flüchtet vor dem Lärm in die Küche. Dort findet er seine Frau Helga, die beim Tischdecken hilft. Papierservietten, statt den gestärkten aus Stoff. Passend zur Plastiktanne.

Die Wohnung riecht nach Gänsebraten und Blaukraut. Um den Braten hat Helga sich gekümmert, wenigstens der wird schmecken. Sonja hat Knödel aus der Packung gemacht, das sieht Opa Fritz schon von Weitem. Sie sind klein und sehen unecht aus, wie sie im siedenden Wasser an der Oberfläche treiben. Sonja steht neben dem Herd und püriert die Soße.

Ihre Soßen sind gut, das muss er ihr lassen. Es ist die eine Sache, die sie beherrscht, alles andere kauft sie fertig.

Opa Fritz freut sich auf die Christmette mit seiner Frau, auf die Ruhe, auf die Traditionen – die weder Jürgen noch seine Schwiegertochter an ihre Kinder weitergeben. Was bleibt, sind Konsum und grausame amerikanische Musik. *Das Fest der Liebe*, dass Opa Fritz nicht lacht. Er weiß, dass sein Sohn ihn und seine Frau nur deswegen zu sich einlädt, weil er darauf hofft, eines Tages ihr Haus zu erben. Es ist seine einzige Chance auf ein Eigenheim. Die Zeiten haben sich geändert, die Immobilienpreise sind durch die Decke gegangen. Helga sagt, dass Fritz Gespenster sieht, dass er unrecht hat, was ihren Jürgen betrifft, aber Helga ist gutgläubig, wenn es um ihn geht. Der Jüngste von drei Kindern, ihr Bub. Mit Verena und Johanna ist sie weitaus weniger nachsichtig. *Die mussten ja auch unbedingt beide nach Berlin ziehen.*

»Das Essen ist fertig!«, schreit Sonja ins Wohnzimmer.

Opa Fritz und Helga nehmen Platz. Nach und nach trudeln dann auch die restlichen Familienmitglieder ein, Jürgen, Franzi, Bastian.

Bis alle sitzen, verteilt Sonja schon einmal Bratenscheiben und Knödel – oder Klöße, wie sie sie nennt. *Klöße*, denkt Opa Fritz abschätzig.

»Die Handys weg«, sagt Jürgen zu seinen Kindern.

Wenigstens eine Sache, in der sie sich einig sind.

Franzi legt ihres mürrisch zur Seite, aber Bastian denkt nicht daran, er starrt weiter auf das helle Display. Opa Fritz' Schultern spannen sich merklich an. Früher hätte es so etwas nicht gegeben, so eine Respektlosigkeit. Sie sind schlecht erzogen, alle beide. Aber wie könnten sie auch nicht? Sonja und sein Sohn sind viel zu wenig streng mit ihnen. Sie haben nicht verstanden, dass man mit seinen Kindern nicht befreundet sein kann, dass man sie erziehen muss, ihnen Grenzen aufzeigen.

»Basti«, sagt Jürgen energisch, doch der schaut weiter auf sein Handy. Opa Fritz ist kurz davor, sich einzumischen, ein Machtwort zu sprechen, wenn es Jürgen schon nicht tut. Aber dann wird es nur wieder Streit geben, und am Ende ist er an allem schuld – der Böse, der Weihnachten verdorben hat.

Im selben Augenblick vibriert Franzis Handy, und sie greift danach. Dann sitzen sie beide mit ihren Telefonen am Tisch.

»Reg dich nicht auf, Liebling«, flüstert Helga ihm zu. Doch es ist zu spät. Opa Fritz regt sich längst auf.

»Wirst du etwas deswegen sagen, oder soll ich es tun?«, fragt er Jürgen gereizt.

Marion liegt in der Badewanne. Ihr Körper ist komplett unter Wasser, nur ihr Gesicht ragt heraus. Wie ein blasser Eisberg mit Wimpern. Sie hört gedämpft Gloria Lasso, einzelne Wasserlinien bewegen sich zitternd über die rosafarbenen Fliesen.

Unter anderen Umständen wäre sie jetzt nicht hier, sondern bei ihrer Mutter. Sie hätten zusammen gekocht und nach dem Auspacken der Geschenke einen Weihnachtsfilm geschaut oder eine dieser schrecklichen Fernsehshows, die ihre Mutter so mag. Jede ein kleines Geschenk, Würstchen und Kartoffelsalat, ein Tannenbaum, nur klein, aber immerhin echt, ein Geruch nach Nadelwald und Bienenwachskerzen.

Aber Marion ist nicht bei ihrer Mutter. Marion ist bei sich zu Hause. Nackt in der Wanne, ihre Tränen laufen ins Badewasser. Marions Mutter ist vor zehn Tagen überraschend verstorben. Ein Herzinfarkt. Sie darf nicht darüber nachdenken, dass ihre Mutter allein war, als es passierte. Dass sie vermutlich wusste, dass es zu Ende geht. Und dass sie – ihre Tochter – nicht bei ihr war. Margarete Becker starb nach 40 Jahren Vollzeit-Berufstätigkeit in einer Sozialwohnung, zwei Zimmer, Küche, Bad. Sie hinterlässt eine trauernde Tochter und ein überzogenes Girokonto bei der Stadtsparkasse. 657 Euro und 30 Cent im Minus. Recht viel besser sieht es auf Marions auch nicht aus.

Sie hat sich freigenommen, nachdem sie es erfahren hat. Sie hat sich um alles gekümmert. Um die Einäscherung, die Entrümpelung der Wohnung, die Behördengänge. Und dann war plötzlich Weihnachten, als wäre der Heilige Abend überraschend gekommen, wie ein Gast, mit dem sie nicht mehr gerechnet hat.

Marion hat sich für heute Abend eine Tiefkühlpizza und Eiscreme gekauft. Etwas Unkompliziertes. Aber sie hat keinen Appetit. Stattdessen liegt sie in der Badewanne, nur einen Atemzug vom Tod entfernt, und fragt sich, was es für einen Unterschied machen würde.

Das Wasser ist kalt geworden, Marion beginnt bereits zu frieren. Als sie sich aufsetzt, wird alles lauter, das Lied von Gloria Lasso, der Fernseher, der in der Küche läuft. Irgendeine Show. Ein Vorspann, der auf Singsang-Art einen unterhaltsamen Abend verspricht.

Marion steigt aus der Wanne und schlüpft nach dem Abtrocknen in ihren Schlafanzug und die Hausschuhe. Vielleicht schaut sie den Blödsinn tatsächlich an – ein bisschen Ablenkung würde ihr guttun. Ihr Magen knurrt, es ist ein langgezogener, einsamer Laut. Marion zieht den Wannenstöpsel, geht nach nebenan in die Küche und schaltet das Backrohr ein.

»Und nun, meine Damen und Herren, präsentiere ich Ihnen Ihren Showmaster für heute Abend – den Mann, der Sie zur Wahrheit führt: Zachaaaaaryyyyy Wiiiiiisemaaaaaan.«

Frenetischer Applaus setzt ein, ein grollendes Donnern, begleitet von triumphaler Musik. *Zachary Wiseman.* Der Name kommt Marion entfernt vertraut vor. Sie schaut hoch, ihr Blick fällt auf den Fernseher. Ein junger Mann auf einer riesigen Bühne, zwergenhaft, aber keineswegs verloren.

»Danke«, sagt er selbstsicher und verbeugt sich in Richtung Kamera. »Ich danke Ihnen, vielen Dank«, sagt er noch einmal.

Irgendwo hat sie ihn schon mal gesehen. Nein, sie muss sich täuschen. Der Applaus ebbt ab. Danach ist es still, nur der Backofen brummt.

»Wir haben in den kommenden Stunden etwas ganz Besonderes für Sie vorbereitet.«

Marion mustert den Mann. Doch. Sie kennt ihn. Aber woher? Sie weiß es nicht. Er ist auf eine charmante Art von sich eingenommen. Einer, der bei Frauen ankommt. Und bei Männern. Einer, der das weiß.

»Ich würde ja sagen, *bleiben Sie dran*, aber meinetwegen schalten Sie ruhig um – wir senden heute Abend auf allen Kanälen.«

Marion runzelt die Stirn. Sie greift nach der Fernbedienung und wechselt zu ARD. Dann zu ZDF. Dann zu Pro7. Überall sein Gesicht.

»Na, glauben Sie mir jetzt?« Ein wissendes Lächeln. »Nun, da Sie alle mal umgeschaltet haben und wissen, dass ich die Wahrheit sage, schnappen Sie sich Ihre Chipstüten und Nachspeisen und lehnen Sie sich zurück.« Die Kamera wechselt zu einer Nahaufnahme auf sein Gesicht, dann sagt er: »Fröhliche Weihnachten alle zusammen. Willkommen bei der Reality Show.«

DREI JAHRE ZUVOR.

**PHILIP.
DER RECHTE WEG.**

»Wir sind vom rechten Weg abgekommen«, sagt der neue Kanzler. Bis vor ein paar Minuten war er noch Kanzlerkandidat. Und da fand ich ihn schon scheiße. »Ich verspreche Ihnen hier und heute, uns auf ebenjenen zurückzubringen.«

»Glaubt ihr, seine Wähler verstehen das überhaupt? *Ebenjenen?*«, sagt Julian und trinkt einen Schluck Bier.

»Ich kann nicht fassen, dass diese Wichser echt die Wahl gewonnen haben«, murmelt Erich kopfschüttelnd. »Ich meine, geht es noch offensichtlicher, *Der Rechte Weg?*«

»Du musst zugeben, der Name ist gut«, sagt Julian.

»Machst du Witze?«

Julian schüttelt den Kopf und trinkt einen weiteren Schluck Bier. »Es ist das perfekte Wortspiel.«

»Das perfekte Wortspiel?« Erich schaut irritiert in meine Richtung. »Hast du was dagegen, wenn ich ihn rauswerfe?«

Julian lacht. »Ich sage ja nicht, dass ich *sie* gut finde«, sagt er. »Gössmann ist ein Arschloch. Aber der Parteiname ist genial.« Als Erich nicht reagiert, stößt Julian mir mit dem Ellenbogen in die Seite. »Wie siehst du das? Findest du ihn nicht genial?«

Ich antworte nicht.

In Frankreich würden sie jetzt rausgehen und ein paar Autos anzünden. Einfach, um denen da oben zu zeigen, dass ihnen die Situation nicht passt. Und wir sitzen auf dem Sofa und trinken gekühltes Tegernseer, während der Rechtsruck in Deutschland zur Marschrichtung wird. Ein heimischer Widerstand, für den wir nicht mal aufstehen müssen.

Das Problem ist, dass es nicht viel bringt: Autos anzünden, demonstrieren, sich politisch engagieren. Alles umsonst. Der Kapitalismus hat den sozialen Teil der Marktwirtschaft längst gefressen, Konsum steht über allem, soziale Ungerechtigkeit wächst ins Unermessliche. Geldgeile Zocker, und wir ihre Spielfiguren. Und an der Spitze ein paar geisteskranke Politiker, die von einer Mehrheit gewählt wurden. Präsident Trump, der mit seiner Patriot Party Biden abgelöst hat, Nigel Farage, Premierminister des Vereinigten Königreichs, Matteo Salvini, Ministerpräsident Italiens. Die Liste ist lang. Machtbesessene Männer. Militär. Diktaturen, die sich als Demokratien verkleiden.

»Sind das da etwa Dackel auf seiner Krawatte?«, höre ich Erich fragen.

»Klar«, antwortet Julian amüsiert. »Der trägt doch immer so kranke Krawatten.«

»Wenn du mich fragst, ist das ein bisschen sehr britisch, für seine 1938er-Ansichten«, sagt Erich, woraufhin Julian lacht.

»Findet ihr das etwa komisch?«, frage ich, und mein Tonfall ist so scharf, dass beide sofort wieder ernst werden.

»Komm schon«, meint Julian, »dass ein rechter Politiker Dackel-Krawatten trägt, ist witzig.«

Ich stehe unvermittelt auf und zeige auf den Fernseher. »Das ist ein verdammter Faschist!« Meine Stimme überschlägt sich, sie klirrt in den Bierflaschen auf dem Tisch. »Vollkommen egal, was für Krawatten er trägt.«

»Was denn, du glaubst, *er* ist das Problem?«, fragt Julian.

»Ist das eine ernst gemeinte Frage?«, frage ich zurück.

»Ich denke, was Julian meint, ist, dass die Leute, die Typen wie ihn wählen, das eigentliche Problem sind. Nicht die Politiker an sich.«

»Nein, das meine ich nicht«, sagt Julian, und wir schauen beide zu ihm. »Menschen wie mein Vater sind das Problem.«

»Was?«, frage ich irritiert. »Wovon, zum Teufel, sprichst du?«

Julian rappelt sich auf, so wie er es immer tut, wenn er zu einer längeren Rede ansetzt. »Ich bitte dich, die Leute, die wirklich das Sagen haben, werden doch nicht gewählt. Die kennen wir gar nicht. Das sind gesichtslose Anzugträger, die in irgendwelchen Aufsichtsräten von Banken und Automobilkonzernen hocken. Oder systemrelevante Unternehmen leiten und Milliardenzuschüsse beziehen. Oder Investoren, die von Privatisierungen im Gesundheitssystem profitieren oder von Ausgleichszahlungen im Baugewerbe. Wirtschaftsbosse und Hedgefondsmanager und Unternehmensberater, *das* sind die Leute, die die Entscheidungen treffen.« Julian zeigt auf den Fernseher. »Sicher nicht Typen wie er.«

Ich nicke langsam, dann setze ich mich wieder hin. »Okay«, sage ich schließlich, »kann sein. Aber das erklärt nicht, warum die Mehrheit in diesem beschissenen Land einen Nazi zum Kanzler gemacht hat. Hat uns *einer* nicht gereicht? Ist es etwa zu lange her? Haben die Hitler vergessen?« Ich schüttle angewidert den Kopf. »Es laufen jeden Abend ungefähr dreihundert Dokus im Fernsehen über dieses verdammte Arschloch, und keiner sieht die Zusammenhänge? Kann es so viel Dummheit geben?«

Julian zuckt mit den Schultern, als hätte das alles nichts mit ihm zu tun.

»Es heißt, wehret den Anfängen«, sage ich. »Das ist der Anfang! Typen wie er mit seiner Scheißkrawatte.«

»Und was willst du jetzt tun?«, fragt Julian. »Eine Revolution anzetteln? Den Reichstag anzünden? Alle vom Rechten Weg erschießen?«

»Fick dich«, erwidere ich. Aber er hat recht. Was werde ich schon tun? Eine Partei gründen? Die Menschen wachrütteln? Ihnen klarmachen, dass Der Rechte Weg direkt in ein viertes Reich führen könnte?

»Wenn wir nicht aufpassen, wird dieser Tag in die Geschichtsbücher als zweite Machtergreifung eingehen. Nur, dass da nichts *ergriffen* wurde. Genauso wenig wie damals. Eine Mehrheit hat diese Scheißpartei *gewählt*!«

»Ja, weil sie unzufrieden ist«, sagt Julian. »Weil keine Sau sie oder ihre Sorgen und Probleme je wirklich ernst genommen hat. Ich meine, Scheiße, ein Großteil von denen wurde jahrzehntelang ignoriert, oder? Das sind Leute, die Vollzeit arbeiten und Stütze brauchen, weil sie ihre Miete sonst nicht bezahlen können. Kein Geld zur Seite legen, nichts für später haben, nie in Urlaub fahren. Die schuften 40, 50, 60 Stunden pro Woche in irgendwelchen Büros. Das sind Schreibtischsklaven und Dienstleister. Kleine Angestellte bei der Stadt, die unseren Müll wegräumen und unsere Pässe verlängern. Herrgott, das sind Rentner in Altersarmut. Pflegefälle. Geringverdiener, die uns Daunenjacken und Versicherungen verkaufen. Die bearbeiten unsere Beschwerden in Callcentern und liefern unsere verdammten Bestellungen an unseren Wunschablageort. Wach auf, Alter. Diese Menschen haben einen Grund, wütend zu sein. Sie sind die Ameisen. Die, die das System am Laufen halten. Und auf die jeder scheißt.«

»Bullshit«, sage ich. »Das ist nicht der kleine Mann. Das

sind Rassisten. Arschlöcher, die was gegen Ausländer haben, gegen Flüchtlinge wettern und Asylantenheime anzünden.«

»Da muss ich kurz widersprechen«, sagt Erich. »Das Gros der Wählerschaft hat sicher keine Asylantenheime angezündet.«

»Aber sie würden es gerne.«

»Das weißt du nicht«, erwidert er. »Abgesehen davon kannst du niemanden für seine Gedanken zur Rechenschaft ziehen. Nur für seine Taten.«

»Toll«, sage ich. »Und später schreiben wir dann Haufenweise Sachbücher mit treffenden Titeln wie *Wir hätten es verhindern können*.«

Julian nickt nachdenklich. »Erinnert ihr euch noch an 2020/21?«, fragt er dann. »An die Corona-Krise und daran, wie alle zu Hause waren und an den Fenstern standen und wie die Idioten für die Pflegekräfte applaudiert haben – die *Held:innen der Pandemie*?« Julian lacht bitter auf. »Die meisten von denen warten noch heute auf eine angemessene Bezahlung.« Er lehnt sich zum Couchtisch und greift nach seinem Bier. »Ich sage euch, die soziale Ungerechtigkeit ist das Problem – das *eine* Prozent, dem *99* Prozent gehören. Ihr Geld regiert die Welt, nicht diese Politiker. Und wir schwingen uns auf. Als wären wir mehr als drei verwöhnte Wichser, die auf irgendeiner Couch sitzen und klug daherreden. Aber mehr sind wir nicht. Man ändert die Welt nicht vom Wohnzimmer aus.«

Einen Moment lang ist es still, dann hebt Julian seine Flasche und sagt: »Darauf trinke ich. Auf die grausame Wahrheit und nichts als die Wahrheit, so wahr mir Gott helfe.«

JULIAN.
DIE DREI FRAGEZEICHEN.

Ich sollte nicht so emotional werden. So verdammt theatralisch. Eine links-liberale Version meines Vaters, genauso wütend, nur mit sozialeren Ansätzen.

Das ändert nichts daran, dass es stimmt: Wir sind drei verwöhnte Wichser auf irgendeiner Couch, die viel reden und nichts tun. Lamentieren können wir, darin sind wir gut. So wie die meisten Deutschen. Vom Jammern auf hohem Niveau verstehen wir echt was.

Andererseits hat Philip recht. Die Geschichte schreibt sich gerade in eine gefährliche Richtung. Und wir schreiben mit – mit unserer Passivität und unserer Ignoranz. Typen wie wir haben von der Ungerechtigkeit der Welt ein Leben lang profitiert. Privatschulen, Angestellte, Ferienhäuser, Überfluss – Philip und ich zumindest. Wir verhalten uns, als hätten wir Anspruch auf das alles. Die Speerspitze des kapitalistischen Nachwuchses. Als wäre es die Aufgabe der Welt, sich vor unseren Füßen auszurollen – ein roter Teppich für einen Haufen Nichtskönner wie uns.

Wir studieren endlos vor uns hin, jobben oder auch nicht, trinken zu viel und feiern zu hart. Drei arme, reiche Jungs in einer 182 Quadratmeter großen Altbauwohnung im Lehel – Ende 20 und verloren in ihren Möglichkeiten.

Der Kaufvertrag dieser Wohnung ist älter als wir. Unterzeichnet am 12. Oktober 1958. Philip und ich sind hier eingezogen, als Erichs Oma ins Heim gegangen ist. Das war nicht Erichs Idee, sie wollte es so. Und so wie immer, wenn Annemie etwas will, wird es gemacht. *Die Frau ist sturer als ein Esel*, sagt Erich oft. Er muss es wissen, immerhin hat sie ihn großgezogen – hier, in dieser Wohnung. Manchmal versuche ich mir vorzustellen, wie ein einjähriger Erich in dem langen Flur laufen lernt. Oder wie er an dem Küchentisch in seinem Hochstuhl sitzt. Seine Mutter ist ungewollt schwanger geworden. Ein One-Night-Stand mit einem Mann, an dessen Namen sie sich nicht mal erinnert. Sie ist die jüngste von vier Töchtern. Rebellisch durch und durch. Eine freiheitsliebende Frau, die weder etwas fürs Heiraten noch für Kinder übrighatte. Valerie, so heißt sie, wollte abtreiben lassen. Stattdessen hat Annemie ihren Enkel zu sich genommen und ihn nach seinem Großvater benannt: *Erich*. Ein Name, mit dem ein Kind in der Grundschule gern gemobbt wird. Aber nicht einer wie er. Der anständigste Kerl, den ich kenne.

Er hat in der Wohnung nichts verändert, als er sie übernommen hat – die Perserteppiche, die wuchtigen Holzmöbel, Häkeldeckchen, Gardinen, er hat alles so gelassen, wie es war. Seitdem wohnen wir hier zu dritt wie eine alte Dame. Mit geblümtem Sofa, Ohrensesseln, Stickkissen und Ölgemälden. Ein Stück gute alte Zeit konserviert durch Annemies Möbel. Ich habe Erich immer ein bisschen um seine Kindheit beneidet. Um die Nähe, die es zwischen ihm und seiner Oma gab. Er ist auf eine Art in sich ruhend und selbstsicher, wie man es nur ist, wenn man von klein auf genug geliebt wurde. Ich wüsste gerne, wie sich das anfühlt.

Erich besucht seine Großmutter regelmäßig, mindestens zweimal die Woche. Ab und zu begleiten Philip und ich ihn, und dann gehen wir in den Englischen Garten. Annemie mit ihrem Rollator zwischen uns, eine kleine, faltige Frau mit dem heisersten Lachen, das man sich vorstellen kann. Als hätte sie von Geburt an geraucht. Ich erinnere mich noch, wie ich sie das erste Mal gesehen habe. Damals war sie größer als ich. Jetzt überragen wir sie um mehr als zwei Köpfe. Wenn wir mit ihr spazieren gehen, ist sie so langsam, dass wir einen Großteil der Zeit stehen. Auf dem Rückweg nimmt Philip sie meistens huckepack, und ich schiebe den Rollator, damit wir es noch vor Einbruch der Dunkelheit ins Vincentinum zurück schaffen. Die anderen Heimbewohner kennen uns. Wenn sie uns sehen, sagen sie: *Da kommen Annemies Männer*. Das ist dann fast so was wie Familie. Als wären wir drei nicht nur Freunde, sondern Brüder. Und irgendwie ist es so. Alle guten Erinnerungen meines Lebens haben mit Philip und Erich zu tun.

Wir kennen uns von der Internationalen Schule, da waren wir sechs oder sieben. Danach sind wir ans selbe Internat gegangen. Drei Kinder, die ihre Eltern bekommen haben, um sie dann wegzugeben. Natürlich mit den besten Absichten. In meinem Fall Prestige und die Karrierepläne, die meine Eltern für mich hatten. Bei Annemie war es der Wunsch, dass ihr Erich unter Gleichaltrigen aufwächst. Und bei Philip familiäre Probleme. Seine Mutter war beruflich sehr erfolgreich. Ganz im Gegensatz zu seinem Vater, der es in ihrem Schatten nur mit ausreichend Bourbon ausgehalten hat. Deswegen die Ganztagsschule und später das Internat. Um ihn nicht den Launen und Unzulänglichkeiten seines Vaters auszusetzen. Ein paar Jahre später ist der dann wieder in die USA zurückgegangen. Rein äußerlich ist es bei den beiden wie mit dem Apfel und dem Stamm. Philip sieht seinem Vater unglaublich ähnlich. Ein Vollblutamerikaner. Groß, athletische Statur, eine Haut, die schnell bräunt, weiße Zähne, breiter Kiefer. Einer, der in einer amerikanischen Highschool ganz oben mitgemischt hätte. Die Leute lieben ihn. Er ist laut und aufbrausend, einer, der seine Meinung sagt, auch, wenn sie keinen interessiert. Der Witze reißt, die keine Gürtellinie kennen. Selbstsicher, arrogant. Der Sohn einer amerikanischen Diplomatin eben. Darby Bishop. Eine großartige Frau. Intelligent, herzlich, mit Sinn für Humor. Sie ist eine von den Müttern, die man als junger Mann flachlegen will. An die man denkt, wenn man sich einen runterholt. Das ging allen so mit Darby. Alle haben Sprüche gerissen. Und Philip ist jedes Mal total ausgeflippt deswegen. *Das ist meine Mom, verdammt!*, hat er immer geschrien. Tja, seine Mom und unsere feuchten Träume.

Ihretwegen hat Philip sich schon früh für Politik interessiert. Bereits als Teenager. Er hat Erich und mich jahrelang damit genervt. Vor allem mit seiner Hassliebe zu den USA. *Die Wiege der Freiheit und die Wiege der Verrückten.* Inzwischen bin ich zu der Überzeugung gekommen, dass er die Gefühle für seinen Vater auf das gesamte Land übertragen hat. Ein Vaterkomplex mit kontinentalen Ausmaßen. Vielleicht spreche ich da aber auch von mir.

Philip und ich sind uns generell recht ähnlich. Nicht nur unsere Vaterlosigkeit ist ein verbindendes Element – was, genau genommen auch für Erich gilt, aber das ist ein anderes Thema. Philip und ich sind Macher und Rampensäue, immer ein bisschen lauter als der Rest, als müssten wir der Welt ständig beweisen, dass wir es draufhaben. Bei Erich verhält sich das nicht so. Er ist der Ruhige von uns. Der, der nachdenkt, bevor er spricht. Besonnen. Er studiert Jura und nebenbei noch Philosophie im gefühlt 37. Semester. Erich zersetzt seine Gedanken so lange, bis nichts mehr davon übrig ist, was vermutlich am Philosophiestudium liegt. Im Gegensatz zu ihm habe ich mich damals für BWL eingeschrieben, weil irgendwann mal der Plan war, dass ich das Unternehmen meines Vaters übernehme – nicht mein Plan, sondern seiner. Er hat jetzt neue Kinder, das Familiengeschäft wird also weitergehen. Und ich habe einen Master in BWL, mit dem ich absolut nichts anfangen kann. Philip studiert Geschichte und Politikwissenschaften, geht aber fast nie zu den Vorlesungen. *Da lerne ich eh nichts. Das weiß ich doch alles längst. Ich bin Autodidakt.* Er wollte schon immer eine Revolution anzetteln. Schon als Kind. Das erste Mal darüber gesprochen hat er mit zehn. Er ist einer, dem es nie an etwas gefehlt hat und der die Welt von seinem hohen Ross aus verändern will. Ohne abzusteigen, versteht sich. Das Elend kennt er nur von oben herab oder aus dem Fernsehen. Ich sollte da nicht urteilen, ich bin nicht wirklich besser. Einen beträchtlichen Teil meines Lebens war ich hauptberuflich Sohn. Bis ich Katharina begegnet bin. Davor war es mir egal, woher das Geld kam. Es war einfach da. Ein unerschöpflicher Quell der Freude, aus dem ich mit beiden Händen schöpfen konnte.

Ich schaue neben mich. Philip und Erich sitzen schweigend da und trinken nachdenklich ihr Bier. Früher am Internat haben wir oft die *drei Fragezeichen* gehört. Wir lagen dann stundenlang auf dem Fußboden in unserem Zimmer rum, versunken in den Geschichten oder in unseren jeweiligen Gedanken. Das gerade erinnert mich irgendwie daran. An die Stille von damals. Nur, dass heute wir die drei Fragezeichen sind. Jeder auf seine Art ratlos mit einem Bier in der Hand.

ERICH.
EIN GRUSS AUS DER KÜCHE.

Ich war immer einer, der zu viel denkt. Lange dachte ich, die anderen denken nur zu wenig. Aber jeder tut, was er kann. Ich würde nicht behaupten, dass ich viel Ahnung vom Leben habe, mein Wirkungskreis beschränkt sich auf diese Wohnung, das Blaubart die Straße runter und vereinzelte Bereiche des Universitätsgeländes. Könnte ich die Seminare von zu Hause aus besuchen, würde ich es tun. Meine Welt ist eine Scheibe mit Scheuklappen. Und es stört mich nicht. Mit dem Alleinsein hatte ich nie ein Problem. Offen gestanden fühle ich mich schon wie ein Weltenbummler, wenn ich meine Oma im Altenheim besuche – und das ist keine zehn Minuten zu Fuß von hier. Ich bin ein Eremit. Die meisten Menschen sind mir zuwider. Wie laut sie lachen. Wie blumig sie riechen. Frauen, die drei Stunden brauchen, um ungeschminkt auszusehen und dann Make-up-Flecken auf den Kissenbezügen hinterlassen. Irgendwann habe ich begriffen, dass die meisten Leute nur darauf warten, dass ihr Gegenüber endlich eine Atempause macht, damit sie weiterreden können. Sie verfügen über ein festgelegtes Repertoire an vorgefertigten Satzbausteinen, die sie dann, je nach Gesprächsthema, zusammensetzen. Eine Perlenkette aus Worthülsen, an die sie ihre Zuhörer legen. Ein Versuch, zu beeindrucken, über Unsicherheiten hinwegzutäuschen, sich aufzuwerten. Mich kotzt so was an. Deswegen bin ich dazu übergegangen, nur noch mit Leuten zu reden, mit denen ich auch Schweigen kann. Wenn ich ihre Stille ertrage, ertrage ich meist auch ihre Ansichten. Es ist ein mikroskopisch kleiner Kreis, in dem ich mich bewege. Was jedoch nicht unbedingt an den anderen liegen muss, vielleicht liegt es auch an mir. Ich war immer ein eher eigenwilliger Typ. Wie ich lebe, wie ich meine Haare trage, was ich anziehe. Ich habe kein Problem damit.

Wenn ich es mir aussuchen kann, bin ich zu Hause und lese. Oder ich koche. Kochen hat eine beruhigende Wirkung auf mich. Die Tatsache, dass man weiß, was herauskommt, wenn man sich nur genau genug an die vorgegebenen Schritte hält. Für einen verkappten Kontrollfreak wie mich die reinste Erlösung. Julian geht joggen, Philip hat seinen Boxsack – und ich die alten Kochbücher meiner Großmutter. Ich mache das Essen, Julian putzt bei uns die Fenster, die beiden Bäder und das Gäste-WC, Philip ist fürs Saugen und Wischen aller Flächen zuständig. Um sein Zimmer kümmert sich jeder selbst, Wäschewaschen läuft im Turnus. Wir sind ein eingespieltes kleines Team. Eine Welt in der Welt. Als wären wir seit 40 Jahren verheiratet.

Wenn Philip eine seiner Partys feiert, räumen er und Julian danach auf – ich dulde die fremden Menschen in meiner Wohnung, mehr kann man nicht von mir erwarten. Philip ist einer mit vielen Frauengeschichten, hat auch mal was mit Männern. Er ist offen für alles, nur für nichts Ernstes. *Dafür bin ich viel zu jung*, sagt er, wenn man ihn danach fragt. Er ist zu jung und ich zu desinteressiert. Ab und zu ist Sex schon was Schönes, aber ich bin kein Jäger, eher ein Sammler. Wenn ich Glück habe, fällt bei Philips Balzpartys eine Frau für mich ab, das ist dann nett. Am besten eine, mit der ich angetrunken philosophiere und irgendwann rummache. Und am nächsten Morgen sind wir dann beide nackt und ernüchtert – sie, weil ich für mein Alter alt aussehe, ich, weil sie doch nicht so klug ist, wie ich dachte. Alles, was von diesen Eskapaden letztlich bleibt, sind Flecken auf Kissenbezügen und eine seltsame Leere, die man nur wahrnimmt, weil man versucht hat, sie zu füllen.

Manchmal kommt es mir so vor, als wäre nicht nur mein Name aus der Zeit gefallen. Als wäre ich ein alter Kerl im Körper eines jungen Mannes. Von meinem Geburtsjahr ausgehend bin ich Teil der Generation Y. Ein Millennial. Ich habe die Jahrtausendwende miterlebt, den Internetboom und die Globalisierung in vollen Zügen mitbekommen und verfüge über ein hohes Bildungsniveau. Doch davon abgesehen bin ich schrecklich altmodisch. Ein Gespür für Trends hatte ich nie. Vielleicht ist das so, wenn man bei seinen Großeltern aufwächst, vielleicht färbt deren Altsein irgendwie auf einen ab. Als ich klein war, dachte ich, jeder hat Häkeldeckchen. Und dass es überall sonntags Sauerbraten und Apfelkücherl gibt. Und wuchtige Holzmöbel mit Tatzenfüßen. Ich liebe Kreuzworträtsel – noch so eine nicht meinem Alter entsprechende Eigenart. Julian und Philip haben mir letztes Jahr ein Wochenendabo der tz zum Geburtstag geschenkt. Seitdem sitze ich samstags in einem der Ohrensessel, trinke Tee und beantworte Fragen wie: *Leuchtend roter Farbstoff* mit fünf Buchstaben. Die korrekte Antwort lautet: Eosin. Ich weiß das, weil meine Oma es wusste. Weil ich jahrelang neben ihr saß, während sie in einem dieser Sessel Kreuzworträtsel löste. Sie hat mich geprägt, manchmal scheint es fast so, als hätte sie mich *gemacht*. Ihretwegen habe ich angefangen zu lesen – überwiegend Klassiker. Ich höre Musik, die man mit Ende zwanzig für gewöhnlich eher nicht hört, und mache leidenschaftlich gerne Dampfnudeln. Meine selbstgemachte Vanillesoße ist legendär. Zusammenfassend könnte man sagen, ich bin eine perfekte alte Hausfrau mit Dreitagebart und einem Faible für Kaschmirmützen, weil ich jeden noch so kleinen Lufthauch sofort an den Ohren spüre. Ein schlaksiger Kerl, knapp eins neunzig, mit einer Vorliebe für bedruckte T-Shirts und pflegeintensive Topfpflanzen. Ein Dauerstudent, der zwar ein Smartphone besitzt, aber ständig vergisst, es aufzuladen. Ein Social-Media-Verweigerer – laut Philip ohnehin der Verfall des Zwischenmenschlichen. Und ich finde, er hat recht. Gespräche ohne Gesicht, Likes statt Interaktion, Menschen, die stumpf aufs Display starren und in Handykameras reden. Anonymes Mobbing, Shitstorms. Julian sieht das Ganze nicht so eng. Er hat einen Account bei Instagram, auf dem er Urlaubsfotos mit Fremden teilt. Mir erschließt sich das nicht.

Es ist nicht so, dass ich das Internet generell hasse – dafür entspricht es viel zu sehr meinem Lebensstil. Ich bin bequem, lasse mir so gut wie alles in die Wohnung liefern: Bücher, Lebensmittel, Wein, Bier, sogar meine Pflanzen. Unser DHL-Bote und ich kennen uns beim Vornamen. Manchmal trinken wir einen Kaffee zusammen, wenn es sein Zeitplan zulässt – ich im Türrahmen stehend, er im Flur. Vasile ist ein netter Kerl Anfang 20 aus Bukarest. Er hat ganz sicher nicht den Rechten Weg gewählt. Denn er darf hier nicht wählen. Er darf nur für uns arbeiten. *Drei verwöhnte Wichser auf irgendeiner Couch.*

Wie ist es so weit gekommen? Was ist das eigentliche Problem? Der giftige Dorn im Fleisch des Landes, das sich unbemerkt entzündet hat? Der Dorn, den es zu entfernen gilt, will man den Sepsistod noch rechtzeitig verhindern. Was ist

Ursache und was ist Symptom? Was liegt unter all der Wut? Unter der schwelenden Feindlichkeit, die immer mehr überhandnimmt?

Ist es Gier? Soziales Ungleichgewicht? Generelle Ungerechtigkeit? Oder die Lüge, der wir aufgesessen sind, dass wir alles erreichen können, wenn wir nur hart genug dafür arbeiten? Eine Lüge, die wir alle bereitwillig geschluckt haben, die jedoch nur für die wenigsten von uns stimmt. Dieses Land ist krank geworden. Ein schleichender Prozess, der unter der Oberfläche stattfindet. Ein Abszess, der inzwischen auch die lebenswichtigen Organe erreicht hat.

»Ein Systemsturz«, murmle ich schließlich.

»Was?«, fragt Philip.

Im selben Moment ein Piepen aus der Küche. Die Dampfnudeln sind fertig.

PAUL? WER IST EIGENTLICH PAUL?

Wenn er diese Nachricht absendet, wird nichts mehr so sein, wie es war. Dann tritt er aus dem Schatten ins Scheinwerferlicht – ein finaler Schritt, von einem Leben in ein anderes. Paul beobachtet die drei jetzt bereits seit einiger Zeit. Ein halbes Jahr? Länger? Er weiß es nicht mehr. Irgendwann ist es zu einer Art Hobby geworden, so wie andere malen oder töpfern. Paul würde nicht so weit gehen, es stalken zu nennen, doch im Grunde ist es genau das.

Sein Motiv war zu Beginn vollkommen harmlos. Wie der Wunsch eines Kindes: mit ihnen befreundet zu sein. Und wenn schon nicht das, dann ihnen zumindest bekannt.

Die drei sind Paul gleich an seinem ersten Tag an der Uni aufgefallen – so wie sie jedem auffallen, weil sie sich für niemanden interessieren außer für sich selbst. Desinteresse kann äußerst attraktiv sein. Weil jeder bemerkt werden will. Auch die Randerscheinungen unter den Menschen. Zehntausende Studenten, und trotzdem greifen die Rudelgesetze. Jene Faszination für die Leittiere, die man einfach nicht abstellen kann.

Paul war nie auf eine ihrer Partys eingeladen, hingegangen ist er trotzdem. Vor einem halben Jahr oder so hat Philip ihn dann sogar mal angesprochen, ihn gefragt, ob er ein Bier will. Aber Paul hat nicht geantwortet. Er wollte Ja sagen, sich bedanken, locker rüberkommen. Stattdessen stand er wie versteinert vor ihm und hat keinen Ton rausgebracht. Das *Ja* steckte ihm im Hals fest wie eine Fischgräte, die sich quer gelegt hat. Paul erinnert sich noch, dass Philip irgendwann auf den Kühlschrank gezeigt und gesagt hat: *Wenn du irgendwas willst, bedien dich einfach.* Danach ist er ins Wohnzimmer zurückgegangen. Und Paul hatte schweißnasse Hände.

Die hat er jetzt auch. Doch diesmal aus einem anderen Grund.

Wenn er diese Nachricht abschickt, wissen sie, dass er sie monatelang beobachtet hat. Dann muss er erklären, wie er an die Daten gekommen ist. Dass er ihre Systeme gehackt hat – und noch schwieriger zu beantworten: wieso. Gute Frage. Ja, wieso hat er es getan? Paul weiß es selbst nicht so genau. Er kann nicht erklären, wie er damals auf einer ihrer Partys auf die Idee gekommen ist, Julians SIM-Karte auszulesen. Sein Handy lag da so rum, und dann hat Paul es getan, obwohl er wusste, dass es falsch ist. Ihm war langweilig. Ihm ist oft langweilig.

Zurück im Wohnheim hat er die Daten dann auf seinem Computer ausgewertet. Philip, Julian und Erich nutzen eine App, die angeblich nicht zu knacken ist. Aber für Paul war es ein Klacks. Und nicht nur für ihn. Jeder mit ein bisschen Ahnung hätte das problemlos hinbekommen. Seither liest er ihre Nachrichten mit. Aus Neugierde. Und weil Philip ihn fasziniert. Besonders die Tatsache, dass er in einer Welt, die zwanghaft online ist, bewusst offline bleibt. Andererseits, wieso sollte er auch nicht? Einer wie Philip Bishop braucht keine Filter, um sich aufzuwerten. Er ist auch in der Realität eine Ausnahmeerscheinung. Einer, der anderen in Erinnerung bleibt. Während er, Paul, zu denen gehört, die man sofort wieder vergisst. Einer, den man halb wahrnimmt und dann woanders hinschaut.

Aber mit Computern ist Paul unschlagbar. Das war schon immer so. Ein technisches Wunderkind mit Topfhaarschnitt und Brille, dafür prädestiniert, gemobbt zu werden. Kinder sind grausame kleine Wesen, das weiß Paul aus langjähriger Erfahrung.

Seit dem Studium hat sich vieles geändert. Vor allem er sich. Was so ein Friseurbesuch doch bewirken kann. Und auch sein Brillengestell ist nicht länger nur eine Sehhilfe, sondern ein modisches Statement. Paul hat sich für ein Modell in Richtung Matt Damon in *Der talentierte Mr. Ripley* entschieden, weil er insgeheim gern aussehen würde wie er – diese Mischung aus intellektuell und braver Bürger aus gutem Hause, hinter dessen Fassade sich ein gewisses Genie verbirgt. Etwas Abgründiges, das ihm so niemand zugetraut hätte.

In Pauls Kursen und Seminaren gibt es ein paar Typen, die auf ähnliche Art schräg sind wie er. Wenig Modebewusstsein, Jeans-und-T-Shirt-Typen mit selbstgedrehten Zigaretten und schmutzig weißen Turnschuhen. Angefreundet hat er sich mit keinem von ihnen. Vielleicht war es aber auch andersrum, und sie haben sich nicht mit ihm angefreundet. Weil Paul talentierter ist als sie. Sie nennen ihn Mozart, mehr muss man nicht sagen. Paul konnte schon immer besser mit künstlicher Intelligenz als mit den Halbidioten, die sich ihm gegenüber von oben herab verhalten, nur weil sie ihn seltsam finden.

Aber wahrscheinlich ist er das. Seltsam. Wer sonst schreibt bitte an einem Freitagabend eine Schadsoftware und schickt sie dann per E-Mail an drei Typen, mit denen er insgeheim befreundet sein will? Ihre Daten hat er vom Server der Fakultät. Es ist fast schon erschreckend, wie leicht sie es einem machen, an private Informationen ihrer Studenten zu kommen. Der Trojaner, den Paul geschrieben hat, ist ein nettes kleines Programm, das im Hintergrund läuft und ihm Zugriff auf das Endgerät verschafft – Laptops, Smartphones, was auch immer. Jeder Befehl, jeder Suchbegriff, jede geöffnete App – Paul sieht alles in Echtzeit.

Anfangs war es nur ein Spaß. Ein Verschieben von Grenzen, als würde er ein Spiel mit ihnen spielen. Im One-Player-Mode. Paul hat sich Zugriff auf ihre Mikrofone verschafft. Dann auf ihre Kameras. Die kleinen Lämpchen, die anzeigen, dass sie aktiv sind, hat er selbstverständlich vorher deaktiviert, er will ja nicht erwischt werden. Seitdem schaut er bei allem zu. Was sie suchen, wie sie mehrmals am Tag ihre Browserverläufe löschen. Wie sie abends eine Sicherheitssoftware laufen lassen, die verspricht, alle Spuren zu beseitigen. Das ist etwas, worauf Laien gerne reinfallen. Als wären die Daten dann wirklich weg. Paul hat das später von seinem Computer aus erledigt. Er hat auf den Laptops und Handys der drei aufgeräumt – nur für den Fall, dass die Behörden doch auf einige der Suchbegriffe aufmerksam werden. Vermutlich würden sie sie als harmlose Recherchen für Seminararbeiten oder dergleichen abtun. Bei genauerem Hinsehen jedoch würde ihnen auffallen, dass Julian längst nicht mehr studiert, und dann würden sie herausfinden, dass Philip demnächst aufgrund seiner häufigen Fehlzeiten exmatrikuliert wird und dass Erichs Fächerkombination weder mit Wirtschaft noch Politik, noch mit sonst etwas zu tun hat, das derartige Suchanfragen rechtfertigen würde. Also hat Paul entsprechende Vorkehrungen getroffen und ein Programm geschrieben, das ihre Systeme nach außen hin abriegelt. Niemand hat Zugriff darauf. Nur sie. Und Paul natürlich. Er ist ein Voyeur mit seiner eigenen kleinen Serie. Sechs Kameras, sechs Mikrofone, drei Hauptdarsteller. Es war, als würde er mit ihnen zusammenwohnen. Ein viertes WG-Mitglied, von dem sie nichts wissen. Paul hingegen weiß alles. Was sie machen, wo sie sind. Im Moment im Blaubart – einer kleinen Kneipe, nur eine Straßenecke von ihrer Wohnung entfernt. Ein schlauchartiges Loch mit Billardtisch und einarmigen Banditen am Eingang, in dem sie Bier trinkend und konspirativ flüsternd ihre Abende verbringen.

Paul nimmt einen Schluck von seinem inzwischen lauwarmen Bier und schaut unauffällig unter seiner Kappe zum Nachbartisch, sein Daumen schwebt über dem Sendenbutton. Wenn Paul das hier jetzt abschickt, gibt es kein Zurück mehr. Mit dieser Nachricht zwingt er sich ihnen auf, erpresst sie in eine Freundschaft, aus der keiner von ihnen so leicht wieder rauskommt. Mit seiner Hilfe könnten sie diesen Wahnsinn wirklich wahr machen. Er ist die fehlende Zutat, mit ihm könnte es klappen. Ohne ihn eher nicht. Und was ist so eine Idee schon wert, wenn man sie nicht umsetzt? Nichts.

Wenn Paul das jetzt sendet, wird er zum Mittäter. Zum Komplizen einer Straftat, deren Ausmaße er nicht mal im Ansatz abschätzen kann. Noch könnte er alles leugnen. Oder sie verpfeifen. Er wäre fein raus. Nur, dass Paul eigentlich reinwill.

Er denkt an die Initialzündung zurück. An den Sieg der Rechten vor ein paar Wochen. Seit diesem Abend beobachtet Paul aus der Ferne, wie aus einer anfänglich vagen Idee nach und nach ein Plan wurde. Weg von einem abstrakten Was-wäre-wenn zu einer konkreten, zielgerichteten Absicht. *Weil endlich etwas passieren muss, weil sonst nichts passiert.* Stille. *Genau wie damals.* Paul hört noch, wie Erich es sagt. Er hört das

Vibrieren in seiner Stimme, die Vehemenz, die in seinen Worten lag.

Vielleicht ist es genau richtig so. Vielleicht wird Der Rechte Weg dieses Land ja am Ende tatsächlich auf ebenjenen zurückbringen – nur eben nicht so, wie die sich das vorgestellt haben.

Bei diesem Gedanken lässt Paul seinen Daumen sinken. Und die Nachricht geht raus.

NACHTSCHATTENGEWÄCHSE.

Es sind keine Sterne zu sehen. Nicht ein einziger. Elisabeth stützt sich auf das Geländer des langgezogenen Balkons und schaut in den Himmel. Er hat die Farbe von verwaschenen schwarzen Jeans. Als wäre er ausgeblichen durch die Lichter der Stadt. Hinter ihr brennt eines davon. Elisabeth geht zum dunklen Ende des Balkons und blickt ein weiteres Mal hinauf. Aber noch immer kein Stern. Nur ein rot blinkendes Flugzeug. Dann nichts mehr.

Elisabeth zündet sich eine Zigarette an. Es riecht nach einer Mischung aus Rauch und Tomaten. Die Luft ist heiß und träge, als würde sie neben ihr stehen. Eine Sommernacht ohne Traum. Und sie auf dieser Party, bei der sie niemanden kennt – einmal abgesehen von Frida. Und auf die ist sie nicht gut zu sprechen.

Als Elisabeth vorhin im Bad stand und sich fertig gemacht hat, war sie kurz davor, ihr abzusagen. Sie hatte sogar schon das Handy in der Hand, hat es aber dann doch nicht getan. Weil der Spiegelschrank so leer war. Ein Anblick, als wäre jemand gestorben.

Elisabeth hat mal gelesen, dass die Leber ein Organ ist, das keinen Schmerz auslösen kann, weil sie über keine eigenen Nervenzellen verfügt. Dementsprechend kann sie nicht zeigen, wenn sie leidet. Lediglich über Symptome wie Müdigkeit oder Leistungsabfall. Bei Elisabeth ist es auch so. Sie ist traurig, aber sie weint nicht. Sie ist verletzt, enttäuscht, unsicher – doch von außen ist ihr nichts davon anzumerken. Als wäre sie tief in sich eingesperrt. Und dort schreit sie aus Leibeskräften. Nur, dass das niemand hört.

Man wird allein geboren, und man stirbt allein. Elisabeth weiß das. Doch seit Frida weg ist, fühlt sie es auch. Fast zwei Jahre lang hat sie bei ihr gewohnt. Die Ausziehcouch im Wohnzimmer war ihr Bett. Elisabeth hat oben auf der Galerie geschlafen. Auf einer dünnen Matratze ohne Lattenrost. Jetzt hat sie wieder Platz. Die Wohnung ist ohnehin nur für eine Person ausgelegt. Ein Flur mit Kochzeile und Kühlschrank, ein Wohnzimmer mit großen Fenstern, die auf einen kleinen Balkon münden, eine Klappcouch, ein Tisch zum Essen und Arbeiten, eine Holztreppe, die hinauf zur Galerie führt. Darunter liegen der Kochbereich und ein Duschbad. 26 Quadratmeter mit hohen Decken. Ein Zuhause wie zwei aufeinandergestapelte Schuhkartons.

Fridas und ihr Zusammenleben ist aus der Not heraus geboren. Bei Frida waren es eine Trennung und Geldprobleme, bei Elisabeth Einsamkeit – etwas, das sie nie laut ausgesprochen hat, Frida aber trotzdem wusste. Weil sie sie kennt. Besser, als Elisabeth es ursprünglich hatte zulassen wollen.

Du verlässt mich wegen einer Badewanne, hat sie heute Morgen halb im Scherz gesagt, als Frida mit ihrem letzten Karton in Richtung Aufzug gehen wollte. *Ich kann ohne Badewanne nicht denken*, hat sie geantwortet, *das weißt du*. Kurz darauf war sie weg. Doch Elisabeth sieht sie noch immer vor sich. Wie sie sich langsam von ihr entfernt, mit ihren nackten delfter Schultern und dem langen Nacken. Eine Haut wie bemaltes Porzellan.

Sie sieht Frida vor sich – die filigranen blauen Tätowierungen. Und dann, wie sie sich umdreht. Elisabeth denkt an ihren Blick, kurz bevor die Aufzugtüren sich ruckelnd zwischen ihnen schließen. Schuldbewusst, peinlich berührt, an der Grenze zu mitleidig, garniert mit einem Lächeln, das irgendwie traurig aussah. Frida hat sich aus Elisabeths Leben entfernt wie einen Schmierfilm von einer Fensterscheibe. Da, wo bis gestern noch ihre Sachen standen, sind nur Staubränder geblieben. Erst sie machen das Fehlen der Gegenstände schmerzhaft deutlich. Als wären es viele kleine Narben. Die Zahnseide, die Beißschiene, das Elmex-Gelee, alles weg. Deo, Nagellacke, Gesichtscreme. Ebenso wie das Parfum, das Elisabeth heimlich mitbenutzt hat. Dementsprechend trägt sie heute keines, stattdessen einfach Deo.

Elisabeth zieht an ihrer Zigarette. Ihr Blick fällt auf die Pflanzenkübel, die jemand am Geländer befestigt hat. Schnittlauch, Petersilie, Basilikum, Rosmarin. Auf dem Boden entdeckt Elisabeth dann die Tomatenstauden, deren Geruch sie bereits zuvor bemerkt hat. Sie streckt die Hand aus und reibt sanft mit den Fingerspitzen über die gezackten Blätter. In Paris hat sie mal eine Duftkerze gesehen, die nach Tomate roch. Sie wusste nicht, dass es so etwas überhaupt gibt: Duftkerzen, die nach Tomaten riechen. Aber sie hat den Duft nie vergessen. Gerade riecht es genauso. Irgendwie süß und ein bisschen nach nasser Erde.

Plötzlich ärgert es Elisabeth, dass sie auf diese Party gekommen ist. Dass sie alles Verletzliche übermalt hat mit mehreren Schichten Wimperntusche, dunklem Lidschatten und rotem Lippenstift, die ganze Palette – nur, um jetzt alleine hier zu stehen. Es war eine Flucht nach vorn in Richtung Alkohol, weg aus der Leere ihrer Wohnung. Sie hat einen E-Roller genommen und ist hergefahren. Weil Frida sie gebeten hat zu kommen. Und sie ist gekommen. Nur, dass Frida jetzt etwas Besseres zu tun hat. Der Typ heißt Philip. Gutaussehend, markig, einer, der bei Frauen ankommt. Frida war ein paarmal mit ihm im Bett, das hat sie Elisabeth erzählt. *Die Sache zwischen uns ist eine Bettgeschichte mit einem Hauch Freundschaft*, meinte sie mal.

Elisabeth fragt sich, warum sie nicht einfach geht. Es gibt durchaus noch andere Leute, mit denen sie zu tun hat. So was Ähnliches wie Freunde. Die sind gut fürs Kino oder um ein Bier trinken zu gehen. Manchmal schauen sie auch ein Fußballspiel zusammen. Aber Elisabeth würde denen nie etwas von sich erzählen. Mit Frida war das anders. Wie nach Hause kommen zu einer Schwester, mit der man nicht verwandt ist.

Dann gibt es noch ihre Mutter. Sie telefonieren ab und zu. Nicht, weil sie sich sonderlich viel zu sagen hätten, sondern weil sie Mutter und Tochter sind. Irgendwo hat Elisabeth auch noch einen Vater. Zu dem hat sie den Kontakt abgebrochen, als sie 17 war. Ein Besserwisser vor dem Herrn. Mit einem Geltungsbedürfnis, das alles andere um ihn herum erstickt hat. Wie ein Feuer, das den gesamten Sauerstoff verbraucht. Ihre Eltern sind gleichermaßen auf unterschiedliche Art gestört. Sie leiden an einem Minderwertigkeitskomplex, den jeder in seinem Extrem auslebt – ihre Mutter unterwürfig, ihr Vater beherrschend. Für eine Weile ist das gut gegangen. Dann auseinander. Das Ergebnis ist sie.

Manchmal fragt sich Elisabeth, ob sie als Kind fröhlich war. Die wenigen Bilder, die es von ihr aus der Zeit gibt, zeigen ein ernsthaftes Mädchen, das mit geschlossenem Mund für die Kamera lächelt. Als sie Frida die Fotos gezeigt hat, kommentierte sie diese mit einem trockenen: *Auf denen wirkst du ängstlich und abgerichtet.* Und das ist sie noch. Unter der Kleidung und der Schminke und der Haut ist Elisabeth dieses Mädchen geblieben. Verborgen von einer gutaussehenden Mauer, hinter der ein Teil von ihr kauert, während der andere andere in Grund und Boden redet. Elisabeth begibt sich gern in solche Situationen. Auf Partys oder in der Uni. Ein Kraftakt, den niemand als solchen erahnen würde. Manchmal nimmt Elisabeth absichtlich die entgegengesetzte Position bei einer Debatte ein, nur um zu sehen, ob sie ihr Gegenüber durch ihre Argumentation von ihrer Sicht überzeugen kann. Ihre Therapeutin meinte mal, derartiges Verhalten wäre höchst manipulativ, Elisabeths Weg, Macht auszuüben. Kontrolle über Situationen und damit über ihr Leben zu erlangen. Nach dieser Sitzung hat Elisabeth die Therapie abgebrochen. Wenn sie jemanden gewollt hätte, der über sie urteilt, hätte sie auch einfach ihren Vater anrufen können. Sie hat ewig nicht an ihn gedacht. Doch es wundert sie nicht, dass sie es gerade heute tut. Elisabeth war neun Jahre alt, als er ausgezogen ist. Sie kauerte auf dem Bett und beobachtete, wie er seine Sachen packte, während ihre Mutter nebenan in der Küche saß und lautlos weinte. Passiv-aggressiv versus aggressiv.

Elisabeth zieht wieder an ihrer Zigarette. Im selben Moment dreht jemand im Wohnzimmer die Musik lauter. *Free Bird* von Lynyrd Skynyrd. Das merkt Elisabeth erst jetzt. Und im selben Moment läuft Gänsehaut über ihren Rücken, über ihre Arme und Beine. Der Song erinnert sie an einen ihrer Lieblingsfilme: *Elizabethtown*. Sie hat ihn damals des Titels wegen angeschaut. Und weil Kirsten Dunst mitspielt. Okay, auch ein bisschen wegen Orlando Bloom. Na gut, vielleicht hauptsächlich wegen Orlando Bloom.

Elisabeth liebt alles an diesem Film. Den schwarzen Humor – insbesondere den Anfang mit dem Trainingsrad und dem Messer. Genauso wie die Szene, als Drew all seinen Besitz auf den Gehweg vor seinem Haus stellt. Sie liebt das lange Telefonat zwischen ihm und Claire – jeder in seiner Welt, vollkommen offen dem anderen gegenüber, weil sie in kein Gesicht blicken müssen. Nur Worte und jemand der zuhört. Elisabeth mag die Intimität zwischen den beiden. Sie mag, wie authentisch die Familie dargestellt wird, echte Charaktere. Und den Roadtrip, den Drew mit seinem Vater macht. Diesen Moment, als er endlich weinen kann. Als alles aus ihm herausbricht. Diese Katharsis, die sie selbst so nie erlebt hat. Elisabeth liebt das alles. Aber am meisten liebt sie die Stelle, als Jesse und seine Band nach so vielen Jahren auf der Beerdigung zum ersten Mal wieder zusammen spielen. *Free Bird* von Lynyrd Skynyrd. Elisabeth sieht die Szene vor sich. Wie die Stimmung von bedrückt zu ausgelassen kippt, wie ein Glas, das so voll ist, dass es überläuft. Sie sieht, wie die Leute aufstehen und tanzen, wie sie mitsingen, wie sie für ein paar Minuten alles vergessen. Sie sieht den Papiervogel an seinem Seil hängen, sieht, wie er losgelassen wird, wie er das Banner an der Decke in Brand setzt und dann selbst Feuer fängt. Wie er qualmend zwischen den Kronleuchtern hindurchfliegt und dann mit einem lauten Krachen auf einen der runden Tische fällt. Elisabeth sieht, wie die Sprinkleranlagen angehen und Panik ausbricht. Eine Mischung aus tanzenden und schreienden Gästen, die den Saal verlassen – und mittendrin Drews Schwester, die mit ausgestreckten Armen und geschlossenen Augen vollkommen ruhig dasteht, während es in Strömen von der Decke regnet. Wie eine Madonna im Chaos. Und auf der Bühne die klatschnassen Musiker, die einfach nicht aufhören zu spielen. Die sich in der Musik verlieren – oder sich in ihr wiederfinden.

Elisabeth steht allein in der Dunkelheit auf einem langgezogenen Balkon bei einer Party, auf der sie niemanden kennt. Und der Song berührt sie, wie er sie jedes Mal berührt. Als wäre sie die Musik. Als würde sie so klingen, wenn sie ein Song wäre. Genauso frei. Genauso laut. Genauso lebendig. Die Melodie schwillt an wie ein Fluss, der über die Ufer tritt. Es ist eine magische Filmszene. Es ist ein magischer Song.

Elisabeth schließt die Augen, sie wippt mit dem Kopf im Takt, fängt an, sich zu bewegen, tanzt zwischen den Nachtschattengewächsen, spürt sich in der Welt, als wäre sie genau richtig dort. Ein unbedeutendes Teilchen auf einem Planeten, der mit rasender Geschwindigkeit durchs Weltall jagt.

RAUCHZEICHEN.

Zigarettenrauch zieht in mein Zimmer. Ich liege ausgestreckt auf meinem Bett, wie ein Toter, der aufgebahrt wurde. Das Licht ist aus, ich liege einfach nur da. Genervt vom Lärm, von der Musik im Wohnzimmer, die immer weiter aufgedreht wird – aber am meisten von dem Scheißrauch, der in unregelmäßigen Abständen in mein Zimmer zieht.

Ich reiße mich zusammen. Fasse mich wie einen Hund an einer Leine. *Die werden gleich wieder gehen. Das dauert nur ein paar Minuten, beruhige dich.* Doch ich beruhige mich nicht. Die Wut packt mich unvermittelt. Ich stehe auf, mehr getrieben als kontrolliert, und gehe zum Fenster.

Mich kotzt das alles an: Philips Feierwut, die Rücksichtslosigkeit seiner »Freunde«, die Tatsache, dass man in dieser Peckswohnung nirgends seine Ruhe hat. Jedes Wochenende dasselbe. Leute, die rummachen – im Flur, im Bad, in der Küche. Nicht mal vor dem Gäste-WC machen sie Halt. Eine Orgie, die um sich greift, sich von Zimmer zu Zimmer ausbreitet wie eine Krankheit. Sie saufen, sie lachen. Sie haben so viel Spaß. Alle haben sie Spaß. Nur ich nicht. Ich bin der Verderber. Der Nachbar, der sich beschweren würde, wenn er ein Nachbar wäre. Der mit den Noise-Cancelling-Kopfhörern, von deren Geräuschunterdrückung er Kopfschmerzen bekommt.

Alles, was diese Wichser interessiert, ist Musik, Alkohol, ein paar Joints und was zu vögeln. Primitives Pack. Dann startet nebenan auch noch das Gitarrensolo von *Free Bird*. Es peitscht mich zusätzlich auf.

Ich erreiche das Fenster, bereit, die Leute, die davorstehen, anzubrüllen, dass sie sich von meinem Teil des Balkons verpissen sollen – eine Ausdrucksweise, die meine Großmutter niveaulos fände. Wäre sie jetzt hier, würde sie mich tadelnd ansehen, und ihr Blick würde sagen: *So habe ich dich nicht erzogen, mein Junge.* Und das hat sie nicht.

Im selben Moment umschließt meine Hand den Griff des Fensters, dreht ihn zur Seite und reißt es wütend auf. Der Lärm von nebenan schluckt jedes andere Geräusch. Gitarren, Schlagzeug, Gelächter, trampelnde Schritte, die im Parkettboden nachhallen. Ich lehne mich nach draußen, hole Luft – und sehe sie: eine Frau, die im Dunkeln tanzt. Grazile Statur, Jeans, T-Shirt, lange Haare, die Arme über dem Kopf, eine winzige Glut vor einem graublauen Nachthimmel. Ich stehe starr in meinem Zimmer, die Hand nach wie vor fest um den Griff geschlossen, und schaue sie an. Sie bemerkt es nicht. So, als wäre sie gar nicht da. Nur ihr Körper, der vor meinem Fenster tanzt. Vollkommen für sich. Im Schatten der Tomatenpflanzen.

R. B. F.

Ihr Gesicht ist einprägsam. Ebenmäßige Haut, blass, schmale Nase, symmetrisch – bis auf das kleine Muttermal an ihrer rechten Schläfe. Die Augen leicht zusammengekniffen, normal groß. Sie könnten hell oder dunkel sein, das ist bei den Lichtverhältnissen und aus der Entfernung schwer zu sagen. Aber sie haben Ausdruck. Als gäbe es mehr als nur eine Persönlichkeit, die sie hinter ihrem desinteressierten Blick zu verstecken versucht.

Paul ist der Beobachtertyp. Das war er immer. Stets darum bemüht, nicht aufzufallen, denn wenn man auffällt, wird man angefeindet und damit zum Opfer. Paul war das lange genug, um zu wissen, dass er es nie wieder sein will. Diese Einstellung führt im Umkehrschluss dazu, dass ein anderer Teil seines Wesens – nämlich der, der nach Aufmerksamkeit lechzt –, irgendwo tief in ihm ständig zwischen Verkümmerung und Wutanfall steckt. Vermutlich fühlt Paul sich deswegen so zu lauten Charakteren hingezogen. Weil er selbst so leise ist. Fast stumm. Einer, der im Hintergrund agiert, weil er verstanden hat, dass seine vermeintlichen Schwächen – richtig eingesetzt – zu Stärken werden können.

Sie ist ein lauter Charakter. Schweigsam, ja, und doch auffällig. Eine Person, die man durch ihre bloße Anwesenheit wahrnimmt. Sie sieht gut aus, keine Frage. Aber nicht auf die gefällige Art, keine, die ihre Reize einsetzt, nicht sexuell manipulativ, kein »schwaches« Geschlecht. Eher eine Ecke, die sich hinter einer Schaumstoffschicht verbirgt, um andere nicht abzustoßen.

Sie hat schöne Augenbrauen. Paul hatte schon immer was übrig für Augenbrauen. Bei Frauen wie bei Männern, er weiß auch nicht, warum. Ihre sind genau richtig. Sie passen zu ihrem Gesicht – einem Gesicht mit der exakt richtigen Menge an Makeln. Kleinigkeiten, die nicht stören, sondern eher unterstreichen. Ihre Oberlippe beispielsweise ist proportional zur Unterlippe zu dünn, ihr Mund schmollend wie der eines Kindes. So, als hätte sie nicht bekommen, was sie wollte. Ein melancholischer Zug um die Augen, wie ein Anflug von Bedauern. Paul mustert sie unter seiner Kappe, während er, ihr gegenübersitzend, an seinem Bier nippt, wie ein schlechter Ermittler in einem Dorfkrimi.

Er hat einen Riecher, wenn es um Menschen geht, das Leben war ihm dahingehend ein guter Lehrer. Und irgendwas an ihr stimmt nicht. Irgendwas an ihr stört ihn. Und es ist nicht, dass sie gut aussieht – zu gut für ihn. Paul ist nicht einer, der andere schlechtmacht, weil sie in einer anderen Liga spielen als er. Im Gegenteil, er ist gern in ihrem Schatten.

Das ist es also nicht. Abgesehen davon ist Paul ohnehin kein besonders körperlicher Typ. Wenn er sich mal, was wirklich so gut wie nie vorkommt, einen runterholt, zeigt sein Unterbewusstsein ihm tendenziell ohnehin eher Männer als Frauen.

Sie zündet sich eine Zigarette an. Als im nächsten Moment jemand die Küche betritt, schaut sie unvermittelt auf, als würde sie auf jemanden warten.

Anya scheint es nicht gewesen zu sein, denn als sie die sieht, schaut sie sofort wieder weg. Nicht direkt unhöflich, auch nicht genervt. Auf den ersten Blick neutral, doch auf den zweiten nicht.

Und dann fällt es Paul ein. Das, was sich die ganze Zeit über knapp außerhalb seines Bewusstseins abgezeichnet hat: die Erinnerung an einen Artikel, den er vor einigen Monaten im Wartezimmer seines Hausarztes angefangen hat zu lesen. Er handelte von zwei Verhaltensforschern – Abbe Macbeth und Jason Soundso –, die im Auftrag von Noldus Consulting einen FaceReader entwickelt haben, der sich in Bezug auf die Analyse von Gesichtern ähnlich verhält wie das menschliche Gehirn. Um das zu bewerkstelligen, werden knapp 500 Punkte im Gesicht eines Gegenübers ausgewertet, aus denen dann eine von sechs möglichen Grundemotionen abgeleitet wird: Glück, Trauer, Wut, Angst, Überraschung oder Ekel. In dem Artikel stand, dass jeder Mensch über die Fähigkeit verfügt, diese Emotionen aus einem Gesicht herauszulesen, egal welchen Alters, egal welcher Kultur, egal welcher Herkunft. Und dann gibt es da noch eine siebte Emotion: *contempt*, zu Deutsch Missachtung oder Geringschätzung. In einem neutralen Gemütszustand ist von diesen Emotionen so gut wie nichts zu erkennen. Doch es gibt Ausnahmen: Gesichter, die in neutralem Zustand doppelt so viele Emotionen zeigen: überwiegend *contempt*. Ein bisschen verachtend, ein bisschen gelangweilt, einen Hauch gereizt. Jedoch so minimal, dass man es nicht sofort wahrnimmt. Es ist ein subtiler, unbewusster Ausdruck, den man mehr spürt als sieht. Die Forscher nennen dieses Phänomen: R.B.F. – *Resting Bitch Face*.

Und in genau so eines blickt Paul in diesem Moment. Attraktiv, ja. Faszinierend. Ohne jeden Zweifel intelligent. Und einen Hauch vorwurfsvoll. Eine latente Unzufriedenheit, die überall und nirgends zu sein scheint.

R.B.F. schaut auf das Display ihres Handys. Vielleicht, weil sie wissen will, wie spät es ist. Oder weil sie auf eine Nachricht wartet. Ihre Partyfassade besteht aus offenen Haaren, dunkel geschminkten Augen und roten Lippen. Die Typen reagieren auf sie. Sie lächeln sie an, machen Annäherungsversuche, auf die R.B.F. jedoch nicht weiter eingeht.

Paul fragt sich, woher sie die Jungs wohl kennt. Sie war garantiert noch auf keiner ihrer Partys, da ist er sich sicher. Sie wäre ihm aufgefallen.

Er könnte sie ansprechen. Irgendwas Lahmes sagen wie: *Ich hab dich hier noch nie gesehen. Bist du das erste Mal hier?* Aber das kommt Paul albern vor.

Sie greift wieder nach ihrem Handy. Wenn er ihren Namen wüsste, könnte er Nachforschungen über sie anstellen. Er müsste sie nur in ein Gespräch verwickeln. Wie schwierig kann das schon sein? Er stellt eine Frage. Sie antwortet. Er erwidert etwas. Schon hat man ein Gespräch.

Aber Paul ist nicht gut im Smalltalk. Er kennt jemanden, der ein Smalltalkseminar an der Volkshochschule besucht hat. Als der ihm damals davon erzählte, musste Paul sich das Lachen verkneifen. In diesem Moment wünschte er fast, er wäre mit ihm dort gewesen.

Paul könnte fragen, ob sie auch an der LMU studiert. Und wenn ja, was. Er könnte sie fragen, ob sie aus München kommt. Wo sie wohnt. Und dann, mit wem sie hier ist.

Paul kann sich bildlich vorstellen, wie R.B.F. ihn anschauen würde, wenn er ihr damit kommt. An diesem Gesichtsausdruck wäre vermutlich nichts Subtiles mehr.

Scheiß drauf, denkt Paul, trinkt den Rest von seinem Bier aus, lehnt sich in R.B.F.s Richtung und sagt über die Gespräche und die Musik hinweg: »Tolle Party, was?«

R.B.F. sieht auf. Und der Blick, der Paul trifft, wird ihrem neuen Spitznamen bravourös gerecht.

»Nur ein bisschen laut«, versucht Paul es anders und erntet ein schwaches Lächeln.

»Na ja, es ist eine Party«, erwidert R.B.F., und in ihrem Gesicht schwingt ein *du Vollidiot* mit.

Paul lehnt sich in ihre Richtung und streckt ihr die Hand entgegen: »Hi«, sagt er, »ich bin Paul Stokowski.«

Ihm ist klar, dass sein Verhalten befremdlich ist – wer stellt sich bei einer Party schon so förmlich vor? –, aber er will ihren Nachnamen wissen. Und den wird sie ihm am ehesten nennen, wenn er seinen nennt. Ein Automatismus. Menschen funktionieren so.

So auch R.B.F. Sie runzelt die Stirn, zögert einen Moment, dann schließlich nimmt sie seine Hand, schüttelt sie und sagt: »Elisabeth Brandt.« Kurze Pause. »Sehr erfreut.«

Elisabeth Brandt, also. »Schön, dich kennenzulernen.«

KÜCHENPSYCHOLOGIE.

Frida beugt sich vor und nimmt ein Stück Salamipizza vom Teller. Sie sitzen zu sechst in der Küche, Frida auf Philips Schoß – jedoch eher aus Platzmangel als aus romantischen Gründen. Es ist fast fünf Uhr morgens, die meisten Leute sind längst gegangen – die anderen liegen schlafend oder rummachend auf den diversen Perserteppichen und Polstermöbeln der Wohnung herum.

Frida mag es, wenn nur noch ein harter Kern übrig ist. Wenn man den Smalltalk hinter sich gelassen hat und mit genug Alkohol im Blut am Küchentisch sitzt, plötzlich bereit, zu sich und seiner Meinung zu stehen. Echte Konversationen. Ansichten, die aufeinanderprallen wie Sumoringer.

Philip braucht dafür keinen Alkohol, der ist auch im nüchternen Zustand so. Eine One-Man-Show mit markantem Kiefer und perfekten Zähnen. Frida steht auf schöne Zähne. Hätte sie sich nicht für das Drehbuchstudium entschieden, wäre sie Zahntechnikerin geworden.

Sie war schon bei einigen von Philips Partys, aber Erich sieht sie heute zum ersten Mal. Für gewöhnlich verbarrikadiert er sich an diesen Abenden in seinem Zimmer. *Er ist nicht so der Menschenfreund. Kommt meistens erst wieder raus, wenn alle weg sind*, meinte Philip mal, *oder wenn er notgeil ist, dann auch.* Frida fragt sich, ob jemand mit so einem Buchhalterblick unter der Oberfläche notgeil sein kann. Falls ja, ist es beeindruckend. Blaugraue Augen, der Mund eine gerade Linie. Nicht gerade ein Don Juan. Erich sieht nicht schlecht aus, das nicht, nur ein bisschen seltsam. Sehr groß, sehr ernst. Schwer zu durchschauen. Julian macht es einem da leichter. Ein zugänglicher Kerl mit offenem Lachen und einer Freundin, die Frida auf Anhieb mochte. Was irgendwie für ihn spricht, als wäre sie eine Visitenkarte. Katharina. Sie ist heute nicht da. Auf Fridas Nachfrage hin sagte Julian: *Sie hat morgen Frühschicht. Muss mit den anderen Sklaven rudern.*

Der Typ Frida gegenüber heißt Paul Stokowski. Er ist irgendwie komisch, aber ganz nett. Bislang hat er kaum etwas gesagt, ihr nur seinen Namen genannt. Seit Philip und sie die Küche betreten haben, sitzt er da, trinkt Bier und sieht Lizzy an. Als wäre sie eine seltene Tierart, die er in ihrem natürlichen Umfeld erforscht. Lizzy hat diese Wirkung auf andere. Eine Art ängstliche Faszination, wie man sie auch für Raubkatzen hat. Und genau wie sie spielt auch Lizzy mit ihrer Beute. Bis sie unvermittelt zubeißt. Meist in Form eines Schachmatt-Arguments, das keiner hat kommen sehen. Paul greift nach seiner Bierflasche. Er bringt sich nicht ein, aber er ist überaus anwesend – wie eine Energie im Raum, die man spürt, aber ansonsten nicht wahrnimmt.

Erich wirkt im Vergleich dazu fast unbeteiligt. Sein Gesicht ist ähnlich grau wie das T-Shirt, das er trägt – mit einem Aufdruck, der Michael Jacksons Konterfei zeigt, darunter steht 1958–2009. Frida erinnert sich noch, dass ihre Mutter damals geweint hat, als sie im Radio von dessen Tod erfuhren. Sie waren auf dem Weg zu Fridas Ballettstunde. Danach spielte der Sender *Billie Jean*. Wenn es nach Frida geht, einer seiner besten Songs.

Sie nimmt sich ein weiteres Stück Pizza, beißt die Spitze ab und sieht kauend zu Erich hinüber. Er hat die Hände im Nacken verschränkt, schaut kritisch zwischen den jeweils Sprechenden hin und her. Fridas Blick fällt auf die Innenseite seiner Oberarme, sie sind milchig blass und irgendwie verletzlich. Die kurzen Ärmel des T-Shirts sind hochgerutscht. Seine Achselhaare sind zu sehen. Das ist alles, was er von sich zeigt. Es wundert Frida, dass Philip und er so eng befreundet sind. Zwei vollkommene Gegensätze. Während Erich eine leere Leinwand ist, stellt Philip seine Emotionen fast schon zur Schau.

In dem Moment, als sie das denkt, schaut er sie an und gibt ihr lächelnd ein Zeichen aufzustehen. Frida legt das angebissene Pizzastück auf den Tisch, erhebt sich und geht zur Seite. Er trägt wieder seinen Bademantel – rosa mit Aufnähern dran. Eine Reminiszenz an einen seiner Lieblingsfilme, wie er mal sagte. Er trägt ihn immer, nachdem er mit ihr geschlafen hat – vermutlich nicht nur, nachdem er mit ihr geschlafen hat.

Frida schaut sich um. Die Küche ist dunkel, nur das Licht über dem Tisch brennt. Wie ein Spotlight bei einem Theaterstück. Sie hat längst den Faden der Diskussion verloren. Politik, Ungerechtigkeit, der Rechtsruck, irgendwas in die Richtung. Philip zettelt gern derartige Diskussionen am Ende seiner Partys an. Es ist zu einer Art Ritual geworden, dass eine kleine Gruppe zurückbleibt und bis zum Morgengrauen debattiert. Abhängig davon, wer dabei ist, ist es mal hitzig und unsachlich, dann wieder nüchtern und faktisch. Frida ist ab einem gewissen Punkt nur noch körperlich anwesend. Sie nimmt die Stimmungen und die Schwankungen wahr, nicht jedoch, wer welche Meinung vertritt oder was gerade gesagt wird. Dafür ist sie nach dem Feiern und Kiffen und dem Sex mit Philip meistens zu müde.

Es beginnt jedes Mal mit nur einem Satz. So auch heute. *Man sollte es machen wie Robin Hood: Man nimmt das Geld von den Reichen und gibt es den Armen.* Woraufhin dann mehrere Ausführungen folgen, wie man das bewerkstelligen könnte. Wie man ein System neu startet. Wie man die Demokratie retten könnte. Wer für ihren Niedergang verantwortlich ist. Die erste Dreiviertelstunde ging das in etwa so. Server hacken, Vermögen umverteilen, Grundbucheinträge und Schuldenregister löschen.

Philip schiebt sich an ihr vorbei, setzt sich wieder an den Tisch und öffnet seine Bierflasche. Im nächsten Moment greift er nach Fridas Hand und zieht sie zu sich.

»Klar würde das funktionieren«, sagt Philip ungehalten. »Man bräuchte nur genug Leute.«

»Egal, wie viele Leute ihr hättet, *die* hätten mehr«, erwidert Lizzy, während sie wahllos nach einer der Zigarettenschachteln vor sich auf dem Tisch greift. »Es handelt sich hier ja nicht um irgendeinen Hinterhofverein, sondern um den Deutschen Staat.« Sie nimmt eine rote Gauloise aus der Packung und zündet sie an. »Abgesehen davon würde das ewig dauern. Nicht, dass ich viel Ahnung davon hätte, aber ich gehe mal davon aus, dass die ihre Server gegen Angriffe von außen ziemlich gut schützen.«

»Auch gegen Angriffe von innen«, sagt Paul emotionslos. Er ist also doch noch wach.

»So ist es«, pflichtet Lizzy ihm bei. »Eine weitere Hürde, die man überwinden müsste.« Sie zieht an der Zigarette. »Selbst dann, wenn man jemanden einschleusen würde, wäre es kaum zu machen.«

»Kommt ganz auf die Leute an«, sagt Philip und trinkt einen Schluck Bier.

»Und wo nimmt man die bitte her?«, fragt sie. »Googelt man *Masterhacker gesucht*?«

Paul schmunzelt, sagt aber nichts. Es ist der lebendigste Gesichtsausdruck, den Frida bisher an ihm gesehen hat.

»Ist dir eigentlich aufgefallen, dass du die ganze Zeit nur dagegenredest?«, sagt Erich nach längerem Schweigen. »Alle anderen argumentieren aus verschiedenen Richtungen. Du nicht.« Er richtet sich in seinem Stuhl auf. »Ist das was Pathologisches bei dir, oder warum bietest du keine Alternativen an?«

»Aus demselben Grund, aus dem ein Verteidiger dem Staatsanwalt nicht bei seiner Beweisführung hilft.«

»Will heißen?«, fragt Erich.

»Dass ich bei eurem kleinen Gedankenspiel die Haltung der Gegenseite eingenommen habe.«

Er runzelt die Stirn. »Du kannst also nach Belieben die Seiten wechseln?«

Lizzy nickt. »Natürlich.«

»Na, dann ... bitte«, antwortet Erich mit einer einladenden Handbewegung. »Sag uns, wie man es richtig macht.« Kurze Pause. »Ich meine, sofern du das weißt.«

Danach ist es ein paar Sekunden lang still. Nicht feindselig, aber doch angespannt. Als hätte Erich sie mit diesem Satz zu einem Duell herausgefordert, und sie ist sich noch uneins darüber, ob sie es annehmen soll oder nicht. Die Art, wie sie einander ansehen, hat etwas von einem visuellen Kräftemessen. Als hätte der Kampf bereits begonnen.

Irgendwann sagt Lizzy dann: »Man braucht einen Nebenkriegsschauplatz.«

»Einen Nebenkriegsschauplatz?«, entgegnet Erich.

»So eine Art Trojanisches Pferd«, sagt sie, ohne seinem Blick auszuweichen. »Brot und Spiele. Etwas in die Richtung.«

»Aha«, sagt Julian. »Und wofür das Ganze?«

»Weil dann alle dort hinschauen und nicht dahin, wo sie nicht hinschauen sollen«, erwidert Elisabeth trocken. »Sie werden in die Irre geführt und von dem abgelenkt, was im Hintergrund abläuft.«

Die Jungs tauschen vielsagende Blicke aus, sagen aber nichts.

»Menschen wollen unterhalten werden«, meint Lizzy schulterzuckend. »Also. Unterhaltet sie.«

GEGENWART.

LET ME ENTERTAIN YOU.

»Ich würde ja sagen, *bleiben Sie dran*, aber meinetwegen schalten Sie ruhig um – wir senden heute Abend auf allen Kanälen.«
»Was soll das heißen?«, fragt Opa Fritz. »Gibt es später etwa keine Weihnachtsansprache?«
Niemand am Tisch reagiert. Sie schauen alle wie gebannt auf die beiden Handydisplays – Jürgen, seine beiden Enkelkinder, ja, sogar Helga. Es ist schließlich Sonja, die den kleinen Küchenfernseher auf der Anrichte einschaltet. Der läuft für gewöhnlich den ganzen Tag. Seine Schwiegertochter hat eine Schwäche für Sendungen wie *Bauer sucht Frau*, *Big Brother* und wie diese Formate sonst noch so heißen. Bei George Orwell war das damals ein Horrorszenario, heute gilt es als Unterhaltung. *Nicht zu fassen, dieser Verfall der Kultur*, denkt Opa Fritz, während Sonja durch die Kanäle schaltet. RTL, ZDF, ARD, Sat1, Pro7, Eurosport. Überall derselbe Moderator.
»Na, glauben Sie mir jetzt?«, sagt er selbstzufrieden. »Nun, da Sie alle mal umgeschaltet haben und wissen, dass ich die Wahrheit sage, schnappen Sie sich Ihre Chipstüten und Nachspeisen und lehnen Sie sich zurück.« Die Kamera zoomt auf sein Gesicht. »Fröhliche Weihnachten alle zusammen. Willkommen bei der *Reality Show*.«

Opa Fritz sieht sich fragend um. »Bei der Reality Show?«, sagt er. »Kennt die jemand von euch?« Bei *jemand* schaut er instinktiv zu Sonja, doch die schüttelt nur den Kopf. Fast ein bisschen schuldbewusst, so als hätte sie in ihrem Fachgebiet versagt.

Franzi seufzt leise auf. »Zachary sieht so gut aus. Findet ihr nicht, dass er gut aussieht? Schaut euch doch nur mal seine Zähne an.«

Jürgen runzelt die Stirn. »Wie? Du kennst diesen Typen?«, fragt er.

»Gott, Papa, das ist Zachary Wiseman«, sagt Franzi mit einem resignierten Kopfschütteln.

»Zachary wer?«, fragt Jürgen.

»Wiseman«, erwidert sie. »Das ist nur so ungefähr der bekannteste Influencer des Landes.«

»Hm«, macht Jürgen unbestimmt.

»Das sind Leute, die viele Follower bei Social Media haben«, erklärt Basti.

Opa Fritz versteht kein Wort. »Heißt das jetzt, es gibt keine Weihnachtsansprache?«, fragt er.

»Wie es aussieht nicht«, sagt Helga verwirrt.

»Aber es gibt immer eine Weihnachtsansprache«, erwidert Opa Fritz. »Jedes Jahr.«

»Psssst«, macht Sonja und zeigt auf den Fernseher.

»Wir haben heute Abend ein paar großartige Kandidat:innen für Sie an Land gezogen«, sagt der Moderator in einem anpreisenden Tonfall. »Richtig dicke Fische. Eine erlesene Auswahl an einflussreichen Menschen, von denen Sie die meisten vermutlich noch nie zu Gesicht bekommen haben.«

»Was genau macht denn so ein Influencer?«, fragt Jürgen leise.

»Sachen verkaufen, die keiner braucht, und dafür einen Haufen Geld kassieren«, antwortet Basti.

»Das stimmt nicht«, fällt Franzi ihm ins Wort. »Zachary tut viel mehr als das.«

»Was denn?«, fragt ihr Bruder. »Gut aussehen?« Dabei gibt er einen abschätzigen Laut von sich, der unfreiwillig Anerkennung preisgibt. Selbst Opa Fritz überkommt Neid beim Anblick dieses Gebisses – auch wenn der junge Mann ansonsten nach seinem Geschmack nicht angemessen angezogen ist für einen Fernsehauftritt – insbesondere an Heiligabend.

»Meint ihr nicht, wir sollten langsam mal essen?«, fragt Helga vorsichtig. »Das wird doch alles kalt.«

Bei den pappigen Knödeln kein Verlust, denkt Opa Fritz, behält es aber für sich.

»Oma hat recht«, sagt Jürgen. »Handys weg, Fernseher aus. Wir essen jetzt.«

»Nein!«, protestiert Franzi. »Wir können nicht ausschalten.«

Opa Fritz gibt es ja nur sehr ungern zu, aber auch er ist dagegen. »Was sind denn das jetzt für Kandidaten?«, fragt er.

»Das würde ich auch gern wissen«, sagt Sonja.

Jürgen seufzt. »Gut, dann bleibt der Fernseher halt an«, sagt er. »Essen sollten wir trotzdem.«

»Aus 42 möglichen Kandidat:innen haben wir eine Top Ten zusammengestellt, die heute Abend live im Fernsehen für ihre Taten zur Rechenschaft gezogen wird. Und Sie, meine sehr verehrten Damen und Herren, sind ihre Richter:innen – die Instanz, die entscheidet, wer mit einem blauen Auge davonkommt und wer bluten muss.«

Karla fragt sich, ob das wörtlich gemeint ist. Ob sie vielleicht besser ausschalten sollte, wenn umschalten schon nicht geht. Sie haben Netflix und Amazon Prime, sie müssten das nicht anschauen.

»Habe ich was verpasst?«, fragt Nathan gehetzt, während er sich zwischen seine Mutter und seine Schwester auf die Couch fallen lässt.

»Nicht viel«, sagt Lia und nimmt ihm die gesalzenen Erdnüsse aus der Hand. »Nur, dass es zehn Kandidaten gibt und die Bevölkerung entscheiden darf, was mit ihnen passiert.«

»Cool«, sagt Nathan und reißt seine Chipstüte auf.

Karla kann sich nicht vorstellen, dass diese »Kandidaten« freiwillig dort sind. Wer bei Verstand würde sich bitte dazu bereit erklären, sich live im Fernsehen von irgendwelchen wütenden Stammtisch-Harrys und ihren Frauen zu weiß Gott was verurteilen zu lassen. Es ist wie eine Neuauflage dieser pseudodokumentarischen Gerichtsshows, die in den Neunzigern auf allen Programmen in der Mittagszeit liefen. Karla hat sie heimlich angeschaut, wenn ihre Mutter länger arbeiten musste. Inszenierte Gerichtsfälle mit schlechten Schauspielern, die sich jedoch selbst für absolut begnadet gehalten haben.

»Bevor wir gleich anfangen, bin ich Ihnen noch eine Erklärung schuldig«, sagt der Moderator. »Bestimmt wollen Sie wissen, warum wir das hier tun. Und ich will es Ihnen erklären, doch dafür muss ich kurz ausholen. Keine Angst, es dauert auch nicht lang, nur eine Minute, also bitte bleiben Sie bei mir.«

Der Blick des Moderators ist plötzlich ernst. Bis zu diesem Moment erschien er Karla wie ein Aufschneider. Aber nun, da er sie so eindringlich ansieht, schwindet dieses Gefühl. Auf einmal wirkt er vollkommen aufrichtig. Wie jemand, der sie niemals anlügen würde.

»Alle vier bis fünf Minuten stirbt in diesem Land ein Mensch an den Folgen einer Sepsis.«

Lia blickt zu ihrer Mutter. »Was ist eine Sepsis?«, flüstert sie.

»Eine Blutvergiftung«, antwortet Karla und fragt sich, wo das hinführen soll.

»Für diejenigen unter Ihnen, die nicht wissen, was eine Sepsis ist, es ist eine Blutvergiftung. Eine generalisierte Entzündung eines Organismus durch Eindringen von Bakterien, deren Toxinen, oder Pilzen in den Blutkreislauf. Es sind mikroskopisch kleine Killer, die die Organe befallen und den Körper des Wirts bis zu dessen Tod auszehren. Unsere heutigen Kandidat:innen verhalten sich ganz ähnlich. Doch dazu später mehr.«

Karla bekommt Gänsehaut – ob von dem, was er sagt, oder der Musik, die im Hintergrund läuft, weiß sie nicht. Genau genommen ist es gar keine Musik, eher Laute. Sie erinnern Karla an ihre Hypnose-Hörbücher. Was sagt die Sprecherin da immer? *Diese Anwendung ist mit einer speziellen neurologischen Rhythmusmusik hinterlegt.* Die klingt genauso.

Schneller Wechsel der Kamera von einer Totalen auf ein Close-up von Wisemans Gesicht. 46 Zoll in 4K. Und wieder ist es, als würde er Karla gerade ansehen. Als wäre er nicht in irgendeinem Studio irgendwo anders, sondern mit ihnen im Raum.

»Sie glauben vielleicht, wir leben in einer Demokratie«, sagt er. »Weil Sie wählen gehen und bei Bürgerentscheiden abstimmen. Doch die Macht liegt längst nicht mehr beim Volk. Wir sind unerkannt in eine Diktatur des Kapitals gerutscht, in ein System, das nur eine Richtung kennt: Die Armen werden ärmer und die Reichen reicher. Der Begriff soziale Schere wird der Realität nicht gerecht – in Wahrheit leiden wir seit Jahren an einer Sepsis ... das ganze Land. Das Staatswesen. Jeder Einzelne von uns. Und wenn wir nicht aufpassen, werden wir alle an ihr zugrunde gehen.«

Nathan sieht zu seiner Mutter. »Was ist denn das für eine Sendung zu Weihnachten?«

Karla weiß nicht, was sie darauf entgegnen soll. Sie hatte neulich noch ein Gespräch über genau diese Themen mit Lena und Julia. Darüber, dass von der sozialen Marktwirtschaft so gut wie nichts mehr übrig ist. Dass die Mietpreisbremse nicht greift, weil die, die das Sagen haben, das nicht wollen. Über die Hälfte von Karlas Einkommen geht für ihre Wohnung drauf. Urlaube kann sie sich schon seit Jahren nicht mehr leisten – geschweige denn den Elektroroller, den Nathan sich wünscht, oder die Reitbeteiligung für ihre Tochter.

»Doch es ist nicht zu spät. Noch können wir das Ruder herumreißen«, sagt der Moderator und fügt nach einer gekonnten Kunstpause hinzu: »*Sie* können es herumreißen.« Bei dem Wort *Sie* deutet er mit dem Finger auf Karla und mit ihr auf die Millionen anderen, die schätzungsweise gerade vor den Fernsehern sitzen. »Heute Abend präsentieren wir Ihnen diejenigen, die dieses Land wirklich regieren. Die Männer und Frauen, die in Wahrheit den Lauf der Welt lenken – und so darüber entscheiden, wer zum Gewinner und wer zum Verlierer des Systems wird. In unserer Show zeigen wir, wer da in den Hinterzimmern der Macht sitzt. Und glauben Sie mir« – ein schelmisches Lächeln – »jeder von denen hat mindestens eine Leiche im Keller.«

FÜNF FREUNDE.
VOL. 1.

10. Ferdinand Litten.

Ferdinand sitzt gefesselt auf einem Stuhl im Wintergarten. Die hohen Pflanzen verbergen ihn vor der Außenwelt. Sie und die Kirschlorbeerbüsche, die das Anwesen umgeben. Immergrün. Darauf hat seine Frau bestanden. Selbst wenn Ferdinand versuchen würde, auf sich aufmerksam zu machen, keiner würde ihn sehen. Nicht, dass um diese Uhrzeit an Heiligabend überhaupt jemand unterwegs wäre.

Sie haben Kabelbinder verwendet. Keine Chance, die von den Gelenken zu kriegen. Ferdinand schaut auf. Von seinem Platz aus kann er durch die hohen Fenster Felicitas und die Kinder im Wohnzimmer sehen. Nur sehen, nicht hören. Deswegen haben sie ihn hier platziert. Die drei kauern auf dem Sofa, verweinte, blutleere Gesichter, die ihm vollkommen fremd erscheinen.

Ihrer Familie wird nichts passieren, solange Sie sich kooperativ verhalten.

Kooperativ. Ferdinand wagt nicht, darüber nachzudenken, was das bedeuten könnte.

Wie haben es diese verdammten Arschlöcher in sein Haus geschafft? Wie haben sie es geschafft, das Sicherheitssystem zu manipulieren? Immerhin eines der besten der Welt.

Ja, er hat sich im Laufe der Zeit Feinde gemacht. Aber das ist in dem Business vollkommen normal. Der Finanzmarkt ist ein Haifischbecken und kein Streichelzoo, wer nicht ein bisschen Gegenwehr verträgt, ist falsch in dem Job. Doch das hier ist mehr als ein bisschen. Ihn anzugreifen ist eine Sache – aber seine Familie?

Ferdinand sieht noch immer zu Felicitas und den Kindern. Seine Kehle ist trocken, seine Hände feucht, vor sich ein pulsierendes Bild des Wohnzimmers, auf den ersten Blick harmlos, auf den zweiten grauenhaft. Dass sie die Kleinen gefesselt haben ... Wer tut so etwas? Was Ferdinand auch getan haben mag, nichts rechtfertigt das hier.

Im selben Augenblick denkt er an Julian. *Verdammt.* Was, wenn sie auch ihn haben? Ein weiteres Druckmittel, nur irgendwo anders? Und wo sind Greta und Ruth? Sie scheinen nicht bei Felicitas und den Kindern zu sein. Wo haben diese Leute sie hingebracht?

Ferdinand schüttelt den Kopf. Er versucht, sich einen Reim auf das alles zu machen, zu begreifen, was da gerade passiert, doch er kann keinen klaren Gedanken fassen. Als wäre etwas in seinem Gehirn explodiert, und übrig sind nur Bruchstücke.

Ist dir eigentlich klar, wie viele Menschen du auf dem Gewissen hast?, hört er Julian sagen. Er erinnert sich noch genau an den Wortlaut. *Du hast diesen Leuten das Leben genommen, weißt du das? Du hast es getan, ohne sie zu töten.*

Ferdinand schließt einen Moment die Augen. Er hat Fehler gemacht, ja, aber macht die nicht jeder? Es geht ihm nicht um sich – mit ihm können sie machen, was sie wollen, aber nicht mit Felicitas und den Kindern, nicht mit ihnen. Er versucht, sie einzuschätzen – ihre *Geiselnehmer.* Ferdinand hätte nie für möglich gehalten, dass ihm einmal so etwas passieren würde.

Er blickt unauffällig zu den drei schwarz gekleideten Gestalten neben sich. Sie verstecken sich hinter Masken und Kapuzen. Gesichtslose Gegner mit geladenen Waffen. Er fragt sich, ob sie wirklich bereit wären, sie zu benutzen? Würden sie abdrücken, wenn Ferdinand versuchen würde zu fliehen? Oder ihren Anweisungen nicht Folge leisten würde? Würden sie sich an seiner Familie abreagieren?

Jay, denkt Ferdinand. Sie steht keine zwei Meter von ihm entfernt, eine zierliche Frau in Kampfmontur, reglos wie eine Maschine. *Es wäre ein Fehler, sie zu unterschätzen,* warnt ihn eine innere Stimme. Etwas an ihrer Haltung verrät, dass sie vermutlich weiter gehen würde, als man ihr zutraut. So als wäre ihr zierliches Aussehen lediglich ein Ablenkungsmanöver, eine Art Mimikry, durch die er sich in falscher Sicherheit wiegen soll.

Jay schaut unvermittelt in seine Richtung, ein prüfender Blick durch zwei ausgestanzte Löcher in einer Plastikmaske. Sie wirkt, als würde sie auf etwas warten.

Ferdinand will sich nicht ausmalen, worauf.

09. Carl Ahrens.

Die Männer reden kaum. Und wenn doch mal einer von ihnen etwas sagt, benutzt er ausschließlich die Decknamen der anderen – Zahlen von Eins bis Drei. Der Große, der die Anweisungen gibt, ist Nummer Zwei, der neben ihm Nummer Eins und der Kleine Nummer Drei. So viel hat Carl schon mal verstanden.

Ihm ist nicht bewusst gewesen, wie leicht es ist, ein Smart Home zu einem Gefängnis umzufunktionieren. Dass die

Technik, die ihn und seine Familie schützen sollte, gegen sie eingesetzt werden kann. Hermetisch abgeriegelt. Gesteuert von Computersystemen, die nicht mit sich reden lassen – unmenschlich und von Menschen gemacht.

Carl hört Susanne leise wimmern. Er sitzt neben ihr, sie sind beide gefesselt, haben beide Lappen im Mund. Seine Frau so zu sehen, setzt Carl auf eine Art zu, die er so nicht kennt. Wäre wenigstens *sie* rausgekommen, wenigstens sie. Wut frisst sich durch Carls Körper. Sie hätten in dem verdammten Tunnel bleiben sollen. Jetzt gibt es kein Entkommen mehr. Selbst, wenn sie es irgendwie schaffen sollten, sich zu befreien, befänden sie sich nach wie vor im Sicherheits-Lockdown. Keines der Fenster geht auf, alle Türen sind verriegelt, die Rollos heruntergefahren.

Warum ist die Polizei nicht gekommen? Wird sie nicht automatisch alarmiert? Wurde der Notruf abgefangen? Oder sind die Polizeibeamten längst draußen und können nichts tun, weil es sich um eine Geiselnahme handelt? Wäre möglich. Sie würden kaum riskieren, das Haus zu stürmen und dabei Susanne oder ihn zu verletzen. Abgesehen davon wissen sie nicht, wer sonst noch da ist, seine gesamte Familie könnte anwesend sein, immerhin ist Weihnachten. Und die meisten Polizeiwachen unterbesetzt. Andererseits würde Carl das Blaulicht der Einsatzfahrzeuge über den Lichthof sehen, wenn sie ausgerückt wären. Was er nicht tut. Das Anwesen liegt komplett im Dunkeln.

Wieso stellen die keine Forderungen? Das ergibt doch keinen Sinn. Carl würde ihnen nachkommen. Er würde bezahlen – egal, welchen Preis.

08. Harald Lindemann.

Die Geiselnehmer sehen furchteinflößend aus, sind aber höflich. Höflicher als so manche Leute, denen Harald im Laufe seines Lebens begegnet ist. Zumindest gilt das für zwei von ihnen, die anderen beiden haben noch keinen Ton gesagt. Dass der Kellner zur Gegenseite gehört, erklärt im Nachhinein, weshalb Harald seinen Namen nicht kannte. Harald ist normalerweise gut mit Namen.

»Herr Lindemann«, sagt der, den die anderen nur *Drei* nennen, und Harald schaut auf. »Wir bringen Ihren Lebenspartner und Ihre Gäste nach nebenan. Es ist nicht unsere Absicht, ihnen etwas anzutun. Solange Sie sich an die Regeln halten, sehe ich daher keinen Grund, warum einem von Ihnen etwas passieren sollte.« Er rückt etwas näher an Harald heran. »Doch ich muss Sie warnen: Diese Waffen sind keine Attrappen. Und wir sind bereit, sie einzusetzen.« Pause. »Haben Sie verstanden?«

Harald nickt.

»Gut«, sagt Nummer Drei. »Ich würde es wirklich begrüßen, kein Blutbad anzurichten.«

Harald kommt nicht umhin, es sich vorzustellen. Wie sich der cremefarbene Teppich hellrot vollsaugt. Wie ein erschossenes Schaf, das vor dem Kamin liegt. Ist sauerstoffreiches Blut hell oder war es sauerstoffarmes? Harald glaubt, es war sauerstoffreiches. In dem Fall wäre eine Arterie getroffen worden. Bei einer Vene wäre es kirschrot. Allein beim Gedanken daran beginnt Harald, in seinem Sträflingsoverall zu schwitzen. Kurz fragt er sich, ob es seinen Geiselnehmern ähnlich geht. Bestimmt. Wenn ihm schon so heiß ist.

Ihr Aufzug erinnert Harald an diese spanische Netflix-Serie, von vor ein paar Jahren. Wie hieß sie noch? Irgendwas mit *Geld?* Er weiß es nicht mehr. Es ging um einen Banküberfall. Die Räuber hatten Städtenamen: Berlin, Tokyo, Nairobi. Und sie trugen Dalí-Masken. Aber das hier ist nicht Dalí, es ist ein anderer Mann mit Bart. Seine Geiselnehmer kommunizieren nicht über Walkie-Talkies oder Handys, sie haben einen Knopf im Ohr. Wie im Film. Kurz fragt sich Harald, ob BND-Agenten auch solche Knöpfe haben. Schätzungsweise. Irgendwie müssen die ja auch kommunizieren.

»War er schon in der Maske?«, fragt Nummer Drei.

Nummer Zwei schüttelt den Kopf.

»Dann kümmert euch jetzt darum. Der Zeitplan ist eng.«

Wieso in aller Welt muss ich in die Maske?, denkt Harald.

Im nächsten Moment kommt der Verräterkellner auf ihn zu, in einer Hand eine Puderquaste, in der anderen einen Pinsel.

»Augen schließen«, fordert er ihn auf, und Harald gehorcht.

Also, unter einer Geiselname hat er sich irgendwie etwas anderes vorgestellt.

07. Walter Emhoff.

Der Kellerraum ist karg und fensterlos. Walter war ewig nicht mehr hier unten, er könnte nicht sagen, ob im Vorfeld etwas verändert wurde. Drei Stühle, ein leeres Regal an der Wand und er gefesselt auf einem dreibeinigen Hocker. Diese Typen sind keine Amateure, so viel steht fest. Nicht, dass Walter besonders viel Erfahrung in puncto Geiselnahmen hätte, aber er weiß, wenn er es mit Profis zu tun hat. Und in diesem Fall hat er das.

Anfänger wären in so einer Situation nervös, unbeholfen. Diese Männer hingegen sind vollkommen ruhig. Wie Soldaten, die Befehle ausführen. Sie strahlen jene routinierte Gelassenheit aus, die man nur durch Erfahrung erlangt. Walter weiß, wovon er spricht. Er selbst hat das Phänomen immer wieder bei den Athleten beobachtet, für die er zuständig war. Vor ihren ersten Wettkämpfen wurden die meisten blass und reizbar, unruhig oder ausfallend. Manche haben gar nicht gesprochen, andere haben sich übergeben. Irgendwann jedoch stellte sich eine gewisse Routine ein. Wie lang das dauerte, kam auf den jeweiligen Charakter an. Einige von ihnen waren für Turniere geboren. Sie funktionierten auf Knopfdruck, hatten eine bessere Resistenz gegen Stress, mehr Selbstvertrauen, einen Hunger nach Anerkennung – den er gut von sich kannte. Gewinnertypen. Andere brauchten länger, um sich daran zu gewöhnen. Doch irgendwann waren sie alle Teil des Spiels. Sie kannten die Regeln, sie wussten, was sie erwartete – und was man von ihnen erwartete: Nämlich, dass sie Medaillen holen. Im besten Fall Gold. Im besten Fall immer wieder.

Diese Typen wirken auf ihn genauso. Als wäre das, was sie tun, entweder alltäglich oder sie bis ins Mark von der Richtigkeit ihrer Mission überzeugt. Walter fragt sich, was ihre Mission ist. Ob sie sein Geheimnis kennen. Aber woher sollten sie das? Er hat mit niemandem je darüber gesprochen. Und doch wird Walter das Gefühl nicht los, dass das hier etwas Persönliches ist. Eine offene Rechnung, für die er teuer bezahlen wird.

06. Heiner Voigt.

»Hinsetzen«, sagt der Typ, den die anderen Nummer Zwei nennen.

Heiner tut, was er sagt. Es würde ihn ärgern, erschossen zu werden, nur, weil er sich nicht hingesetzt hat. Angeschossen auch nicht. So eine Bauchverletzung kann sich Stunden hinziehen, das weiß Heiner aus dem Fernsehen. Andererseits glaubt er nicht, dass sie ihn erschießen werden – *an*schießen vielleicht. Wären sie hier, um ihn umzubringen, hätten sie das längst erledigt. Außer natürlich, sie wollen ihn aus irgendeinem Grund lieber im Keller erschießen. Die Waschküche ist komplett gefliest, das wäre leichter zu reinigen.

Aber Heiner hat von Anfang an kooperiert. Sie wollten, dass er den Sträflingsanzug anzieht, er hat ihn angezogen. Sie wollten, dass er sich ins Untergeschoss begibt, er hat sich ins Untergeschoss begeben. Sie wollten, dass er sich hinsetzt, er hat sich hingesetzt. Heiner war eine brave Geisel – wie das geht, weiß er noch aus seiner Kindheit.

Positiv ist, dass es gegen ihn kaum Druckmittel gibt. Heiner hat weder Frau noch Kinder, seine Eltern sind, Gott sei Dank, schon lange tot, und seine jüngere Schwester Henriette hat vor über zehn Jahren den Kontakt zu ihm abgebrochen. Soweit er weiß, lebt sie jetzt in Lissabon mit einem Yogalehrer namens Miguel.

»Noch drei Minuten«, sagt Nummer Eins.

Nummer Zwei nickt.

»Was ist in drei Minuten?«, will Heiner wissen.

»Das wirst du gleich sehen.«

VOLKSVERTRETER VERSUS VOLKSVERRÄTER.

Elena sitzt mit ihrem Freund auf dem Sofa, den Kopf an seine Schulter gelehnt, seine Hand auf ihrem Knie. Dank des Gasofens ist es mollig warm in der Wohnung, während draußen der Wind durch die Straßen heult, als wollte er reingelassen werden.

Sie schauen einen Weihnachtsfilm auf Netflix. Alex wollte eigentlich etwas anderes sehen, doch Elena hat ihn in zwei von drei Malen bei Stein-Schere-Papier besiegt. Sie streichelt gedankenverloren über das weiche Haar ihres Maltesers Rooney, der zusammengerollt in ihrem Schoß liegt – ein flauschiges, warmes Bündel, das ruhig atmend schläft.

Für die meisten Paare sind solche Abende vollkommen normal. Zweisamkeit, Nähe, ab und zu ein Kuss, Blicke, die nicht an einem Bildschirm enden. Für Elena und Alex ist es das erste gemeinsame Weihnachten in zwölf Jahren Beziehung. Einige ihrer Freunde haben in der Vergangenheit blöde Bemerkungen deswegen gemacht. Als wäre das zwischen ihnen nichts Ernstes, nur weil sie nicht zusammenleben. Früher hat Elena das gekränkt – als müsste sie ihren Lebensentwurf vor anderen verteidigen, weil er sich von ihrem unterscheidet. Und von der Norm: heiraten, ein Haus bauen, Kinder kriegen. Elena will gar kein Haus bauen. Und Kinder will sie auch keine. Und heiraten … sie schaut kurz zu Alex. Doch, heiraten würde sie schon. Aber es muss nicht sein. Weil es nichts über die Qualität einer Beziehung aussagt, ob man verheiratet ist oder nicht. Es sagt nur, dass man Steuern spart und sich scheiden lassen muss, wenn einer von beiden sich trennen will.

Viele Leute glauben, dass sich zu sehen gleichbedeutend ist mit sich zu lieben. Doch Elena weiß es besser. Oft sieht man sich nur satt. Sie hat vor langer Zeit aufgehört hinzuhören, wenn Menschen über Dinge reden, von denen sie nichts verstehen. Elena hat irgendwann kapiert, dass es ihnen Angst macht, wenn jemand seinen eigenen Weg geht – weil es ihnen vor Augen führt, dass es einen anderen gibt: nicht nur die Autobahn des Lebens mit ihren festgelegten Ausfahrten, sondern alternative Routen. Verschlungene Serpentinenstraßen, Trampelpfade querfeldein, sandige Küstenwege. Nur weil *man* etwas so macht, muss das ja nicht für Elena gelten.

Manche Traditionen dagegen liebt sie. Weihnachten zum Beispiel. Sie schmückt dann die gesamte Wohnung, stellt sich einen kleinen Baum ins Wohnzimmer und behängt ihn mit Lametta und bunten Kugeln. Sie macht sogar Vlogmas, eine Art weihnachtliches Videotagebuch, das sie mit Alex teilt. Auf die Art ist er bei ihr, selbst wenn er es nicht ist.

Normalerweise fährt Elena kurz vor Heiligabend zu ihren Eltern. Doch dieses Jahr ist es anders. Alex ist aus Dänemark gekommen, und sie verbringen die Feiertage zusammen in Stuttgart. Weihnachten und Sylvester. Im Bett, auf der Couch. Sie verlassen die Wohnung nur, wenn es sich nicht vermeiden lässt: weil Rooney rausmuss oder weil sie Lebensmittel brauchen. Abgesehen davon bleiben sie zu Hause – und die Handys aus.

Als der Abspann von *Tatsächlich ... Liebe* beginnt, drückt

Alex auf die Pausetaste. Im selben Moment trifft eine Nachricht auf Elenas Handy ein. Sie muss vergessen haben, es wieder auf Flugmodus zu stellen, nachdem sie vorhin das Bratenrezept rausgesucht hat. Der ist jetzt im Ofen und riecht unglaublich gut.

»Was sagt der Timer?«, fragt Alex.

Elena greift nach ihrem Handy. Auf dem Display zählt der Countdown im Sekundentakt runter.

»Noch neun Minuten«, sagt sie. Dann sieht sie Kellys Nachricht: *Schaut ihr auch gerade fern??! Und wenn ja: Glaubt ihr, das ist echt oder gefakt?*

Der Aufenthaltsraum ist an diesem Abend so gut wie leer. Nur Annemie und Friedhelm sind übrig. Die anderen Heimbewohner sind entweder bereits im Bett oder wurden vor den Feiertagen von ihren Familien abgeholt wie Hunde aus dem Tierheim. Aus Pflichtbewusstsein, aus schlechtem Gewissen, manche auch aus Liebe. Das sind in der Regel die, die auch sonst oft Besuch bekommen: Marianne, Edeltraut, Hermann – und sie. Erich hat heute Nachmittag bei ihr vorbeigeschaut. Mit einem kleinen Geschenk und einem Topf bunter Christrosen, weil er weiß, dass sie die besonders mag. Er ist ein guter Junge, ihr Erich. Das Herz am rechten Fleck.

Für gewöhnlich bleibt er an Heiligabend länger, doch heute musste er früher weg. Als er sich verabschiedet hat, wirkte er schuldbewusst deswegen, obwohl Annemie ihm mehrfach versicherte, dass es in Ordnung sei. Erich hat ihr einen sanften Kuss auf den Scheitel gegeben, so wie er es immer tut, bevor er geht. Julian und Philip waren nicht dabei. Sie haben Annemie Grüße ausrichten lassen. Philip hat sie seit Ewigkeiten nicht gesehen. Und auch Julians Anwesenheit ist rar geworden – aber der schaut wenigstens ab und zu noch vorbei.

Annemie würde nie etwas deswegen sagen. Sie findet kaum etwas so schlimm wie alte Menschen, die lästig sind und die jungen vom Leben abhalten. Sie selbst wollte nie so sein. Ein Mitleidspunkt auf irgendeiner Liste, den man abarbeitet. Sie hatte sehr viele Weihnachtsabende im Kreise der Familie. Hohe, mit Lametta geschmückte Tannenbäume und Adventskränze mit dicken roten Kerzen. In manchen Jahren hat sie zusammen mit Erich acht verschiedene Sorten Plätzchen gebacken. Vanillekipferl, Spitzbuben, Zimtsterne, Spritzgebäck ... Und an Heiligabend gab es Gänsebraten mit selbstgemachten Kartoffelknödeln und Blaukraut. Oder Wild mit Knopfspätzle und Preiselbeeren. Und danach eine ausgiebige Bescherung.

In diesem Jahr löst Annemie Kreuzworträtsel.

Erich hat ihr vergangene Woche gleich mehrere Ausgaben der *Gong Rätselkiste* mitgebracht. Die ersten zwei Hefte hat sie bereits fertig, das dritte liegt offen vor ihr.

Sie will gerade die Lösung für Ritter der Artus-Sage mit fünf Buchstaben eintragen – nämlich: Gawan –, da öffnet sich die Tür zum Aufenthaltsraum. Es ist Sandra, Annemies Lieblingspflegerin. Sie ist im Laufe der Jahre wie eine Tochter für sie geworden. Ihre eigenen vier sind auf der ganzen Welt verteilt: in Italien, in Panama, in England und in Australien. Sie rufen regelmäßig an, schreiben ihr E-Mails und Weihnachtskarten, schicken Fotos von ihren Kindern und Häusern. Annemie hat sie an der Pinnwand neben ihrem Bett aufgehängt, die Enkel und Urenkel, für die sie nichts weiter ist als ein altmodischer Name aus Deutschland.

»Soll ich etwas Musik anmachen?«, fragt Sandra und legt

dabei liebevoll eine Hand auf Annemies Unterarm.»Oder den Fernseher? Vielleicht läuft ja ein Weihnachtskonzert?«

»Den Fernseher«, sagt Annemie – der in ihrem Fall ohnehin mehr so etwas ist wie ein Radio, so schlecht, wie sie sieht. Sandra holt die Fernbedienung und reicht sie ihr.

»Suchen Sie sich das Programm ruhig selbst aus.« Sie sagt es leise.»Wenn Sie es Friedhelm nicht verraten, tue ich es auch nicht.« Sandra zwinkert ihr verschwörerisch zu. »Sollten Sie mich brauchen, ich bin im Schwesternzimmer. Einmal drücken, und ich komme.«

Sie deutet auf Annemies Notruf-Armbändchen. Dann verlässt sie den Raum.

Annemie schaut zu Friedhelm hinüber, wie er scheinbar leblos in einem der Sessel sitzt, mit seinen senffarbenen Kordhosen, dem passenden Strick-Cardigan und seinem braunen Brillengestell – mit Gläsern so dick wie Flaschenböden. Er rührt sich nicht. Vielleicht ist er ja tatsächlich gestorben. Das Sterben ist hier an der Tagesordnung. Beim Abendessen sind sie noch da und beim Frühstück dann nicht mehr. Irgendwann wird es auch Annemie treffen.

Sie schaltet den Fernseher ein. Weder im Ersten noch im Zweiten läuft ein Weihnachtskonzert. Annemie geht die Kanäle durch. Überall dasselbe Gesicht.

Dann erkennt sie es.

»Unmöglich«, murmelt sie und richtet sich in ihrem Sessel auf. Erst glaubt Annemie an eine extreme Ähnlichkeit zwischen dem Moderator der Show und dem jungen Mann, den sie seit seinem siebten Lebensjahr kennt – immerhin ist es mit ihrer Sehkraft nicht mehr weit her. Als sie ihn dann jedoch sprechen hört, besteht kein Zweifel. Denn im Gegensatz zu ihren Augen sind ihre Ohren noch gut. *Sie haben das Gehör einer Siebzehnjährigen*, sagte Doktor Adler bei ihrem letzten Check-up anerkennend.

»Vielleicht fragen Sie sich gerade, warum wir die Beweismittel der diversen Vergehen unserer Kandidat:innen nicht an die entsprechenden Behörden weitergegeben haben – doch das haben wir. Alle Dokumente, die wir Ihnen heute im Laufe des Abends zeigen werden, liegen seit knapp einem Jahr auf den Schreibtischen mehrerer Staatsanwält:innen herum. Ich weiß das so genau, weil wir sie verschickt haben – per Einschreiben, um ganz sicherzugehen.«

Philip trägt das Haar kürzer, als Annemie es von ihm kennt, und er redet reißerischer – wie ein richtiger Moderator eben. Sie hatte ja keine Ahnung, dass er jetzt im Fernsehen auftritt. Aber wundern tut es sie nicht. Philip hatte schon immer einen gewissen Hang zur Selbstdarstellung. Bereits als Kind.

Wieso nur hat Erich vorhin nichts davon erzählt? So eine abendfüllende Sendung ist schließlich keine Kleinigkeit – und dann auch noch an Weihnachten.

»Dreimal können Sie raten, was mit den Unterlagen passiert ist.« Die Kamera zoomt an Philips Gesicht heran. So nah, dass Annemie ihn deutlich erkennt, trotz ihrer schlechten Augen. »Gar nichts ist passiert«, sagt er. »Und warum ist nichts passiert? Nicht etwa, weil die Gerichte heillos überlastet sind, wo denken Sie hin. Es wurde deswegen nichts unternommen, weil niemand in der Führungsebene Interesse daran hat, diese Straftaten aufzuklären. Väterchen Staat legt lieber den Deckmantel des Schweigens über die Vergehen der Machthaber:innen. Wir tun es nicht.«

Annemie spürt Stolz in sich aufsteigen. Wenn sie könnte, würde sie jetzt Erich anrufen. Hätte der doch nur nicht vorhin den Orangensaft verschüttet – und dann auch noch alles auf ihr Handy. Sie wünschte, sie könnte jetzt mit ihm sprechen, diesen Moment mit ihm teilen.

»Wir – Sie und ich – haben die Abgeordneten gewählt, die uns jetzt regieren. Wir haben ein Kreuz gesetzt, damit die durchsetzen, was für uns wichtig ist. Familienpolitik, Rentenpolitik, Wohnungsbau, Gleichstellung, soziale Absicherung ... Nur, dass unsere Abgeordneten das leider nicht tun. Weil sie zu viel Zeit damit verbringen, mit Lobbyisten essen zu gehen. Die sind nun mal einflussreicher als Sie und ich. Systemrelevant. Too big too fail. Wenn man sie verstimmt, steht etwas auf dem Spiel: Arbeitsplätze, Deutschland als Industriestandort ... Für Sie und mich interessiert sich keiner. Ich erinnere an dieser Stelle gern an den Abgasskandal von Dieselfahrzeugen vor einigen Jahren. Wissen Sie noch? Die manipulierte Software?«

Annemie nickt energisch. Eine Sauerei war das damals. Der reine Betrug. Ein Haufen geprellter Kunden. Natürlich haben die in den USA Schadensersatz bekommen. Die in Deutschland wieder nicht.

»Wir geben Ihnen heute Abend Ihre Stimme zurück, meine sehr verehrten Damen und Herren. Weil sie ein Recht darauf haben. Das ist Demokratie. Es gibt schließlich auch Käuferschutz – warum nicht auch Demokratieschutz? Hat man etwas Fehlerhaftes bestellt, kann man es umtauschen. Ich finde, dasselbe sollte für unsere Volksvertreter:innen gelten. Wer das Volk nicht vertritt, sondern verrät, muss weg. Aber so viel Zeit haben wir heute Abend leider nicht.«

Er hat vollkommen recht, denkt Annemie. Sie hatte schon lange nicht mehr das Gefühl, vertreten zu werden. Vertröstet eher. Ab und zu vielleicht noch verstanden. Aber vertreten? Nein, das nicht.

»Das hier ist kein Umsturz. Es ist kein Angriff auf den Staat, es ist ein Angriff auf die, die den Staat lenken, ohne von uns gewählt worden zu sein. Auf die, die unser Land regieren wie heimliche König:innen. Ihre Vorherrschaft geht hier und heute zu Ende. Denn in den folgenden drei Stunden stehen sie vor Gericht. Und Sie, meine sehr verehrten Zuschauer:innen, entscheiden, was mit ihnen geschieht.«

FÜNF FREUNDE.
VOL. 2.

05. Hannelore Köster.

Ihre Mutter wirkt völlig falsch in dem übergroßen Sträflingsoverall. Sie mussten Ärmel und Hosenbeine mehrfach umkrempeln, damit er ihr annähernd passt.

»Ich nehme an, Sie wollen mein Geld«, sagt sie abgeklärt. »Es geht doch letzten Endes immer um Geld. Also, wie viel wollen Sie?«

»Wir sind nicht wegen Ihres Geldes hier, Frau Köster«, entgegnet die samtige Frauenstimme. »Sondern wegen der Art und Weise, wie sie dazu gekommen sind.«

»Was deuten Sie da an?«, fragt Carolin angespannt.

»Ihre Tochter weiß es nicht?«, erwidert die Frau mit der Waffe. »Beeindruckend.«

»Was weiß ich nicht?« Carolin klingt ungehalten.

»Mir ist schon zu Ohren gekommen, dass sie verschwiegen sind, Frau Köster. Mir war nur nicht bewusst, dass Sie *so* verschwiegen sind.«

»Meine Mutter hat die Brenner Group von Grund auf aufgebaut«, sagt Carolin. »Sie hat ihr Leben lang hart gearbeitet.«

»Das will auch niemand in Abrede stellen«, gibt die Frau ihr recht. »Das hat sie ganz gewiss.«

»Was zum Teufel wollen Sie dann hier?«

»Wie eingangs bereits erwähnt«, sagt die Frau ruhig. »Sie vor Gesicht stellen.«

Ihre Mutter lacht trocken. »Sie haben keinerlei Beweise gegen mich«, sagt sie dann.

»Oh doch, Frau Köster«, erwidert die andere. »Jeder hinterlässt Spuren. Ganz besonders totgeglaubte jüdische Mitbürger.«

Carolin steht auf. »Das sind infame Unterstellungen!«

»Es ist ehrlich rührend, wie sehr sie sich für Ihre Mutter einsetzen«, sagt die Frau. »Nein, wirklich. Das meine ich ernst.« Sie seufzt hörbar unter ihrer Maske. »Wir alle haben dieses überlebensgroße Bild von unseren Eltern, nicht wahr? Ich bedauere, Ihres heute Abend zerstören zu müssen.«

04. Josua Sievers.

Die Situation, in der sie sich befinden, wäre fast zum Lachen, wenn sie nicht so abscheulich wäre. Wenn sie nicht auch Pia betreffen würde. Wäre sie doch nur zu ihrer Familie aufs Land gefahren, dann wäre Josua allein zu Hause gewesen.

Er ist an Hand- und Fußgelenken gefesselt, wie ein Tier. Pia haben sie weggebracht, wohin, weiß er nicht. Irgendwo im Haus, wo er nichts von ihr hört. Mable liegt betäubt auf dem Boden neben der Küchentür. Er selbst sitzt festgezurrt auf einem der Stühle und sondiert seine Möglichkeiten.

Schreien ist das, was ihm als Erstes in den Sinn kommt. Doch es wäre zwecklos. Das Anwesen umfasst knapp 2 000 Quadratmeter – auf der linken Seite nur Wälder, auf der rechten ähnlich weitläufige Grundstücke wie ihres. Niemand würde ihn hören. War das nicht Sinn der Sache? Ebenjene Abgeschiedenheit? Pia und er wollten abgeschnitten sein vom Rest der Welt. Das sind sie jetzt. Gefangen in ihrem eigenen Haus, das ein Maximum an Sicherheit versprochen hat und nun zu ihrem persönlichen Gefängnis wird.

Josua ist ein Anzugträger und kein MacGyver. Er ist keiner von den Männern, die mit seinem Stück Schnürsenkel oder etwas Draht Kabelbinder lösen können – einmal ganz davon abgesehen, dass er gerade weder das eine noch das andere zur Hand hat. Er besitzt keine Waffen – er war immer ein ausgesprochener Waffengegner. Und selbst wenn er eine hätte und sich irgendwie von diesem Küchenstuhl befreien könnte, wüsste er dennoch nicht, wie man mit einer Pistole umgeht. Josua hat nie gelernt zu schießen – wozu auch? Er lebt in Deutschland. Einem Land, in dem man Streitigkeiten in Gerichtssälen regelt. In endlosen Verfahren, bei denen sich die Gegner oft nicht mal persönlich zu Gesicht bekommen und ihre gierigen Anwälte den Prozess künstlich in die Länge ziehen, um so mehr Stunden in Rechnung stellen zu können.

Er hat eine elektrische Heckenschere in der Garage, die sonst nur der Gärtner benutzt. Josua hat keine Ahnung, ob er damit überhaupt Schaden anrichten könnte. Wahrscheinlich hat sie eine Sicherung, um Verletzungen zu vermeiden. Und abgesehen davon ist die Garage für ihn im Moment ähnlich leicht erreichbar wie eine Südseeinsel. Sie haben einige recht furchteinflößende Küchenmesser. Die sind nicht mal weit weg. Josua kann sie von seinem Sitzplatz aus sehen. Und sie sind scharf – so scharf, dass Pia sich weigert, die meisten davon zu benutzen.

Josua betrachtet die langen Klingen an der Magnetleiste über der Arbeitsfläche. Wäre er in der Lage dazu, jemandem eine solche Klinge in den Leib zu rammen? Die Geiselnehmer sind schwer bewaffnet, zwei von ihnen sogar mit etwas, das er als Maschinengewehr beschreiben würde.

Josua gesteht es sich nur sehr ungern ein, doch weder abhauen noch den Helden spielen, kommt als Möglichkeit in Betracht. Er mag ein gerissener Stratege sein, ein gewiefter Geschäftsmann, jemand, der in schwierigen Verhandlungen einen kühlen Kopf bewahrt – doch das gilt nicht für Geiselnahmen. Wenn es hart auf hart kommt, ist Josua auch nur ein Mensch, der darauf hofft, irgendwie mit dem Leben davonzukommen. Ein fehlbares Wesen mit einem dicken Bankkonto. Was auch der Grund sein dürfte, weshalb diese Leute hier sind. Andererseits versteht er dann nicht, warum sie bisher noch keine Forderungen gestellt haben. Es gibt kein Ultimatum, keine Drohung, was passieren wird, wenn Josua sich weigert, ihren Anweisungen Folge zu leisten. Aber es muss um Geld gehen – es geht immer um Geld. Weil die meisten Menschen der Lüge aufsitzen, dass es entgegen der landläufigen Meinung nämlich sehr wohl glücklich macht. Weil Geld die Welt regiert. Das dachte auch Josua immer. Doch zum ersten Mal in seinem Leben ist er sich da nicht mehr so sicher. Sein Vermögen nutzt ihm gerade herzlich wenig – genau genommen, hat es ihn erst in diese Situation gebracht.

03. Agnes Brandauer.

Agnes hat sich immer davor gefürchtet, dass so etwas passiert. Schon als Kind. Eine Furcht, fast so alt wie sie selbst. Sie erinnert sich an den Tag, als sie in ihr erwachte. Wie sie damals mit ihrem Vater vor dem Fernseher saß, in einer bedrückenden Stimmung, wie sie schlechte Nachrichten immer mit sich bringen. Agnes war gerade erst neun Jahre alt geworden, ein wohl behütetes, unbekümmertes Kind, dem es an nichts fehlte. Es war die Woche nach ihrem Geburtstag, ein heißer Sommerabend. Die Fenster im Erdgeschoss standen weit offen, Grillenzirpen lag in der Luft. Es lief ein Brennpunkt zu einer Kindesentführung. Ein Mädchen in ihrem Alter. Spurlos verschwunden. Sie nannten sie *die kleine Melanie*. Auf dem Foto sah sie nett aus, sie hätte eine Klassenkameradin sein können. Breites Lächeln, eine Zahnlücke, große blaue Augen. Agnes hat ihr Gesicht nie vergessen.

In der Sendung ging es um die Umstände ihrer Entführung – *Zeugenaussagen zufolge ist Melanie von den Kidnappern auf dem Weg zur Schule abgefangen und in einen weißen Transporter gezogen worden.* Die Bevölkerung wurde aufgerufen zu helfen. *Sollten Sie etwas Verdächtiges gesehen haben, wenden Sie sich bitte umgehend an die örtliche Polizei.* Agnes weiß noch, wie ihr Vater damals sagte: *Ich wüsste nicht, wie ich weitermachen soll, wenn dir das passieren würde.* Sie hat ihn niemals zuvor so gesehen – so bestürzt, so traurig, irgendwie machtlos. Mit hängenden Schultern und einem glasigen Schleier im Blick.

Ein paar Tage später fand man Melanies Leiche in einem nahe gelegenen Waldstück. Ihre Eltern waren kreidebleich, Gesichter wie Wände, leer und hart. Man hatte ihrer Tochter das Leben genommen, und ihnen auch – das Leben, das sie zuvor gelebt hatten.

An jenem Tag hat Agnes verstanden, dass es böse Menschen gibt.

Drei davon sind jetzt in ihrer Wohnung.

02. Johann Sander.

Kristin und Amelie sitzen ihm gegenüber. Seine Frau streicht manieriert über ihren Bauch, immer dieselbe Abfolge: drei Kreise rechtsherum, zwei Kreise linksherum, dazwischen eine Pause. Seine Tochter rührt sich nicht. Ihre Hände liegen wie tot in ihrem Schoß, ihre Lippen sind farblos. Nur Hilde scheint gefasst. Sie schaut wachsam durch den Raum, als würde sie einen Ausweg suchen, eine Lücke im Plan der Geiselnehmer.

Sie tragen Guy-Fawkes-Masken – etwas, das in Johanns Kopf unweigerlich die Frage aufwirft, ob es sich bei der Wahl des Motivs um eine versteckte Botschaft handelt oder doch nur um einen passenden Zufall. Geschmackssache? Eine Rabattaktion im Internet? Oder aber ein Hinweis, der erst im Nachhinein verstanden wird? Johann fragt sich, ob die eigentliche Tat womöglich weit über das, was sich hier abspielt, hinausgeht. Ob dieser Überfall auf ihre Freiheit lediglich eine Episode eines viel weitreichenderen Plans ist.

Johann weiß nicht, warum er so denkt. Sein Verstand war schon immer ein guter Nährboden für Verschwörungstheorien und komplexe Sachverhalte. Das ist mit ein Grund, weshalb ihn seine beiden Ex-Frauen unabhängig voneinander einen Pessimisten nennen. Er selbst dagegen schätzt sich als Realisten ein, als jemanden, der das bewertet, was eben da ist. *Du siehst immer alles negativ*, sagte seine erste Frau oft. Und meistens lag er richtig damit. Das, was andere überrascht, hat Johann für gewöhnlich bereits kommen sehen.

In diesem Fall selbstverständlich nicht. Doch wie sollte man das auch? Solche Dinge passieren sonst schließlich nur im Fernsehen. Oder im Ausland. Aber sicher nicht hier.

Johann hat die Geiselnehmer aufmerksam studiert. Sie sind zu fünft, ihnen also rein zahlenmäßig überlegen. Und auch, was ihre Bewaffnung anbelangt. Johann hat noch einen weiteren Waffenschrank im Untergeschoss und einen im Jagdhaus, das jedoch ist zu weit weg. Die Schlüssel für alle drei hat er wie üblich in der Hosentasche. Was ihm jedoch in seiner derzeitigen Lage herzlich wenig bringt. Johann schaut auf den Parkettboden, genau auf die Stelle, unter der seine Gewehre sich befinden.

»Wir machen drüben alles fertig, bring du die Frauen dann runter«, sagt einer der Geiselnehmer im Flüsterton, und der andere nickt.

Johanns Blick fällt auf die Stuhllehne, über der seine Hose hängt. Sie haben ihn gezwungen, sich bis auf die Unterhose auszuziehen, ein erniedrigendes Gefühl, insbesondere vor seiner Tochter. Seltsamerweise wurde er sich in exakt dem Moment seines schlaffen Körpers bewusst. Genauso wie der Tatsache, dass rein alterstechnisch Hilde am ehesten seine Frau sein könnte und seine Frau seine Tochter. Und das Kind, das sie in ein paar Wochen zur Welt bringen wird, seine Enkelin. All das schoss ihm durch den Kopf, während er sich auszog und im Anschluss in den Sträflingsanzug schlüpfte. Eine Art Epiphanie. Als hätte er durch die Blicke der anderen einen Blick auf sich selbst erhascht, wie ein Spiegel, in dem die grausame Wahrheit sichtbar wurde.

In dieser Hosentasche, keine zwei Meter von ihm entfernt, sind die Schlüssel zu seinen Waffenschränken – auch zu dem im Keller. Sie haben Johann mit Kabelbindern an den Holzstuhl gefesselt. Die Frauen nicht – vermutlich, weil sie sie gleich runterbringen. Aber selbst, wenn er es irgendwie schaffen würde, ihnen über Gesten klarzumachen, was sie tun sollen, werden die Geiselnehmer sie zum einen wohl kaum aus den Augen lassen und zum anderen vermutlich fesseln, wenn sie sie erst mal hinuntergebracht haben. Aber wer weiß? Vielleicht tun sie es auch nicht?

Hilde würde er sogar zutrauen, eines der Gewehre zu nehmen und abzudrücken. Er hat ihr mal gezeigt, wie man sie bedient. Amelie fürchtet sich vor Waffen, sie würde sie nicht anrühren. Und seine Tochter … Johann schaut zu ihr. Bei Kristin wäre beides denkbar – die komplette Schockstarre oder ein kühler Kopf. Sie ist eine grandiose Schützin, sie war oft mit ihm auf der Jagd, ein Naturtalent. Hat sich aber beständig geweigert, auf Tiere zu schießen, immer nur auf Büchsen. Die hat sie dafür alle getroffen. Ausnahmslos.

Johann blickt von Kristin zu den zwei Männern, die sie bewachen. Sie patrouillieren langsam durch den Raum, der dritte steht wie angewurzelt an der Tür. Sie sind gut vorbereitet, das muss Johann ihnen lassen. Ihre Kommunikation funktioniert fast ausschließlich über Blicke oder Zeichen, und die wenigen Worte, die sie wechseln, sind für die Ohren Dritter allenfalls fragmentierte Andeutungen. Nichts, das ein sinnvolles Ganzes ergeben würde. Bis auf den einen Satz mit dem Keller eben – der jedoch ihren eigentlich Plan nicht weiter tangiert. Es sind Profis. Leute, die wissen, was sie tun – und doch auch wieder nicht.

Weil sie sich gerade mit dem Falschen anlegen.

Johann schaut zu Hilde hinüber. Beschwörend und eindringlich. So lange, bis sie es schließlich merkt. Sie runzelt fragend die Stirn, während er ihr wortlos zu vermitteln versucht, dass sie irgendwie an seine Hose rankommen muss. Er sieht zwischen ihr und der Stuhllehne, über der seine Hose hängt, immer wieder hin und her. Dann begreift sie es. Er erkennt es an der Art, wie sie ihn ansieht. Hilde weiß, was er ihr sagen will, weil sie seit Jahren seine Wäsche wäscht und dementsprechend auch den Inhalt seiner Hosentaschen kennt. Hilde nickt minimal. Eine Nuance, die niemand außer ihm wahrnimmt.

Im nächsten Moment piept etwas – ein Handy? Ein Timer? –, und einer der Geiselnehmer sagt zu einem der anderen: »Bringt die Frauen jetzt runter. Und du ihn nach nebenan.« Bei *ihn nach nebenan* nickt er in Johanns Richtung.

»Was haben Sie mit ihm vor?«, fragt Amelie mit zitternder Stimme, doch niemand antwortet ihr.

Stattdessen sagt einer der Geiselnehmer: »Los jetzt, aufstehen.«

Kristin befolgt seine Anweisung sofort, kurz darauf auch Hilde, nur Amelie bleibt sitzen.

»Erst will ich wissen, was Sie mit ihm vorhaben«, beharrt sie.

Einer der Männer packt sie am Arm und zieht sie unsanft hoch.

»Fassen Sie sie nicht an!«, schreit Johann und sieht den Mann in seiner schwarzen Uniform kaum merklich zusammenzucken. Trotzdem lässt er Amelie nicht los, stattdessen zerrt er sie hinter sich her in den Flur. Johann sieht ihr nach. Dann werden Kristin und Hilde aus dem Esszimmer geführt. Er hört Amelie leise weinen.

»Und nun zu Ihnen, Herr Sander«, sagt der, den Johann als Anführer ausgemacht hat. »Ich werde Sie jetzt nach nebenan bringen, und Sie werden sich ruhig verhalten.« Johanns Herz rast. »Andernfalls wird eine der drei Frauen für Ihre Renitenz bezahlen. Haben Sie verstanden?«

Johann nickt. Dann fällt sein Blick auf die leere Stuhllehne.

01. Claudia Kanitz.

Sie haben Claudia in einen orangefarbenen Sträflingsoverall gesteckt. Als sie an sich hinuntersieht, denkt sie *Orange Is The New Black*. Ein Gedanke, der in einer anderen Situation bestimmt lustig wäre. Die, in der sie sich befindet, ist es nicht. Sie ist auf eine Art befremdlich und unecht, dass es Claudia schwerfällt zu glauben, dass das gerade wirklich passiert. Als müsse es sich hierbei um einen kranken Scherz handeln. Um eine abartige Abwandlung von *Verstehen Sie Spaß* oder *Versteckte Kamera*. Und sie, die darauf wartet, aufgeklärt zu werden.

Eben hatte sie noch Sex und für danach ein Abendkleid aus ihrer aktuellen Kollektion bereitgelegt, passenden Schmuck, Highheels, das perfekte Outfit, um sich mit ein paar Freunden auf einen Weihnachtsdrink zu treffen, und jetzt sitzt sie hier in einem orangefarbenen Sträflingsoverall, ohne zu wissen, warum.

Im nächsten Moment packt sie jemand an den Handgelenken und knallt ihre Hände auf den Tisch. Claudias erster Gedanke ist, dass sie ihr eine Hand abhacken werden. Ihr Herz rast, als wolle es ihren Körper auf den unmittelbar bevorstehenden Schmerz vorbereiten. Auf das Gefühl, wie die Klinge ihre Hand von ihrem Körper abtrennt. Stattdessen setzt sich jemand mit Nagellackentferner ihr gegenüber an den Tisch und beginnt das Rot ihrer Nägel zu entfernen. Routinierte Bewegungen, Frauenhände. Einen Augenblick lang glaubt sie, sich übergeben zu müssen. Doch sie schluckt die aufsteigende Magensäure hinunter. Acetongeruch dringt ihr in die Nase. Seltsamerweise wirkt der beruhigend auf sie.

Jemand nähert sich dem Tisch und sagt: »Wieso dauert das so lang?«

Ein anderer antwortet: »Weil wir sie komplett neu schminken mussten. Ihr Make-up war verschmiert von der Augenbinde, die sie getragen hat.«

»Und was soll die Maniküre?«

»War meine Schuld. Ihr Nagellack hat was abgekriegt, als ich vorhin die Kabelbinder befestigt habe. Ich will nicht, dass es so aussieht, als hätten wir Gewalt angewendet. Also machen wir ihn runter.«

Claudia mustert die zwei maskierten Gestalten neben sich. Im Gegensatz zu den anderen beiden haben sie bislang kein Wort gesagt. Sie stehen schweigend da und richten ihre Waffen auf sie. Die dunklen Uniformen, die sie tragen, zeigen keine körperlichen Merkmale, nur Arme, Beine und Rumpf. Von Berufs wegen hat Claudia viel mit Models zu tun, die sind ähnlich groß, es könnten also auch Frauen sein.

»Noch zwei Minuten«, sagt jemand.

Claudia wüsste gern, was in zwei Minuten ist, doch sie wagt nicht, danach zu fragen. Als sie sich vorhin geweigert hat, in den Overall zu schlüpfen, hat sie dafür eine saftige Ohrfeige kassiert. Ihre rechte Wange kribbelt noch immer davon. Ein Gefühl, als wäre sie in zu heißes Badewasser gestiegen.

»Ich bin hier fertig«, sagt die Frau zu den Wachen. »Ihr könnt sie jetzt mitnehmen.«

Im nächsten Moment packt einer von ihnen Claudia am Oberarm und führt sie nach nebenan ins Wohnzimmer.

»Noch 58 Sekunden«, sagt jemand.

»Sehr gut«, erwidert der Mann neben ihr. »Wir sind so weit.«

NUR WER MITSPIELT, KANN GEWINNEN.

Nick steht in Boxershorts im Zimmer. Er bückt sich nach den Socken, zieht sie an, danach die Jeans.
»Wieso meldest du dich erst jetzt?«, fragt er gereizt.
»Hab es schon ein paarmal versucht«, entgegnet Wanninger auf diese leicht gelangweilte Art, die so typisch für ihn ist.
»Warst nicht erreichbar.«
Nicks Blick fällt auf die zerwühlten Bettlaken neben sich. Er sagt nichts. Jedenfalls nicht dazu.
»Verstehe«, erwidert er stattdessen. »Wer sind diese Typen?«
»Genau das versuchen wir herauszufinden«, sagt Wanninger, und Nick hört, wie er nebenbei tippt. »Bisher kamen keine Forderungen, kein Bekennerschreiben, kein Anruf, nichts. Im Moment ist es nur eine seltsame Fernsehshow und die Behauptung einer 42-fachen Geiselnahme.«
»Die Behauptung? Wieso *die Behauptung*?«, fragt Nick.
»Glaubst du etwa, es stimmt nicht?«
»Na ja, auf der Internetseite, die sie an die Öffentlich-Rechtlichen geschickt haben, sind zwar Videos von Überwachungskameras zu sehen, aber nicht, zu wem diese Kameras gehören. Ich meine, rein theoretisch könnten es auch einfach nur Aufnahmen von *irgendwelchen* Wohnzimmern und Küchen sein.«

Nick nimmt ein T-Shirt aus dem Schrank und zieht es sich über den Kopf. »Was ist mit dem Moderator? Was wissen wir über den?«

»Nicht gerade viel. Der Typ nennt sich Zachary Wiseman – ist ein Influencer«, erwidert Wanninger emotionslos. »Bisher war er eher unauffällig – soweit man das von Influencern sagen kann.«

»Also nicht politisch aktiv«, stellt Nick auf dem Weg ins Bad fest.

»Nein, nichts Politisches«, sagt Wanninger. »Eher so ein Fitnesstyp, macht Werbung für Sportkram und so.« Wanninger lacht leise auf. »Ich bin nicht seine Zielgruppe.«

Nick überprüft kurz sein Spiegelbild – Schatten unter den Augen, aber ansonsten in Ordnung. Er schaltet das Licht aus und verlässt den Raum.

Zurück im Schlafzimmer hört er, wie der Moderator sagt: »Das hier ist kein Umsturz. Es ist kein Angriff auf den Staat, es ist ein Angriff auf die, die den Staat lenken, ohne von uns gewählt worden zu sein. Auf die, die unser Land regieren wie heimliche König:innen. Ihre Vorherrschaft geht hier und heute zu Ende. Denn in den folgenden drei Stunden stehen sie vor Gericht. Und Sie, meine sehr verehrten Zuschauer:innen, entscheiden, was mit ihnen geschieht.«

Nick befestigt das Headset in seinem Ohr. »Siehst du das gerade?«, fragt er.

»Jap«, sagt Wanninger. »Sehe es.«

»Sie sind sicher schon ganz neugierig, wie Sie mitmachen können. Glauben Sie mir, es ist ganz einfach. Sie brauchen dafür nicht mal einen Internetzugang, aber wenn Sie einen haben, auch gut. Wir bieten Ihnen alle erdenklichen technischen Möglichkeiten, damit Sie heute Abend Ihre Stimme abgeben können – garantiert gratis, keine 50 Cent pro Anruf oder SMS. Keine versteckten Kosten. Versprochen.«

»Was soll das?«, murmelt Nick. »Was wollen die?«

»Ich habe keine Ahnung«, antwortet Wanninger.

»Die Nummer zu uns ins Studio ist die 0800 REALITY, beziehungsweise 0800 732 5489. Sie können sich auch über unsere Website www.realityshow.de registrieren. Oder aber über WhatsApp, Signal oder welchen Messenger Sie sonst gern benutzen – dafür einfach nach Reality Show suchen und eine Nachricht schicken. Last but not least verweise ich Sie auf unsere Reality-Show-App. Die finden Sie im App-Store und zum Download auf unserer Internetseite.«

Nick tippt www.realityshow.de bei Safari ein.

Willkommen bei der Reality Show, steht da. *Danke, dass Sie sich registrieren wollen.*

»Nimm diese verdammte Seite offline!«, schreit Nick in sein Headset.

»Das ist nicht so einfach«, erwidert Wanninger trocken.

»Was soll das heißen, das ist nicht so einfach? Es muss irgendwie gehen.«

Wanninger atmet betont ein und wieder aus.

»Okay«, sagt Nick. »Es geht nicht. Was ist mit der Hotline? Können wir die wenigstens kappen?«

»Versuche ich gerade. Ist eine Ansage, die die Rufnummer des Anrufers registriert.«

»Heißt das jetzt Ja oder Nein?«

»Es heißt, ich bin dabei.« Sein Tonfall sagt *nerv mich nicht*. Unüblich für Wanninger.

»Wir blenden Ihnen selbstverständlich alle Kontaktmöglichkeiten am unteren Bildschirmrand ein – und keine Angst, Sie finden sie dort auch für den Rest der Sendung. Bleiben Sie einfach sitzen, Sie brauchen nicht aufzuspringen und sich etwas zum Schreiben zu suchen. Ihr Handy haben Sie vermutlich ohnehin schon zur Hand. Nur das Festnetztelefon müssten Sie sich holen, falls Sie es noch nicht griffbereit haben. Alles andere übernehmen wir für Sie.«

»Wer sind diese Arschlöcher?«, sagt Nick.

Wanninger reagiert nicht, er hört ihn nur tippen.

»Ich lese Ihnen die Telefonnummer zu uns ins Studio im Laufe der Show natürlich auch immer wieder vor, nur für den Fall, dass Sie eingeschränkt sind, was Ihre Sehfähigkeit angeht.«

»Gott, die sind gut«, sagt Wanninger fast beeindruckt.

»Wieso? Was siehst du?«

»Wer auch immer diesen Code geschrieben hat, weiß echt, was er tut.«

Nick zieht sich die Schuhe an. »Wie kann die Gegenseite besser sein als wir?« Seine Frage klingt trotzig und gereizt.

»Sie sind nicht besser, Nick, sie sind nur vorbereitet.«

Nick sucht seine Autoschlüssel.

»Ihre Stimme kommt in jedem Fall bei uns an – vollkommen egal, welchen Weg Sie wählen. Und das ganz bequem von zu Hause aus. Na, ist das nicht toll?«

»Wie der Typ redet«, sagt Nick. »Als wären die Zuschauer Vollidioten.«

»Auf die meisten trifft das vermutlich zu.«

Nick kann die verdammten Schlüssel nicht finden. Sie sind weder in seiner Hosentasche noch in der Jacke. Nicht in der Küche auf dem Tresen, nicht auf der Ablage im Flur.

»Ich könnte es verstehen, wenn Sie im Laufe der Zeit eine gewisse Wahlmüdigkeit ereilt hätte. Wenn Sie keinen Sinn darin sehen, Ihre Stimme abzugeben. Wenn Sie es satthaben,

Ihren Wahlzettel in eine weitere bunte Mülltonne zu werfen. Glauben Sie mir, ich kenne dieses Gefühl nur zu gut. Dieses Gefühl, sich zwischen Pest und Cholera entscheiden zu müssen.«

Wo der recht hat, hat er recht, denkt Nick.

»Dieselben Wahlsprüche, dieselben blutleeren Gesichter, die ihre blutleeren Versprechungen in einen Haufen Fernsehkameras lügen. Immer gleiche Sätze, auf die das immer gleiche Nichts folgt.«

»Der ist echt gut«, sagt Wanninger. Nick sagt nichts dazu.

»Ich verstehe Sie. Das tue ich wirklich. Es geht mir wie Ihnen. Jedes gesetzte Kreuz ein weiterer Grabstein auf dem Friedhof der politischen Hoffnung.«

Da endlich findet Nick die Schlüssel – sie liegen auf dem Nachttisch.

»Doch diese Wahl ist anders, meine sehr verehrten Damen und Herren. Und das Beste ist: Sie haben nichts zu verlieren. Nur zu gewinnen – was übrigens wörtlich gemeint ist.« Er zwinkert in die Kamera.

»Verdammt!«, sagt Wanninger.

»Was ist?«

»Die Scheißhotline wird immer wieder neu umgeleitet«, sagt er. »Keine Chance, die zu kappen.«

»Braun wird uns fertigmachen«, sagt Nick.

»Nicht uns. Dich«, sagt Wanninger.

»Unter allen, die heute Abend ihre Stimme abgeben, verlosen wir unvorstellbare Preise. Glauben Sie mir, das ist keine Übertreibung. Heute Abend erwarten Sie unfassbar großartige Gewinne. Also registrieren Sie sich, oder rufen Sie an, nicht, dass es am Ende sonst noch heißt, Sie hätten nichts davon gewusst: Die kommenden Stunden könnten Ihr Leben verändern. Das ist mein voller Ernst. Inwiefern genau, kann ich Ihnen natürlich noch nicht verraten – ich will Ihnen ja nicht die Vorfreude verderben. Aber wow, Sie werden Augen machen!«

Kurz denkt Nick, wie angenehm es gerade wäre, wenn er einen anderen Job hätte. Einen, der es ihm erlaubt, sich mit einer Packung Chips und einem Bier auf die Couch zu legen und diese blöde Show anzuschauen. So wie alle anderen.

»Wie sagen die Leute von Lotto so schön? Nur wer mitspielt, kann gewinnen. Wir haben uns diesen Satz für heute Abend in leicht abgewandelter Form ausgeborgt. Bei uns lautet er: Nur wer mitwählt, kann gewinnen.«

»Der Typ ist witzig«, sagt Wanninger.

»Arbeitest du noch oder schaust du nur noch fern?«, fragt Nick.

»Sagt der, der noch zu Hause ist.«

Auch wieder wahr.

»Also ran an die Telefone, Handys oder Laptops, verehrte Zuschauer:innen. Wir brauchen nur Ihren Namen und eine Nummer oder E-Mail-Adresse, unter der wir Sie kontaktieren können.

Und falls Sie Angst haben sollten wegen Ihrer Daten: Wir geben sie nicht weiter, wir verkaufen sie nicht – alles, was Sie angeben, wird direkt im Anschluss an diese Sendung von unseren Servern gelöscht. Da ich mein Wort bisher nicht gebrochen habe und es auch nicht tun werde, gebe ich es Ihnen hiermit. Ich hoffe, Sie nehmen es.« Zoom auf sein Gesicht, ein aufrichtiger Blick. »Bevor wir allerdings dem oder der ersten Kandidat:in live im Fernsehen den Prozess machen können« – bei dem Wort *Prozess* wird Nick hellhörig – »müssen wir erst noch herausfinden, mit wem es losgehen soll. Denn nein, das wissen wir nicht. Sie entscheiden. Schon vergessen?« Wiseman lächelt charmant in Richtung Kamera.

»Du hast alle informiert, richtig?«, sagt Nick seltsam benommen.

»Sind alle unterwegs«, erwidert Wanninger. Es entsteht eine Pause. Dann fragt er: »Du glaubst doch nicht etwa, dass die ...« Doch er beendet den Satz nicht.

Nick will es sich nicht vorstellen. Eine Hinrichtung zur Primetime. Der absolute Albtraum.

»Ich würde sagen, es wird Zeit für unser Glücksrad. Ich selbst habe natürlich keinen Schimmer, mit wem wir beginnen werden – das hier ist live, nichts ist aufgezeichnet.«

»Jansen, Richter und Falkner sind gerade eingetroffen«, sagt Wanninger. »Braun müsste in der nächsten Viertelstunde hier sein. Du solltest dich beeilen.«

»Bin unterwegs«, sagt Nick und legt auf.

»Um Ihnen zu beweisen, dass Sie und nur Sie das Sagen haben, meine sehr verehrten Zuschauer:innen, lasse ich einen von Ihnen entscheiden, wann ich das Rad anhalten soll. Ich drücke den Startknopf und Sie geben das Kommando zum Stoppen. Ganz einfach.« Wiseman fasst sich mit einer übertriebenen Geste ans Ohr. »Oh, oh! Wie ich soeben höre, hat der Zufallsgenerator soeben die Telefonnummer unseres ersten Mitspielers ausgespuckt. Für unseren ersten Anruf bleibt uns nichts anderes übrig – schließlich hat sich noch niemand registriert. Wir mussten also zu anderen Mitteln greifen.« Er macht ein Jetzt-haben-Sie-mich-aber-erwischt-Gesicht und hält sich für einen Augenblick entschuldigend die Hand vor den Mund. »Gott, das ist alles so aufregend! Finden Sie es nicht auch aufregend?«

Eingeblendetes Gelächter.

»Wie ich höre, geht es jetzt los. Halten Sie sich bitte bereit, meine Damen und Herren. Und für den Fall, dass das Telefon gleich bei Ihnen klingelt, gehen Sie besser dran – vielleicht bin es ja ich.«

Scheiße, denkt Nick. *Da wird man jahrelang auf den Ernstfall vorbereitet. Und dann ist man wie gelähmt, wenn er eintritt.*

WENN DER WISEMAN ZWEI MAL KLINGELT.

David steht kurz vor dem Magenriss. Er stellt sich dessen Inhalt vor: den Braten, die Soße, die beiden Kartoffelknödel, das Schokotörtchen mit Vanilleeis, den Eisbergsalat, das Apfeltiramisu. Beim Gedanken daran will er sich übergeben.
Er blickt neben sich. Auch die anderen liegen überfressen auf der riesigen Couch herum. Gestrandete Walrösser in Festtagskleidung. Alle bis auf seinen Schwager, der ist vor einer Viertelstunde mit dem Hund rausgegangen. Allein bei der Vorstellung, in dieser Kälte um den Block zu laufen, schüttelt es David. Gott, er ist voll. Viel zu voll.
Seine Schwester hat eine Nachspeise mitgebracht, Profiteroles. Und seine Mutter das Apfeltiramisu, weil er mal erwähnt hat, dass er das so mag. Zusätzlich haben er und seine Frau heute Vormittag noch schnell Schokoküchlein mit flüssigem Kern vorbereitet. Es war ein Missverständnis, für das sich alle ausgiebig gerechtfertigt und entschuldigt haben.
»Ach so, ich dachte ...«
»Ja, das tut mir jetzt leid.«
»Na ja, du hast es ja nur gut gemeint.«
»Vielleicht könnt ihr ja was einfrieren?«
Abgesehen davon lief alles reibungslos – die Bescherung, die Auswahl der Geschenke, der riesige Weihnachtsbaum im Eingangsbereich, den sie bereits zwei Tage zuvor gemeinsam

geschmückt haben, so wie jedes Jahr – nur diesmal in ihrem Haus und nicht bei seiner Mutter. Es gab Punsch und haufenweise Plätzchen, die zwar gut waren, an die er jetzt aber lieber nicht denken will. Sie hörten Weihnachtslieder – *All I Want For Christmas Is You*, *Feliz Navidad*, *Happy Xmas (War Is Over)*.

David sieht sich um. Und in diesem Moment fällt es ihm schwer zu glauben, dass das hier wirklich sein Leben ist. Sein Zuhause. Er ein Papa. Mit Frau und Baby. Als das im nächsten Moment zu plärren beginnt, steht Nadine schwerfällig auf und wandert, dem Kleinen auf den Rücken klopfend, durchs Wohnzimmer.

David sollte sie ablösen, immerhin hatte sie schon die Nachtschicht, aber er kann sich nicht bewegen, das zweite Stück Apfeltiramisu liegt ihm wie Blei im Magen. Er hätte es nicht essen sollen, das zweite Stück war einfach zu viel. Fehlt nur noch ein Minzblättchen.

Nadine geht am Sofa vorbei, dreht sich um, geht wieder am Sofa vorbei, bleibt davor stehen, macht »Schhhhhhh, Schhhhhhhhhh«, um Noah zu beruhigen. Aber der schreit noch lauter. Ein hysterisches Geräusch, das David durch Mark und Bein geht.

Seine Schwester ist offensichtlich genervt davon, versucht aber, es sich nicht anmerken zu lassen. Ihre Mundwinkel lächeln, und auch der Rest ihres Gesichts ist maskenhaft freundlich, wie der Deckel eines Dampfkochtopfs, der ihre eigentliche Stimmung unter Druck in ihrem Inneren hält.

Bei ihrem Anblick spürt David Wut in sich aufsteigen. Die gesamte Situation kotzt ihn an: das Geschrei seines Sohns, das Verhalten seiner Schwester – vermutlich, weil es seine eigenen Empfindungen so genau widerspiegelt – und seine Mutter, die kurz davor ist, vorzuschlagen, mit dem Kleinen an die frische Luft zu gehen, um den Streit, der wie austretendes Gas auf einen Funken wartet, irgendwie doch noch abzuwenden.

In einer Übersprungshandlung greift David nach der Fernbedienung und macht kurzerhand die Musik lauter – was ihm einen eisigen Blick seiner Frau einbringt. Und das völlig zu Recht.

Er sagt schuldbewusst: »Soll ich übernehmen?« Und hofft, sie sagt Nein. *Bitte, sag Nein.*

»Alles gut«, erwidert sie kühl.

David versteht sie ja, sie ist müde, die Vorbereitungen für den heutigen Abend waren anstrengend, der Umbau des Hauses ist noch immer nicht ganz abgeschlossen, und das Projekt, an dem David seit knapp drei Monaten arbeitet, frisst viel mehr Zeit, als ursprünglich gedacht.

Seine Mutter hat mehrfach angeboten, dass Heiligabend auch gern bei ihr stattfinden kann, seine Schwester und sein Schwanger meinten, sie könnten sich ums Essen kümmern, so hätten sie weniger Stress mit dem Haus und dem Baby und allem. Doch Nadine und er haben auf das Weihnachtsfest bei sich bestanden – und darauf, sich um alles kümmern.

Da ist es ja wohl das Mindeste, ihren Gästen einen schönen Abend zu bieten.

Nadine sieht David an. Und so als hätte sie seine Gedanken gelesen, fragt sie über Noahs Geplärre hinweg: »Will jemand vielleicht einen Espresso? Oder ein Paar Oropax?«

David muss lachen. Er sieht sie an und formt ein *Danke* mit den Lippen.

»Also, zu einem Magenbitter würde ich nicht Nein sagen«, antwortet Jane gequält und steht auf. »Die Profiteroles haben mir den Rest gegeben.« Sie macht zwei Schritte auf Nadine zu und streckt die Arme aus. »Was hältst du davon, wenn ich den Kleinen nehme, dann kannst du dich ein bisschen ausruhen.«

»Gute Idee«, sagt seine Mutter, während sie sich langsam vom Sofa erhebt, »ich mache währenddessen Kaffee.«

»Ich suche den Averna«, sagt David und dann leiser zu Nadine: »Leg du mal die Beine hoch, ich bin gleich wieder da.«

Im nächsten Moment klingelt Davids Handy. Er zieht es aus der Hosentasche und schaut auf das erleuchtete Display. *Zachary Wiseman.* Er kennt niemanden, der so heißt. Und so drückt er den Anrufer kurzerhand weg. Als sein Handy dann jedoch nur ein paar Sekunden später ein zweites Mal zu klingeln beginnt, runzelt David irritiert die Stirn. Wieder steht da *Zachary Wiseman.* David spielt mit dem Gedanken, den Anrufer erneut abzuweisen, doch er tut es nicht. Stattdessen tippt er auf das grüne Symbol mit dem kleinen weißen Telefonhörer und führt das Handy an sein Ohr.

»Hallo?«, sagt er.

Und eine computergesteuerte Stimme antwortet: »Legen Sie nicht auf, Sie sind gleich auf Sendung.«

―

»Wie die Regie mir gerade meldet, haben wir unseren ersten Mitspieler in der Leitung!«, sagt Zachary Wiseman triumphierend, während das Glücksrad wie auf Schienen auf die Bühne fährt. Ein buntes Teil, vertikal mit einzelnen Platten, auf denen nichts steht. »Also, ich bin schon ganz aufgeregt«, sagt Wiseman. »Was ist mit Ihnen? Sind Sie auch schon aufgeregt?«

Eingeblendetes Raunen.

»Na dann, wollen wir unsere Glücksfee nicht länger warten

lassen. Hallo, herzlich willkommen bei der Reality Show, mit wem spreche ich?«

Keine Antwort.

»Hallooooo? Ist da jemand?«, fragt Zachary in einem scherzhaften Tonfall.

Marion sitzt auf der Sofakante, das Pizzastück auf halbem Weg zu ihrem geöffneten Mund.

»Ich kann Sie atmen hören.«

Publikumslachen vom Band.

»Laut unserem System spreche ich mit einem David. Ist das richtig?«

»Ähm, ja«, hallt es durchs Studio.

»Freut mich, dass Sie sich entschlossen haben, doch noch etwas zu sagen, David. Wie geht es Ihnen?«

Zögern. »Wer sind Sie?«

Zachary stutzt. »Jetzt sagen Sie bloß, Sie schauen nicht fern?«

Einen Moment Stille, dann: »An Weihnachten nie, nein.«

Zachary bricht in schallendes Gelächter aus. »Ganz ehrlich, dafür liebe ich Sie, Mann! Jemand, der an Weihnachten nicht fernsieht!« Blick in die Kamera: »Können Sie das glauben?«

Eingeblendeter Applaus.

»Jetzt weiß ich aber noch immer nicht, wer Sie sind«, sagt der Mitspieler.

»Schalten Sie den Fernseher ein, dann wissen Sie's«, erwidert Zachary. »Haben Sie ihn eingeschaltet?«

»Bin gerade dabei …« Kurze Pause. »Ist jetzt an.«

»Schönen guten Abend, David, mein Name Zachary Wiseman, und Sie sind gerade live in der Reality Show.«

David starrt auf den Fernseher. Das, was er hört, und die Lippenbewegungen des Moderators passen – einmal abgesehen von einer minimalen Verzögerung – perfekt zusammen.

»Sehen Sie mein Glücksrad, David?«

»Ja«, sagt er verdattert.

Nadine und seine Mutter stehen wie eingefroren neben ihm, seine Schwester und Marc betreten das Wohnzimmer, im Schlepptau ihr Hund Alois. Noah schläft tief und fest auf Janes Arm. Es ist auf eine angespannte Art still im Erdgeschoss.

»Ich werde gleich hier draufdrücken.« Der Moderator zeigt auf einen roten Knopf. Er sieht aus wie einer von denen, die bei Castingshows wie bei *The Voice* verwendet werden. »Wenn ich einmal auf den Buzzer drücke, startet das Glücksrad, wenn ich ein zweites Mal drücke, hält es an. Auf Ihr Kommando stoppe ich das Rad. Sind Sie bereit, David?«

»Was wird denn durch das Rad ausgewählt?«, fragt er, und sein Hals ist trocken.

»Na, unser erster Kandidat natürlich«, erwidert Zachary, während er seine Fingerspitzen auf dem Buzzer platziert. »Drei, zwei, eins«, sagt er und drückt. Das Rad beginnt sich zu drehen, die bunten Flächen verschmieren zu einem durchgehenden Regenbogen.

Davids Herz rast. Am liebsten würde er einfach auflegen. Nichts mit dem hier zu tun haben. Er ist da in etwas hineingeraten, von dem er nichts weiß. Weder um was für Kandidaten es geht, noch, was sie mit ihnen vorhaben oder wie diese Leute an seine Handynummer gekommen sind. Er weiß noch nicht mal, wer *diese Leute* sind.

»Irgendwann müssen Sie stopp sagen, David«, sagt Zachary in seiner Singsangstimme, und das Publikum lacht.

»Okay«, murmelt David. »Stopp.«

Im selben Augenblick schlägt der Moderator mit der flachen Hand auf den Buzzer, und das Glücksrad hält an. Zwei rote Pfeile zeigen auf ein leeres gelbes Feld. Erst jetzt sieht David, dass die Felder abgeklebt sind.

»Unser erster Kandidat heute Abend ist ...« Wiseman streckt den Arm aus, Showmusik wird eingeblendet, sie hat etwas von *Wer wird Millionär?*. Dann löst er die Abdeckung und reißt sie in einem Ruck weg. »Eine Kandidatin!«, ruft er triumphal aus. »Begrüßen Sie bitte mit mir: Claudiaaaaaa Kaaaaanitz!«

WAS BISHER GESCHAH.

»Wer zum Teufel sind diese Leute?«, fragt Einsatzleiter Braun.
»Und was wollen sie?«
Dem Typ stehen buchstäblich die Haare zu Berge. Eine Just-fucked-Frisur, die er mit beiden Händen zu bändigen versucht, dazu ein Anzug von der Stange. Vielleicht von H&M Men – oder von HAMZAR. Wäre beides möglich. Ein Baumwoll-Polyester-Mix, in dem man garantiert schnell schwitzt.
Muriel zwingt sich, bestürzt zu schauen. Immerhin ist der Anlass ernst. Menschenleben sind in Gefahr. Und nicht nur irgendwelche Menschenleben. Wertvolle. Milliardenschwere. Das finanzielle Rückgrat der Bundesrepublik – und wer weiß, vielleicht auch darüber hinaus. Ihre heimlichen Könige und Königinnen eingesperrt in smarten Palästen, in Hochsicherheitsbunkern, aus denen es kein Entkommen gibt. Alle Hintertürchen fest verschlossen. Murphys Gesetz.
»Also?«, sagt Braun ungeduldig. »Was wissen wir?«
Er nicht viel, denkt Muriel.
»Der Moderator ist ein Influencer, der bei Instagram und YouTube unter dem Alias Zachary Wiseman auftritt«, sagt Nick. »Er hat knapp 8 Millionen Follower, kein politisches Profil, seine Inhalte beschränkten sich bislang auf Sport- und Lifestyleprodukte.«
»Das hätte ich auch selbst nachsehen können«, erwidert

Braun schroff. »Ich meine, wer ist der Mann?«

»Das wissen wir nicht«, sagt Nick zerknirscht. »Seine echte Identität ist uns nicht bekannt.«

»Soll das heißen, wir haben nicht mal einen Namen?«, fragt Braun.

»Soll es, ja.«

»Das ist doch wirklich nicht zu fassen. Was haben Sie bis jetzt gemacht?«

»Die deutschen Datenschutzrichtlinien stehen uns im Weg. Unsere Leute sind dran. Aber ohne richterliche Verfügung geht da gar nichts.«

»Ja, dann holen Sie eben eine richterliche Verfügung!«, brüllt Braun.

»Wir sind dabei«, erwidert Nick. »Aber an Heiligabend ist es nicht so einfach, einen Richter herzukriegen. Die meisten sind verreist oder schlicht nicht erreichbar.«

Braun schließt einen Moment resigniert die Augen, dann öffnet er sie wieder und fragt: »Wissen wir denn wenigstens, ob sie außer Claudia Kanitz noch andere Geiseln in ihrer Gewalt haben?«

»Ja«, sagt Nick. »Wie es aussieht weitere 41.«

»Was?«, fragt Braun. »Soll das ein Witz sein?«

»Leider nein. Laut den öffentlich-rechtlichen Sendern haben die Geiselnehmer folgenden Videolink geschickt.« Nick wendet sich Wanninger zu. »Wanninger, leg mir mal das Video auf die eins.«

Im nächsten Augenblick erscheint eine Internetseite. Eine Vielzahl kleiner Kacheln. Schwarz-weiße Rechtecke, die Einblick in diverse ziemlich teuer aussehende Wohnzimmer und Küchen bieten.

»Wissen wir wenigstens, wer die Geiseln sind?«

»Nein«, sagt Nick knapp.
»Das ist alles? Nein?«, fragt Braun.
»Wir setzen Himmel und Hölle in Bewegung, um das in Erfahrung zu bringen.«
»Wie beruhigend«, erwidert Braun sarkastisch. »Und was genau ist *Himmel und Hölle*?«
Muriel sieht Nick an, dass er kurz davor ist, ausfallend zu werden. Sie erkennt es an der Art, wie seine Kiefermuskeln hervortreten.
»Ich warte«, sagt Braun.
»Die Täter müssen sich irgendwie Zutritt zu Frau Kanitz' Haus verschafft haben«, kommt Muriel Nick zu Hilfe. »Ihr Anwesen ist sehr gut gesichert. Ein Alarmsystem von Safe-Link. Sollte es beim Eindringen ins Gebäude zu sicherheitsrelevanten Zwischenfällen gekommen sein, wovon auszugehen ist, muss es entsprechende Aufzeichnungen geben.« Muriel spricht schnell, damit Braun sie nicht unterbrechen kann. Sie ist gründlich und effizient, so wie man es ihr beigebracht hat. Nur Fakten, nicht mehr und nicht weniger. »Seit einer Gesetzesänderung im vergangenen Jahr sind Smart-Home-Anbieter und Sicherheitsfirmen aus versicherungstechnischen und rechtlichen Gründen dazu verpflichtet, alle Auffälligkeiten auf ihren Servern zu protokollieren und die Daten für einen Zeitraum von 24 Monaten zu speichern. Bei polizeilichen oder richterlichen Anfragen müssen sie unverzüglich zur Verfügung gestellt werden. Es wird alles dokumentiert: Ausfälle, Hackerangriffe, Störungen in der Elektronik und so weiter«, sagt Muriel. »Unsere Leute sind bereits dabei, die Daten auszuwerten. Wir sind zuversichtlich, so an die Namen der Geiseln und ihre Aufenthaltsorte zu gelangen.«
Braun schaut von Muriel zu Nick.

»Wer ist die Frau?«, fragt er abfällig. Er versucht noch nicht mal, es zu kaschieren.

»Das ist Muriel Jansen«, erwidert Nick angespannt. »Sie ist seit zwei Jahren beim SEK, knapp sechs Monate davon in unserer Einheit. Frau Jansen ist eine unserer besten Beamtinnen.«

»Schlafen Sie mit ihr?«, fragt Braun und nickt in Muriels Richtung.

»Wie bitte?«, fragt Nick.

»Ob Sie mit ihr schlafen?«, wiederholt der seine Frage. »Jetzt tun Sie nicht so schockiert, Halberg. Es wäre nicht das erste Mal, dass ein Vorgesetzter mit einer Untergebenen vögelt.«

»Sie wissen aber schon, dass ich Sie hören kann, oder?«, fragt Muriel.

»Nehmen Sie's nicht persönlich«, erwidert Braun. »Sie sind einfach ein bisschen zu hübsch und zu jung für eine Position in dieser Gehaltsklasse. Die Frage ist dementsprechend naheliegend.«

»Sie ist vor allem sexistisch«, sagt Muriel kühl.

Braun runzelt genervt die Stirn. »Ich habe gerade echt keinen Geist für Ihre Befindlichkeiten. Falls Sie es nicht mitbekommen haben: Wir stecken mitten in einer Krisensituation – irgendwo da draußen sind 42 Geiseln« – er zeigt unbestimmt in Richtung Fenster – »also gehen Sie mir nicht auf den Sack mit ihrer kleinen feministischen Kampagne.«

Muriel verschluckt das *Fick dich*, das ihr auf der Zunge liegt, und lächelt.

»Sollten Sie ein Problem mit mir oder meiner Vorgehensweise haben, Fräulein Jansen, steht es Ihnen jederzeit frei zu gehen.«

»Das wäre ein Fehler«, erwidert Nick.

»Ach ja«, sagt Braun. »Und warum?«

Nick befeuchtet sich die Lippen. »Wie ich bereits sagte«, erwidert er, »Frau Jansen ist eine unserer besten Beamtinnen.«

»Sie haben Sex mit ihr«, sagt Braun kopfschüttelnd. »Ich hoffe, diese Tatsache beeinträchtigt nicht ihr Urteilsvermögen.«

Muriel schaut zu Nick. Sie weiß, was er gerade gerne sagen würde: *Ja, verdammte Scheiße, ich schlafe mit ihr, du Arschloch. Aber das ändert nichts daran, dass sie gut ist in ihrem Job.*

»Ich habe gleich ein Telefonat mit dem Kanzleramt«, sagt Braun. »Muss ich sonst noch etwas wissen, bevor ich mit Gössmann spreche?«

Muriel reagiert nicht, die Frage war kaum an sie gerichtet.

»Hallohooo?«, sagt Braun, und Nick knickt ein.

»Die Täter haben gedroht, Geiseln umzubringen, sollte die Liveübertragung ihrer Show gestoppt oder länger als 15 Sekunden unterbrochen werden. Wir müssen davon ausgehen, dass sie es ernst meinen.«

»Gibt es irgendeine Möglichkeit, den Stream umzuleiten?«, fragt Braun. »Ich meine, so, dass es diese Wichser nicht mitkriegen?«

»Wir arbeiten daran«, erwidert Nick. »Doch wie es aussieht, hat die Gegenseite ein paar ziemlich fähige Hacker an der Hand.«

»Und das wissen wir, weil?«, sagt Braun gereizt.

»Weil sie Claudia Kanitz' Sicherheitssystem überlistet haben«, erwidert Muriel. »Ihr Anwesen ist SmartSec 3 gesichert, da spaziert man nicht einfach so rein. Sec 3 ist die höchste Sicherheitsstufe, die SafeLink anbietet.«

»SafeLink? Sagt mir nichts«, antwortet Braun.

Warum nur wundert mich das nicht?, denkt Muriel.

»SafeLink ist einer der führenden Anbieter in Sachen Smart Home und Securitytechnik weltweit«, erwidert Nick. »Wenn Sie so wollen, der Rolls Royce unter den Sicherheitssystemen.«

»Aha.« Braun seufzt. »Und wie planen Sie vorzugehen, wenn wir mehr haben? Wenn wir die Aufenthaltsorte der Geiseln bestimmen können, was dann?«

»Wir haben 42 Teams zusammengestellt, bestehend aus GSG9, SEK und Bundespolizei. Da die Geiseln aber überall sein könnten, auch über die Bundesgrenzen hinaus, hat Frau Jansen bei Interpol einen Code 17 angekündigt, für den Fall, dass wir Verstärkung aus Österreich, den Niederlanden, Frankreich oder der Schweiz benötigen. Alle Grenzgebiete sind in die Abwehrstrategie einbezogen. Dennoch dürfte es eine logistische Herausforderung werden, die Einsatzkräfte rechtzeitig zu ihren jeweiligen Einsatzorten zu bringen.«

»Im Grunde haben wir also keinen Plan«, sagt Braun verstimmt. »Gössmann wird begeistert sein, wie gut wir vorbereitet sind. Das hier ist echt die reinste Bauernparade.«

»Wenn Sie irgendwelche Ideen haben, immer nur raus damit«, erwidert Nick. »Andernfalls würde ich vorschlagen, Sie lassen uns unsere Arbeit machen. Und Sie machen Ihre.«

»Kommen Sie mir nicht so, Halberg. Am Ende ist es mein Hals, der in der Schlinge hängt, nicht Ihrer.«

Muriel verbeißt sich den Kommentar, dass vielleicht schon sehr bald ganz andere Hälse in der Schlinge hängen, während Nick erwidert: »Es ist Weihnachten, Jonas. Wir sind unterbesetzt, wir tun, was wir können.«

»Ich weiß, dass Weihnachten ist«, erwidert Braun ungehalten. »Meine Schwiegereltern sind zu Besuch aus Belgien.« Er nickt, wie um diese Tatsache zu unterstreichen. »Die beiden konnten mich nie sonderlich leiden.«

O Wunder, denkt Muriel.

»Haben mir nie verziehen, dass ihre einzige Tochter meinetwegen das Land verlassen hat. Und jetzt habe ich sie auch noch an Heiligabend sitzen gelassen. Das werde ich mir noch ewig anhören dürfen.«

Tragische Geschichten aus dem Leben eines kleinen Mannes.

»Und das nur seinetwegen!« Braun zeigt auf den Fernseher, auf die Großaufnahme von Wisemans Gesicht. »Besorgen Sie mir einen Richter. Ich will, verdammt noch mal, wissen, wer dieses Arschloch ist!«

ES GIBT KEINE SCHLECHTE PR.

Tosender Applaus wird eingeblendet, am unteren Bildschirmrand blinkt über den Kontaktmöglichkeiten in großen pinken Lettern CLAUDIA KANITZ. Die Kamera geht in die Totale, dann sieht man Zachary auf der riesigen Bühne stehen. Er klatscht und nickt. Schließlich sagt er: »In wenigen Sekunden schalte ich zu meinem Korrespondenten vor Ort. Er sendet direkt aus Claudia Kanitz' Stadthaus – einer entzückenden Villa in München Gern. Es ist nur eine von 37 Immobilien, die Frau Kanitz in der Millionenmetropole besitzt – bis auf die zwei, die sie selbst bewohnt, ist der Rest natürlich hoch rentabel vermietet. Man muss sein Geld schließlich für sich arbeiten lassen – sonst muss man es am Ende noch selbst tun.« Zachary lacht. »Und wer will das schon?«

Claudia Kanitz, Claudia Kanitz... Bei dem Namen klingelt nichts bei Marion. Sie greift nach ihrem Handy und tippt ihn bei Google ein. Im nächsten Moment trifft sie fast der Schlag.

»Nein«, murmelt Marion in ihr leeres Wohnzimmer.

Claudia Kanitz. Gründerin und Inhaberin von HAMZAR Inc. Die Unternehmerin lebt sehr zurückgezogen in einer Villa in München, liest Marion. *Keine öffentlichen Auftritte, Interviewanfragen werden grundsätzlich abgelehnt. Geschätztes Privatvermögen: 10,6 Milliarden Euro.*

Marion klickt auf die Verlinkung.

HAMZAR Inc. (Unternehmen)

HAMZAR ist ein Textilunternehmen, das über ein weltweites Netz von Ladengeschäften verfügt und darüber und über den gleichnamigen Onlineshop preisgünstige Bekleidung, Accessoires und Schuhe für Damen, Herren und Kinder vertreibt.

Kundenservice: 0800 1 772 773
Gründung: 24. Juni 2002, München, Deutschland
Hauptsitz: München, Deutschland
Rechtsform: GmbH
CEO: Willhelm Beyer (2024 –)
Mitarbeiterzahl: 272 000 (2026)
Umsatz: 28,65 Milliarden EUR (2026)
Branche: Textileinzelhandel
Gründerin: Claudia V. Kanitz

»Na?«, sagt Zachary Wiseman. »Haben Sie auch Ihre Handys gezückt und den Namen Claudia Kanitz in Ihre bevorzugte Suchmaschine gehackt? Das habe ich damals getan, weil ich keinen blassen Schimmer hatte, wer die Frau ist.« Marion schaut auf. »Für die, die eben nicht nachgesehen haben: Sie ist das Phantom, das einen Großteil von uns eingekleidet hat. Sie ist überall. Wir tragen sie auf unserer Haut. Gründerin und Inhaberin eines weltumspannenden Modeimperiums. Studieren Sie gern mal Ihre Waschzettel, meine sehr verehrten Damen und Herren, auf dem ein oder anderen dürfte HAMZAR Inc. stehen. Diesen Namen kennt jeder. Den der Frau dahinter kaum einer.« Kurze Pause. »Unsere Claudia ist ein überaus scheues Reh, schätzt nichts so sehr wie ihre Privatsphäre. Es existieren keine Fotos von Frau Kanitz. Sehen Sie gerne nach, wenn Sie mir nicht glauben. Aber Sie werden nichts finden. Sie bleibt gesichtslos in einer Welt, in der jeder andere seines umso bereitwilliger in die Kamera hält. Sie gibt keine Interviews, tritt nie öffentlich in Erscheinung. Dementsprechend sprachlos war ich, als ich erfahren habe, dass sie uns heute Abend zu sich eingeladen hat.« Er zwinkert schelmisch, dann wird ein Video eingeblendet. »Ich schalte nun zu meinem Kollegen vor Ort.« Kurze Pause. »Guy, kannst du mich hören?«

»Laut und deutlich, Zachary, wie geht es dir?«, sagt ein Typ mit Plastikmaske.

Marion legt ihr Handy weg.

»Ich kann nicht klagen. Und bei euch?«

»Könnte nicht besser sein«, erwidert Guy mit einem Grinsen in der Stimme.

»Freut mich zu hören«, sagt Zachary. »Bevor wir gleich mit Claudia Kanitz persönlich sprechen, zeigen wir den Zuschauer:innen aber erst noch den kleinen Imagefilm, den du freundlicherweise zu PR-Zwecken erstellt hast.«

»Unbedingt«, sagt Guy.

Zacharys Gesicht wird ernst. »Meine sehr verehrten Damen und Herren, an dieser Stelle möchte ich eine Triggerwarnung aussprechen. Einige der nachfolgenden Inhalte und Bilder könnten eine verstörende Wirkung auf zarter besaitete Zuschauer:innen haben. Doch die Wahrheit ist nicht immer schön. Sie ist nur wahr. Es gibt subjektive Wahrheiten, und es gibt Fakten. In dem nachfolgenden Video haben wir Ihnen die zu Claudia Kanitz' Aufstieg an die Spitze des Fast-Fashion-Himmels zusammengestellt. Bitte sehen Sie nicht weg. Sie schaffen das.«

Der Film startet, subtile Musik setzt ein. Marions Herz beginnt schneller zu schlagen. Ein Teil von ihr weiß genau, was gleich kommt – sie hat sich ausgiebig mit dem Thema Fast Fashion beschäftigt, kauft seitdem selbst nur noch nachhaltige, biozertifizierte und faire Mode. Darauf gebracht hat sie eine ehemalige Arbeitskollegin. Lena Feil. Die Frau, die Marion immer das Gefühl gegeben hat, ungenügend zu sein. *Nicht* Veganerin, *keine* Mutter, *keine* Ehefrau, *nicht* aktiv im Umweltschutz, *kein* Mitglied bei den Grünen, *keine* Hobbygärtnerin, *keine* begnadete Köchin. Nichts davon. Das Seltsame ist, dass Lena all das nicht mal hat raushängen lassen. Sie hat nie etwas deswegen gesagt. Das ändert nichts daran, dass alles an ihr Marion minderwertiger gemacht hat. Als wäre sie das Negativbeispiel, das zum Vergleich herangezogen wird. Insgeheim war Marion erleichtert, als sie erfahren hat, dass Lena nach der Geburt ihres zweiten Kindes nicht wiederkommen würde. Jetzt ist Lena wenigstens nicht mehr berufstätig. Sondern ein Heimchen am Herd, das vegane Köstlichkeiten backt.

Das Tempo der Musik steigert sich, wird spannend, ja beinahe unheimlich. Modebilder, Models, Laufstege, Ladengeschäfte. Und überall der Schriftzug HAMZAR.

»Claudia Kanitz«, sagt eine perfekt gecastete Männerstimme. Sonor, eindringlich, warm. »Sie ist die Königin der Fast-Fashion-Industrie. Ein textiler Discounter mit Massenwaren, die wir ihr gierig aus den Händen reißen. HAMZAR ist eine beispiellose Erfolgsgeschichte – natürlich nicht für alle Beteiligten, es kann schließlich nicht jeder auf dem Siegertreppchen stehen. Ganz oben ist nur Platz für einen – oder in diesem Fall: für ein*e*.« Kunstpause. »Die erste HAMZAR-Filiale eröffnete im Jahr 2002 in München. Nach einem fulminanten Start expandierte das Unternehmen deutschlandweit, danach auch über die Grenzen der Bundesrepublik hinaus. 2005 wurde das erste Geschäft in Amsterdam eröffnet, dicht gefolgt von Zweigstellen in weiteren niederländischen und österreichischen Großstädten. Anfang der 2010er Jahre folgten Filialen in der Schweiz und Frankreich. Ende der Dekade gab es Geschäfte in ganz Europa.«

Bilder werden eingeblendet. Von Frauen, die einkaufen, von Frauen, die mit bedruckten Tüten durch sonnige Fußgängerzonen schlendern, von Frauen, die andere Frauen zum Shoppen treffen. Es ist wie ein Werbefilm für weltweite Diversität. Alle sind vertreten – alle modisch gleichgeschaltet.

»Es ist ein Wachstumskurs, der sich in den Folgejahren kontinuierlich fortsetzt. Australien, Neuseeland, die Vereinigten Staaten. Zu der Zeit verfügte HAMZAR bereits über 63 stationäre Geschäfte in 42 Städten Deutschlands. Eine beachtliche Zahl. Noch beachtlicher ist allerdings die Tatsache, dass Frau Kanitz es geschafft hat, Billigmode anzubieten, die sich auf den ersten Blick von teurer nicht unterscheiden lässt. Der schöne Schein in Perfektion verbreitet sich wie eine Epidemie.«

Schnelle Schnitte, unzählige Ladengeschäfte, die alle gleich aussehen, schwarz und weiß, helle Böden, Kundinnen, die im Zeitraffer hineingehen und wenig später mit prall gefüllten Tüten wieder heraus.

»Seit 2018 operiert HAMZAR weltweit und ist mit 3 196 Verkaufsstellen nach heutigem Stand der unangefochtene Spitzenreiter im Segment der Fast-Fashion-Industrie. In einem Artikel der FAZ vom 20. April 2011 heißt es, HAMZAR habe mit einem Umsatzzuwachs von 19 Prozent auf 7,24 Milliarden Euro Hennes & Mauritz – einigen besser bekannt als

H&M – und ZARA als umsatzstärkste Unternehmen der Sparte abgelöst. Das war 2011. Seitdem ist der Umsatz explodiert. Immer mehr Menschen, die immer mehr konsumieren und dafür immer weniger auszugeben bereit sind. Ja, es ist eine Erfolgsgeschichte. Ein Märchen *made in Germany* mit einer Regentin an der Spitze, die im wahrsten Sinne des Wortes über Leichen geht, um ihre Vormachtstellung zu sichern.«

Marion wappnet sich für die Bilder von Kinder- und Zwangsarbeit, von Umweltverschmutzung und menschenunwürdigen Lebensumständen. Fast Fashion wird nicht umsonst auch als *Deadly Fashion* bezeichnet. In irgendeiner Währung zahlt man – oder jemand anders tut es. Jemand, dem nichts anderes übrig bleibt, weil er nicht das Glück hatte, aus einem Schoß in Deutschland geboren zu werden.

»Um ihrer Konkurrenz stets einen Schritt voraus zu sein«, fährt die Männerstimme fort, »gründete Claudia Kanitz, weitsichtig, wie sie ist, bereits im Jahr 2012 Vasco, ein nach heutigem Stand 40 Milliarden Euro schweres Unternehmen mit Sitz in Indien, das sich auf die Herstellung von Viskose spezialisiert hat. 75 Prozent aller von HAMZAR produzierten Kleidungsstücke bestehen aus ebenjenem Zellstoff – und werden als grüne Mode vermarktet. Ein Verkaufscoup. Und nicht nur das, Vasco beliefert außerdem einen beträchtlichen Teil der Konkurrenz – selbstverständlich *ohne* dass die von der Verbindung zu HAMZAR wissen.«

Notariell beglaubigte Dokumente werden eingeblendet, unterzeichnete Verträge, Verschwiegenheitserklärungen. Überall derselbe Name: Claudia Kanitz.

»Diese geheimen Akten belegen die Verbindung zwischen Claudia Kanitz und Vasco. Sie beweisen, dass sie die Gründerin und Inhaberin des Unternehmers ist. Außerdem belegen sie die Vereinbarung, dass weder ihr Name noch ihre Stellung nach außen kommuniziert werden darf. Doch warum die Geheimniskrämerei? Viskose zu produzieren ist schließlich kein Verbrechen. Das Material gilt als überaus umweltfreundlich: ein veganer Zellstoff, zukunftsträchtig, vielseitig ... doch sehen Sie selbst. Viskose ist ein wahrer Segen ...«

Ein Werbefilm wird eingeblendet. Üppige Wälder, Baumkronen, so weit das Auge reicht, einzelne Sonnenstrahlen, die durchs Blätterdach dringen, dazwischen Sätze wie *BETTER FOR THE PLANET, BETTER FOR US.*

»Klingt überzeugend, nicht wahr?«, sagt die Männerstimme. »Doch um Holz möglichst kostengünstig in Kleiderstoffe umzuwandeln, bedarf es beträchtlicher Mengen an Chemikalien – eine der gefährlichsten des Herstellungsprozesses ist das hochgiftige Lösungsmittel Schwefelkohlenstoff, oder CS_2. Es gibt auch andere Verfahren, die ohne schädliche Chemikalien auskommen, und das bereits seit über 30 Jahren. Aber die sind teuer. Da setzt man bei Vasco dann doch lieber auf Altbewährtes – es lebe die Rentabilität. Und wieso auch nicht, wenn man die auf herkömmliche Art gewonnene Viskose ebenso als grünes Produkt vermarkten kann. 100 Prozent nachhaltige Forstwirtschaft, geringerer Wasserverbrauch und niedrigere Treibhausemissionen im Vergleich zu anderen Naturfasern, höchste biologische Abbaubarkeit und zurückverfolgbare Ressourcen. Klingt großartig. Wären da nicht die Schwefelkohlenstoffdämpfe.«

Ein Schaubild wird eingeblendet.

»Im Folgenden sehen Sie das Verfahren schematisch dargestellt. Viskosefasern entstehen, indem der aus Holz gewonnene Zellstoff mit SC_2 versetzt wird. Anschließend wird die Masse in ein Schwefelsäurebad getaucht. Kommt Zellulose mit Schwefelsäure in Kontakt, entsteht Schwefelkohlenstoff. Eine Substanz, die, ist man ihr über einen längeren Zeitraum ausgesetzt, neurologische Reaktionen zur Folge hat. Erregbarkeit und Halluzinationen – und das oft bereits nach wenigen Tagen. Darüber hinaus sind Sehstörungen, Unfruchtbarkeit und Gefäßschäden, insbesondere des Herzens und des Gehirns, die häufigsten Krankheitsbilder. Dicht gefolgt von Lähmungen, Artikulationsproblemen, bis hin zum Sprachverlust.«

Marion schüttelt fassungslos den Kopf.

»Wir haben eine Internetseite online gestellt, auf der alle Unternehmen gelistet sind, die von Vasco beliefert werden: www.realityshow.de/vasco. Trauen Sie sich, nachzusehen? Wollen Sie wissen, wie viel davon Sie nichts ahnend gekauft haben? Vielleicht auch noch mit den besten Intentionen? Grüne Mode zum günstigen Preis? Ein Kauf für Gewissen und Geldbeutel?«

Marion steht auf, geht zu ihrem Kleiderschrank und zieht wahllos ein paar Blusen, Hosen und T-Shirts heraus. Sie studiert die Waschzettel. Viskose. Viskose. Viskose. Immerhin die Jeans ist Baumwolle – mit Polyesteranteil.

»Eine der ersten Fabriken von Vasco befindet sich in Nagda, einer Großstadt im indischen Bundesstaat Madhya Pradesh. Knapp 7000 Menschen arbeiten dort schichtweise Tag und Nacht. Die CS_2-Konzentration in der Luft ist 130-mal höher als WHO-konform. Die verseuchten Fabrikabwässer werden in die umliegenden Flüsse geleitet. Es existieren kaum medizinische Studien über die Auswirkungen von CS_2 auf den menschlichen Organismus. Und die wenigen, die es gibt, hat Vasco selbst in Auftrag gegeben. Dementsprechend steht es dem Unternehmen frei, die gewonnenen Ergebnisse unter Verschluss zu halten. Was sie natürlich tun – um zu verhindern, dass ihre Konsument:innen – genauer gesagt *Sie* – davon erfahren.«

Marion scrollt entsetzt durch die Liste von Unternehmen. Fast alle Labels, die sie mag, sind vertreten. Selbst solche, die als grün und nachhaltig gelten. Für manche dieser Tops hat sie 30 Euro und mehr ausgegeben – in ihrer Welt ist das viel.

»7 000 Fabrikarbeiter:innen, weitere 20 000, die in den Dörfern flussabwärts leben – einem Fluss, der ihre Brunnen speist und mit dem sie ihre Felder bewässern. Eine giftige Brühe, auf die sie angewiesen sind, weil es kein fließendes Wasser gibt. Gesunde Kinder werden krank, verlernen zu sprechen und sterben. Nagda ist nur *ein* Beispiel. Ein Beispiel von *Tausenden*, bei denen es genauso abläuft. Tag und Nacht. Damit die erste Welt möglichst viel, möglichst billig konsumieren kann. Die Endverbraucher. *Wir.*«

Bei den nun gezeigten Bildern wird Marion fast schlecht. Kleine, ausgemergelte Körper, traurige Gesichter, steife, dünne Beine, die aussehen wie von Puppen.

»Dieser Junge konnte mal laufen. Er konnte sprechen. Jetzt ist er stumm und sitzt im Rollstuhl. Und diese Frau« – ein weiteres Foto wird eingeblendet – »ist erst vor Kurzem 26 Jahre alt geworden. Sehen Sie genau hin.«

Marion stockt der Atem. Sie sieht aus wie eine Greisin. Graues Haar und tiefe Falten.

»Irgendjemand zahlt«, sagt die Männerstimme schließlich. »Und wir sind es nicht.«

DIRTY FASHION.

»Und wir sind es nicht.« Mit diesem Satz endet der Beitrag. Zachary Wiseman blickt ernst in die Kamera. »Und?«, sagt er. »Wie viel Viskose haben Sie zu Weihnachten verschenkt, ohne zu wissen, was dahintersteckt?«

Karla hat ihrer Tochter einen Pyjama gekauft, weil sie sich den gewünscht hat. Rosa mit Rennmäusen drauf. Lia hat ihn gleich angezogen. Jetzt sitzt sie neben ihr und schaut an sich hinunter. Nathan hat neue Bettwäsche gebraucht. Karla dachte, sie würde etwas Gutes tun. Geschenke, die ihre Kinder freuen und einen Zweck erfüllen. Keine Staubfänger, kein unnötiger Konsum, kein Plastik.

»Sie wurden getäuscht«, sagt Zachary. »Von Marketingabteilungen, die Sie mit Halbwahrheiten bombardiert haben.« Direkter Blick in die Kamera. »Es ist nicht Ihre Schuld. Sie wurden belogen.«

Karla schluckt laut in die Stille.

»Die Unternehmen tun es die ganze Zeit. Wir werden dahingehend manipuliert, ja richtiggehend abgerichtet. Es geschieht unausgesetzt. Jeden Tag. Über alle Kanäle. Kleider machen Leute und die Industrie damit Milliardenumsätze. Dass Billigmode Menschen ausbeutet, ist nichts Neues. Dass sie als Green Fashion gelabelt Einzug in unsere Kleiderschränke findet, hingegen schon. Es ist ein überaus lukratives

Geschäftsmodell, von dem einige wenige profitieren und unter dem viele leiden. Wir halten es mit unserem Konsum am Leben. Eine ewige Beatmungsmaschine, die andere umbringt. Es lebe der Kapitalismus.«

Lia schaut zu ihrer Mutter. »Wir haben keine Klamotten von HAMZAR, oder?«

»Nein«, sagt Karla. »Dafür von anderen Firmen, die ihre Viskose von Vasco beziehen.«

Ihre Tochter senkt den Blick. Nathan hält die Chipspackung in den Händen, hat aber seit Ewigkeiten keine mehr gegessen.

»Haben Sie gewusst, dass HAMZAR jedes Jahr zigtausend Tonnen Kleidung verbrennt. Haben Sie nicht? Ich auch nicht. Die Erklärung ist denkbar einfach: Es wird mehr produziert, als verkauft werden kann. Neue Kollektionen wandern von den Fließbändern direkt in die Verbrennungsanlagen. Eben noch ein Trend, dann ungetragen im Müll. Und dann wäre da noch die Sache mit den nicht zugelassenen Schadstoffen. Werden zu viele davon in Textilien nachgewiesen, müssen sie vernichtet werden.« Wiseman hebt warnend die Augenbrauen. »Lassen Sie sich bloß nicht täuschen. Das Entscheidende ist hier: zu viele. Der Rest der hergestellten Bekleidung ist keineswegs sauber, er ist nur zugelassen worden. Wenn Sie mich fragen, ein weiterer Grund, um von *Dirty* Fashion zu sprechen.« Zachary geht langsam auf die Kamera zu. »Die Unternehmen, die Claudia Kanitz gegründet hat – HAMZAR Incorporated und Vasco – produzieren ihre Waren weltweit. In China, Thailand, Kambodscha, Indonesien, Südkorea, Taiwan, Vietnam, Bangladesch, Indien, Pakistan, Sri Lanka, Ägypten, Marokko, Tunesien und in der Türkei. 1925 Produktionsstätten weltweit. Die meisten davon mit ähnlich verheerenden

Auswirkungen auf Umwelt, Klima und die Gesundheit von Belegschaft und Bevölkerung wie in Nagda.«

Karla starrt auf die eingeblendeten Zahlen. Sie dachte, sie wäre gut informiert. Sie dachte, sie wüsste Bescheid. Aber sie hatte keine Ahnung.

Ein Close-up auf Zacharys Gesicht. »Nun endlich lernen Sie sie kennen – die Frau, die für all das verantwortlich ist. Begrüßen Sie mit mir Claudia Kanitz.«

RUFMORD IST IHR HOBBY.

Claudia hat immer gewusst, dass dieser Tag kommen würde. Und nun ist er da. Das Ende eines kometenhaften Aufstiegs. Sie hatte Gründe für ihre Entscheidungen. Gute Gründe – die sie jetzt einholen. Ja, Claudia wusste um die Arbeitsbedingungen. Um die Gefahren. Sie hat alles gewusst. Schwefelkohlenstoff und die Folgen davon. Den meisten Menschen da draußen ist das Elend anderer vollkommen egal, solange der Preis stimmt und sie es nicht direkt mitansehen müssen. Ständig wechselnde Outfits und Kollektionen. Einen Schrank so groß wie Versaille, damit man bei Social Media ja nicht dasselbe Teil zweimal anziehen muss. Ein Haufen Gutmenschen, die dann heimlich Sale-Aufkleber von einem Etikett aufs andere kleben, um noch ein paar Euro zusätzlich zu sparen. Die Nachfrage bestimmt den Markt. Und die Nachfrage sind die Kunden.

Claudia hat ein riesiges Unternehmen aufgebaut. 276 000 Menschen haben ihretwegen Arbeit. Sie hat in diese Länder investiert. Hat Jobs geschaffen. Und die Mode demokratisiert. Sie hat sie den Massen zugänglich gemacht. Und die haben sie ihr aus den Händen gerissen. Wie Hungernde, denen man etwas zu essen gibt.

Es ist eine verlogene Welt, das war Claudia immer klar. Ein Stall voller Freunde in guten Zeiten, keine mehr in schlechten.

Sie muss zugeben, dass die Bilder selbst sie schockieren. Sie kennt sie nur als Zahlen. Übersetzt in Prognosen, prozentuale Entwicklungen, medizinische Fachbegriffe. Das nimmt ihnen den Schrecken.

»HAMZAR Incorporated und Vasco – produzieren ihre Waren in China, Thailand, Kambodscha, Indonesien, Südkorea, Taiwan, Vietnam, Bangladesch, Indien, Pakistan, Sri Lanka, Ägypten, Marokko, Tunesien und in der Türkei. 1925 Produktionsstätten weltweit. Die meisten davon mit ähnlich verheerenden Auswirkungen auf Umwelt, Klima und die Gesundheit von Belegschaft und Bevölkerung wie in Nagda.«

Eine Kamera ist auf Claudia gerichtet wie eine Waffe. Sie war die ganze Zeit in Position. Jetzt blinkt das Lämpchen rot, und der Mann dahinter hebt die Hand – eine Geste, die sagt *bereit machen*.

»Nun endlich lernen Sie sie kennen – die Frau, die für all das verantwortlich ist.«

Claudias Herz schlägt schnell. Es ist eine öffentliche Hinrichtung, zu der sie geführt wird. Rufmord zur Primetime. Der Moment ist bis zum Zerreißen gespannt.

Dann endlich sagt Wiseman: »Begrüßen Sie mit mir Claudia Kanitz.«

Bei dem Stichwort zeigt der Kameramann auf sie, und sie ist auf Sendung.

GERICHT DES TAGES.

Plötzlich war das Fernsehsignal weg, kein Bild, nur noch Ton – und auch der nur abgehackt und unregelmäßig. Ausgerechnet jetzt. Maria sitzt mit ihren beiden Töchtern auf der Sofakante, während Clemens auf dem harten Holzfußboden herumkriecht und wahllos Kabel an- und wieder absteckt. Als er merkt, dass das nicht funktioniert, startet er den SAT-Receiver neu. Wenn das auch nichts bringt, müssen sie auf dem Laptop weiterschauen. Das wär's: ein 46 Zoll Fernseher, und sie gucken auf dem Laptop. Aber wahrscheinlich wird es darauf hinauslaufen, denn das Gerät tut nichts, es liegt tot in seinen Händen. *Komm schon*, denkt Clemens. *Geh an.*

Er wollte, dass alles perfekt wird für heute Abend – immerhin ist es das erste Weihnachten, das er zusammen mit Maria und ihren Kindern verbringt. Clemens hat sie bei einem Kochkurs kennengelernt. Er war seiner Schwester zuliebe dort, weil die kurz zuvor von Tom, ihrem jetzt Ex-Freund und bis dahin recht annehmbaren Kerl, verlassen wurde – demselben Tom, der ihr zum Geburtstag den Gutschein für den Kochkurs geschenkt hat und dann keine Lust hatte, mit ihr hinzugehen.

So ist Clemens dort gelandet. Mit Haarnetz und Kochschürze. Im Nachhinein ein Glücksfall. Clemens hat in diesem Kurs nicht nur die asiatische Küche für sich entdeckt, er hat sich auch in Maria verliebt. In ihr Lachen. In ihre Begeisterungsfähigkeit, in den Grünton ihrer Augen.

Sie wollte Weihnachten auf einer Berghütte verbringen, doch da hatte Clemens bereits – um sie zu überraschen – ein Ferienhaus in Schweden gebucht. Alleinlage. An einem See. Viel Glas, abgelegen, Ruhe und Wald. Er hat noch versucht zu stornieren, doch das war nicht mehr möglich – jedenfalls nicht, ohne die Anzahlung von 1800 Euro verfallen zu lassen. Etwas, das er sich nicht leisten kann. Und dann kam auch noch die Einladung für Heiligabend von Marias Bruder. Das Haus ist rechtzeitig fertig geworden – damit war nicht zu rechnen. Clemens weiß, wie wichtig Maria ihre Familie ist, sehr enge Bande. Trotzdem hat sie abgesagt und ist mit ihren Kindern in ein Flugzeug nach Schweden gestiegen. Sie hasst das Fliegen. Aber sie hat es getan. Seinetwegen.

Clemens seufzt und zieht resigniert den Stecker. Er wartet ein paar Sekunden, schließt ihn wieder an. Erst passiert nichts, doch dann endlich startet der Receiver. Er blinkt grün und rot im Wechsel. Was auch immer das bedeuten mag. Im nächsten Moment ein Flackern auf dem Monitor, dicht gefolgt von Wisemans Gesicht. *Gott sei Dank*, denkt Clemens, *das Bild ist schon mal da.* Als kurz darauf auch der Ton einsetzt, atmet Clemens erleichtert aus. Sein Blick fällt auf die Uhr. Fast fünf Minuten haben sie verpasst.

»Schaut, es läuft wieder!«, sagt Maria zu ihren Kindern, woraufhin Clemens sich ungelenk aufrappelt und zu ihnen aufs Sofa setzt. Er legt den Arm um Maria. Sie schaut ihn an, er küsst sie auf die Stirn. Er war seit Jahren nicht mehr so glücklich.

———

Opa Fritz hat den Braten nicht angerührt. Er hält das unbenutzte Besteck in den Händen, die Knödel kleben kalt am Teller, die Soße hat eine dicke Haut gebildet.

»Die Schlampe sollte man echt aufhängen.«

»Basti«, sagt Sonja vorwurfsvoll, und Opa Fritz fragt sich, ob ihr tadelnder Tonfall der *Schlampe* oder dem *Aufhängen* galt.

»Was denn?«, erwidert er. »Nach allem, was sie getan hat, hätte sie den Tod verdient.«

»Wie du weißt, bin ich eine Gegnerin der Todesstrafe«, sagt seine Mutter. »Und das Wort Schlampe ist auch nicht in Ordnung.« Kurze Pause. »Ich finde ja, sie sollte für den Rest ihres Lebens eingesperrt werden. Und zwar ohne die Chance auf Bewährung.« Bei diesem Zusatz hebt sie den Zeigefinger.

»Und der Steuerzahler kommt dafür auf«, entgegnet Jürgen. »*Wir* kommen dafür auf. Du und ich, meine Eltern. Bürger, die nichts verbrochen haben ...«

»Na ja«, murmelt Sonja und zuckt die Schultern. »Aber eine Giftspritze ist doch auch nicht die Lösung.«

»Ich verstehe nicht, warum sie sich nicht verteidigt«, sagt Franzi kopfschüttelnd.

»Na, weil sie schuldig ist«, entgegnet ihr Bruder. »Oder findest du, sie wirkt, als würde sie ihre Taten bereuen?«

»Wir kennen die Hintergründe nicht, Basti«, gibt Jürgen zu bedenken. »Am Ende haben sie die arme Frau als Geisel genommen.«

»Die arme Frau?«, sagt Basti entrüstet. »Die ist nicht arm. Die ist nur scheiße.«

»Sehe ich auch so«, pflichtet seine Schwester ihm bei. »Und außerdem würde Zachary Wiseman niemals jemanden einsperren.«

»Ihr glaubt doch wohl nicht im Ernst, dass diese« – Jürgen zeigt unbestimmt in Richtung Fernseher – »Claudia Kanitz *freiwillig* bei dieser Sache mitmacht, oder?«

Opa Fritz runzelt die Stirn. Genau das hat er sich auch schon gedacht. Kein Mensch würde sich so etwas aussetzen. Vielleicht haben sie sie tatsächlich in ihrem Haus eingesperrt? Vielleicht bedrohen sie sie mit einer Waffe? Opa Fritz spürt Sensationslust in sich aufsteigen und verurteilt sich sofort dafür. Wie kann er nur so denken?

»Euer Vater hat recht«, sagt Helga nickend. »Wir kennen nicht alle Fakten.«

»Nicht alle Fakten?«, sagt Basti fassungslos. »Habt ihr eben nicht zugehört? Diese Menschen sind *ihretwegen* krank.« Jetzt zeigt er auf den Fernseher. Auf die Frau, die scheinbar unbeteiligt auf ihrem riesigen Designersofa sitzt. »Sie sterben *ihretwegen. Sie* ist schuld an ihrem Tod.«

Opa Fritz hat seinen Enkel noch nie so emotional erlebt. So wach. Als wäre er während des Beitrags unbemerkt ausgetauscht worden. *Sie sterben ihretwegen*, hallt es in Opa Fritz' Kopf. Er mustert die Frau auf der Mattscheibe. Sie wirkt auf ihn nicht wie ein Monster. Streng, ja. Ein herbes Gesicht mit schmalen Lippen und kühlen Augen. Nicht mütterlich, nicht weich, das Gegenteil davon. Ihr Blick ist durchdringend und auf eine unangenehme Art selbstsicher. Trotzdem schafft er es nicht, diese Frau mit den Verbrechen in Zusammenhang zu bringen, die ihr vorgeworfen werden – und das, obwohl sie sie nicht mal abstreitet.

»Frau Kanitz«, sagt der Moderator. »Ich möchte Ihnen die Möglichkeit geben, sich und Ihr Verhalten zu verteidigen. *Ihre* Sicht der Dinge darzulegen und direkt auf unsere Anklage zu reagieren.« Stille. »Welche Strafe empfänden Sie selbst als angemessen, wenn die Entscheidung bei Ihnen läge? Das ist vermutlich nicht ganz leicht für Sie, denn dafür müssen Sie Ihr Gewissen einschalten.«

Claudia Kanitz blickt ungerührt in die Kamera. Ein herablassender Ausdruck mit dem Hauch eines Lächelns um die Augen. Nein, Opa Fritz mag sie nicht. Sie ist ihm unsympathisch durch und durch. Insbesondere – und das wundert ihn ein bisschen – weil sie sich wie ein Mann verhält. Säße dort ein Mann, der genauso schaut, Opa Fritz hätte kein Problem damit. Er wäre eben ein Unternehmer, jemand, der sich verhält, wie er sich verhält, weil er die Entscheidungen treffen muss, die nötig sind. Ein Macher. *Macherinnen* sind Opa Fritz suspekt. Sie passen nicht in sein Weltbild.

»Sie werden sich also nicht dazu äußern«, stellt der Moderator fest.

»Was macht das noch für einen Unterschied?«, erwidert Kanitz kühl. »Gegen die Bilder, die Sie eben gezeigt haben, kommen Worte nicht an. Keine Erklärung rechtfertigt todkranke Kinder oder unfruchtbare Frauen.«

Zachary Wiseman lächelt. »Das klingt ja fast so, als hätten Sie ein Gewissen.«

Claudia Kanitz schweigt.

»Wenn Sie weiterhin nichts sagen, wird automatisch die Höchststrafe verhängt.« Pause. »Wollen Sie das?«

»Wie lautet die Höchststrafe?«, fragt sie.

»Darüber entscheiden die Zuschauer:innen, nicht ich.« Sie nickt. »Was sind die Alternativen?«

»Zum einen wäre da das Offensichtliche: Sie gestehen. Was sich im Übrigen mildernd auf Ihr Strafmaß auswirken würde.«

»Und zum anderen?«

»Drei Minuten freie Redezeit, in denen Sie Stellung zu den von uns vorgebrachten Vorwürfen beziehen können.«

»Drei Minuten«, sagt sie.

Der Moderator nickt. »Drei Minuten.«

»Drei Minuten, in denen Sie mich nicht unterbrechen.«

»Drei Minuten, in denen ich Sie nicht unterbreche.«

Kanitz hebt eine Augenbraue. »Und Sie senden, egal, was ich sage?«

»Ja«, versichert Wiseman. »So ist es.«

»Nun gut«, antwortet sie. »Dann nehme ich die drei Minuten.«

TICK TACK.

Die Digitaluhr zeigt 180 Sekunden an. In eckigen roten Ziffern. Dann sagt jemand: Go. Und die Zeit zählt runter.

»Was wollen Sie von mir hören? Dass ich ein schlechter Mensch bin? Kann sein, vielleicht bin ich das. Es gibt nichts, was ich sagen könnte, nichts, was ich tun könnte, um die Bilder, die Sie eben gezeigt haben, zu relativieren. Das Leid der Menschen ist real. Ich weiß das. Genauso real wie die Konsequenzen, verursacht von Schwefelkohlenstoff. Hatte ich Kenntnis davon? Natürlich hatte ich die. Mir wurden Zahlen vorgelegt. Statistiken. Fallstudien. Sind meine Fabriken die einzigen, die so verfahren? Nein, sind sie nicht.

Aber glauben Sie, ich könnte derartige Umsätze erzielen, wenn das reine Gewissen der Konsumenten im Vordergrund stünde? Wenn es ihnen wirklich wichtig wäre, wo die Sachen herkommen? Und unter welchen Umständen sie produziert werden?

Was kann man erwarten von einem Wollpullover, der 29,95 Euro kostet? Denken Sie, jedes Schaf wird gestreichelt und liebevoll von Hand geschoren? Denken Sie, die Mitarbeiter sind sozial abgesichert? Im Krankheitsfall? Im Alter? Wohl kaum. Für 29,95 Euro wird nichts fair hergestellt. Nicht nachhaltig. Nicht unter moralisch einwandfreien Arbeitsbedingungen. Nicht ohne Einsatz von schädlichen Chemikalien oder Pestiziden. Nicht klimaneutral und ganz bestimmt nicht, ohne die Umwelt zu belasten. Denn das ist mit 29,95 Euro nicht zu machen.

Die Menschen wissen das. Jeder weiß es. Es gibt Dokus darüber. Man kann sich informieren, wenn man möchte. Doch die meisten tun es nicht. Stattdessen kaufen sie bei Super-Fast-Fashion-Herstellern, bei denen *jedes Teil* fünf Euro kostet. Und die Umsätze explodieren.

Natürlich können Sie mich hier stellvertretend vor Gericht stellen. So haben Sie eine Schuldige, das ist in Ordnung, und dann fühlen sich die Leute kurzzeitig besser, weil sie es nicht sind – schuldig. Doch sie sind es. Jeder, der jemals auch nur einen Euro für Fast Fashion ausgegeben hat, hat dazu beigetragen. Und warum da haltmachen? Bei den meisten Luxuslabels verhält es sich nicht groß anders. Die produzieren ihre Waren in denselben Fabriken, beschäftigen dieselben Näherinnen zu denselben Konditionen. Der einzige Unterschied liegt darin, dass sie ihre Kollektionen für das Zehn- bis Vierzigfache verkaufen. Es ist dieselbe miese Qualität. Denn Kleidung soll nicht halten, sie soll verschleißen. Damit Konsumenten das tun, wozu sie da sind: konsumieren. Deswegen heißen sie so.

Sie präsentieren mich hier als schwarzes Schaf der Modebranche, zeigen mich gierig und herzlos. Sie stellen mich an den Pranger für die Verbrechen einer ganzen Industrie. Aber ich wäre nichts ohne all die Menschen, die meine Mode kaufen. Dementsprechend bin ich allenfalls eine Hälfte des Problems.

Die andere liegt darin, dass die Masse kein Geld ausgeben will. Die einen, weil sie es nicht haben, die anderen, weil sie geizig sind. Und da komme ich ins Spiel.

Sie können mir vorwerfen, dass ich in Schwellenländern produzieren lasse, um die Produktionskosten zu senken. Das ist richtig. Aber ich bin nicht verantwortlich für die Arbeitsbedingungen vor Ort. Ich breche keine Gesetze. Ich nutze lediglich aus, dass ich günstige Konditionen bekomme, weil ich *nur so* die Preise bieten kann, die die Leute bereit sind zu zahlen. Hauptsache, billig, Hauptsache, etwas gespart. Arbeitszeit ist nichts mehr wert – bis auf die eigene, versteht sich. Es geht den Menschen schon lange nicht mehr um Qualität, es geht um *Quantität*. Sie lechzen nach mehr. Brauchen jeden Tag was Neues.

Bin ich das Problem, weil ich es liefere, oder sind sie das Problem, weil sie es wollen? Oder ist das, was dem zugrunde liegt, das eigentliche Problem? Nämlich, dass die Menschen frustriert und gelangweilt sind von ihrem Leben, von ihrem Alltag und der ewigen Eintönigkeit. Denn deswegen kaufen sie. Um davon abgelenkt zu werden. Es ist eine legale Droge, eines der wenigen Dinge, die noch Spaß machen. Ersatzbefriedigung. Ob dafür jemand mit 26 graue Haare bekommt oder eine Lähmung davonträgt, ist ihnen scheißegal, solange sie davon nichts mitbekommen. Sie wollen es nur nicht *sehen*. Sie wollen in der Illusion leben, dass das eine mit dem anderen nichts zu tun hat. Aber das hat es. Es hängt alles zusammen.«

Noch 60 Sekunden.

»Es gibt so manch namhaften Sportartikelhersteller, der seine Belegschaft vertraglich dazu verpflichtet, Kost und Logis über ihn zu beziehen. So fließen 95 Prozent ihres Lohns in Unterkunft und Verpflegung. 95 Prozent! So macht man sich Leibeigene. Ich tue das nicht. Bei mir sind die Menschen angestellt. Ich habe mit HAMZAR und Vasco weltweit über 400 000 Arbeitsplätze geschaffen. Das sind 400 000 Perspektiven, die es ohne meine Unternehmen nicht gäbe. Im Vergleich zu landesüblichen Löhnen zahlen wir das doppelte. Für uns hier mag das nicht viel Geld sein, aber dort macht es einen erheblichen Unterschied. Kinder können zur Schule gehen, das Bildungsniveau steigt, Familien haben zu essen. Ich investiere in diese Länder – ohne meine Fertigungsstätten gäbe es dort so gut wie keine Arbeit.

Sie haben mich angeklagt. Aber anklagen ist einfach. Etwas kritisieren kann jeder. Was Sie nicht verstehen, ist, dass eine Wirtschaft aus sich selbst heraus wachsen muss, um dauerhaft Bestand zu haben. Das sind langwierige Prozesse. Sie heben nach und nach die Standards und verbessern so die Arbeitsbedingungen. Mit HAMZAR und Vasco trage ich dazu bei. Vielleicht gefällt Ihnen die Art und Weise nicht, wie ich es tue, aber ich tue es.

Sie haben alles getan, um mich vor Ihren Zuschauern möglichst negativ darzustellen. Aber Fakt ist: Meine Firmen bewirken auch Gutes. Und Viskose bringt viele Vorteile. Es ist ein veganer, nachwachsender Rohstoff, biologisch abbaubar, fair und nachhaltig. Dieser Zellstoff *ist* die Zukunft. Sind die Produktionsverfahren verbesserungswürdig? Natürlich sind sie das. Dafür müssten die Verbraucher allerdings dazu bereit sein, mehr zu zahlen – und das sind sie nicht. Doch sie sind die Nachfrage. Und damit tragen sie die andere Hälfte der Verantwortung.

Um zum Schluss eine Sache vollkommen klarzustellen. Ich bin sicher keine heimliche Philanthropin. Ich bin Unternehmerin. Ich nutze den Status Quo zu meinem Vorteil. Aber ich habe ihn nicht erschaffen.«

Noch zehn Sekunden.

»Es ist davon auszugehen, dass das Ziel Ihres fragwürdigen

Formats ohnehin von Anfang an war, mich öffentlich hinzurichten. Wenn es Ihnen also nichts ausmacht, würde ich es gerne hinter mich bringen.«

Noch drei Sekunden.

»Sie haben Ihre Schuldige gefunden. Dann machen Sie mal.«

Cut.

DIE ZEHN GESCHWORENEN.

Als die drei Minuten abgelaufen sind, wird wieder der Moderator eingeblendet. Sein Gesichtsausdruck ist auf eine gewollte Art ernst, das durchschaut Opa Fritz sofort. Trotzdem starren sie alle wie gebannt auf den kleinen Fernseher. Ja, auch er. So schnell kann es gehen. Nun ist sogar Opa Fritz dem Trash-TV erlegen. Derselbe Opa Fritz, der sonntags in den Gottesdienst geht und mit religiöser Regelmäßigkeit den Münchener Merkur liest, sitzt jetzt wie abgerichtet in der Küche seines Sohnes und verfällt reißerischer Berichterstattung.

»Meine sehr verehrten Damen und Herren«, sagt der Moderator durchdringend, »der Moment der Wahrheit ist gekommen. Es ist an der Zeit, Recht zu sprechen. Sie haben nun beide Seiten gehört, Sie kennen die Beweisführung der Anklage und die Reaktion der Angeklagten.« Kurze Kunstpause. »Das, was wir von Ihnen verlangen, ist nicht einfach, das ist uns bewusst. Auf Ihren Schultern lastet eine schwerwiegende Aufgabe, die schwerwiegendste überhaupt: Sie müssen das Richtige tun. Und das birgt eine enorme Verantwortung. Aber Sie sind das Volk. Die Geschworenen dieses Landes. Das Urteil, das nun ergeht, liegt in Ihren Händen.«

Opa Fritz weiß nicht recht, was er von all dem halten soll. Er ist hin- und hergerissen. Auf der einen Seite ist er durchaus angetan von dem, was er da hört – davon, einbezogen zu werden. Auf der anderen hält er nicht viel von direkter Demokratie. So ein Volk ist wie ein unberechenbarer Hund. Außerdem noch wankelmütig und beeinflussbar. Fragt man wütende Menschen nach ihrer Meinung, bekommt man nicht selten Antworten, die am Vorhandensein des so viel gepriesenen Menschenverstands zweifeln lassen. Zorn ist kein guter Ratgeber, ganz im Gegenteil, er ist Öl im Feuer. Augen für Augen und Zähne für Zähne haben noch nie viel gebracht. Auch wenn Opa Fritz den Wunsch nach Gerechtigkeit – ja sogar nach Rache – durchaus verstehen kann. Selbstverständlich kann er das. Auch er ist es leid, übergangen zu werden. Übergangen und ignoriert. Doch Rachegelüste sind nicht die Lösung, sie vernebeln die Vernunft. Und ohne Vernunft ist der Mensch dem Menschen ein Wolf.

»Sie können nun Ihre Stimme abgeben – also, zumindest diejenigen von Ihnen, die sich erfolgreich bei uns registriert haben. Für alle anderen gilt: Ran an die Handys und Laptops und Telefone. Melden Sie sich an. Die verschiedenen Möglichkeiten dazu finden Sie unten eingeblendet.« Der Moderator zeigt zum unteren Bereich des Bildschirms, dann blickt er beschwörend in die Kamera. »Zeigen Sie denen da oben, dass Sie nicht länger übergangen werden wollen. Zeigen Sie den heimlichen Regent:innen dieses Landes, dass Sie Macht haben. Dass Sie die Mehrheit sind, die nicht länger schweigt. Registrieren Sie sich. Und dann stellen Sie sich folgende Frage: Ist unsere erste Kandidatin, Claudia Kanitz, schuldig oder ist sie nicht schuldig?«

In der rechten oberen Ecke des Fernsehers wird ein Foto von ihr eingeblendet. Harte Gesichtszüge, blasse Haut und kurzes, blondes Haar – ein Bob, oder wie man das nennt. Die Frau auf dem Bild sieht aus wie eine verurteilte Verbrecherin.

»Was, denken Sie, wäre eine gerechte Strafe für Frau Kanitz?«, fährt der Moderator fort. »Oder sind Sie für einen Freispruch? Vergessen Sie nicht, es liegt allein bei Ihnen, wie das hier ausgeht – Sie entscheiden, was als Nächstes passiert. Alles, was Sie dafür tun müssen, ist, sich zu registrieren.«

Basti und Franzi tippen emsig auf ihren Handys herum, Jürgen hat seinen Teller weggeräumt, um Platz für seinen Laptop zu schaffen, während Sonja angespannt neben ihm sitzt und unschlüssig in den Fernseher schaut.

»Hab abgestimmt«, sagt Basti kurz darauf und hebt den Blick.

»Ich auch«, sagt Franzi.

Opa Fritz stutzt. Er ist kein Richter, er ist Rentner. Wie um alles in der Welt soll er über so etwas urteilen? Er wäre viel zu befangen – was heißt da *wäre*, er *ist* viel zu befangen. Aus genau diesem Grund gibt es Gewaltenteilung – verschiedene Instanzen, die größtmögliche Neutralität gewährleisten. Was aber, wenn es stimmt, was der Moderator sagt? Dass sie es auf dem legalen Weg versucht haben. Dass es ursprünglich ihr Ziel war, die nun heute Abend öffentlich verhandelten Fälle den zuständigen Behörden zu übergeben, sie aber ignoriert wurden? Ein Rechtssystem, das nicht Recht spricht, ist obsolet. Und trotzdem: Opa Fritz fühlt sich nicht dazu berufen zu richten. Wenn man nicht weiß, wovon man spricht, gilt es zu schweigen.

In der Sekunde, als er das denkt, bemerkt er, dass auch seine Frau auf ihrem Smartphone herumtippt.

»Was tust du denn da?«, fragt er irritiert.

»Na ja, ich stimme ab«, antwortet sie.

»Du willst dich doch nicht wirklich an dieser« – Opa Fritz sucht nach dem richtigen Wort, findet keines und entscheidet sich schließlich für: »*Sache* beteiligen?«

Er fragt es vorwurfsvoll – zu vorwurfsvoll, wie es scheint, denn seine Enkelin mischt sich ein, etwas, das sie für gewöhnlich nie tut. Sie sagt: »Lass Oma doch machen, was sie will.« Und klingt dabei ungewohnt rüde.

»Halt dich da raus, Franzi«, rügt sie Jürgen, »Du hast deinen Großvater nicht zu belehren.«

»Toll. Aber er darf Oma sagen, was sie zu tun hat.«

»Wenn du so lange verheiratet bist wie die beiden, darfst du das auch. Bis dahin hältst du den Mund.«

Opa Fritz nickt seinem Sohn anerkennend zu, dann sagt er zu seiner Frau: »Diese Show ist eine Hexenjagd.« Dabei zeigt er missbilligend auf den Fernseher, als wäre er das Problem und nicht das, was darin gezeigt wird.

»Findest du nicht, dass du ein bisschen übertreibst?«, sagt Sonja, »Die Beweise gegen diese Frau sind erdrückend.«

»Die ganze Sendung ist reißerisch«, erwidert Opa Fritz. »Ein ordentlicher Gerichtsprozess dauert nicht nur sieben Minuten.«

»Nein, der findet vorsichtshalber erst gar nicht statt«, sagt Basti schroff.

»Da hat er nicht ganz unrecht«, pflichtet Jürgen ihm bei.

Opa Fritz ignoriert seinen Sohn und seinen Enkel und mustert stattdessen seine Frau.

»Wie hast du gestimmt?«, fragt er auf eine Art versöhnlich, wie ein Erwachsener, der mit einem Kind spricht. Und genau wie ein solches weicht Helga seinem Blick aus. Er kann es nicht fassen.

»Wie die Regie mir soeben meldet, gehen die Neuanmeldungen gerade durch die Decke!«, sagt der Moderator triumphierend. »Ich danke Ihnen. Für Ihre Zeit. Und dafür, dass Sie das hier so ernst nehmen.« Er seufzt. »Ein paar Minuten haben Sie noch, für den Fall, dass Sie noch abstimmen wollen. Sollten Sie das bereits getan haben, umso besser.« Der Moderator lächelt ermutigend in die Kamera. »Glauben Sie mir, es ist ganz einfach. Wirklich *jeder* kann mitmachen. Dafür haben wir gesorgt.«

Wäre Opa Fritz nicht derart überzeugt davon, dass es falsch wäre mitzumachen, spätestens jetzt würde er einknicken. Einen Teil von ihm ärgert es, immer so vernünftig zu sein. Er könnte sich registrieren und für einen Freispruch stimmen. Andererseits hält er diese Kanitz nicht für unschuldig.

»Diejenigen von Ihnen, die für schuldig plädiert haben, erhalten im nächsten Schritt die Möglichkeit, Ihren Vorschlag für eine gerechte Strafe einzureichen. Wie könnte Frau Kanitz Abbitte leisten? Wie könnte sie für Ihre Vergehen bezahlen? Was wäre fair? Ihrer Kreativität sind dabei keine Grenzen gesetzt.«

Bei diesem Zusatz schüttelt es Opa Fritz. Er möchte mit den kranken Visionen und Vorstellungen der meisten Menschen nichts zu schaffen haben. Die Geschichte hat eindrücklich gezeigt, wie Mitläufertum funktioniert – er wird sich ganz sicher nicht vor irgendeinen Wagen spannen lassen. Beinahe hatten sie ihn so weit.

»Alternativ können Sie selbstverständlich auch einen der bereits eingereichten Vorschläge auswählen. Die Liste aller Einreichungen finden Sie im Teletext, online und in der Reality-Show-App. Oder Sie lassen sie sich einfach bei unserer Hotline vorlesen. Wie auch immer Sie sich entscheiden, machen Sie von Ihrem Recht Gebrauch. Stimmen Sie ab.«

»Das ist ein ganz perfides Spiel«, sagt Opa Fritz. »Ich kann nicht fassen, dass ihr darauf reinfallt.«

»Was bedeutet perfide?«, fragt Franzi ihren Vater im Flüsterton, aber es ist Opa Fritz, der antwortet: »Es bedeutet heimtückisch, hinterhältig.«

Kaum zu glauben, wie armselig der Wortschatz der jungen Leute ist. In dem Zusammenhang von einem *Schatz* zu sprechen, ist der schiere Euphemismus.

»Was daran ist bitte hinterhältig?«, fragt Basti verständnislos. »Immerhin klären sie uns über Missestände auf.«

»Missstände«, sagt Opa Fritz. »Missstände ohne e.«

»Na, dann eben Missstände«, sagt Basti.

»Das denkst du wirklich? Du denkst, sie klären uns auf?«

»Wieso«, fragt Jürgen, »was denkst du denn?«

»Dass sie die Zuschauer gezielt manipulieren. Wir werden bewusst gelenkt. Sie versuchen, ganz bestimmte Reaktionen in uns hervorzurufen.«

Sonja runzelt die Stirn. »Bestimmte Reaktionen? Und welche sollten das sein?«

Opa Fritz atmet resigniert aus, dann sagt er: »Diese Liste zum Beispiel. Woher wollt ihr wissen, dass die genannten Vorschläge tatsächlich von der Bevölkerung kommen? Die könnten genauso gut Teil des Plans sein. Alles vorgefertigt. Wir wissen es nicht.«

Jürgen sieht ihn nachdenklich an.

»Habt ihr euch mal gefragt, warum diese Leute das tun?«, fragt Opa Fritz. »Denkt ihr, sie machen das, weil sie so gute Menschen sind? Weil sie uns wachrütteln wollen?«

»Aber du hast die Bilder doch gesehen«, sagt Franzi. »Selbst wenn die Liste gefakt ist, heißt das doch nicht, dass die Anschuldigungen gegen diese Kanitz es auch sind.« Sie zeigt ihm ihr Handy. »Hier, da kannst du es nachlesen. Auf dieser Internetseite steht alles.«

»Na ja, auf so eine Internetseite kann man viel schreiben«,

gibt Jürgen zu bedenken. »Das bedeutet noch lange nicht, dass es stimmt.«

»Also, ich glaube ihnen«, sagt Basti. »Was hätten sie davon, zu lügen?«

»Guter Punkt«, sagt sein Vater.

»Dann ist das also reiner Altruismus, ja?«, fragt Opa Fritz und fügt beim Anblick seiner ratlos dreinschauenden Enkelkinder hinzu: »Das ist ein anderes Wort für Uneigennützigkeit.«

Helga seufzt. »Du hast recht«, sagt sie. »Es ist unwahrscheinlich, dass sie all das aus reiner Nächstenliebe tun. Aber warum tun sie es dann?«

Basti schüttelt den Kopf. »Weil sie keine andere Wahl haben. Weil sie ignoriert wurden.«

»Aber sie brechen das Gesetz«, sagt Helga. »Das können wir doch nicht einfach ignorieren?«

»Ich sehe nicht, dass sie das Gesetz brechen«, sagt Franzi.

»Und sogar, wenn«, schaltet Basti sich ein. »Vielleicht muss man das tun, wenn man gehört werden will.«

»Dann heiligt also der Zweck die Mittel«, sagt Opa Fritz.

»Na ja«, sagt Sonja, »es ist doch nur eine harmlose *Fernsehshow*.«

»Wieso nur wundert es mich nicht, dass du das so siehst?«, erwidert Opa Fritz herablassend.

»Das reicht jetzt, Papa«, entgegnet Jürgen.

»Aber es stimmt doch, was Mama sagt«, sagt Franzi, »es ist eine harmlose Fernsehshow.«

—

»Nein, das ist es nicht«, sagt Maria zu ihren Töchtern, als sie mit dem Telefon in der Hand zum Sofa zurückkommt.

»Aber wieso?«, fragt Gloria. »Sie haben Kandidaten, und die Zuschauer dürfen abstimmen. Genauso funktioniert doch eine Fernsehshow.«

»Ich habe gerade mit Johannes telefoniert«, erwidert Maria.

Clemens sieht sie fragend an. »Wer ist Johannes?«

»Ein alter Freund«, sagt sie ausweichend. »Er ist Verhandlungsführer bei den Spezialeinheiten.«

Clemens nickt langsam. Alles an ihm scheint zu sagen: *Ein alter Freund also?*

»Johannes hat überwiegend mit Suizidversuchen, Entführungen und Geiselnahmen zu tun. Erpressungen, solche Sachen.«

»Verstehe«, sagt Clemens.

»Ich habe ihn gefragt, ob er zu der aktuellen Situation irgendwas sagen kann. Und natürlich darf er das nicht«, sagt Maria. »Aber er meinte, dass *alle* Kollegen des SEK bundesweit im Einsatz sind.«

»Was bedeutet das?«, fragt Viktoria.

»Schätzungsweise, dass es sich bei den Kandidaten um *Geiseln* handelt«, erwidert Maria.

»Und wenn schon«, sagt Gloria. »Die sind böse. Die haben das verdient.«

»So einfach ist das nicht«, sagt Maria – wenn auch nur ziemlich halbherzig. Denn da ist durchaus eine Stimme in ihr, die ihrer Jüngeren recht geben will. Auch sie findet Claudia Kanitz abstoßend. Alles an der Frau, aber vor allem die Art der Gier, die es so nur bei Superreichen gibt. Es ekelt Maria geradezu an. Und sie hat kein Problem mit Geld – ganz im Gegenteil. Geld ist etwas Schönes. Etwas, das einem viele Wünsche erfüllen kann. Urlaube, Abendessen, schöne Kleidung ... Maria verdient gut. Und sie hat es verdient. Immerhin schuftet sie hart genug dafür. Die meiste Zeit tut sie es gern. Für sich und ihre Kinder – die sind ihr das Wichtigste.

Maria hat die Heilpraxis von der Pike an aufgebaut, sie hat sich von ganz unten nach ganz oben gearbeitet – und sich dafür den Arsch aufgerissen: Ausbildungen, Zusatzqualifikationen, einen Raum in einer Gemeinschaftspraxis finden, abends vor dem Schlafengehen noch an der eigenen Internetseite arbeiten, Patienten akquirieren, sich um die Kinder kümmern, in eine eigene Praxis ziehen, Ängste überwinden. Das war alles sie. Ein jahrelanger Kraftakt. Zu Beginn, weil sie nicht wusste, was sie beruflich tun soll, und danach, weil sie nicht wusste, wie man es umsetzt. Selbstständigkeit und eine entsprechende Denkweise werden einem in der Schule nicht vermittelt. Dann doch lieber Dinge, die man in Prüfungen stur abfragen kann. Kategorien, richtig und falsch. In den Kopf gepresst und ausgekotzt. Und danach sofort wieder vergessen. So war es damals bei ihr, und so ist es noch heute bei ihren Töchtern. Selbstverständlich gilt das nicht für alles, es gibt immer auch Ausnahmen – doch sie sind eben genau das: Ausnahmen.

Maria musste sich alles allein beibringen: was es bedeutet, sich selbstständig zu machen, was es zu beachten gilt, wo mögliche Fallstricke lauern könnten – sie lauerten überall. Und als wäre das alles nicht schon genug gewesen, kam dann auch noch die Coronakrise hinzu. Sie alleinerziehend, mit ihren beiden Töchtern im Lockdown eingesperrt in der Wohnung, ausgebremst und voller Tatendrang. Eine grauenhafte Zeit.

Natürlich macht es Maria da sauer, dass der Reichtum mancher Menschen sich von allein vermehrt, während Leute wie sie für ihr Geld arbeiten müssen. Ehrliche Bürger, deren

Steuererklärungen akribisch geprüft werden, während andere mal eben ein paar Millionen hinterziehen. Es ist zum Kotzen.

All das ändert jedoch nichts an den Tatsachen: nämlich, dass die sogenannten *Kandidaten* dieser Fernsehshow einfach keine sind. Sie haben sich nicht darum beworben mitzumachen, sie wurden gezwungen. Und auch, wenn ein Teil von Maria es anders sieht, sind diese Menschen doch so lange unschuldig, bis ihre Schuld zweifelsfrei nachgewiesen werden konnte. Nicht in irgendeiner Show, sondern vor einem ordentlichen Gericht mit Anwälten und Richtern. Und genau das ist hier nicht der Fall.

Also sagt sie zu ihrer Tochter: »Weißt du, Schnacki, das deutsche Rechtssystem basiert auf dem Prinzip der Unschuldsvermutung.«

»Was bedeutet das?«, fragt Gloria.

»Dass man unschuldig ist, bis die Schuld einwandfrei bewiesen wurde. Im Zweifel für den Angeklagten.«

»Aber sie wurde doch bewiesen«, sagt Gloria. »Die Schuld, meine ich. Das haben die doch gemacht.«

»Nein«, entgegnet Maria, »es wurden lediglich Beweise vorgelegt, mehr nicht.«

»Aber wir sind die Geschworenen«, schaltet sich ihre Ältere ein.

»Hierzulande gibt es keine Geschworenen bei Gesichtsprozessen«, erwidert Maria. »Bei uns entscheiden Richter und nicht das Volk.«

Viktoria runzelt die Stirn. »Ich verstehe das nicht. Immerhin sind wegen ihr Menschen gestorben.« Sie nickt in Richtung Fernseher. »Oder sind krank geworden. Die Frau von vorhin war 26 Jahre alt und hatte graue Haare.«

»Du hast vollkommen recht«, sagt Maria. »Und das ist

furchtbar. Aber die Gesetze gelten nun mal für alle. Man kann nicht anderen vorwerfen, sie zu brechen, und es gleichzeitig selbst tun.«

Clemens räuspert sich. »Aber ist nicht das eigentliche Problem, dass so viele Leute Fast Fashion *kaufen*?« Er fragt es vorsichtig, als wüsste er, dass er sich auf dünnem Eis bewegt. »Ich meine, gäbe es keine Nachfrage, würde niemand daran verdienen, oder? Und dementsprechend gäbe es auch keine solchen Fabriken oder durch Schwefelkohlenstoff verursachte Schäden.«

Maria seufzt. »Nicht jeder kann sich faire, vegane und nachhaltige Mode leisten«, entgegnet sie und klingt dabei verärgerter als beabsichtigt. »Abgesehen davon geht es hier ja nicht nur um Billigmode. Viskose ist ja angeblich genau das: vegan und nachhaltig. Und trotzdem ist sie schädlich.«

Viktoria schüttelt abschätzig den Kopf. »Man sollte diese Frau mit ihrem Schwefelkohlenstoff vergiften. Immerhin hat sie das auch gemacht.«

»Wir können nicht mit Sicherheit sagen, was oder was sie nicht getan hat«, entgegnet Maria.

»Na ja«, wirft Clemens ein. »Sie hat es nicht abgestritten, oder? Sie hat nur gesagt, dass sie nicht die gesamte Schuld trifft. Das ist doch quasi so etwas wie ein Schuldeingeständnis – zumindest teilweise.«

»Siehst du«, sagt Viktoria. »Clemens sieht es auch so. Sie hat es *zugegeben*.«

»So habe ich das nicht gesagt«, rudert er zurück, als er Marias mahnenden Blick sieht.

»Wie dem auch sei. Jeder hat einen fairen Prozess verdient«, sagt sie. »Sogar solche Leute.«

»Finde ich nicht«, sagt Gloria trocken und fügt nach einer

kurzen Pause hinzu: »Ich mag die von der Reality Show. Die reden wenigstens nicht nur.«

Maria versteht diese Gedanken nur zu gut. Auch sie ist es leid, verarscht zu werden. Und man wird verarscht. Jeder Euro, den man als Normalmensch verdient, wird gleich mehrfach besteuert – Einkommensteuer, Umsatzsteuer, Lohnsteuer, Mehrwertsteuer, Kraftfahrzeugsteuer, Luftverkehrssteuer, Lotteriesteuer, Hundesteuer, Vergnügungssteuer, Energiesteuer, Tabaksteuer, Biersteuer, Branntweinsteuer, Kaffeesteuer ... Es gibt knapp 40 Steuerarten in diesem Land. Und das Gros der Superreichen weiß ziemlich genau, wie man ihnen erfolgreich entgeht. Ein Schlupfloch hier, eines da, ein paar Briefkästen in Barbados und Panama. Die Reichen verdienen am Fiskus vorbei, weil sie es sich leisten können, zig Finanzberater und Anwälte einzustellen, die auf ihr Geld aufpassen, während andere sich nicht mal eine anständige Kinderbetreuung leisten können – geschweige denn die Kinder selbst. Oder bezahlbaren Wohnraum in Ballungsräumen wie München oder Hamburg. Und Leute wie diese Kanitz horten Immobilien als Wertanlage und vermieten sie dann gewinnbringend an die Arbeiterklasse. Claudia Kanitz hat mehrere Milliarden. Maria wäre schon mit einer einzigen Million zufrieden – ein Verlust, den die Kanitz nicht mal bemerken würde.

Doch gibt es Regeln. Und es gibt Gesetze. Und für beides ist Maria dankbar.

Also sagt sie: »Mir leuchtet ein, dass ihr das so seht. Und ein Teil von mir sieht es auch so. Aber wenn ich Johannes' Andeutung richtig verstehe, geht es hier um Geiselnahmen und Freiheitsberaubung in 42 Fällen, sonst wären wohl kaum alle SEK-Einheiten bundesweit ausgerückt.« Maria deutet auf den Fernseher. »Wenn das stimmt, sind die Leute, die hinter der Reality Show stecken, in die Häuser dieser Menschen eingedrungen und halten sie dort gefangen.« Maria macht eine Pause. »Findet ihr das richtig?«

Gloria zuckt ungerührt mit den Schultern. »Eigentlich nicht«, sagt sie. »Aber bei denen ist es mir egal.«

NESTHÄKCHEN.

»Was ist mit der Liste?«, fragt Finch.
»Lade ich gleich hoch.«
»In Ordnung.« Kurze Pause. »Gib mir Bescheid, wenn Robin bestätigt.«
»Ist gut«, sagt Swift.
Er hat Herzrasen, Schweißausbrüche, beides bereits seit knapp vier Stunden. Und dann ist da noch dieses Zittern in seinen Händen – glücklicherweise mehr innen als außen. Andererseits würde es ohnehin keiner sehen, denn er ist allein. Wenn man mal von den knapp 200 Leuten absieht, die er koordiniert. Und das sind nur die Hacker, die anderen sind da noch gar nicht mitgerechnet. Swift kommandiert eine Armee von digitalen Söldnern, die für Geld so ungefähr alles tun. Und auch schon getan haben – eine Tatsache, die sie erpressbar macht. Swift hat zu jedem von ihnen eine Akte angelegt. Beweise für alle Vergehen, die sie begangen haben. Nur ein Klick, und sie gehen an die entsprechenden Behörden.
Er hat an alles gedacht. Und trotzdem ist er nervös. Nicht weil er sich die Sache nicht zutraut, das nicht. Dafür ist er zu gut vorbereitet. Eine Choreografie, die er so oft gedanklich getanzt hat, dass sie ihm in Fleisch und Blut übergegangen ist. Swift kennt alle Eventualitäten, er hat sie ein ums andere Mal durchexerziert. Monatelang, Tag und Nacht. Sein Rücken-

mark ist darauf abgerichtet wie ein Hund, der aufs Wort folgt. Aber Swift hatte schon immer schwache Nerven – besonders, wenn es darum ging, die Grenze von der Theorie in die Praxis zu überschreiten. Ein Was-wäre-wenn ist ungefährlich, die Realität ist es meist nicht.

Swift hat sich schon oft gefragt, wie Heron das durchsteht, dauernd umringt von Lichtern, die Kamera unentwegt vorm Gesicht, ein Wortwitzchen hier, eines da, und dann wie auf Knopfdruck wieder vollkommen ernst. Swift könnte das nicht. Er wäre von der Situation heillos überfordert. Dann doch lieber in seinem Kellerloch in freiwilliger Einzelhaft. Er mag es hier, umgeben von monotonem Summen und Monitoren. Es hat etwas von einem unterirdischen Nest.

So hat er sein System auch genannt: Nest. Wegen *die Vögel* und so. Und weil ihm gefallen hat, dass das Wort im Deutschen und im Englischen identisch ist. Swift hat was übrig für Konsistenz. Ist wahrscheinlich beruflich bedingt. Durch eindeutige Verweise, eindeutige Pfade und eindeutige Benennungen vermeidet man unnötige Systemabstürze und Fehlermeldungen. Ein Rechner muss wissen, was er zu tun hat. Er kann nicht abwägen, nicht ahnen oder deuten, er befolgt schlicht Befehle und Routinen. Was das angeht, ist Swift Computern ähnlicher als den meisten Menschen. Die lassen sich ablenken und von ihren Gefühlen leiten – Neid, Gier, Liebe … das ist anstrengend. Und vor allem fehlbar. Der Homo sapiens gilt allgemein als Erfolgsgeschichte, er feiert sich als Krone der Schöpfung. Swift hat nie verstanden, warum. Tiere handeln meist menschlicher als Menschen. Es sind die Menschen, die sich unmenschlich verhalten – was es per Definition menschlich macht. Wäre dem nicht so, wären sie heute nicht hier. Weil es nicht nötig wäre.

Bis vor Kurzem wusste er nicht, dass es tatsächlich Vögel gibt, die ihre Nester unterirdisch bauen. Aber wie es aussieht, gibt es die: australische Thermometerhühner. Es war natürlich Finch mit seinem unnützen Wissen, der ihn dahingehend aufgeklärt hat. *Doch, doch, die gibt es,* meinte er. *Australische Thermometerhühner zum Beispiel. Die legen ihre Nester halb unterirdisch an. Sie nutzen einen Gärungsprozess, der durch Regen entsteht, um so Wärme zu erzeugen. Auf die Art werden ihre Eier schneller ausgebrütet. Ziemlich cool, oder?* Swift fand es nicht unbedingt cool, aber durchaus bemerkenswert. *Bei dir da unten ist es ähnlich heiß. Und der Nestbau ist bei Thermometerhühnern reine Männersache. Da bestehen also durchaus Ähnlichkeiten. Witzig,* dachte Swift damals, sagte aber nichts. Er erinnert sich noch lebhaft an Finchs blödes Grinsen. *Wenn du willst, kannst du deinen Codenamen noch ändern. Wobei australisches Thermometerhuhn vielleicht ein bisschen lang für einen Codenamen ist – was meinst du?* Swift hat nicht darauf reagiert. Er hat gar nichts gesagt. Auch nicht, dass er, wenn überhaupt, ein Thermometerhahn wäre und kein Thermometerhuhn. Gegoogelt hat er sie trotzdem, die Thermometerhühner und ihre Nester. Und sie ähneln seinem Kellerloch in gewisser Weise tatsächlich. Diesem Bau, in dem Swift einen Großteil der letzten eineinhalb Jahre zugebracht hat. Wobei die Maße abweichen – Swifts Kommandozentrale ist mit circa acht Quadratmetern etwas größer. Und sie liegt tiefer unter der Erde. Ziemlich genau zwei Meter unter Finchs WG-Zimmer. Australische Thermometerhühner befüllen ihre Nester mit Blättern und Zweigen, bei Swift sind es Computer und Bildschirme. Kein Gärungsprozess, dafür staubtrockene Hitze. Genau, wie Swift es mag.

Swift überprüft die Daten ein letztes Mal vor dem Upload.

Es wäre nicht nötig, er hat alles mehrfach kontrolliert. Die Einträge stimmen. Er hackt den fehlenden Codeabschnitt in die Tastatur, dann schiebt er die Dateien rüber auf die Zielserver. Dort hinterlegt er sie in mehreren Unterverzeichnissen, um so die Wahrscheinlichkeit zu erhöhen, dass sie schnell gefunden werden. Er versteckt sie gerade so gut in den Directories, dass die Daten nicht allzu offensichtlich platziert wirken. Robin dürfte keine Probleme damit haben, sie zu finden. Oder einer der anderen. Im Endeffekt ist es ihm egal, wer von ihnen darauf stößt.

Und für den unwahrscheinlichen Fall, dass es keiner tut, gibt es immer noch Plan B.

NACHRICHTENDIENST.

»Ich glaube, wir haben da was!«, ruft Wanninger quer durchs Büro.

Hoffentlich, denkt Nick, während er sich im Laufschritt dessen Schreibtisch nähert.

Wenn Braun von seiner Unterredung mit Gössmann zurückkommt, sollten sie besser etwas vorzuweisen haben. Sonst kommt garantiert wieder sein Standardspruch über die Überflüssigkeit des BBK und dass Nick und seine Truppe ähnlich unnütz sind. Und spätestens da würde Nick der Kragen platzen. Er hat den sexistischen Kommentar von vorhin noch immer nicht ganz verdaut, mehr wäre keine gute Idee.

Nick hätte wirklich etwas deswegen sagen sollen, Muriel verteidigen, immerhin ist er ihr Chef. Wenn er für seine Leute nicht einsteht, wer dann? Nur, dass das Braun in seinen Vermutungen noch zusätzlich bestärkt hätte. Trotzdem hätte er etwas tun müssen. Irgendwas.

Es ist ihm ein Rätsel, wie Muriel in dem Moment so souverän reagieren konnte. Wäre die Situation umgekehrt gewesen, er hätte Braun vermutlich angebrüllt.

Muriel hingegen ist absolut ruhig geblieben. In einem Vieraugengespräch kurz darauf meinte sie: *Denkst du etwa, ich hätte nicht gerne etwas deswegen gesagt?*

Wieso hast du es nicht getan?, wollte Nick wissen.

Weil er mich dann mit irgendeiner fadenscheinigen Begründung aus dem Team entfernt hätte. Wenn du als Frau sagst, dass dir etwas nicht passt, bist du sofort hysterisch oder emotional. Du bist überempfindlich, kritikunfähig oder dem Druck des Jobs nicht gewachsen. Und wenn es das nicht ist, dann hast du bestimmt gerade deine Tage.

Nick sieht ihr Gesicht vor sich, den ernsten Blick, die Wut in ihren Augen. Er weiß nicht, wie es sich anfühlt, eine Frau zu sein. Er hat eine kleine Schwester, er kennt die blöden Sprüche, aber er hatte nie selbst damit zu kämpfen.

»Was haben wir?«, fragt Nick und beugt sich über Wanningers Schreibtisch.

»Beim Überprüfen der SafeLink-Server sind Jansen und ich auf das hier gestoßen.«

Er vergrößert den Ausschnitt einer Excel-Tabelle.

»Das ist ein Auszug des Kundenregisters der DACH-Staaten. Hier Deutschland, da Österreich da drüben die Schweiz.«

»Okay?«, sagt Nick halb fragend.

»Diese 42 Datensätze« – Wanninger zeigt mit dem Kugelschreiber auf eine der Spalten – »sind dokumentierte Systemstörungen. Sie erfolgten alle innerhalb desselben Zeitfensters. Alle innerhalb von sieben Minuten.«

»Sehr gut«, sagt Nick. »Und was genau sind das für Datensätze?«

Wanninger schaut auf. »Kundenanschriften«, erwidert er zufrieden. »Eine davon ist die von Claudia Kanitz.«

VERGANGENHEIT.

**JULIAN.
DER VORZIMMERFLÜSTERER.**

Ich fahre mit dem Rad durch die menschenleere Stadt. Sie ist postapokalyptisch leer. Als wäre ich der letzte Überlebende nach einer verheerenden Katastrophe. Keine Autos, keine Fußgänger, kein Bus, keine Straßenbahn. Nur ich im Morgengrauen und Ampeln, die sinnlos von Rot auf Grün schalten und dann wieder zurück.

Während ich die Isar entlangradle, denke ich an die letzten Stunden mit Katharina zurück, an ihren Kopf auf meiner Schulter, an ihren ruhigen Atem, an den Geruch ihres Körpers. Vanille. Ein dezenter Duft, nach dem alles an ihr riecht. Ihre Haare, ihre Haut – besonders ihr Nacken.

Wir sehen uns so gut wie gar nicht mehr, seit unser Plan begonnen hat, Form anzunehmen. Letzten Monat war ich in Genf, Berlin, Frankfurt und Zürich. Nächste Woche fliege ich nach Köln und Graz, danach ein Abstecher nach Wien und wieder zurück. Ich fliege nicht als ich, ich fliege als Jannis Bernhard. Ziemlich beeindruckend, was Paul so alles hinbekommt. Jannis Bernhard hat eine Geburtsurkunde, einen Personalausweis, einen Reisepass und einen Führerschein. Er ist am 1. Oktober 1988 in Weimar geboren, hat in Berlin Informatik studiert und pendelt jetzt zwischen München und Hamburg, wo er als freier Mitarbeiter für eine IT-Firma arbeitet.

Ich trete in die Pedale und höre auf die Stille der Stadt, das

Rauschen des Flusses, das sonst im Verkehrslärm untergeht. Es wird langsam hell, die Luft ist diesig, als würde der Boden schwitzen. Es ist ein friedlicher Moment. Wie der Anfang einer Geschichte, der Vorspann eines Films, in dem die Namen der Darsteller nach und nach eingeblendet werden. Und dazu ruhige Musik, Klavier vielleicht. Irgendein Stück, das die Stimmung so übersetzt, dass man sie spüren kann. Ein Mann, der an einem Fluss entlangradelt und dabei an seine Freundin denkt. Er sieht aus wie ich, wenn ich zufrieden bin. Und die Frau sieht aus wie Katharina, kurz nachdem sie aufgewacht ist. Und während er in der dampfigen Frühmorgenluft durch eine menschenleere Stadt fährt, sieht man die Bilder, die sich in seinem Kopf abspielen. Seine Freundin, die ihn auf eine Art ansieht, für die es keine Worte gibt. Milchweiße Haut in weißen Bettlaken, Intimität, Liebe, nackte Körper, Sex, ein Lächeln, Katharinas dunkle Brauen über ihren eisblauen Augen.

Wäre mein Vater nicht das Arschloch, das er ist, hätte ich sie nie kennengelernt. Sie wäre irgendein Name in einer Akte geblieben und ich nach wie vor in einer Lüge, die mein Leben war. Eine perfekte Oberfläche mit sehr viel Nichts dahinter. Eltern, die nicht miteinander reden, ein Vater, der alles besitzt – am liebsten andere Menschen – und Geld bis zum Umfallen. Man kann alles haben und trotzdem einsam sein. Ohne Erich und Philip wäre ich vermutlich nach meinem Vater gekommen. Der Augapfel, der in seine Fußstapfen steigt.

Es ist ein gutes Gefühl, eine Aufgabe zu haben. Jahrelang hatte ich den Eindruck, meine Talente wären gar keine. Und jetzt öffnen sie mir die Türen zu diversen Hinterzimmern – wobei es eigentlich Vorzimmer sind. Der Schlüssel dazu ist mein Händchen für Frauen, wie Katharina es nennt. Eine steile Falte zwischen den Brauen, ein leichtes Nicken, Mitgefühl in den Augen. Ich wäre der geborene Vertreter. Einer, der Leuten alles verkaufen kann. Staubsauger, Reiniger, Rasenmäher. Das habe ich von meiner Mutter. Eine überaus überzeugende Frau. Witzig, charmant, die Art von Person, die man auf Anhieb mag.

Während ich links in Richtung Gasteig abbiege, denke ich an das, was Paul damals gesagt hat, als wir in der Küche saßen und die Aufgaben verteilt haben. *Wenn die jemanden durchlassen, dann nur Philip oder Julian.* Ich erinnere mich noch lebhaft an Erichs Blick und wie er antwortete: *Und wieso bitte würden die mich nicht durchlassen?* Und wie Paul entgegnete: *Du und ich, mein Freund, sind nicht gerade das Material, aus dem Frauenträume sind, falls du verstehst, was ich meine. Nimm's mir nicht übel, aber du wirkst ein bisschen wie ein Buchhalter, und ich habe das Image eines Mathe-Referendars. Typen wie wir reißen diese Vorzimmerdamen nicht vom Hocker. Da haben Julian oder Philip weitaus bessere Chancen.* Ich glaube, Erich war beleidigt, aber gesagt hat er nichts. Und so wurde Philip Influencer und ich der Vorzimmerflüsterer.

Im Grunde ist es ganz simple Psychologie: Jeder von uns will wahrgenommen werden. Insbesondere von dem Geschlecht, auf das wir stehen. Ein paar Blicke, ein Lächeln, ein Kompliment, eine freundliche Aufmerksamkeit – schlicht etwas, das anerkennt, dass das Gegenüber ein Wesen mit Empfindungen und Sehnsüchten ist, jemand mit einer Geschichte, mit einem eigenen kleinen Leben, das man für einen kurzen Moment betritt. Mir fällt das leicht. Als wären Menschen offene Bücher, die nur darauf warten, von mir gelesen zu werden.

Meine heutige Ausgabe heißt Veronika Gruber, ist 56 Jahre alt, alleinstehend und für Johann Sander unersetzlich. Nicht, dass der ihr das je gesagt hätte, Sander ist nicht unbedingt ein

Mann vieler Worte, und erst recht keiner, der vor sich oder anderen eingestehen würde, dass eine Sekretärin das Rückenmark seines Unternehmens ist. Aber genau das ist sie. Und außerdem einsam. So ein Hunger nach Anerkennung verhält sich ähnlich wie ein Schwelbrand. Er ist eine überaus gefährliche Sache – die unserer zugutekommt.

SCHLAFZIMMERBLICK.

Als Frida Philip vor ein paar Jahren kennengelernt hat, wusste sie, dass er ein Mann vieler Frauen ist. Er hat kein Geheimnis daraus gemacht. Und ihr war es egal. Frida hatte dahingehend ohnehin keine Ambitionen. Genauso wie sie keinen Besitzanspruch an ihren Lieblingsitaliener stellt, nur weil sie seine Pizza gern isst. Sie hat kein Problem damit, wenn andere seine Pizza auch mögen. Das zwischen Philip und Frida ist simpel. Sie haben Sex. Mit Kondom und allem, was dazugehört. Es ist eine Beziehung, die überwiegend zwischen ihren Köpern und Geschlechtsteilen stattfindet. Wenn man Frida fragen würde, sind sie so etwas wie ein gegenseitiger Plan A im One-Night-Stand-Himmel. No Strings attached, und auch sie trägt keinen, weil sie Tangas nicht leiden kann. Immer dieses Gefühl, etwas zwischen den Pobacken zu haben. Grauenhaft.

Na, jedenfalls wollte sie nie mehr von Philip – im Gegensatz zu den vielen anderen Frauen in seinem Leben, die alle dachten, sie wären die eine, während die anderen nur die anderen waren. Es hat Philip nie an Angeboten gemangelt, auch vor seinem Instagram-Fame nicht. Aber seit er so etwas wie eine Person des öffentlichen Lebens geworden ist, gibt es kein Halten mehr. Es erstaunt Frida immer wieder, wie bereitwillig manche Frauen die Beine breitmachen, wenn ein Typ ein bisschen berühmt ist. Als würde sein Penis sie irgendwie adeln oder so.

Frida will nicht fies sein, sie meint das nicht böse, vor allem, weil Philip wirklich gut im Bett ist – einer von den wenigen, die kapiert haben, dass es mehr Spaß macht, wenn es beiden Spaß macht. Einer, mit dem man lachen kann, wenn das Kondom sich mal wieder nicht abrollen lässt oder wenn ihre Körper furzende Geräusche machen. Mit Philip ist das witzig.

Und ja, auch Frida hat schon für Kerle geschwärmt, die – mal mehr und mal weniger – berühmt waren. Schätzungsweise hätte sie mit dem einen oder anderen auch gevögelt, sie ist da nicht besser als andere. Und es geht auch nicht um den erhobenen Zeigefinger, weil Frida findet, jeder und jede sollte vögeln, mit wem er oder sie will. Trotzdem ist es irgendwie traurig, wenn Menschen meinen, sich mit dem – bisweilen ziemlich zweifelhaften – Ruhm eines anderen aufwerten zu können. Wie ein Prädikat wertvoll, das wie eine Geschlechtskrankheit übertragen wird.

Philips Instagram-Berühmtheit ist besonders deswegen so absurd, weil Philip Instagram nie ausstehen konnte. Er hat Social Media immer gehasst. Und jetzt ist er besessen davon. Wie ein Junkie, der wünschte, er hätte nie den ersten Schuss gesetzt. Philip ist unentwegt am Scrollen, aktualisiert dauernd seinen Feed, bereitet Posts vor, checkt Links. Plötzlich trägt er hautklärende Masken und benutzt Haarkuren. Mit beidem hätte Frida kein Problem, sie mag Masken und auch Haarkuren, es passt nur so überhaupt nicht zu dem Philip, den sie damals kennengelernt hat: ein Idealist, der zwar auch da schon verdammt gut aussah, aber eben auf diese *Ich-tue-nichts-dafür-*Art, die man sonst nur einem jungen Brad Pitt abkauft. Mit einer Frisur, die fällt, wie sie will, und dabei wirkt, als wäre es Absicht, und einem Klamottenmix, der eigentlich nicht zusammenpasst, aber an ihm irgendwie trotzdem funktioniert. Philip hatte schon vor seiner Transformation zu Zachary Wiseman ziemlich durchtrainierte Arme. Muskulös, aber nicht zu muskulös. Und wenn er die Finger bewegt hat, hat sich das an der Oberseite seiner Unterarme abgezeichnet. Frida liebt das bei Männern. Das und ihre *Leisten*. Die Art von Leisten, die männliche Models bei Unterwäschewerbung haben. Die hat Philip auch. Diese zwei Linien, die wie blinkende Reklame zu seinem Schritt führen. Als würden sie sagen: *Hier entlang*. Kombiniert mit der dünnen Linie aus Haaren, die von seinem Bauchnabel nach unten hin immer breiter wird, wie ein Pfeil – und der Bund seiner Jeans die Zielgerade, die es zu überwinden gilt.

Frida schaut neben sich.

Früher hat Philip lang geschlafen. Er war das Gegenteil eines frühen Vogels. Allenfalls ein Fan des frühen Vögelns. Sex am Morgen war voll sein Ding. So eine Art erste Amtshandlung, die einen tollen Tag verspricht. Frida mochte das. Sie mochte den alten Philip.

Der neue ist ein ziemlicher Joykill – wie er in Boxershorts auf dem Boden neben dem Bett liegt und seine Sit-ups macht. Mit knallrotem Kopf und einem Gesichtsausdruck, als müsste er jeden Moment kotzen. 50, 100. Vielleicht auch 150, Frida zählt nicht mit. Ihr wäre es lieber, er würde sein Training auf sie verlagern. Doch davon bekommt man keinen Sixpack, meinte er mal. Schade eigentlich.

Noch trauriger ist allerdings, dass er zu denken scheint, den zu brauchen. Frida wüsste gern, warum. Sie fragt sich, was vorgefallen ist, weil irgendwas vorgefallen sein muss. Weil kein

Mensch sich grundlos so drastisch verändert. Nicht so schnell und nicht so verbissen. Frida sieht ihm dabei zu, wie er sich quält. Wie er schwitzt. Wie die Adern an seinen Schläfen hervortreten, als würden sie gleich platzen. Das kann nicht gesund sein. So etwas tut man nicht für sich – weil es ein Antun ist. Selbsthass. Nur, dass Philip sich nicht selbst hasst. Oder tut er es doch, und sie weiß es nur nicht? Weil sie so gut wie nichts von ihm weiß, lediglich das, was er ihr zeigt?

Wem versucht er zu gefallen? Erst ein Profil bei Instagram und dann dieses exzessive Training. Irgendwas ist passiert, Frida weiß nur nicht, was.

Sie liegt auf der Seite, den Kopf in die Hand gestützt, ein Gesichtsausdruck zwischen skeptisch und verständnislos. Sie ist oben ohne, nur bis zur Hüfte zugedeckt, das Haar noch zerwühlt von der Nacht. Früher hätte das genügt, um Philips ungeteilte Aufmerksamkeit zu bekommen. Er hätte verschlafen neben ihr gelegen. Ein müder Blick, der sich langsam mit Erregung füllt. Eine Weile hätte er sie nur angesehen, so schön angerichtet in seinem Bett. Und dann hätte er angefangen, ihre Tätowierungen mit dem Zeigefinger nachzumalen. Den Hals, die Schultern, die Brüste.

Vielleicht gibt es eine andere? Eine, für die er Gefühle entwickelt hat? Oder einen Mann? Philip und sie waren nie exklusiv, es war immer nur Spaß. Körperliche Kompatibilität. Frida wäre nicht mal verletzt, wenn es eine andere gäbe. Sie wüsste es nur gern.

Andererseits: Wer sollte das bitte sein? Frida ist seit Monaten so gut wie jeden Abend bei ihm – in etwa so lange wie Elisabeth und Erich zusammen sind. Und auch bei den Partys hat sie Philip mit keiner anderen gesehen. Frida weiß, dass sie ihn nicht gut kennt – das tun bloß Julian und Erich, die anderen glauben es nur. Trotzdem spürt sie, dass irgendwas nicht stimmt. Dass irgendwas an der Sache faul ist. Sie kennt niemanden, der so vernichtend über Social Media gesprochen hat wie Philip. Und auch Sport ist nicht sein Fall. Er meinte mal zu ihr: *Wieso sollte ich ins Fitnessstudio gehen, wenn ich auch vögeln kann?* Jetzt macht er plötzlich Sit-ups und Klimmzüge und Liegestütze und Burpees und Mountain-Climbers. Das passt doch nicht zusammen.

Der Philip, den sie kennt, ist nicht verbissen. Der isst Pizza und trinkt Bier. Der neue ernährt sich von Eiweißshakes und hat meistens schlechte Laune.

In der Sekunde, als sie das denkt, prustet Philip ein letztes Mal laut auf. Dann bleibt er schwer atmend auf der Yogamatte liegen, die Unterarme auf der Stirn ruhend, schweißgebadet. Ein bisschen wie nach dem Sex. Nur ohne den Sex.

Frida schlägt die Decke zurück und steht auf. Er hat etwas von einer Opfergabe, wie er so daliegt zu ihren Füßen. Ihre Zehen berühren sein Bein, dann setzt sie sich auf ihn.

Philip nimmt die Arme von seinem Gesicht und sieht sie an. Und in seinen roten Zügen verbirgt sich ein Lächeln. Um die Augen, um die Mundwinkel. Ein Lächeln, das verrät, dass er weiß, was gleich kommt – erst sie und dann er.

ERICH.
FOOLS RUSH IN.

Philip und Frida haben Sex. Ich höre es so überdeutlich durch die dünne Wand, dass es sich anfühlt, als wäre ich mit ihnen im Bett. Das Ächzen des Gestells kriecht durchs Gemäuer und durch den Fußboden in meine Matratze – das Ächzen und die rhythmischen Bewegungen. R H Y T H – Rhythmus. Den Anfang dieses Wortes mussten wir im Musikunterricht so lange buchstabieren, bis wir es konnten. In Erdkunde war es: M, I, Doppel S, I, Doppel S, I, Doppel P, I – Mississippi. Ich kann das eine Wort nicht mehr ohne das andere denken. Ähnlich geht es mir mit Philip. Er, der Rhythmus, ich, der Mississippi. Er, der Macher, ich, der, der mitfließt.

Ich liege im Bett und schaue auf die Stuckrosette an der Zimmerdecke, während mein Gehirn sich die Szene von nebenan so plastisch und detailgetreu ausmalt, dass ich mich ein bisschen wie ein Voyeur dabei fühle. Als würde ich meiner Neugierde nachgeben und durch das Schlüsselloch eines großen Bruders schauen, den ich nie hatte. Als wollte ich einen Vorgeschmack auf das bekommen, wofür ich selbst noch zu jung bin.

Ich war ein ziemlicher Spätzünder. Ganz im Gegensatz zu Philip und Julian – Julian der Stürmer, Philip der Dränger und ich überfordert in ihrem Schlepptau. Wenn ich jemanden beim Sex höre oder sehe, löst das bei mir augenblicklich ein

Gefühl von Kindsein aus. Eine schamhaft-erotisierte Emotion, die sich anfühlt, als wäre mein Körper eine Mineralwasserflasche, die zu fest geschüttelt wurde. Immenser Druck, der sich in mir staut, und meine äußere Schicht, die dem standzuhalten versucht.

Ich war nie ein besonders sexueller Typ. Auch nach meinen ersten sexuellen Erfahrungen nicht. Es war, als stünde mein Intellekt wie eine unüberwindbare Mauer um meine Triebe, wie eine Gruppe gemeiner Schulkinder, die einen Außenseiter mobbt. Vielleicht hat es mit der Art zu tun, wie ich aufgewachsen bin. In einem sexfreien Umfeld, bei einer ebenso fürsorglichen wie unkörperlichen Großmutter, die geblümte Kleider und Wachsschürzen trug. Ich der einzige Mann im Haus und so weit weg davon, ein Mann zu sein, dass es de facto keinen gab. Nacktheit war in dieser Wohnung nie ein Thema. Nackt war man allein im Bad. Oder wenn der Arzt einen bat, sich freizumachen.

Als ich irgendwann erfuhr, wie Babys gemacht werden und dass ich auf ebenjenem Weg *ungewollt* entstanden bin, starb das letzte bisschen Interesse an diesem aus meiner damaligen Sicht ohnehin recht ekelerregenden Akt. Später holte ich mir ab und zu unter der Dusche einen runter. Ich erledigte es, wie man sich auch die Zähne putzt oder die Fingernägel schneidet. Mit anerzogener Disziplin. Ich mochte das Gefühl währenddessen, doch danach fühlte ich mich davon erniedrigt.

Immerhin das hörte auf. Das schlechte Gewissen, meinen Penis nicht nur zum Pinkeln zu benutzen. Ich wurde älter und haariger und sah irgendwann aus wie ein Mann. Angefühlt hat es sich jedoch anders. Ein bisschen so, als wäre ich vom Jugendlichen nahtlos in einen Frührentner übergegangen – ein

Frührentner, der mit zwei coolen, jungen Typen in einer WG lebte, um durch sie ab und zu den Puls der Zeit zu spüren, weil seiner so schwach geworden war. Meine beiden Mitbewohner hatten ohnehin genug Sex für uns drei. Julian mit Katharina, Philip mit allen anderen. Meist lag ich dazwischen und habe gelesen – rein räumlich betrachtet, versteht sich, nicht wortwörtlich. Ich befand mich in meinem Eckzimmer ohne Balkonzugang, am Ende des Flurs, in dem ich auch schon als Kind Comics gelesen und Malbücher ausgemalt hatte.

Es war schließlich *ihr* Anblick, der den Stürmer und Dränger in meinem Inneren dazu brachte, die Krusten des jungen Rentnerdaseins zu sprengen. Wie jemand, der in einen vereisten See eingebrochen und seitdem unter der Eisschicht auf der Suche nach einem Weg nach draußen ist. Als hätte das Zusammentreffen mit ihr meinen Sexualtrieb eingeschaltet und voll aufgedreht. Eine chemische Reaktion zwischen Fenster und Balkon, die, wie ich in jenem Moment dachte, einseitig war.

Bei diesem Gedanken schaue ich neben mich. Auf ihr schlafendes Gesicht.

Und dann frage ich mich, wie ich hierhergekommen bin. Mit ihr in dieses Bett, das wir seit Tagen so gut wie nie verlassen. Es fühlt sich an, als hätte ich einen Teil des Weges vergessen. Und gleichzeitig erinnere ich mich an jede Sekunde davon. An den Anfang, von dem ich nicht wusste, dass es einer ist. Dass sie und ich dabei sind zu beginnen an diesem Küchentisch. Vielleicht war es auch schon davor – vermutlich war es davor. Ich glaube, es hat angefangen mit ihr neben den Tomaten.

Ich betrachte Elisabeths Gesicht. Es ist nicht mal leer, wenn sie schläft. Manchmal liege ich da und schaue sie minutenlang nur an. Als hätte ich Angst, dass sie verschwindet, wenn ich einschlafe. Doch wenn ich es tue und wieder erwache, ist sie immer noch da. Und ich auf eine Art glücklich, die mir fast ein bisschen Angst macht.

Meine Großmutter hat immer gesagt, dass in jeder Handlung eines Menschen ein Hauch von Wahrheit liegt. Dass das, was wir nicht sagen, meist mehr aussagt als das, was wir aussprechen. Dass wir uns hinter Masken verstecken, die so aussehen wie wir, abzüglich der Gedanken, zu denen wir nicht stehen können.

Ich denke an die Nacht zurück, in der wir uns begegnet sind. Und sofort läuft der Film von ihr vor meinem Fenster vor meinem inneren Auge ab. Sie tanzend mit ihrer Zigarette in der Hand, ausgestreckte Arme und eine winzige Glut im Nachthimmel. Bereits da hätte ich sie am liebsten umarmt. Keine Ahnung, warum.

Ich kann nicht sagen, was an ihr mich so fasziniert. Die Dunkelheit, die sie umgibt? Der Funke Kindlichkeit? Ihre passiv-aggressive Präsenz? Wie sie sich kleidet? So absichtlich unkompliziert, enge Bluejeans und T-Shirt, dazu dunkle Mädchenaugen mit dichten Wimpern und einem Blick zwischen herausfordernd und abweisend. Ein *Trau dich nur* dicht gefolgt von einem *Fick dich*.

Sie saß mir am Küchentisch gegenüber, und da dachte ich, dass sie auf eine Art schön ist, die meine Liga sprengt. Doch zur selben Zeit war sie auf meine Art ernst, was sie meiner Liga wieder näherbrachte. In heiter und fröhlich wäre sie mir wohl gar nicht erst aufgefallen – ein weiteres Abziehbild eines nichtssagenden Mädchens, das als Kind Pferdemagazine gelesen hat und als Teenager mit dem Klassenschwarm zusammen war. Diese Version von ihr hätte mich nicht interessiert, was wohl bedeutet, dass es nicht in erster Linie ihr Aussehen war, zu dem ich mich hingezogen fühlte.

Es war schließlich Frida, die uns einander vorstellte.

»Lizzy, das ist Erich, Erich, das ist Lizzy.«

»Elisabeth«, korrigierte sie sie.

Elisabeth also.

Ich fand, sie sah nicht aus wie eine Elisabeth. Wobei ich nicht sagen könnte, wie eine Elisabeth aussieht. Genau genommen war sie die erste, die ich je getroffen habe. Wir saßen einander gegenüber, getrennt von einem Küchentisch voll mit Aschenbechern und angebrochenen Bier- und Weinflaschen, überall Kronkorken, Gummibärchen- und Chipstüten, zwei Tiefkühlpizzen auf Holzbrettern, die langsam kalt wurden, dazwischen Zigarettenschachteln und Feuerzeuge.

Ich betrachtete Elisabeth. Ich tat es unverhohlen, wie jemand, der jemanden studiert. Die subtilen Nuancen ihres Gesichts, die kaum sichtbaren Graduierungen um ihre Augen und Mundwinkel, minimale Veränderungen, die einen winzigen Rückschluss auf ihr Inneres gaben. Wie ein Riss in einer Wand, durch den man in ein dunkles Zimmer blickt.

Die längste Zeit saß sie einfach nur da und sagte nichts. Verschränkte Arme, übergeschlagene Beine, ein Körper, der sich abschottet. Als hätte sie ihre Gliedmaßen verräumt, um nicht im Weg zu sein. Sie verließ diese Haltung lediglich, um zu rauchen oder einen Schluck zu trinken. Danach kehrte sie umgehend in ihre Ausgangsposition zurück, als wäre es ihre Werkseinstellung.

Bis auf *Elisabeth* hatte sie kein Wort gesagt. Sie folgte der Diskussion vollkommen reglos. Auf jene Art aufmerksam, wie jemand, der einen Bericht darüber schreiben muss.

Meinem Blick wich sie aus – bis sie es plötzlich nicht mehr

tat. Danach starrte sie mich an, als wollte sie mir sagen, dass ich nun lang genug gestarrt hatte und damit aufhören sollte. Das mochte ich. Weggesehen habe ich nicht.

Irgendwann ist sie in die Diskussion eingestiegen. Als wäre ein Reizwort gefallen, das ich nicht mitbekommen habe. Während die anderen zwischen Philip und Elisabeth hin- und herschauten, blieb ich mit den Augen bei ihr. Ich konnte mich ihrem Gesicht nicht entziehen. Weil es auf mich so wirkte, als hätte sie in der Vergangenheit etwas gesehen, das sie nie wieder ungesehen machen kann. So als hätte dieses Etwas einen Rest Traurigkeit in ihr zurückgelassen – vielleicht ist es auch Enttäuschung. Fein säuberlich überdeckt von einer Schicht Selbstsicherheit, bei der ich mich seither frage, ob sie Fassade ist oder echt. Eine perfekte Form der Mimikry aus Stolz und gutem Aussehen.

Elisabeth wurde nicht laut, ganz gleich, wie laut ihr Gegenüber wurde. Eine Charaktereigenschaft, die ich so nur von meiner Großmutter kenne. *Erhebe nicht deine Stimme, mein Junge*, hat sie immer gesagt. *Arbeite lieber an deinen Argumenten.*

Elisabeths Argumente waren stichhaltig und durchdacht. Ich konnte dabei zusehen, wie sich ihre Körperhaltung von aufgeräumt in angriffslustig wandelte. Die Unterarme auf der Tischplatte, den Oberkörper nach vorne gebeugt. Sie saß rauchend da und nahm unseren Plan Stück für Stück auseinander. Als wäre das Gespräch eine Partie Schach, die sie gegen fünf andere spielt.

Ihre Überheblichkeit ärgerte mich fast noch mehr als die Tatsache, dass sie uns mattsetzte. Uns, die wir so lange an diesem Plan gearbeitet hatten.

Ich erinnere mich genau daran, wie schnell mein Herz in

jenem Moment schlug, eine Kammer für sie, die andere dagegen. Ein Hin und Her zwischen Anziehung und Ablehnung. Von der Ablehnung ist nichts übrig geblieben. Sie ist vor Elisabeth in die Knie gegangen und ich mit ihr ins Bett. Die intensivste Nacht meines Lebens.

Ich wusste nicht, wie sich das anfühlt. Sich so in einem anderen Menschen zu verlieren. Ein endloses Fallen in ein Gefühl, das mir mehr Angst macht, als ich zugeben möchte.

Mein Blick ruht auf Elisabeth, die auf der Seite liegt und schläft. Ich streiche ihr das Haar aus der Stirn. Sie trägt es wie ein Statement, so wie andere Frauen einen tiefen Ausschnitt tragen. Dann fällt es ihr glänzend und unordentlich über die Schultern. Jetzt liegt es zerwühlt auf dem weißen Kopfkissen. Im schummrigen Morgenlicht wirkt es beinahe schwarz.

Ich glaube, ich könnte sie ewig ansehen. Für den Rest meines Lebens vielleicht. Ein Gedanke, der ebenso kitschig wie untypisch für mich ist.

Ich habe ihn noch nie gedacht. Und ich dachte nicht, dass ich ihn je denken würde.

Doch jetzt tue ich es.

PHILIP.
DER FEIND IN SEINEM BETT.

»Sie wird zum Problem«, sage ich in dem Moment, als Erich in Boxershorts und T-Shirt die Küche betritt. Er bleibt barfuß neben dem Tisch stehen und schaut mich an.

»Du weißt, dass es so ist«, sage ich, als er nicht antwortet, und sein Blick ist eine Mischung aus feindselig und einsichtig. Wie ein Mann und ein Kind in nur einem Gesicht.

Er sieht verschlafen aus. Und auf eine Art zufrieden, als wäre er angenehm gesättigt. Dieses Gefühl steht ihm. Eine neue Nuance in einem Wesen, von dem ich dachte, es in seiner Gänze zu kennen.

Erich war nie der Frauentyp. Sicher, dann und wann hat er mal mit einer geschlafen, aber es war nie mehr. Nie etwas Ernstes. Immer nur Alkohol und Triebe. Wir beide die ewigen Singles, die niemanden sonst brauchen, weil sie sich haben und damit den Rest der Welt. Mit Julian ist es ähnlich, aber anders. Vermutlich wegen Katharina. Sie sind schon seit Ewigkeiten zusammen und damit irgendwie eine Einheit. Was Erich letztlich zur Konstante in meinem Leben gemacht hat. Wir führen die Beziehung, die ich nie hatte. Und für die längste Zeit hat das auf Gegenseitigkeit beruht.

Bis Elisabeth aufgetaucht ist. Wie ein Punkt hinter einem Satz. Ein Neuanfang, während das Alte weitergeht.

»Du magst sie nicht«, stellt Erich fest.

Er hat recht, ich mag sie nicht. »Das ist irrelevant«, erwidere ich.

»Es stimmt also«, folgert er.

Ich antworte nicht.

Erich nickt langsam. »Ich bin in sie verliebt«, sagt er dann.

Es gibt Sätze und *Sätze* – dieser hier ist wie ein elektromagnetischer Puls, scheinbar ungefährlich und doch voller Zerstörungskraft.

»Ich weiß«, entgegne ich schließlich. »Genau das macht sie zum Problem.«

Die Pause, die sich danach zwischen uns ausbreitet, ist außen still und innen laut. Ein Schweigen, das genauso gut ein Schreien sein könnte. Verschluckte Vorwürfe in seinem Blick, Ablehnung und Vorbehalte in meinem. Ich wundere mich selbst über das, was in mir vorgeht. Dieses Gefühl, als hätte Erich mich verraten. Mich und unser unausgesprochenes Wir-gegen-den-Rest-der-Welt-Gefühl. Die Männerfreundschaft, die für mich über allem stand. Zwei Brüder, die mehr als Blut verbindet. Verliebte Männer sind unberechenbar. Sie können nicht klar denken – ich weiß, wovon ich spreche.

»Wo ist sie jetzt?«, frage ich.

»Im Bad«, sagt er.

Ich höre nichts, weder das Radio noch die Wasserbrause der Dusche, also frage ich: »Bist du dir sicher? Es ist so still.«

»Wieso? Was denkst du denn, was sie tut? Meine Sachen durchsuchen?«

»Keine Ahnung«, sage ich flüsternd. »Ich weiß nur, dass der Zugang in deinem Zimmer ist.«

Erich macht eine einladende Handbewegung in Richtung Flur. »Wenn du willst, kannst du gern nachsehen.«

Ich ignoriere seinen Kommentar und trinke einen Schluck

Kaffee, während er sich abwendet und zwei Tassen aus dem Schrank über der Spüle nimmt. Noch immer mit dem Rücken zu mir sagt er: »Ich werde ihr nichts verraten, falls du dir darüber Sorgen machst.«

»Und was, wenn sie anfängt, Fragen zu stellen?«, sage ich. »Wenn sie wissen möchte, warum du so selten Zeit für sie hast?« Er dreht sich um und mustert mich. »Glaubst du ernsthaft, du kannst dauerhaft dichthalten? Das bezweifle ich nämlich.«

Erich zieht die Augenbrauen hoch. »Du vertraust mir nicht ...«

»Dir schon«, sage ich. »Aber das gerade bist nicht du.«

Erich setzt sich zu mir an den Tisch.

»Und wenn wir sie einweihen?«, fragt er.

»Was?«, frage ich. »Auf keinen Fall!«

»Hör mir doch erst mal zu.«

»Vergiss es«, schneide ich ihm das Wort ab.

»Die Idee mit der Show kam von ihr – eine brillante Idee, wie ich anmerken möchte.«

»Kann sein. Aber das ändert gar nichts«, sage ich.

Erich lehnt sich zurück und verschränkt die Arme vor der Brust. »Elisabeth hat in ein paar Stunden mehr Schwachstellen in unserem Plan entdeckt als wir in mehreren Monaten«, entgegnet er sachlich. »Philip. Sie könnte nützlich für uns sein.«

LAUSCHANGRIFF.

Elisabeth ist nackt. Das feuchte Handtuch liegt zu ihren Füßen auf dem Boden. Ihr Haar ist noch nass vom Duschen, es klebt in langen Strähnen an ihren Schultern, Wassertropfen laufen ihr den Rücken hinunter. Sie steht reglos da und inspiziert den Raum: kreidefarbene Wände, schlichte Stuckleisten, Fischgrätparkett. Karg, funktional und sauber. Ein abgenutzter Perserteppich in der Mitte, daneben eine Matratze ohne Lattenrost, auf der zerwühltes Bettzeug liegt, ein schmaler Schreibtisch unter dem linken Fenster, unter dem rechten eine ausladende Leseecke. Jemand hat das Fenstersims ausgebaut. So ist es tief genug, um darauf sitzen zu können. Außenrum einige Topfpflanzen und Kissen – gemütlich eingebettet in ein deckenhohes Bücherregal, dessen unterstes Fach voll ist mit Büchern aus seiner Kindheit. Erich hat sie ihr vergangene Nacht gezeigt, als sie bei offenem Fenster gemeinsam dort saßen und Elisabeth eine Zigarette rauchte.

Jetzt steht sie vor dem Fensterbrett und schaut sich suchend um. Sie scannt den Fußboden, als würde ein Puzzlestück fehlen, um das Bild vor sich zu vervollständigen. Auf dem Parkett sind die üblichen Gebrauchsspuren, aber keine Ausbesserungen oder nachträglich eingefügte Bohlen – auch nicht unter dem Teppich, Elisabeth hat nachgesehen.

Ich weiß nur, dass der Zugang in deinem Zimmer ist, echot

239

Philips Stimme endlos in ihrem Kopf. Der Zugang. *Was für ein Zugang?*

Sie wollte nicht lauschen, sie wollte nur einen Kaffee. Und da hat sie es gehört: ihr verschwörerisches Flüstern hinter der Küchentür. Elisabeth stand lautlos wartend im Flur wie eine Katze. Und ist schließlich in Erichs Zimmer verschwunden. *Ich werde ihr nichts verraten, falls du dir darüber Sorgen machst.* Ihr nichts verraten. Da hat Elisabeth es kapiert. Dass das angebliche Gedankenexperiment von neulich Nacht gar keins war. Vielmehr ein konkreter Plan, in den Erich sie nicht einbezogen hat. Und auch nicht einbeziehen wird. Rein rational betrachtet ist diese Entscheidung vollkommen verständlich. Emotional hingegen nicht.

Elisabeth ist nicht weltfremd. Ihr ist durchaus bewusst, dass man jemandem, den man gerade erst kennengelernt hat, besser nicht von seinen kriminellen Vorhaben erzählt – schon gar nicht, wenn sie sich in einer solchen Größenordnung bewegen. Aber Elisabeth hat mit Erich geschlafen. Sie ist bei ihm geblieben, mehrere Nächte hintereinander. Beides tut sie für gewöhnlich nie. Elisabeth bleibt sonst für sich, öffnet sich kaum jemals irgendwem. Aber ihn hat sie an sich rangelassen. Viel näher, als gut für sie ist.

Sie schluckt bei dem Gedanken. Ihre Augen brennen dumpf, als ihr Blick über die Wand aus Buchrücken vor ihr gleitet. Klassiker, Thriller, Hardcover, Bildbände, Reclam-Ausgaben. Etwa auf Brusthöhe bemerkt sie *Der Distelfink* von Donna Tartt – einer ihrer Lieblingsromane.

Elisabeth zieht das Buch vorsichtig aus dem Regal und betrachtet die Vorderseite: den Ausschnitt des Vogels, der durch den Riss im Papier sichtbar wird. Als sie vorhin vor der Kü-

chentür stand und lauschte, spürte sie ihren Herzschlag überall. Wie das Flattern von Flügeln. Als wäre ein kleiner Vogel in ihrem Brustkorb gefangen.
Und wenn wir sie einweihen?, hat Erich gefragt. Und alles, was sie denken konnte, war: *Ja, bitte weiht mich ein.*

Warum sie das wollte, verstand sie zu dem Zeitpunkt selbst nicht ganz, immerhin hat sie noch nie etwas Verbotenes getan – einmal abgesehen von den Dingen, die jeder mal tut, wie kiffen oder nachts in ein Schwimmbad einsteigen – übliche Mutproben und Dummheiten, die man in der Jugend mit Erwachsensein verwechselt.

Doch jetzt, nur wenige Minuten später, nackt in Erichs Zimmer, begreift sie es. Als wäre ihr Gehirn ihr ein paar Schritte voraus gewesen, und sie ist ihm hierher gefolgt.

Sie könnte nützlich für uns sein.

Elisabeth stellt das Buch ins Regal zurück. Sie schiebt es langsam in die Lücke, die es hinterlassen hat, und bei dem Geräusch von Papier auf Papier läuft es ihr eiskalt den Rücken hinunter. Die Reibung klingt, als wären es trockene Hautflächen.

Nützlich.

Und während sie sich fragt, ob Erich es womöglich so formuliert hat, um Philip davon zu überzeugen, sie doch in ihren Plan einzuweihen, oder weil er es tatsächlich so sieht, nämlich, dass Elisabeth von Nutzen sein könnte – weil sie in Wahrheit nicht mehr für ihn ist als eine austauschbare Bettgeschichte – und woher sollte sie das wissen? –, fällt ihr Blick erneut auf das ausgebaute Fenstersims. Erst darauf und dann auf den eingeklemmten Deckenzipfel.

GEGENWART.

DIE SENDUNG MIT DER MAUS.

Emhoff sitzt auf seinem Klappstuhl wie ein eingefallenes Kissen. Mit Schultern, die schlaff an ihm hinunterhängen, als wären sie tot. Nummer Zwei und Drei haben ihm die Hände hinter dem Rücken gefesselt. Emhoff trägt das Haar noch genau wie früher. Ein ordentlicher Seitenscheitel. Nur, dass es mittlerweile an den Schläfen ergraut ist. Emhoff ist alt geworden. Und sie erwachsen. Alles andere ist gleich geblieben. Es wäre so einfach, ihn jetzt zu treten. Bloß zwei Schritte vorwärts und ein Tritt. Dann läge er auf dem Boden. Er würde mit dem Gesicht hart auf dem Estrich aufkommen, sich womöglich die Nase brechen, weil er sich nicht abfangen kann. Wren stellt sich das Knacken des Knochens vor und das Blut. Sie bemerkt nicht, wie fest sie die Zähne zusammenbeißt, erst, als sie das Knirschen hört. Ihre Handflächen sind schwitzig und heiß, ihr Körper vibriert vor Anspannung. Aber sie lässt es sich nicht anmerken. Stattdessen sieht sie dabei zu, wie Emhoff vor ihren Augen schrumpft. Als hätte man einen Teil von ihm abgelassen. Wie Brackwasser, das in einen Ausguss fließt.

Wenn sie an damals zurückdenkt, steigt Wut in ihr auf. Wie der Pegel eines Flusses, der langsam über die Ufer tritt. Wren war seinetwegen lange zornig. Und fast genauso lang in Therapie. Viele Experten auf ihrem Fachgebiet, viele vorgefertigte

Meinungen und Ansätze, die nicht in Ansatz bringen, dass Menschen Individuen sind. Dass man nicht jeden durch dieselbe Schablone pressen kann. Wren ist damals durchs Raster gefallen. Weil man psychische Tumore nicht durch bildgebende Verfahren sichtbar machen kann. Dementsprechend existieren auch keine.

Wren hat sich seither oft gefragt, welcher Missbrauch schlimmer für sie war – der an ihrem Körper oder der an ihrem Vertrauen –, und weiß es bis heute nicht.

Nummer Drei taucht neben ihr auf, geht hinter Emhoff in die Hocke und kontrolliert die Kabelbinder um seine Handgelenke. Kurz darauf betreten auch Nummer Eins und Zwei den Raum. Wren ist froh um ihre Handschuhe, sie verheimlichen ihre feuchten Handflächen. Es geht die anderen nichts an, was in ihr vorgeht. Sie sind fremder als Fremde. Sie Söldner und Wren Überzeugungstäterin. Trotzdem verrückt, nichts von ihnen zu wissen. Keine Ahnung zu haben, wer sich da hinter den Hartplastikmasken verbirgt. Nicht einmal ihre Gesichter zu kennen, geschweige denn ihre Namen.

Swift hat die Crew zusammengestellt: zwei bis vier Leute pro Einheit, je nachdem, wie viele Personen voraussichtlich im Zielhaushalt anwesend sein werden. Wren weiß nicht, nach welchen Kriterien er sie ausgewählt hat, und es geht sie auch nichts an. Jeder im Team hat einen festgelegten Job und einen direkten Ansprechpartner. Niemand weicht vom Plan ab. Die einzelnen Zellen funktionieren autark – für den Fall, dass etwas schiefgeht, geht der Rest einfach weiter.

Wren steht neben der offenen Stahltür. Sie verschränkt die Arme vor der Brust und lässt die Situation auf sich wirken: Den gefesselten Emhoff auf seinem klapprigen Stuhl, den Geruch von Schweiß in der Luft – die Angst, die er verströmt, ohne es zu merken –, die schummrige Dunkelheit des Flurs, die Andeutung von Feuchtigkeit im Gemäuer, die Neonröhren, die nun flackernd angehen. Wren fragt sich, wie Emhoff reagieren würde, wenn er wüsste, dass sie da ist, so dicht bei ihm. Wenn er sie riechen könnte, so wie sie ihn riecht. Niemals zuvor hat sie sich ihm so überlegen gefühlt wie in diesem Moment. Als könnte sie ihn zertreten wie ein Insekt.

Wren denkt an die vielen Wendungen, die nötig waren, um sie hierherzubringen – in dieses Haus, ins Hier und Jetzt, so kurz vor ihrer Rache. Sie kennt ihren Part. Sie kennt ihn in- und auswendig. Als wäre er ein Teil von ihr geworden. Wie ein Arm oder ein Bein.

Sie denkt daran, wie sie damals in Finchs Zimmer stand. An den Distelfink und den eingeklemmten Deckenzipfel. Genau genommen hat nur er sie hierhergebracht. Wie eine Kompassnadel aus Stoff. Wren weiß noch, wie sie dastand, nackt und mit nassen Haaren – das war, bevor sie sie abgeschnitten hat. Bei dem Gedanken spürt sie die Kälte an ihrem Hinterkopf noch deutlicher. Blondiert und kurz. Er soll sie nicht an ihrer Frisur erkennen.

Wren denkt an jenen Moment in Finchs Zimmer zurück, daran, wie hektisch ihr Herz geschlagen hat. Wie die Flügel eines eingesperrten Vogels. Sie hat das Holz des Fenstersims abgetastet wie einen Bruch. Und es hat sich weich angefühlt unter ihren Fingern. Weich und auf eine angenehme Art kühl, das weiß sie noch. Und dann hat sie die Luke geöffnet – diese Büchse der Pandora, die sie seither nicht verlassen hat.

Wren steigt ein weiteres Mal die Leiter hinunter – diesmal in Gedanken. Sie hört das monotone Summen der Computer, genau wie damals, fühlt die trockene Wärme auf ihrer Haut, elektrisch geladen und sauerstoffarm. Wren sieht sich dort stehen in dem ehemaligen Schutzraum, klein und gedrungen wie eine Gebärmutter. Nur ein Tisch, auf dem Monitore stehen, ein Laptop, darunter ein Rechner und ein Haufen Kabel. Grüne, orange und rote Lämpchen, die schnell und langsam blinken. Um den Schreibtisch Wände mit bröckelndem Kalkstreichputz, über und über beklebt mit Zeitungsausschnitten, Ausdrucken, Haftzetteln und handschriftlichen Notizen. Auf der gegenüberliegenden Seite mehrere Reihen mit Fotografien. 40, vielleicht 50 Stück. Gesichter von Männern und Frauen, unterschiedlich alt, alle schwarz-weiß. Wie bei einer seltsamen Ausstellung.

Und dann hat sie *ihn* gesehen. Als hätte sein Blick nach ihr gegriffen. Eine Hand um ihren Hals. Es war nicht das erste Mal. Wren spürt noch, wie es sich angefühlt hat, dort zu stehen, nackt in diesem Raum. Mit ihm. Mit Walter Emhoff.

Und jetzt ist sie hier: nur eine Armlänge von ihm entfernt – und er ahnt nichts davon.

Weder, dass sie da ist, noch wie dieser Abend für ihn enden wird.

SPENDENGALA.

»Der Moment der Wahrheit ist gekommen«, sagt Zachary Wiseman ehrfürchtig. Elena und Alex sitzen auf der Sofakante, Rooney läuft im Flur auf und ab und winselt – wieso, wissen sie nicht. »Meine sehr verehrten Damen und Herren, ich bin vollkommen überwältigt von Ihrer Bereitschaft, sich einzubringen – Ihr Recht einzufordern. Denn genau darum geht es hier: Um Rechtsprechung.«
Rooney fängt an zu jaulen.
»Rooney!«, ruft Elena in den Flur. »Genug jetzt!« Sie sagt es, ohne aufzuschauen, schaut einfach weiter in den Fernseher. »Sie haben uns unzählige Vorschläge geschickt. Mehr, als wir uns je hätten erträumen können. Dafür will ich Ihnen danken.« Er macht eine kleine Verbeugung. »Sie haben ja keine Ahnung, wie viel mir das bedeutet.« Wiseman lächelt. »Nun aber genug mit der Rührseligkeit, immerhin nähern wir uns der ersten Urteilsverkündung. Sie sind bestimmt auch schon ganz nervös, nicht wahr? Also ich für meinen Teil kann es kaum noch aushalten.« Zoom auf Wisemans Gesicht. »Kommen wir nun also zu den Top Ten der von Ihnen eingereichten Vorschläge. Es gab natürlich noch viele mehr, aber diese hier wurden am häufigsten genannt.« Kurze Pause. »Wir werden mit der Zehn beginnen und arbeiten uns bis zur Eins hoch,

einverstanden?« Der Moderator schaut direkt in die Kamera. »Sind Sie bereit? Sind Sie bereit für das Ergebnis?«
Elena hält den Atem an, Alex legt seine Hand auf ihr Knie.
»Schatz, riechst du das?«, fragt er.
»Scht«, macht Elena und nickt in Wisemans Richtung. Im selben Moment werden die Vorschläge eingeblendet. Einer nach dem anderen. Erst die Zehn, dann die Neun, dann die Acht. Bei der Sieben schrillt der Rauchmelder los.
Elena und Alex zucken auf der Couch zusammen, Alex springt auf, Rooney bellt hysterisch.
Der Weihnachtsbraten, denkt Elena.
Sie hat beim Klingeln des Timers vorhin einfach auf Stopp gedrückt. Sie wollten gleich rübergehen, nur noch kurz weiterschauen, eine Minute vielleicht. Und dann haben sie es vergessen. Das Essen, den Braten, alles um sich herum. Jetzt rennen sie aufgescheucht in die Küche, überall dichter Qualm, sie husten, fächeln sich Luft zu.

Alex reißt die Fenster auf, Elena schaltet den Backofen aus, dann wedelt sie mit einem Geschirrtuch vor dem Rauchmelder herum. Rooney läuft panisch zwischen ihren Beinen hindurch, pinkelt auf den Boden. Elena versucht, sie zu fangen, erwischt sie aber nicht.

Alex schreit ihr irgendwas zu, doch sie versteht kein Wort, der Lärm ist ohrenbetäubend. Fast unerträglich. Ein Laut wie ein Schmerz.

Noch nie kam Elena ihre Wohnung so entsetzlich hoch vor wie in diesem Moment. Sie sieht sich suchend nach etwas um, womit sie den Alarm stoppen könnte, doch sie findet nichts. Ihre Trittleiter hat nur zwei Stufen – sie genügt gerade mal, um an die oberen Küchenschränke zu gelangen, nicht aber an die Decke. Scheißaltbau.

Während Alex sich an der Teleskopstange des Wischmopps zu schaffen macht, reißt Elena kurzerhand den stützenden Bambusstecken aus ihrer Monstera deliciosa und sticht auf den Rauchmelder ein. Der Knopf ist winzig, und der Bambusstecken rutscht immer wieder ab.

Dann endlich schafft sie es.

Die Stille, die darauf folgt, ist beinahe unwirklich. Als könnte man sie mit den Händen greifen.

Aus dem Wohnzimmer hören sie lauten Applaus.

———

Annemie hat gehofft, dass es so ausgeht. Sie sitzt da und klatscht. Als sie sich umblickt, ist da jedoch nur Friedhelm – der noch immer schläft.

»Das Volk hat gesprochen«, sagt Philip pathetisch, und Annemie könnte nicht stolzer auf ihn sein. Am liebsten würde sie sagen: *Ich kenne ihn. Er ist fast so etwas wie ein Sohn für mich.* Aber abgesehen von ihr ist niemand da. Außer Friedhelm. Und der schläft. »Sie haben entschieden, meine sehr verehrten Damen und Herren. Sie haben für Gerechtigkeit gesorgt.«

Annemie nickt zustimmend. Gerührt. Um ihre Brust ist es eng, als läge ein Gürtel darum, der durch Philips Worte enger gezogen wird.

Es muss hart sein, so viel Geld zu verlieren. Andererseits: Alles über eine Million ist gierig. Im selben Moment wird Annemie bewusst, dass sie eine Wohnung besitzt, die bei der heutigen Marktlage weit über eine Million Euro wert sein dürfte. Was vollkommen verrückt ist. Sie und ihr Mann – Gott hab ihn selig – haben sie damals für einen kümmerlichen Bruchteil davon erworben. Sie kann sich nicht einmal an die genaue Summe erinnern, so klein war der Betrag. Das darf man ja niemandem erzählen.

»Es heißt, man kann mit Geld nicht alles kaufen«, fährt Philip fort. »Und das stimmt. Aber man kann einiges wiedergutmachen.« Er schaut direkt in die Kamera. »Genau das geschieht gerade. Während wir uns hier noch unterhalten, gehen 90 Prozent von Claudia Kanitz' Aktien- und Barvermögen auf den Konten diverser Hilfsorganisationen ein – insbesondere bei solchen, die sich in den Ländern einsetzen, die durch Frau Kanitz' Unternehmen jahrelang geschädigt wurden. Wir haben die Spenden in abertausende von Kleinstbeträgen gestückelt, um so sicherzustellen, dass Frau Kanitz ihr Geld auch nachträglich nicht zurückfordern kann.«

Annemie spürt Genugtuung in sich aufsteigen. Ein warmes, zufriedenes Gefühl wie eine frisch aufgebrühte Tasse Tee oder eine nährende Suppe an einem nasskalten Tag.

»*Endlich* bekommen die Menschen, die durch die Geschäftspraktiken von HAMZAR und Vasco über so lange Zeit geschädigt wurden, die Aufmerksamkeit und die ärztliche Versorgung, die ihnen zusteht und bis dato verwehrt wurde. Man könnte es auch folgendermaßen ausdrücken: David hat gesiegt. Und das hat er *Ihnen* zu verdanken.«

Es ist lange her, dass Annemie sich als Teil von etwas gefühlt hat. Die vergangenen Jahre schien sie eher eine Bürde zu sein. Ein 93-jähriger Rest eines Menschen, der in einem als Heim verkleideten Krankenhaus auf den Tod wartet.

»Wir wollen Ihnen etwas zurückgeben – genauer gesagt, denjenigen unter Ihnen, die abgestimmt haben.« Philip zwinkert kokett in die Kamera.

Er ist so ein adretter junger Mann geworden, denkt Annemie bei seinem Anblick.

»Ich hatte Sie gewarnt«, sagt er spielerisch. »Nur wer abstimmt, kann gewinnen, wissen Sie noch? Nun winkt ein Vorgeschmack der unvorstellbaren Preise, die ich Ihnen vorhin versprochen habe. *Daran* erinnern Sie sich bestimmt.« Sein Grinsen wird breit. »Wie war das noch gleich mit den Immobilien? 37 allein in München?« Er schüttelt den Kopf. »Ich weiß ja nicht, wie Sie das sehen, aber ich finde, so viele Immobilien braucht kein Mensch.«

Annemie hat nur eine Wohnung, und in der hat sie einen Großteil ihres Lebens verbracht. Mehrere Jahrzehnte. Und als sie dann ins Vincentinum gezogen ist, hat sie sie ihrem Enkel und seinen beiden besten Freunden überlassen. Ein schönes Zuhause, das ihnen niemand wegnehmen kann.

»Vielleicht suchen Sie ja gerade auch ein Eigenheim? In den Ballungsräumen dieses Landes gar nicht so einfach, nicht wahr? Ich für meinen Teil hatte da großes Glück, aber das hat nicht jeder.«

Philip lächelt in die Kamera, als würde sein Lächeln allein Annemie gelten. Und sie erwidert es, als könnte er es sehen.

»Nicht jeder ist reich, geschweige denn superreich. Nehmen Sie zum Beispiel unsere Claudia Kanitz. Die besitzt knapp 1 800 Immobilien in Deutschland. Meine sehr verehrten Damen und Herren, lassen Sie mich das noch einmal sagen, damit Sie die Zahl auch wirklich erfassen können: 1 800. Das sind genau 1 799 zu viel, wenn Sie mich fragen. Aus diesem Grund wechseln in exakt diesem Moment auch genauso viele den Eigentümer – mit Grundbucheintrag und allem, was dazugehört.« Philip nickt zufrieden. »Ich nehme an, Sie wissen, was das bedeutet: 1 799 von Ihnen werden in den nächsten Sekunden erfahren, dass sie gewonnen haben. Dies geschieht entweder über eine Benachrichtigung oder einen Anruf. Da die Netze wahrscheinlich überlastet sein werden, können Sie zusätzlich den Status der von Ihnen angegebenen Telefonnummer oder E-Mail-Adresse auf unserer Internetseite und über die Reality-Show-App abfragen. Entweder erhalten Sie dann ein *LEIDER NICHT* oder aber die Anschrift ihrer neuen Immobilie.« Zoom auf Philips Gesicht. »Und keine Angst, wir haben die Postleitzahlen abgeglichen: Sie müssen nicht ans andere Ende der Republik ziehen. Sie bleiben genau da, wo Sie sind, nur eben in ihren eigenen vier Wänden. Na, habe ich zu viel versprochen? Da bleibt mir doch eigentlich nur noch eins zu sagen: Liebe Gewinner:innen, herzlichen Glückwunsch zum Eigenheim.«

OHNE GEWEHR.

Hilde hat es geschafft. Sie hat die Schlüssel aus Johanns Hose fischen können, ohne dass die maskierten Männer es mitbekommen haben. Das war gar nicht so einfach, immerhin saß sie auf der Hose drauf.

Die schlechte Kellerbeleuchtung, über die sie sonst so oft flucht, hat ihr diesmal in die Karten gespielt. Drei der sechs Glühbirnen in der Waschküche sind seit Ewigkeiten kaputt – Hilde hat sich längst darum kümmern wollen, es passt nicht zu ihrem Arbeitsethos, etwas derart lange aufzuschieben, doch die Fassungen der Lampen sind uralt und die Birnen entsprechend schwer zu kriegen. Ein Glück. Jetzt profitiert sie von dieser Tatsache. Vom Halbdunkel, in dem sie zu dritt sitzen auf den instabilen Stühlen wie in einem provisorischen Wartezimmer kurz vor einer illegalen OP. Eine Organentnahme oder eine Abtreibung. Grausame Vorstellung. Amelie wimmert und weint. Sie hat nicht damit aufhört, seit man sie in den Keller gebracht hat. Es geht Hilde zwar auf die Nerven, bringt aber durchaus Vorteile. Denn die Heulerei überdeckt andere Geräusche.

Der erste Schritt ist getan – Hilde hat die Schlüssel jetzt. Sie umschließt den Bund so fest in ihrer Faust, dass die gezackten Schlüsselbärte in ihre Handflächen schneiden. Einen Großteil ihres Lebens wusste sie nicht, dass man die so nennt –

Schlüsselbärte – woher auch? Kein Mensch beschäftigt sich mit den einzelnen Bereichen eines Schlüssels, bis es einen Anlass dazu gibt. Bei Hilde war es, dass sie das Schloss der Hintertür des Hauses hat erneuern lassen müssen, weil Johann seine Schlüssel bei der Jagd verloren hat. Erst da hat sie das mit den Bärten herausgefunden. Und auch den Rest. Dass die korrekte Bezeichnung für den Griff *Räude* lautet – es gibt noch andere, aber die hat Hilde sich nicht gemerkt –, dass man die Verschlussvorrichtung *Bart* nennt und dass der Teil, an den der gelötet ist, *Halm* heißt. Vollkommen unnützes Wissen. Solche Dinge hat Hilde schon immer am besten behalten können.

Wie dem auch sei. Sie hat nun also den Schlüssel zum Waffenschrank, doch der ist im Nebenraum. Und die Männer, die sie bewachen, stehen direkt vor der Tür im Flur. Die beiden reden nicht, und die Tür ist nur angelehnt, weswegen sie sie hören könnten, wenn sie miteinander sprächen – was sie ihnen unmissverständlich verboten haben. *Wenn ihr euch nicht daran haltet, stopfen wir euch die hier in den Mund.* Bei *die hier* hat einer von ihnen ein paar schmutzige alte Lappen hochgehalten.

Augenscheinlich gibt es nur einen Weg nach draußen – und zwar an ihnen vorbei. Ihre Bewacher sind zu zweit, sie sind zu dritt – wobei Amelie hochschwanger ist und obendrein äußerst ängstlich, also nicht wirklich eine Hilfe. Abgesehen davon sind die Geiselnehmer bewaffnet und sie mit Kabelbindern gefesselt – wenigstens nur an den Händen. Die von Hilde sind vergleichsweise lose, sie haben sie nicht so festgezurrt, weil sie so entsetzlich über ihr Arthroseleiden gejammert hat. Vielleicht hatten sie Mitleid. Oder aber sie haben Hilde einfach nicht als Gefahr für sich oder ihre Mission eingeschätzt –

diese kleine, dickliche Frau Ende 60, untersetzt und ungelenk – und dann auch noch mit Gelenkleiden. Nein, so jemand wird nicht zum Problem. Auf den ersten Blick ist Hilde wirklich harmlos – vor allem, wenn sie ihre karierte Kochschürze trägt. Dazu das mausgraue Haar, das sie wie jeden Tag zu einem vernünftigen Knoten gebunden hat. Eine brave Haushälterin, die Marmelade einkocht und den Haushalt führt. Hilde hat sich im Laufe ihres Lebens daran gewöhnt, unterschätzt zu werden. Und gelernt, sich ihre vermeintlichen Schwächen zu Stärken zu machen.

Sie kennt diese alte Villa wie ihre Westentasche. Jeden Winkel davon, jede Nische, den Inhalt einer jeden Schublade. Weil Hilde hier nicht nur lebt, sie schmeißt den Laden. Sie putzt, sie räumt auf, sie kocht, sie wäscht die Wäsche. Dementsprechend weiß sie auch, dass in der Kommode zu ihrer Rechten im obersten Fach eine große Schere liegt. Die braucht sie manchmal, wenn sie Knöpfe annäht oder Johanns Trachtenjacken repariert. Mit dieser Schere könnte sie die Kabelbinder der beiden anderen durchschneiden – aus ihren hat sie sich längst befreit – die kleine, dickliche Frau Ende 60.

Sie selbst ist leider zu beleibt, um durch das schmale Kellerfenster zu klettern. Aber das gilt nicht für Kristin. Die ist so dünn, sie würde selbst doppelt durchpassen. Sie könnte über die Waschmaschine ans Fenster gelangen, es aushängen und hinausklettern – und dann im Nachbarraum wieder hinein. Das Oberlicht dort ist ebenfalls gekippt, so wie alle Fenster des Untergeschosses im Winter gekippt sind, um eine ausreichende Luftzirkulation zu gewährleisten.

Wie es der Zufall will, sitzt Kristin auch noch auf dem richtigen Platz. Die Geiselnehmer können sie von ihrer Position aus nicht sehen, nur Hilde und Amelie. Das heißt, Kristin könnte unbemerkt verschwinden, es würde nicht weiter auffallen, zumindest eine Weile. Das wiederum gilt leider nicht für Hilde – sie befindet sich im äußeren Blickfeld ihrer Bewacher. Würde sie sich bewegen, würden sie es wahrnehmen. Aber sie muss sich bewegen, um an die Schere zu kommen, ohne die Schere wird Kristin die Kabelbinder nicht los. Hilde sieht zu ihr hinüber. Auch in Kristins Gesicht ist Angst zu erkennen, jedoch nur, wenn man sie gut kennt. Hilde kennt sie seit ihrem ersten Tag, sie war sogar bei ihrer Geburt anwesend – in ebendiesem Haus. Kristin mustert sie mit einem Blick, der fragt: *Was hast du vor?* Woraufhin Hilde beschwörend zum Fenster schaut und im Anschluss mit dem Kopf in Richtung Nebenzimmer nickt. *Toll, wie Augen sich lautlos unterhalten können*, denkt Hilde. Wie Kristins deutlich sagen, dass sie sie verstanden hat. In exakt dem Moment, als Hilde einen Hustenanfall vortäuschen will, um so die Geiselnehmer vielleicht dazu zu kriegen, irgendwann entnervt die Tür zu schließen, stößt Amelie wie aus dem Nichts einen durchdringenden Schrei aus. Und ihr Plan nimmt seinen Lauf.

**THE LEFTOVERS.
1 DOWN, 9 TO GO.
VOL. 1.**

10. Ferdinand Litten.

Als die Geiselnehmer den Laptop vor Ferdinand gestellt und YouTube gestartet haben, wusste er nicht so recht, was das alles soll. Gesagt hat er nichts dazu. Auch nicht gefragt. Schweigen schien ihm in jenem Moment das Souveränste zu sein. Als würde es stellvertretend für ihn sagen, dass er keine Angst hat. Obwohl er die hat. Eine Form von Angst, die er so nur aus seiner Kindheit kennt und für die man irgendwann zu alt wird. So dachte er zumindest. Denn jetzt ist sie zurück. Ein durchdringendes Gefühl, wie eine Vergiftung, die sich langsam in ihm ausbreitet. Die von Zelle zu Zelle springt.

Sie haben ihn den Fall Kanitz nicht ohne Grund mitansehen lassen. Sie haben ihm gezeigt, was ihm blüht. Und warum sie hier sind. Nicht wegen Geld – und wenn doch, dann nicht, um es still und heimlich einzuheimsen. Sie werden ihn vor laufenden Kameras kastrieren. Am Ende wird er pleite sein und sein Ruf zerstört. Pleite wäre schlimm, aber ohne Ruf ist ein Mann nichts wert. Ferdinands Vater hat ihm nicht viel beigebracht, nur das und das Fahrradfahren.

Seine Klienten vertrauen ihm – das ist sein Kapital. Ihr Vertrauen und ihr Geld. Aus so einer Schlinge kommt man nicht einfach wieder raus. Und selbst wenn Ferdinand einen Weg finden würde, so hätten sie doch noch immer seine Familie als Druckmittel gegen ihn. Seine Frau und die Kinder. Und Julian. Er denkt an ihn. Und an seine Mutter. Es sind die ersten nicht feindseligen Gedanken ihr gegenüber seit der Trennung damals. Seit dem Abend, als sie ihn für einen anderen verlassen hat. Nicht mal sein Vermögen hat sie halten können. Laut ihr hat Ferdinands Abwesenheit – körperlich wie geistig – sie letzten Endes in die Arme eines armen Schluckers getrieben. Und dort ist sie noch heute. Glücklich mit dem Mann, den sie liebt. Und dem Geld ihres Ex-Mannes. Lebenslange Alimente.

Wenn Ferdinand heute untergeht, wird sie mit ihm gehen. Keine Alimente mehr. Doch der Gedanke tut nur kurz gut, danach tut er gleich wieder weh. Ferdinand fragt sich, ob Felicitas bei ihm bleiben würde, wenn er mittellos wäre. Ob sie wirklich ihn oder vielleicht doch eher sein Vermögen geheiratet hat – und er eben Teil des Deals war, der Preis, den man zahlt. Er stellt sich diese Frage schon eine Weile, er hat diese Bedenken nur nie zugelassen, sie stattdessen lieber weggeschoben, wie Schnee mit einer Schippe.

Vor nicht mal ganz einer Stunde saß Felicitas noch am Flügel und hat *The Christmas Song* gespielt. Ferdinands Lieblingsstück zu Weihnachten. Und jetzt sitzt sie gefesselt auf dem Sofa und bezahlt für seine Taten. Vielleicht ist das in Ordnung so, immerhin hat sie davor mit seinem Geld bezahlt. Schmutzigem Geld. Niemand will wissen, wie er es verdient hat, sie wollen es nur ausgeben: Julian, seine Ex-Frau, Felicitas ... In irgendeiner Form bezahlt man immer. Mit Geld oder in einer anderen Währung. Wobei er seinem Sohn zugutehalten muss, dass er, seit er es weiß, keinen Cent mehr von ihm genommen hat. Er steht auf seinen eigenen Beinen, ein freier

Mann, der ihn verachtet. Der Gedanke, der nun in ihm aufkeimt, ist so abwegig, dass Ferdinand ihn nicht weiterdenken will. *Nein*, sagt er sich, *Julian hat nichts mit der Sache zu tun. Bestimmt nicht. Hoffentlich.*

Als schließlich Kanitz' Urteil verkündet wird, wünscht sich Ferdinand, dass diese Leute ihm bloß sein Geld nehmen werden – und nicht auch noch sein Leben. Denn genau das hat er einigen seiner Klienten genommen.

09. Carl Ahrens.

Carl beginnt allmählich zu begreifen, worauf das alles hinausläuft. Es war nur eine Frage der Zeit, bis so etwas passiert. Bis ein Haufen kleiner Racheengel ihre aufgestaute Wut gegen das Establishment richten. Gegen das System und diejenigen, die verstanden haben, es für sich zu nutzen.

Es wundert ihn nicht, dass er auf dieser Liste steht. Er steht auf all den bösen Listen dieser Welt. Die Menschen hassen ihn. Und fahren trotzdem seine Autos. Weil sie bequem sind. Weil sie etwas darstellen wollen. Und weil ein Porsche 911 unmissverständlich sagt, dass man es geschafft hat – in einer Sprache, die jeder versteht.

Carl weiß um die menschliche Triebhaftigkeit. Er weiß, dass unter den Anzügen und Kleidern, unter dem Verstand und der Vernunft, unter all der Entwicklung – sei es nun evolutionär oder technisch – der Mensch dennoch ein Mensch bleibt. Ein Primat. Ein Bonobo, der mit Aktien handelt – und Autos kauft.

Was wird er mit seinen drei Minuten anfangen? Soll er überhaupt etwas sagen? Oder einfach gestehen? Einem Geständigen wird leichter vergeben. Insbesondere, wenn er Reue zeigt. Das war damals der große Fehler im Abgasskandal. Das Leugnen. Rückblickend betrachtet wäre es viel geschickter gewesen, es einfach zuzugeben. Den Kopf zu senken und geknickt zu nicken. Um Verzeihung zu bitten. So hat es Mercedes gemacht. Heute erinnern sich die wenigsten daran, dass Mercedes daran beteiligt war. Bei VW weiß es jeder. Carl könnte den Kopf einziehen. Er könnte sich geschlagen geben, noch bevor der Kampf begonnen hat. Es gibt kaum etwas Langweiligeres als einen Gegner, der nicht zurückschlägt. Noch langweiliger ist einer, der sich tot stellt. Der Albtraum einer jeden Unterhaltungsshow. Genau das wird Carl sein. Der Kandidat, an den sich keiner erinnert.

08. Harald Lindemann.

1800 Immobilien. Und das allein in Deutschland. Das beeindruckt Harald schon. Er selbst hat weitaus weniger, 600 oder so. Ganz sicher kann er das nicht sagen – irgendwann verliert man einfach den Überblick, egal bei was. Vielleicht ist das ein Zeichen für *zu viel*. Für Überfluss. Harald hat das nie hinterfragt. Litten hat ihn damals beraten, und er hat ihm vertraut, weil sie im selben Club sind. Kein echter Club, nur im übertragenen Sinn. Sie verkehren in denselben Kreisen – Kreisen, in denen man sich kennt. Eltern, Hundebesitzer, Erbadel, Neureiche. Es läuft überall gleich ab. Man ist nur im Club, wenn man im Club ist. Wenn man die entsprechenden Voraussetzungen erfüllt. Bei den Hundebesitzern ist das ein Hund, bei den Eltern ein Kind, beim Erbadel ein Titel, bei Neureichen das Geld. Man bleibt unter seinesgleichen. Weil man da verstanden wird. Und bemitleidet, wenn man es braucht. Immerhin teilt man dieselben Sorgen. Es sind Probleme, die andere nicht verstehen. Stubenreinheit, Koliken, Inzest, schwankende Aktienkurse.

Litten hat ihm damals ein breitgefächertes Portfolio zusammengestellt, *einen bunten Strauß voll Sicherheit*, wie er es nannte. Harald fragt sich bis heute, ob ihm bewusst war, dass er damit *Pretty Woman* zitiert. Wohl eher nicht. Er kann sich nicht vorstellen, dass Litten *Pretty Woman* gesehen hat. Zumindest schätzt Harald ihn nicht so ein. Eher ein Arte-Zuschauer. ZDF-Montagskino. Arthouse-Filme.

Sie sind keine Freunde, Litten und er, sie sind nur im selben Club. Und da zieht man sich nicht über den Tisch, hat Harald sich gesagt, weil das die Runde machen würde. So ein Ruf ist eine fragile Sache. In ihren Kreisen ist er mehr wert als Geld. Denn Geld kann man mit den richtigen Freunden recht leicht wieder beschaffen, ganz im Gegensatz zu einem Ruf, der ist irreparabel.

Also hat Harald Littens Investmentpaket guten Gewissens abgenickt und seither ordentlich Rendite gemacht. Viele Millionen, die ihrerseits weitere Millionen generieren. Zahlen in irgendwelchen Rechnern, die ihn zu einem reichen Mann machen.

Er fragt sich, wie viel diese Leute ihm wohl abknöpfen werden. 90 Prozent seines Bar- und Aktienvermögens wäre schon schmerzhaft. Andererseits auch nicht das Ende der Welt. Um die Immobilien würde es ihm leidtun, aber auch das verkraftet man. Seine Kindheit hat ihn abgehärtet. Er sieht vielleicht aus wie ein Waschlappen, aber unter seiner dünnen Fassade hat er Eier – weitaus größere, als diese Typen ihm zutrauen. Sollen sie mal machen.

07. Walter Emhoff.

Vielleicht geht es ja doch nur um Geld. Vielleicht ist Walter einfach paranoid. Wäre doch möglich. Oder aber das gerade war erst der Anfang. Ein harmloser Auftakt zu einer Serie, die sich fortlaufend steigert. Wie sonst hält man die Zuschauer bei der Stange. Ein freudscher Gedanke, den Walter sofort wieder verdrängt. Er verschließt ihn in sich selbst, so wie er es immer getan hat. Hermetisch abgeriegelt, damit die Außenwelt ja nicht mitbekommt, was wirklich in ihm vorgeht. In ihm und den diversen Umkleidekabinen und Duschräumen. Es war eine beispiellose Karriere. Sein Ruf unbefleckt, sein Gewissen besudelt.

Einer der Guy-Fawkes-Leute rempelt Walter an, als er an ihm vorbeigeht. Vermutlich Absicht. Ein Dominanzgehabe, um ihn einzuschüchtern. Es funktioniert. Der Typ stellt ein Stativ vor Walter auf, daran befestigt er eine Kamera. Und bei dem Anblick weiß Walter, was ihm bald blüht. Dass er diesem Gericht nicht entgehen wird. Ein Teil von ihm sehnt sich fast danach. Nach einer Verurteilung. Nach Erlösung. Von seinen Sünden und seinem Leben. Von sich und diesem Bedürfnis, das er nie haben wollte – das jahrzehntelang in ihm gewütet hat. Er ist mürbe geworden. Und müde. Vom Lügen. Und vom Aufrechthalten der Fassade.

Er will, dass es ein Ende hat. Ihm ist fast schon egal, welches.

06. Heiner Voigt.

Also, das Konzept dieser Reality Show wäre durchaus etwas gewesen, in das Heiner investiert hätte. Ohne sich als Kandidat, versteht sich. Eigentlich eine gute Idee. So eine Art *Höhle der Löwen* nur für Gameshow-Formate. Bei dem Gedanken nickt Heiner nachdenklich. Selbst in einer solchen Situation denkt er noch ans Geldverdienen. Es ist wie eine Gabe. Er kann es einfach nicht kontrollieren.

Tendenziell war es ihm ja schon immer lieber, wenn was los ist. Alles, nur keine Langeweile aufkommen lassen. Stillstand ist die Vorstufe zum Tod. Solange diese Typen ihn also nicht foltern oder quälen, entspricht es sehr viel mehr seinem Geschmack, Weihnachten so zu feiern als die drögen Feierlichkeiten, die sonst oft abgehalten werden. Nur gegessen hätt er halt gern noch was. Das wird jetzt alles kalt. Schade drum.

Wobei er seinen Hunger bei dem Kanitz-Fall vorhin kurzzeitig fast vergessen hätte. Echt beeindruckend, was die Frau da auf die Beine gestellt hat. Schöne Beine auch noch. Abstoßend, aber beeindruckend. Also, die Sache mit dem Schwefelkohlenstoff, nicht die Beine.

1800 Immobilien. Ziemlich beachtlich. Selbst aus Heiners Sicht. *Chapeau*, kann er da nur sagen. Auch, wenn er natürlich sehr viel mehr hat. Was logisch ist, ist ja auch sein Metier. Und vermutlich der Grund für den orangen Overall und die Kabelbinder um seine Handgelenke.

Aber was wollen sie ihm schon antun? Sie werden ihn kaum umbringen, Moralapostel, die sie sind. Sogar, wenn die Zuschauer das fordern sollten, werden sie es nicht tun. Es würde ihrer Sache nicht gerecht. Da ist man dann ganz schnell ein Terrorist – das hilft keinem.

Ja, er hat das System ausgenutzt. Schamlos. Jahrelang. Aber ist es seine Schuld, dass das System solche Lücken hat? Lücken, die so sind, dass man sie so schamlos ausnutzen kann? Er hat sie ja nicht reingemacht, die Lücken, nur davon profitiert. Kein Gesetz hat er gebrochen. Nicht ein einziges. Er ist Geschäftsmann. Ein durchtriebener, ja, aber kein ehrloser. Was sollen sie ihm also tun? Ihn im Live-Fernsehen aufhängen? Eher unwahrscheinlich. Ihm seine Immobilien wegnehmen? Schon eher. Wie heißt es so schön? The punishment has to fit the crime. Wenn es danach geht, wüsste er die gerechte Strafe für seine Vergehen. Und wenn er die bekommt, soll es so sein. Eine gerechte Strafe hat er per Definition ja auch verdient.

Bei dem Gedanken lächelt Heiner in sich hinein. Weil er unantastbar ist. Die können ihm gar nichts. In seinem Kopf ist er frei.

VERGANGENHEIT.

THE PUNISHMENT HAS TO FIT THE CRIME.

Paul hat sich inzwischen an die hitzigen Diskussionen gewöhnt. Genauso wie an den gereizten Tonfall, der, je später es wird, immer mehr um sich greift. Sie sitzen mittlerweile seit mehreren Wochen Nacht für Nacht am Küchentisch und feilen bis in die Morgenstunden an ihrem Plan. Einem Plan, der Paul bisweilen vollkommen wahnwitzig erscheint. Wenn ihm das klar wird, fragt er sich, ob das alles vielleicht ein großer Fehler war. Den Jungs damals diese Nachricht zu schicken – ein paar Sätze, die sein Leben in Sekundenbruchteilen umgekrempelt, ja sogar umgeschrieben haben. Dann denkt er, dass er in eine Geschichte hineingerutscht ist, die ihm über den Kopf wachsen wird. Und womöglich denselben kosten. Doch meist folgen unmittelbar darauf Momente der vollkommenen Klarheit. In denen er begreift, dass sein Leben nie mehr Sinn hatte als jetzt. Dass er eine Rolle spielt, die über das bloße Statistendasein in seinem eigenen Leben hinausgeht. Paul wird gebraucht. Er hat endlich eine Aufgabe. Davor kannte er lediglich, dass man ihm welche stellt, die er brav löst, ohne zu wissen, warum. Zum *Warum* wurde er nicht erzogen. Nicht zum Hinterfragen, zum Ausführen. Als hätte man ihn abgerichtet. Nur, dass ihn das nirgends hingebracht hat. Oder aber: hierher. Weil das Leben keine Theorie ist, nichts, was man üben kann. Es findet statt, egal, ob man mitmacht oder nicht.

Paul stand überwiegend in seinem herum, irgendwie unbeteiligt, so als würde er auf etwas warten – einen Bus oder ein Zeichen, irgendwas, das ihn zündet wie einen Motor.

»Vorsicht«, sagt Frida, als sie die dritte Pizza auf dem Tisch abstellt. Sie hat sie, wie die beiden zuvor, bereits geschnitten. Acht Achtel, die von gierigen Händen in Empfang genommen werden.

Die Stimmung hat etwas von einem illegalen Pokerspiel, das in einem verrauchten Hinterzimmer abgehalten wird. Philip steht auf und öffnet das Küchenfenster, im nächsten Moment beginnt der Qualm sich zu bewegen, als hätte man ihm einen auffordernden Schubs versetzt. Die Salamischeiben dampfen im schwachen Küchenlicht. Alle essen Pizza – bis auf Erich, der isst den Rest Lasagne vom Vortag.

Um die Lasagne beneidet Paul ihn ein bisschen. Die hätte er jetzt auch gern. Erich hält nichts von Tiefkühlfraß, wie er es nennt. Er kocht. Und das richtig gut. Besser als die Frauen in Pauls Familie. Das mag sexistisch klingen, ist es aber nicht, denn weder sein Vater noch sein Opa oder sein Onkel haben je auch nur eine Mahlzeit zubereitet. Es handelt sich in dem Fall also um eine faktische Feststellung und nicht etwa um einen Nebenkriegsschauplatz im Kampf der Geschlechter.

Alles riecht nach Salami. Ihr Geruch überdeckt selbst den der Zigaretten. Pauls Magen knurrt, als wolle er sagen: *Ist auch schon egal, was du zu dir nimmst.* Also nimmt Paul eines der Pizzastücke und beißt hinein. Eigentlich schmeckt es nur nach Salz. Und nach Fertigprodukt. Ohne Erich würden sie vermutlich alle an Mangelerscheinungen leiden. Ohne seine Salate oder den geräucherten Fisch oder das Grillgemüse, das er so oft macht. Oder sein Vollkornbrot. Er ist wie eine sehr mürrische Mutter. Ein Mann mit Oma-Qualitäten. Er trägt sogar Annemies alte Kochschürze, ohne sich albern vorzukommen. Paul wünschte manchmal, er wäre auch so im Einklang mit seiner Männlichkeit.

Seit er hier eingezogen ist, fühlt es sich an, als wäre er Teil einer ziemlich coolen Serie. Nicht ganz eine der Hauptfiguren, aber immerhin eine Sprechrolle. Paul hat Text – auch wenn er nicht viel sagt. Die anderen dafür umso mehr. Sie sind wie ein Radiosender, der unausgesetzt läuft. Manche Sendungen verfolgt er, andere blendet er aus.

Paul hatte noch nie Mitbewohner. Er war eine anonyme, sechsstellige Nummer in irgendeinem Wohnheim. Wie einer dieser Krebse, die ein Schneckenhaus auf dem Rücken tragen und sich von der Welt abschotten. Diese Wohnung hier ist wie ein anderes Leben. Als hätte Paul den Kanal gewechselt.

»Die Leute können nicht umschalten«, sagt Philip mit vollem Mund. »Paul meinte, er kann das unterbinden.« Blick zu Paul. »Das stimmt doch, oder?«

»Ja«, erwidert er knapp.

»Siehst du«, sagt Philip.

»Können wir jetzt vielleicht mal wieder zu den Prozessen zurückkommen?«, fragt Frida. »Wenn ich das Drehbuch zu dieser Show schreiben soll, brauche ich ein Mindestmaß an Planungssicherheit.«

Sie hat nasse Haare, so wie meistens. Und trägt Philips Bademantel. Auch so wie meistens. Sie hat ihn so lose zugebunden, dass er weitaus mehr zeigt als nur einen Ausschnitt. Frida lebt quasi in der Badewanne, seit sie vor einigen Monaten damit begonnen haben, eine Strategie für ihr Vorhaben auszuarbeiten. Frida sagt, sie kann in der Wanne am besten denken, rauchend im Halbdunkel. Ein gefliester nackter Raum, sie im Wasser, nichts, was von ihren Gedanken ablenkt.

Elisabeth sitzt oft neben ihr auf dem Wannenrand und macht Notizen.

Paul hat die beiden des Öfteren im Schatten des Türstocks stehend beobachtet. Wie sie reden und lachen. Wie sie sich eine Zigarette teilen. Frida lässt die Tür zum Badezimmer meistens offen. Anfangs war es seltsam für Paul, wie freizügig Frida ist. Wie unbefangen sie oben ohne durch die Wohnung geht. Nicht, dass es ihn gestört hätte, ganz im Gegenteil. Er war es einfach nur nicht gewohnt, dass eine Frau ihre Brüste so selbstverständlich zeigt wie ein Mann seinen nackten Oberkörper.

Manchmal hat sie ihn beim Starren erwischt und dann Dinge gesagt wie: *Es sind nur Brüste, Paul, komm drüber weg.* Oder: *Na, die scheinen dir aber zu gefallen.* Und das tun sie. Mehr, als er sich eingestehen will.

Paul hat sich nachts vor dem Einschlafen ab und zu gefragt, wie sie sich wohl anfühlen – vermutlich straff und weich. Und sich dann unter der Decke einen runtergeholt, wie ein Schuljunge, der in ein Taschentuch ejakuliert, während Philip nebenan wirklich Sex mit ihr hatte. Fridas Seufzen als akustische Begleitung seiner Fantasie.

»Ich kann unmöglich alle Vorschläge, die eingereicht werden könnten, antizipieren«, sagt sie in dem Moment und unterstreicht ihre Aussage mit einer energischen Handbewegung. Dabei verrutscht der Saum des Bademantels, und Paul kann eine ihrer Brustwarzen sehen.

»Was, wenn wir ein paar davon im Voraus festlegen?«, sagt er. »Wenn wir den Zuschauer:innen anbieten, aus einer Liste von angeblich eingereichten Vorschlägen auszuwählen?«

»Ich will die Leute nicht verarschen«, sagt Philip. »Sie sollen uns vertrauen.«

»Es ist nicht verarschen, wenn wir Vorschläge nehmen, die vermutlich ohnehin eingereicht worden wären«, erwidert Paul. »Menschen sind berechenbar. Und auf die Art hätten wir etwas Planungssicherheit.«

Frida sieht ihn an, und obwohl die Bewegung ihres Kopfes kaum wahrnehmbar ist, zeigt sie doch Anerkennung.

»Meinetwegen«, antwortet Philip. Sein Einwortsatz hat etwas von einem Knurren.

»Und nach welchen Kriterien sollen wir die Vorschläge auswählen?«, fragt Elisabeth. »Da gibt es doch Tausende von Möglichkeiten.«

»Nicht wirklich«, erwidert Erich, der neben der Spülmaschine steht und das schmutzige Geschirr einräumt. »Im Grunde gibt es nur eine.« Er schaut in Richtung Tisch. »The punishment has to fit the crime.«

ERICH.
ZEUS UND DER KLEINE BÄR.

»Was hörst du denn da schon wieder für ein komisches Lied?«, fragt Frida und klingt dabei wie ein Kleinkind, dem man etwas Unappetitliches zu essen vorgesetzt hat.

»Bei Klassik spricht man von Stücken, nicht von Liedern«, korrigiere ich sie.

»Mein Gott, Erich, kannst du mir zur Abwechslung vielleicht einfach mal nur antworten und mich nicht belehren?«

»Tja«, entgegne ich mit dem Anflug eines Lächelns. »Auf mich ist eben Verlass. Du möchtest doch bestimmt, dass das so bleibt.«

Frida schüttelt resigniert den Kopf.

»*Annen – Polka Nr. 117*, interpretiert von den Wiener Philharmonikern.« Ich halte inne. »Wieso? Warum fragst du?«

»Der Anfang hat was vom Gezwitscher kleiner Vögel«, entgegnet sie und fügt nach einer Pause hinzu: »Man spricht doch in dem Zusammenhang von einem *Anfang*? Oder nennt man das bei einem klassischen Stück anders? *Intro* vielleicht?«

Ich muss grinsen. »Langsam fange ich an, dich richtig gernzuhaben, Frida.«

»Und ich fange an, dich auszuhalten«, entgegnet sie, ebenfalls grinsend, fügt dann jedoch im nächsten Moment in ihrem typischen Befehlston hinzu: »Spiel es von vorn. Ich will es noch mal hören.«

Ich folge ihrer Aufforderung.

Ein paar Sekunden lang lauscht sie, dann schaut sie plötzlich auf und sagt: »Die Vögel.«

»Die Vögel?«, erwidere ich halb fragend.

»Als Codenamen«, antwortet sie. »Für uns.«

Ich runzle die Stirn. Wir sind seit einigen Tagen auf der Suche nach geeigneten Decknamen. Doch jedes Mal spricht irgendwas dagegen. Städtenamen kommen nicht infrage wegen *Haus des Geldes* – insbesondere wegen der damit verbundenen Assoziationen. Aus demselben Grund fallen Ländernamen weg. Wir sind so ungefähr alles durchgegangen, was uns eingefallen ist. Kometen, griechische Götter, Sternbilder … Einiges schien vielversprechend, war es dann aber doch nicht. Paul beispielsweise konnte sich die verschiedenen Kometen einfach nicht merken, bei den griechischen Göttern kam es kurzzeitig sogar zum Streit, weil alle Zeus oder Hera sein wollten und bloß keiner von den Nebengöttern – was wohl ziemlich tief blicken lässt. Und bei den Sternbildern, die wir rausgesucht haben, war eine Vielzahl einfach unpassend – großer Wagen, kleiner Bär –, das sind doch keine Codenamen. *Kleiner Bär, bist du auf Position?* Das kann ja keiner für voll nehmen. Ähnlich verhielt es sich mit Gebirgszügen, Ozeanen oder Begriffen der Botanik. Wir konnten uns auf nichts einigen. Offen gestanden finde ich auch die Vogel-Idee ziemlich lahm, will aber nicht immer der sein, der dagegen ist, also sage ich: »Hm.« Und nach einer Pause. »Specht? Spatz? Storch? Meinst du wirklich, das passt?«

»Auf Englisch schon«, sagt Frida und sieht mich eindringlich an, während *Annen – Polka Nr. 117* weiterläuft. »Finch. Wren. Swift.«

»Und blue tit«, erwidere ich grinsend, was Frida ignoriert.

»Das könnte echt funktionieren«, murmelt sie stattdessen abwesend. »Heron. Thrush. Das alles könnten auch Namen sein.«

»Wie kommt es, dass du die englischen Begriffe so gut kennst?«, frage ich.

»Mein Vater war Ornithologe und Verhaltensforscher«, antwortet Frida ernst. »Er arbeitete überwiegend im Ausland.«

»Verstehe.« Einen Moment schweige ich, dann nicke ich in Richtung ihrer Schulter und frage: »Ist das der Grund für die Tätowierung?«

Frida schaut auf den kleinen Vogel. »Unter anderem, ja«, erwidert sie und nimmt noch ein paar Erdnüsse aus der Schale.

Ich würde sie gern fragen, was ihrem Vater passiert ist, weshalb sie über ihn in der Vergangenheitsform spricht, aber Frida will so eindeutig nicht darüber reden, dass ich es bleiben lasse. Jeder Muskel in ihrem Körper ist angespannt, sie ist eine einzige Abwehrhaltung, ein körpergewordenes *Nein*.

Als im nächsten Moment *Annen – Polka Nr. 117* endet, ist es plötzlich vollkommen still. Eine Stille, so greifbar wie eine Person. Als würde ein Geist mit uns am Tisch sitzen.

»Die Vögel also«, sage ich und wie auf Kommando kehrt mein Verstand an den Anfang zurück. Auf meinen Balkonabschnitt in jener Nacht. Zu Elisabeth tanzend zwischen den Tomatenpflanzen. Die Arme Richtung Himmel gestreckt, die Zigarette in der Hand, die Augen geschlossen. Auf eine Art bei sich, die mich völlig umgehauen hat. Nietzsche soll gesagt haben, dass man die Bedeutsamkeit eines Moments daran erkennt, wie sehr er den Verstand mit Schönheit betäubt. Genau so hat es sich angefühlt. Ihr zuzusehen, war so, als könnte ich in sie hineinschlüpfen wie in einen Pullover. Ich habe mich in

ihrem Anblick verloren. In der Freiheit, die sie verströmt wie einen Duft.
Free Bird. Ich werde nie wieder dieses Gitarrensolo hören können, ohne dabei an Elisabeth zu denken. Ich werde nie wieder der Mensch sein, der ich noch ein paar Sekunden zuvor war. Als hätte sie zu sehen zu einer chemischen Reaktion geführt, bei der von den ursprünglichen Bestandteilen nichts übrig geblieben ist.

Ich sitze zusammen mit Frida am Küchentisch, durchdrungen von Gedanken. Wie ein Kaleidoskop aus Erinnerungen. An Philip, Julian und mich an jenem Wahlabend, der den Rechtsruck in diesem Land so offensichtlich gemacht hat. An unrealistische Pläne, die wir bei zu viel Bier geschmiedet haben. An Pauls Nachricht, die erst unsere abstrakten Gedanken zu einer validen Möglichkeit gemacht hat. An Elisabeths und meinen ersten Kuss. An das erste Mal, das wir miteinander geschlafen haben. Es war an einem Mittwoch, wir haben davor einen Film angeschaut. *Elizabethtown.* Ich sehe uns noch, wie wir eng verschlungen auf meinem Bett liegen, der Laptop auf meinem Schoß, Elisabeth in meinen Armen. Sie hat währenddessen immer wieder zu mir hochgeschaut, seltsam verunsichert, als wollte sie in meinem Blick lesen, was ich von dem Film halte. Da wusste ich, dass sie mir etwas zeigt, das ihr viel bedeutet – mehr als nur einen Film.

Ich denke an den brennenden Vogel auf Mitchs Beerdigung, an Elisabeth, die an meiner Schulter eingeschlafen ist. An Drew, der mit der Asche seines Vaters auf dem Beifahrersitz durch die USA fährt, bis er irgendwann endlich weinen kann. Ich habe mit ihm geweint, mit meiner schlafenden Freundin in den Armen. Und dann denke ich an sie, nackt in dem Schutzraum. Wie sie dasteht, barfuß mitten in unserem Plan, umgeben von Servern und Monitoren und Zeitungsausschnitten und unseren 42 potenziellen Kandidaten.

Ich weiß noch, dass ich zwischen froh und wütend war. Und dass ich Angst hatte. Davor, Elisabeth zu verlieren, davor, dass sie uns verraten könnte. Ich weiß nicht, welche Angst überwogen hat, doch aus dem Jetzt betrachtet war Elisabeth, genau wie Paul, eine zwingende Komponente für die Realisierung unseres Plans.

Die Vögel, denke ich. *Ja, das passt.* Komisch. Es ist, als würde der Kreis sich damit schließen. Der Song von Lynyrd Skynyrd, Fridas Tattoo, das aussieht wie eine Malerei auf Delfter Porzellan, der Distelfink-Druck im Wohnzimmer – das einzige Bild, das ich in dieser Wohnung je aufgehängt habe, alle anderen hingen bereits. Ich wollte es genauso haben wie das Original, mit einem wuchtigen schwarzen Rahmen, der den kleinen Vogel noch graziler wirken lässt. Noch gefangener. Ich weiß nicht, was ich mehr liebe, Fabritius' Gemälde oder Donna Tartts gleichnamigen Roman – eine Geschichte, die wie ein Zuhause für mich geworden ist. Ein Kunstwerk – genau wie das Bild, das ihm zugrunde liegt.

»Ich bin dafür«, sage ich schließlich.

Weil wir im Grunde nichts anders sind als dieser kleine Vogel: scheinbar frei, mit einer kaum sichtbaren Kette am Fußgelenk. Und genau die gilt es zu sprengen.

**PHILIP.
DIE VÖGEL.**

Wir sitzen mal wieder zusammen in der Küche – dieser Kommandozentrale mit Häkeldeckchen auf dem Kanapee und dem Alpenpanorama in dem wuchtigen vergoldeten Bilderrahmen über der Anrichte, trinken Bier – also, die anderen, nicht ich – und wählen unsere Codenamen für die bevorstehende Operation. Das letzte Mal, als ich einen Codenamen hatte, war ich zwölf Jahre alt. Julian, Erich und ich haben zu der Zeit gern Agenten gespielt. Oder Robin Hood. Jetzt sitzen wir hier, mit noch ein paar anderen, und machen Ernst.

Ich erinnere mich, dass ich mich als Kind oft gefragt habe, wie es wohl sein wird, wenn ich mal groß bin. Wenn mir ein Bart wächst und ich ein Auto habe – und endlich die Antworten auf all meine Fragen. Denn genau das, dachte ich, bedeutet es, erwachsen zu sein. Vermutlich, weil meine Mom immer alles wusste. Habe ich etwas nicht verstanden, habe ich sie gefragt, und sie hat es mir erklärt. So lautete die Gleichung meines Lebens: Unklarheit + Mutter (/beziehungsweise Lehrerin) = Lösung.

Ich bin also irgendwie davon ausgegangen, dass es mit dem Alter zu tun haben muss und dass dementsprechend auch ich eines Tages aufwachen würde und keine Fragen mehr hätte. Als würde in einem gewissen Alter ein bis dahin verschlossenes Hirnareal geöffnet, auf das man von da an zugreifen kann.

So wie Babys in einem gewissen Alter zahnen oder Kleinkinder zu laufen beginnen und später bei Teeangern die Pubertät einsetzt. Ich dachte, das mit den Antworten würde ungefähr genauso ablaufen, so in etwa mit Anfang 30. Nach dem Motto: *Herzlichen Glückwunsch, Ihr Gehirn steht Ihnen nun vollständig zur Verfügung.*

Ich bin jetzt Anfang 30 und habe noch genauso viele Fragen wie damals – ich bin nur besser darin geworden, den Eindruck zu erwecken, als wüsste ich, wovon ich spreche. *Bluff your way through adulthood.* Vielleicht machen das ja alle Erwachsenen so. Vielleicht weiß keiner so recht, was er tut. Bei mir jedenfalls ist das der Fall – und irgendwie fühle ich mich betrogen, um diesen Moment der Erkenntnis, von dem ich mir so sicher war, ihn eines Tages zu erleben. Eines Tages selbst mal so klug zu sein wie meine Mutter.

Ich frage mich, was sie sagen würde, wenn sie wüsste, was wir vorhaben. Ob sie stolz auf mich wäre, weil ich die Zeichen der Zeit richtig gedeutet und mich rechtzeitig dagegen aufgelehnt habe. Oder wäre sie doch eher enttäuscht von mir? Würde sie mich aussprechen lassen, wenn ich versuchen würde, es ihr zu erklären? Oder auf dem Absatz kehrtmachen und nie wieder auch nur ein Wort mit mir sprechen. Schwer vorstellbar. Ich frage mich, ob sie mich im Gefängnis besuchen würde. Oder vielleicht sogar ihre Beziehungen spielen lassen, um mich rauszuholen.

Mir beginnt langsam klarzuwerden, dass, wenn wir das hier durchziehen, jeder da draußen danach mein Gesicht kennen wird. Im Vergleich zu den anderen kann ich nicht so tun, als wäre ich nicht dabei gewesen. Ich bin die Show, das Ablenkungsmanöver. Der, der im wahrsten Sinne des Wortes den Kopf hinhält. Ich schätze, ich habe das nicht gründlich genug durchdacht, als ich Ja dazu gesagt habe. Natürlich könnte ich noch aussteigen, aber ich werde es nicht tun. Zum einen, weil ich weiß, dass es das Richtige ist, zum anderen, weil ich zu gespannt darauf bin, ob es klappt. Und dann gibt es da noch den dritten Teil: den Teil von mir, der in die Geschichte eingehen will. Zachary Wiseman, der Influencer, der sie alle getäuscht hat.

Doch – ich glaube, meine Mutter würde mich im Knast besuchen. Sie würde an Weihnachten vorbeikommen und mir durch die Glasscheibe wohlwollend zulächeln. Wahrscheinlich gibt es in Deutschland gar keine solchen Glasscheiben. Ich kenne die nur aus amerikanischen Filmen und stelle sie mir wahrscheinlich deswegen so vor. Mein Vater wird wohl eher nichts davon mitkriegen. Wobei, vielleicht über die Nachrichten. Ich hoffe, er sieht mich im Fernsehen. Er wäre so wütend darüber, Flachwichser, der er ist. Neidisch bis ins Mark. Aber gute Zähne hat er. Ein Zahnschmelz, durch den sich nicht mal Cola frisst. Die habe ich von ihm. Die Zähne. Und überhaupt sehe ich aus wie er. Unschön, einem Arschloch ähnlich zu sehen.

Ich will nicht an meinen Vater denken, also stehe ich auf, gehe zum Kühlschrank und hole mir ein Bier heraus – ich hatte seit Wochen keins mehr. Wenn man erst mal weiß, wie viele fucking Kalorien so ein Helles hat, hört man schnell damit auf, es zu trinken. Ich habe das irgendwann aus Spaß in Sit-ups und Mountain-Climbers umgerechnet, seitdem bleibe ich bei Wasser.

Wer hätte das gedacht? Ich, ein verdammter Fitness-Freak. Einer, der sechs Eier zum Frühstück isst, um die ketogenen Prozesse seines Körpers optimal zu nutzen. Einer, der sich eine Waage zulegt, die den exakten Körperfettanteil berechnen kann – bei mir sind es derzeit nur noch sechs Prozent. Ich habe mich selbst in Stein gemeißelt. Und dazwischen eifrig Stories und Reals gemacht und Posts, in denen ich mich narzisstisch in Szene setze. Mich und mein Training und meine Ernährung. Ich. Ich. Ich. Könnte kotzen.

Frühstück: sechs Eier und 75 Gramm Haferbrei mit Rosinen; Vormittagssnack: Thunfisch aus der Dose auf Weizenvollkorn-Pita-Brot; Mittagessen: zwei Hühnerbrüste, 75–100 Gramm brauner Reis oder Vollkornnudeln, dazu grünes Gemüse; Nachmittags- bzw. Pre-Workoutsnack: ein Proteinriegel oder ein Whey-Proteinshake, dazu eine Banane; Post-Workoutsnack: ein weiterer Whey-Proteinshake, dazu noch eine Banane. Zum Abendessen: gegrillter Fisch mit braunem Reis oder Vollkornnudeln mit Salat und reichlich Gemüse. Und als Gutenachtsnack: einen Casein-Proteinshake oder eine Packung Hüttenkäse – selbstverständlich mit geringem Fettanteil.

Wenn meine Internetrecherche stimmt, sah in etwa so der Ernährungsplan von Brad Pitt für seine Rolle des Tyler Durden in *Fight Club* aus – plus entsprechendes Trainingsprogramm, versteht sich. Und es funktioniert. Ich bin seit Monaten nur am Fressen und Sport machen.

Und das alles für nur ein paar Stunden. Für einen Abend im Rampenlicht. Von wegen kein Durchhaltevermögen. Monatelang war unser Vorhaben unbestimmt und abstrakt. Wie eine beschissene Fata Morgana, die sich immer weiter von uns entfernt hat, je näher wir ihr kamen. Doch langsam beginnt unser Plan Form anzunehmen. Ernst zu werden. Weg von der Theorie, hin zur Praxis. Ein schleichender Prozess, der sich immer mehr verselbstständigt.

Angefangen haben wir zu dritt. Inzwischen sind wir zu

acht – Hilfskräfte *nicht* eingerechnet. Von denen brauchen wir mehrere Hundert, meint Paul. Vielleicht sogar Tausend. Es müssen Leute mit entsprechenden Fähigkeiten sein, die sich zusätzlich in der Vergangenheit erpressbar gemacht haben – wie sonst könnten wir sie kontrollieren?

Die meisten unserer Crewmitglieder waren Unfälle – angefangen mit Elisabeth. Durch sie kam Frida hinzu und durch Frida Anya. Doch eigentlich war Paul der erste. Im Grunde hat er sich bei uns eingekauft, weiß der Henker, wieso. Wenn ich an seine Nachricht von damals zurückdenke, muss ich noch immer lächeln. *Ich weiß, was ihr vorhabt. Wenn ihr wollt, dass euer Plan funktioniert, werdet ihr mich brauchen.* Wie im Film. An den genauen Wortlaut kann ich mich nicht erinnern, aber es ging in diese Richtung. Ein paar Sätze mit ziemlich viel Pathos. Sehr Paul und irgendwie realitätsfern. Mit dem Subtext: *Ich könnte euch jederzeit verraten.* Bei jedem anderen wäre das irgendwie creepy gewesen, doch bei Paul war es das irgendwie nicht. *Creepy.* Noch so ein neudeutsches Internetwort, das ich mittlerweile tatsächlich verwende.

Manchmal frage ich mich, ob wir ohne diese Nachricht von Paul überhaupt weitergemacht hätten. Ob wir nicht viel eher zu dem Punkt gekommen wären, dass wir weder über das Knowhow noch über das nötige Kleingeld, geschweige denn die Kontakte verfügen, um einen Plan dieser Größenordnung in die Tat umzusetzen.

Ohne Paul wäre es vermutlich eine von diesen Ideen geblieben, über die man Jahre später noch kopfschüttelnd und irgendwie sehnsüchtig spricht. Eine von den Ideen, über die man bei einer Party sagt: *Weißt du noch, damals, als wir das System stürzen wollten?* Und wie einer der anderen mit einem Baby auf dem Arm antwortet: *Mein Gott, richtig, das hatte ich ja fast vergessen. Vollkommener Irrsinn war das.* Und wie man dann selbst entgegnet: *Stell dir nur mal vor, wir hätten das echt gemacht. Wie unsere Leben wohl verlaufen wären?* Ich frage mich das oft. Wie *das hier* unsere Leben verändern wird. Es sind jetzt noch knapp sechs Monate bis zum Tag X. Und vieles ist noch ungeklärt. Wer wofür zuständig ist, wer welche Verantwortungsbereiche übernimmt, wer was zu sagen hat. Ich bilde da die Ausnahme, mein Part steht fest. Ich bin das Aushängeschild. Für meine Rolle – und um was dazuzuverdienen – habe ich mir in den vergangenen Monaten knapp 5 Millionen Follower herangezüchtet. Eine ziemlich beeindruckende Leistung, wenn ich das selbst sagen darf. 5 Millionen. Irgendwie seltsam, von so vielen Menschen für so viel Oberflächlichkeit geliebt zu werden. Aber irgendwie auch schmeichelhaft. Als wäre man wirklich so toll, wie die denken.

Frida ist damit irgendwann nicht mehr klargekommen. Mit der ganzen Aufmerksamkeit und mit dem Mangel an meiner. Keine Ahnung, was erst kam, ihre Abneigung oder Anya. Letztlich ist es auch egal – ein bisschen wie die Frage nach dem Huhn und dem Ei.

Ganz schön bemerkenswert, wie empfindlich so ein Gleichgewicht doch ist. Das merkt man erst, wenn es gestört wird. Unsere WG ist wie eine Versuchsreihe, ein groß angelegtes Experiment, bei dem ich mir langsam nicht mehr sicher bin, wie es ausgehen wird. Ein paar Typen mit ein paar Frauen eingepfercht für mehrere Monate in einer – wenn auch recht großen – Wohnung. Wie bei einer ausgedehnten Klassenfahrt mit sehr viel Sex. Oder einer Abwandlung von Big Brother – *Big Brother Conspiracy* vielleicht. Werden unsere Kandidat:innen es schaffen, den Staat zu stürzen, oder verlieren sie sich doch unterwegs in ihren sexuellen Eskapaden und Streitereien? Schalten Sie nächste Woche unbedingt wieder ein, wenn es heißt: *Big Brother Conspiracy.*

Anya ist bei uns eingezogen. Genauer gesagt bei Frida. Sie teilen sich seit ein paar Wochen das Zimmer am Ende des Flurs – womit Anya den Part übernommen hat, den insgeheim Paul gern gehabt hätte. Er steht seit Ewigkeiten auf Frida. Wenn ich schätzen müsste, von Anfang an. Solange sie mit mir im Bett war, gab es kein Problem, weil ich ich bin und außerdem zuerst da war. Mit Anya ist das anders. Selbstverständlich hat Paul nichts deswegen gesagt – was mich nicht wirklich wundert, Paul spricht so selten, dass ich manchmal vergesse, dass er überhaupt sprechen kann –, und doch ist seine Feindseligkeit Anya und der veränderten Situation gegenüber stets zu spüren gewesen.

Erich hatte Bedenken, dass es zu Schwierigkeiten zwischen Frida und mir kommen könnte, weil wir, für meine Verhältnisse jedenfalls, überdurchschnittlich lang miteinander geschlafen haben – ich meine nicht im Einzelnen, ich meine insgesamt. Signifikant länger als mit den meisten ihrer Vorgängerinnen. Doch so war es nicht. Ich habe kein Problem mit Frida, das mit uns war gut, solange es ging, wir hatten Spaß zusammen, und den hat sie jetzt eben mit Anya – und ich mit allen anderen. Nur der Ort hat sich geändert. Die Wohnung ist für Fremde verbotenes Terrain, die Gefahr für Versprecher zu groß. Wir haben auch so schon genug Probleme. Von den Herausforderungen, die ein derart weitreichender Plan mit sich bringt, ganz zu schweigen: Wie viele Leute braucht man, wo kriegt man sie her, wie sorgt man dafür, dass sie nur das wissen, was sie wissen müssen, und – wie bereits erwähnt –, dass sie dichthalten.

Paul erweist sich auch dahingehend als Genie. Wenn man

es genau nimmt, ist *er* der Plan. Der, der alles in Gang bringt, der, der die Fäden in der Hand hält, ein geborener Puppenspieler. Anfangs hat er noch versucht, uns die Prozesse und Hintergründe zu erklären, es dann aber relativ schnell wieder gelassen. So wie jemand, der in einer Fremdsprache spricht und irgendwann aufgibt, weil er feststellt, dass das Gegenüber kein Wort versteht. Paul ist uns zu hoch. Aber aus irgendeinem Grund wohlgesonnen. Ich schätze, er hat sich uns angeschlossen, um eine Aufgabe im Leben zu haben, um gebraucht zu werden. Genau genommen hat er sich uns eigentlich aufgedrängt. Vermutlich, weil so ein normaler Alltag eine Spur zu langweilig für jemanden wie ihn wäre. Ich kann nicht sagen, warum er bei unserer Sache dabei ist – ich habe ihn nie gefragt. Genauso wenig wie die anderen. Jeder von uns hat seine Gründe. Und solange wir die haben, hat unser Vorhaben eine Chance – auch wenn sich diese Wohnung immer mehr zu einem Pulverfass entwickelt. Es ist, als stünden wir jede Minute eines jeden Tages kurz davor, in die Luft zu gehen. Weil wir dauernd aufeinandersitzen, weil wir kaum noch rausgehen – nicht mal mehr zum Einkaufen, damit wir auch ja nicht zusammen gesehen werden. Was gar nicht so einfach ist, bei den vielen Kameras, die zur Sicherheit der Bevölkerung in den letzten Jahren überall installiert wurden. Wir lassen uns alles nach Hause liefern. Equipment, Technik, Essen. Das Essen läuft auf Annemies Namen. Eine kleine, alte Frau, die frisst für zehn. Mit einem Eier- und Hähnchenkonsum wie ein Olympionikenteam in Trainingszeiten.

Mit dem technischen Equipment war es schon etwas schwieriger. Solche Bestellungen fallen auf, meinte Paul. *Das ist State of the Art, von so einer Ausstattung können die beim BND nur träumen.* Um das Problem zu lösen, hat Julian sich kurzerhand unter seinem Alias, Jannis Bernhard, einen Büroraum in der Web- und Marketingagentur *LikeWise* im dritten Stock angemietet. Für einen freien IT-ler sind solche Bestellungen nicht weiter ungewöhnlich, jedenfalls weniger ungewöhnlich, als wenn eine rüstige Rentnerin sich diese Art von Hardware zulegt.

Einige Spezialkomponenten und Platinen – überwiegend zu Verschlüsselungs- und Ortungszwecken – haben wir an die Finanzberatung in der obersten Etage adressiert und die Päckchen unten abgefangen. Es hat sich dann wohl doch ausgezahlt, dass Erich so gern mit unserem Paketzusteller Kaffee trinkt und immer bereitwillig die Bestellungen aller Nachbarn entgegennimmt – der nette junge Mann, der bei seiner Großmutter wohnt und sich seit Jahren so aufopfernd um sie kümmert.

Auch die Zahlungswege lassen sich nicht zurückverfolgen. Laut Paul haben wir, bis auf das Essen, nichts bestellt. Er hat es so gedeichselt, dass nichts von alldem über unsere Kreditkarten oder Konten läuft. Sogar für die Menge an Lebensmitteln hat er eine Begründung: die vielen Partys, die hier gefeiert werden. Ausschweifende, verdammt laute Partys mit sehr vielen Gästen, wie unsere Nachbarn jedem bestätigen würden, der danach fragt. Die Partys sind nötig, um unseren Ruf als rücksichtslose Studierende aufrechterhalten zu können. Und genau das sind wir: saufende, kiffende Typen, die einfach nicht erwachsen werden wollen. Solche Leute planen keinen Umbruch, sie gehen nur allen auf die Nerven – und das ist nicht verboten.

Wir feiern inzwischen überwiegend unter der Woche, um auszutesten, wie laut wir sein können, bevor jemand die Polizei ruft. *Jemand* ist eigentlich grundsätzlich die Familie aus der

Nachbarwohnung im Nebenhaus. Sie hassen uns – und das völlig zu Recht. Wenn das alles vorbei ist, werden wir uns erkenntlich zeigen. Wir wissen auch schon, wie. Ein Ökohaus im Grünen. Alleinlage. Keine Nachbarn. War Pauls Idee. Ich finde, jeder sollte einen Paul haben.

Die anderen Parteien im Haus sind entweder uralt und entsprechend schwerhörig, oder es handelt sich bei den Wohnungen um gewerblich genutzte Einheiten, die abends und nachts ohnehin leer stehen, weil kaum ein Normalsterblicher sich noch die Mieten in dieser Gegend leisten kann.

»Also dann«, bricht Fridas Stimme in meine Gedanken. »Da jetzt jeder von uns seinen Codenamen gewählt hat, sprechen wir uns ab sofort *ausschließlich* mit diesen Namen an. Ihr denkt nicht mal mehr an eure alten Namen. Und auch nicht an die der anderen.« Sie sieht uns eindringlich an. »Diese Namen existieren nicht mehr. Von nun an sind wir die Vögel.«

GEGENWART.

THE LEFTOVERS.
1 DOWN, 9 TO GO.
VOL. 2.

05. Hannelore Köster.

Sie sitzen nebeneinander wie im Wartezimmer, Hannelore in dem orangen Overall, daneben ihre Tochter und die Haushälterin, beide mit grauen Gesichtern und farblosen Lippen. Sie ist überrascht, wie bequem der Sträflingsanzug ist. Sehr viel bequemer als ihre maßgeschneiderten Kostüme.

Sie wünschte, sie könnte Carolin vor dem, was kommt, bewahren. Sie war immer so sensibel, schon als Mädchen. Immerhin Leopold kann der Schmach entgehen. Ein Glück ist er doch in den Staaten geblieben. Nichts passiert umsonst, es gibt keine Zufälle, davon ist Hannelore überzeugt.

Sie schaut in den Fernseher. Claudia Kanitz' Fall hat etwas von einem dieser ADAC & Euro NCAP-Crashtests, die Hannelore so gern ansieht. Sie könnte Stunden damit verbringen – damit und mit Eiskunstlaufwettbewerben. Sie hatte schon immer ein gewisses Faible für Zeitlupenaufnahmen von Unfällen, jene langgezogenen Sekunden, die jedes Detail sichtbar machen – bei Crashtests und beim Eiskunstlauf. Perfekt ausgeführte Rittberger, Salchows und Toe Loops – und nicht so perfekt ausgeführte. Minutiös aufgezeichnete Stürze, Körper, die hart auf dem Eis aufkommen. Es hat sie immer beeindruckt, was so ein menschlicher Körper alles aushält. Viel mehr als ein Automobil. Besonders faszinieren Hannelore die Degenerationsprozesse: das sich verformende Metall, zerberstende Glasscheiben, eine Explosion aus Millionen Splittern, Dummys, die durch Fahrgastzellen geschleudert werden, Gliedmaßen, die sich unnatürlich verrenken. Es bereitet ihr eine fast schon kranke Form der Befriedigung, dabei zuzusehen, wie ein Kraftfahrzeug ungebremst auf ein stehendes Hindernis prallt. Von intakt zu schrottreif in weniger als einem Wimpernschlag. Die Veränderbarkeit und Instabilität von Zuständen und Dingen.

Genau dagegen hat sie beständig angekämpft – gegen die Veränderbarkeit und Instabilität. Um das zu erhalten, was sie aufgebaut hat: ein Stück Hotelleriegeschichte, das mit einem unbedeutenden Stammhaus in München begonnen und sich zu einem weltumspannenden Imperium entwickelt hat. Nein, nicht *es*, sie war es – sie, Hannelore Köster. Die zweitgeborene Tochter, in Ermangelung eines Stammhalters. Die Brenner Group ist ihr Lebenswerk. Ein Stück verkannte Kunst. Hannelore hat sich nichts vorzuwerfen – sie hat die Schuld geerbt. Und diesen Teil ihres Erbes emotional abgelegt im Archiv ihrer Familie. Ein dunkles Kapitel der Vergangenheit, das sie jedoch nicht betrifft. Hannelore ist nicht emotional involviert, es hat nichts mit ihr zu tun, was damals geschehen ist. Zu der Zeit war sie noch ein Kind. Jetzt ist sie konservativ, sie ist der Inbegriff davon. Und sie war erfolgreich damit. Was sie vererbt, hat nichts mit Schuld zu tun. Jedenfalls sagt sie sich das.

Irgendwann kommt der Punkt, an dem man glaubt, mit etwas davongekommen zu sein. An dem man sich die Lüge so oft selbst erzählt hat, dass sie keine mehr ist. Die Macht der Wiederholung. Das hat Hannelore bereits in der Volksschule gelernt: Jedes neue Wort musste so oft ins Heft geschrieben werden, bis sie es verinnerlicht hatten. Ganz ähnlich verhält es sich mit den Lügen. Dabei spielt es keine Rolle, wie groß sie sind, das Gehirn ist geneigt, sie ohnehin zu glauben – weil es einem das Leben leichter macht.

Als der Moderator wenig später den Fall Kanitz für abgeschlossen erklärt und den nächsten eröffnet, geht Hannelore durch den Kopf, dass sie ja vielleicht mit etwas Glück einen Herzinfarkt bekommen könnte, bevor sie an der Reihe ist. Sie hatte stets ein Händchen für gutes Timing. Wieso also nicht auch heute? Sie hat ihre Betablocker noch nicht genommen, sie hat es vorhin vergessen, die Chancen stehen nicht schlecht. Und dann lächelt sie. Es wäre ein guter Tag zu sterben.

04. Josua Sievers.

Sie haben Pia ins Gesicht geschlagen, weil die versucht hat, sich zu befreien. Josua saß währenddessen brav in der Küche und hat nachgedacht. Als er ihren Schrei hörte, wollte er etwas tun, aber er konnte nicht. Und zur selben Zeit hat er gedacht, dass ein anderer Mann – ein echter Mann – einen Weg finden würde, seine Frau zu beschützen. Nie in seinem Leben kam er sich kleiner vor als in diesem Moment. So bloßgestellt vor sich selbst und vor ihr. Ein Waschlappen auf einem Küchenstuhl.

Josua ist dieses Gefühl fremd. Normalerweise hat er keine Angst, dafür kennt er zu viele wunde Punkte von zu vielen einflussreichen Menschen. Wirtschaftsbosse, Politiker:innen ... alles, was Rang und Namen hat, hat auch Geheimnisse. Und die prekärsten davon weiß er. Josua hat die Mächtigsten der Mächtigen in der Hand, oder wie er es nennt: an den Eiern. Vielleicht ist das ihre Rache. Ein Versuch, ihn endlich aus dem Weg zu räumen. Andererseits kennen die meisten einander nicht. Josua ist kein Amateur. Außerdem hat er seine Spitzel überall – und er schmiert sie gut. Die hätten also keinen Grund, ihn zu verpfeifen. Aber wenn es die nicht sind, wer steckt dann dahinter? Josua hat sich einen Haufen Feinde gemacht, ja, aber keiner von denen wäre so blöd, sich mit ihm anzulegen. Oder denkt er das nur?

Sein Blick fällt wieder auf Pia, die zusammengekauert auf dem Stuhl ihm gegenübersitzt. Sollten sie lebend aus dieser Sache rauskommen, werden die Leute denken, er habe sie misshandelt. So eine Augenprellung braucht lange, bis sie heilt. Josua weiß das aus leidvoller Erfahrung, er hat selbst mal eine Faust ins Gesicht bekommen. Es war an einem feuchtfröhlichem Abend vor einigen Jahren mit einer Handvoll Freunden. Sie wollten sich gerade verabschieden, da standen plötzlich diese Typen vor ihnen. Typen, die Streit gesucht und bei Josua und seinen Kumpels gefunden haben – fünf besoffene Kerle, die kaum noch geradeaus gehen konnten. Kein fairer Kampf. Aber immerhin hat er Simon damals geholfen. Josua hätte wegrennen können, er hatte sich bereits abgewendet und dann Simon auf dem Boden liegen sehen. Sie haben auf ihn eingetreten. Zu viert. Verdammte Arschlöcher. Als Josuas Nase brach, schossen der Schmerz und die Tränen gleichzeitig in seine Augen. Er erinnert sich noch an den Laut, an das Knacken des Knochens. Und an das viele Blut. Er hat geblutet wie ein abgestochenes Schwein. Aber er hat Simon geholfen.

Bei Pia hat er nichts tun können. Er war schlicht zu weit weg gewesen. Sie jetzt so zu sehen, ist schlimmer als alles andere. Eingesunken auf einem der Küchenstühle, gefesselt und weinend, die Nase geschwollen, ihr weißes Kleid blutverschmiert, ihre rechte Gesichtshälfte färbt sich langsam lila.

Die Geiselnehmer haben sie zu ihm gebracht, weil Josua, nachdem er sie hat schreien hören, selbst nicht mehr damit aufgehört hat. Er saß so lange brüllend in der Küche, bis sie kamen, und brüllte dann so lange weiter, bis sie sie schließlich zu ihm brachten. Ihn haben sie nicht geschlagen. Nun, nachdem er den Fall Kanitz im Fernsehen gesehen hat, weiß er auch, wieso. Er darf nicht aussehen wie ein Opfer. Er muss aussehen wie ein Täter. Und um ihn auf Spur zu halten, benutzen sie Pia.

03. Agnes Brandauer.

Ihr dritter Ex-Mann hat ihr prophezeit, dass ihr so etwas einmal passieren würde. *Karma* hat er es bei ihrer Scheidung genannt. Vielleicht hat er es ihr sogar gewünscht. Aus verletztem Stolz, weil sie ihn verlassen hat, wie auch seine Vorgänger. Er konnte einfach nicht akzeptieren, dass sie keine Kinder wollte. Als hätte es immer nur am richtigen Mann gemangelt, um doch noch auf den Geschmack zu kommen. Und natürlich wäre *er* der richtige Mann gewesen.

Um fair zu sein: Er hätte die Kindererziehung übernommen. Er hätte sich um alles gekümmert. Doch das Baby bekommen müssen, hätte sie, und das war es ihr nicht wert.

Agnes hatte in ihrem Leben mehrfach das Gefühl, sie sollte das alles wollen, Kinder, eine Familie, diesen vorgefertigten Weg, den sie alle gingen wie die Lemminge, einen Pfad, den keiner hinterfragte. Für Agnes wäre es ein Schritt in den Abgrund gewesen, der Schritt über die Klippe. Nicht, weil sie Kinder nicht mag, sie wollte eben nur keine eigenen. Sie ist gerne Tante – und eine großzügige obendrein. Aber in ihrer Brust schlug nie das Herz einer Mutter. Manchmal zweifelt sie daran, dass dort überhaupt eines schlägt.

Sie hat ihre Männer allesamt geliebt, das hat sie wirklich, aber keinen davon so sehr, dass sie seine Schattenseiten dauerhaft hätte hinnehmen wollen. Ihre Launenhaftigkeit, ihre festgefahrenen Vorstellungen, das ewige Schnarchen, verletzte Egos und die Angst, ihr unterlegen zu sein – mindestens finanziell. Dann doch lieber allein. Lieber so, wie es ist. Selbst, wenn heute alles endet.

Agnes wusste immer, dass dieser Tag kommen könnte – der Tag, an dem jemand ihr Geheimnis lüftet. Sie hat die Öffentlichkeit jahrelang getäuscht, jetzt wird eben auch öffentlich abgerechnet. Natürlich wäre es ihr etwas weniger exponiert lieber gewesen, doch damit hätte es nicht zu ihrem restlichen Leben gepasst. Man kann nicht im Scheinwerferlicht stehen und dann still und heimlich abtreten. Man geht, wie man gelebt hat. In ihrem Fall mit einem Eklat. Wenn eine Heilige als scheinheilig entlarvt wird, brechen Lügenkonstrukte in sich zusammen wie Kartenhäuser. Es ist eine ganze Weile gut gegangen, dieses Geschäft mit Leben und Tod. Eine lukrative Abhängigkeit, mehr noch, quasi eine Lizenz zum Gelddrucken. Man soll aufhören, wenn es am schönsten ist – den Absprung hat sie leider verpasst.

02. Johann Sander.

Johann ist klar, warum diese Vögel hier sind. Er fragt sich nur, woher sie es wissen. Er war immer vorsichtig, was seine politische Haltung angeht, bedauerlicherweise teilt ja nicht jeder seine Überzeugungen – wäre dem so, stünde dieses Land nicht kurz vor dem Abgrund. Bis Der Rechte Weg vor einigen Jahren an die Macht kam, hat Johann immer wieder mit dem Gedanken gespielt, Deutschland den Rücken zu kehren. Doch das brachte er nicht fertig. Es einfach einem Haufen Flüchtlinge zu überlassen. Wo wäre da der Patriotismus? Es braucht Männer wie ihn, die bereit sind, ihre Heimat zu verteidigen. Ihre Kultur, ihre Werte. Die Geschichte. Es ging Johann nie um die Ausländer, die konnten im Grunde ja gar nichts dafür. Genau genommen hat man sie hierhergelockt. Ihnen ein Schlaraffenland versprochen, das Hinz und Kunz willkommen heißt. Auf seine Kosten.

Wie konnten die damaligen Politiker erwarten, dass die Bürger das dauerhaft so hinnehmen würden? Die Bürger, nicht Bürger:innen. Manche Dinge muss man nicht ändern, wenn es nach Johann geht. Der Begriff *konservativ* bedeutet nichts anderes, als etwas zu erhalten. Und um nichts anderes geht es Johann. Er ist für seine Werte eingestanden. Für das, woran er glaubt. Man kann nicht ewig tatenlos zusehen. Zusehen, wie für alles Geld da ist, nur nicht für die Menschen, denen das Land eigentlich gehört. Denn ja, es gehört den Deutschen. So wie Griechenland den Griechen gehört und die Türkei den Türken. Es ist fast ein Schimpfwort geworden, deutsch zu sein. Es stimmt, damals sind sie zu weit gegangen, doch die Grundidee hat gestimmt. Johann hat es als seine Pflicht verstanden, seine Möglichkeiten zu nutzen – seinen

Einfluss, seine Freundschaften, sein Geld – um sein Land auf den rechten Weg zurückzubringen.

Johann hat im Grunde nichts gegen Menschen mit Migrationshintergrund – sie sollen einfach in ihren Herkunftsländern bleiben. Solange sie ihrer Kultur und ihrer Religion dort nachgehen, hat er damit kein Problem. Es geht nicht um ihren Glauben per se, sollen sie doch glauben, was sie wollen. Aber eben woanders. Ihre Werte sind schlicht nicht kompatibel mit seinen. In ihrem Land würde er sich unterordnen, in seinem müssen sie es tun. Und genau das tun sie nicht.

Johann hält nichts von Gleichberechtigung. Wenn es nach ihm geht, ist es nicht mehr als eine romantische Idee – die schätzungsweise von Frauen kommt. Etwas, das schön klingt, aber nur zu Verwirrung führt. Es gibt immer die, die das Sagen haben, und die, die gehorchen müssen. Anführer und Mitläufer. Alles andere ist Wunschdenken marginalisierter Gruppen. Ein trauriger Versuch von Emanzipation. Noch vor ein paar Jahren hätte man so etwas nicht mal denken dürfen, geschweige denn laut aussprechen. Also haben sie sich bedeckt gehalten, er und seine Gleichgesinnten. Sie haben sich im Untergrund organisiert und dort alles für Tag X vorbereitet. Sie haben auf den richtigen Zeitpunkt gewartet. Darauf, ihren rechtmäßigen Platz wieder einzunehmen: den an der Spitze.

Die Regierung von damals ist daran gescheitert, jeder noch so kleinen Splittergruppe gerecht werden zu wollen. Diversität, Frauenbewegung, Feminismus – wenn Johann das alles schon hört ... Es kann nicht jeder gesehen werden, es gibt nun mal eine Norm – die, die davon abweichen, müssen weichen oder sich anpassen, andernfalls drohen Chaos und Verwirrung.

Eine Gesellschaft funktioniert nur, wenn jeder seinen Platz kennt. Wenn jeder weiß, was von ihm erwartet wird. Früher war das so. Jeder hatte seine Aufgabe im Gesamtbild, jeder wusste, was er zu tun hat, sie hatten alle ihre Zwänge und Freiheiten – zugegeben, manche mehr als andere, doch im Kern war es richtig so. Frauen, die Kinder gebären und versorgen, die den Haushalt führen, kochen, ihrem Mann ein liebevolles Heim bieten und ihm sexuell zu Diensten sind. Und Männer, die ihre Familien ernähren und versorgen, die sie vor allem beschützen – wenn nötig mit ihrem Leben. Das war ehrenhaft. Eine aufgeräumte Gesellschaft, jeder da, wo er hingehört, wie Figuren auf einem Schachbrett.

Nein, Johann bereut seine Taten nicht. Er würde wieder genauso handeln, wenn er vor der Wahl stünde. Er hat nichts falsch gemacht. Er hat lediglich dafür gesorgt, dass die mit den richtigen Werten – nämlich den *seinen* – zurück an die Macht finden.

01. Claudia Kanitz.

Sie haben das Haus gereinigt. Die Luft hat nach Alkohol und Desinfektionsmittel gerochen. Danach haben sie Claudia nach draußen gebracht, wie einen Müllsack, den man am Straßenrand abstellt. Sie haben sie festgezurrt an Hand- und Fußgelenken. So hat alles angefangen.

Während sie in der Einfahrt ihres Anwesens sitzt und auf die Einsatzkräfte wartet, fragt sie sich, was mit »Sven« passiert ist. Vermutlich haben sie ihn rausgeschmissen. Der Lappen in ihrem Mund saugt ihr die Spucke weg, er schmeckt modrig, so wie ein Keller in einem Altbau riecht.

Die Leute vom SEK dürften bald da sein, meinte einer der Guys, bevor er zu den anderen in den Lieferwagen gestiegen ist und sie abgehauen sind. Ein weißer Lieferwagen ohne Nummernschilder. Wie im Film. Claudia hat ihm nachgesehen. An der nächsten Straßenecke ist er links abgebogen, dann war er weg. Es schneit winzige Flocken. Sie sind klein wie Puderzucker. Claudia friert auf dem Plastikstuhl. Ohne den Lappen in ihrem Mund würden ihre Zähne klappern.

Tränen laufen heiß über ihre Wangen. Sie sieht sich um. Die Gehwege sind geräumt und leer, nur sie und Streusalz. Auf den knochigen Ästen der Bäume glitzert der liegen gebliebene Schnee im schwachen Schein der Straßenbeleuchtung.

Ihre Nachbarn müssten sie im Fernsehen gesehen haben. Doch keiner von ihnen kommt nach draußen – sie schauen noch nicht mal aus dem Fenster. Claudia kennt nicht viele Leute in der Gegend, sie hat sich nie eingebracht oder Kontakt zu ihnen gesucht. Man hat sich ab und zu distanziert angelächelt, in seltenen Fällen mal gegrüßt, das war es dann aber auch schon.

Die Guys haben Claudia nach draußen gebracht, den Sträflingsoverall musste sie anlassen. *Man soll Sie ja erkennen für das, was Sie sind,* meinte einer von ihnen. *Am Ende werden Sie sonst noch erschossen. Das wollen wir doch nicht.* Bevor sie weggefahren sind, haben sie ihr noch einen Briefumschlag auf den Schoß gelegt. Claudia hat nicht hineinsehen können, aber es ist davon auszugehen, dass es sich dabei um belastendes Material gegen sie und ihre Unternehmen handelt. Was nicht besonders viel Sinn ergibt, immerhin handelt es sich bei dem, was sie getan hat, in der Bundesrepublik nicht um eine Straftat – darauf hat sie stets geachtet. Die Verbrechen finden ausschließlich im Ausland statt, und da sind es keine. Claudia spürt ihre Füße nicht mehr. Sie sieht Blaulichter näher kommen, wie ein Echo, das vorauseilt. Ganz leise hört sie *Happy Xmas (War Is Over)* von John Lennon aus einem der Nachbarhäuser. *Stimmt*, denkt sie, *heute ist Weihnachten.*

1799.

»Das sind genau 1799 zu viele, wenn Sie mich fragen«, sagt Wiseman.

Und Lena sieht es wie er. Die einen haben zu viel, die anderen viel zu wenig – und manche obendrein auch noch rücksichtslose Nachbarn.

»Aus diesem Grund wechseln in exakt diesem Moment auch genauso viele den Eigentümer – mit Grundbucheintrag und allem, was dazugehört.«

Lena starrt auf den Fernseher. Sie hätte doch mitmachen sollen. Und nicht auf Lorenz hören – der natürlich wieder dagegen war. *Wir haben doch keine Ahnung, was das für Leute sind. Ich meine, was, wenn die jeden abzocken, der sich auf ihrer komischen Internetseite registriert? Willst du etwa, dass das Geld, das wir Monat für Monat für die Ausbildung der Kinder zur Seite legen, von irgendwelchen Hackern gestohlen wird?* Natürlich wollte Lena das nicht. Aber ein Haus hätte sie gern. Oder wenigstens eine Wohnung ganz weit weg von ihren Nachbarn.

»Ich nehme an, Sie wissen, was das bedeutet«, fährt Wiseman fort.

Ja, Lena kann es sich vorstellen.

»1799 von Ihnen werden in den nächsten Sekunden erfahren, dass sie eine Immobilie gewonnen haben. Dies geschieht entweder über eine Benachrichtigung oder einen Anruf.«

Als Lenas iPhone in exakt diesem Moment in ihrer Hand vibrierend eine Nachricht ankündigt, hört sie auf zu atmen. Das muss ein Zufall sein. Ein grausamer, gemeiner Zufall. Bestimmt sind es Julia oder Katja, die sie fragen, ob sie sich auch registriert haben. Oder schlimmer noch: dass eine von ihnen gewonnen hat. Lenas Blick fällt auf das große Display. Die SMS ist von einer unbekannten Nummer, sie beginnt mit 015. Lena kennt niemanden mit einer 015er-Nummer. Bei diesem Gedanken, beginnt ihr Herz schneller zu schlagen – was vollkommen absurd ist, schließlich hat sie sich nicht angemeldet – weder online noch über die App.

Trotzdem öffnet Lena die Nachricht. Und kann dann nicht glauben, was sie sieht:

Herzlichen Glückwunsch, Sie gehören zu den Gewinner:innen! Die Anschrift Ihrer neuen Immobilie lautet: Schragenhofstr. 33, 80992 München. Eckdaten: bezugsfreies Einfamilienhaus (freistehend), Alleinlage, fünf Zimmer, 141 m² Wohnfläche, 756 m² Grund, zwei PKW-Stellplätze, Privatstraße. Marktwert: 1,6 Millionen EUR. Alle relevanten Unterlagen, die den Eigentümerwechsel belegen, gehen Ihnen in den nächsten Tagen postalisch zu. Zur Sicherheit werden sie an beide Adressen versandt – an Ihre jetzige und an die Ihres neuen Zuhauses. Alles Gute wünscht Ihnen, Ihr Reality-Show-Team.

———

Es war so was von klar, dass sie bei dem Immobilienregen leer ausgehen würden. Ja, gut, Opa Fritz hat sich nicht mal registriert, dafür aber Jürgen, Sonja, beide Enkel, und sogar Helga. Sie haben alle mitgemacht und abgestimmt. Opa Fritz hätte es seinem Jürgen wirklich gegönnt. Und auch seinen beiden

Töchtern. Die haben vorhin kurz angerufen und gefragt, ob sie auch gerade diese Show im Fernsehen schauen. *Selbstverständlich*, hat Opa Fritz geantwortet, *so wie vermutlich die ganze Nation*. Als er von Johanna und Verena wissen wollte, ob sie sich ebenfalls registriert haben, meinten die bloß: *Klar. Ihr etwa nicht?* Opa Fritz hat nichts dazu gesagt. Sie hätten es ohnehin nicht verstanden – genau wie er die jungen Leute nicht versteht.

Andererseits, wie könnte er auch? Opa Fritz hat sein Stück vom Kuchen gehabt. Und es war ein großes – der Aufschwung, die goldenen Achtziger, er hat das alles mitgenommen. Natürlich hat auch ihr Haus damals viel gekostet, aber im Vergleich zu heute war es ein Schnäppchen. Freistehend mit Garten außen rum, ein Geräteschuppen, ein kleines Gewächshaus und mehrere Obstbäume – Helgas Gemüsebeete nicht zu vergessen. Für die kommenden Generationen sind nur die Krumen geblieben. Opa Fritz' Blick schweift durch die enge Küche seines Sohnes – so wenig Platz für eine ganze Familie. Vier Menschen in vier kleinen Zimmern – kein Wunder, dass sein Sohn gern seine eigenen vier Wände hätte. Ein Mann will ein Haus bauen, das liegt in seiner DNS.

In dem Moment schießt Opa Fritz die Frage durch den Kopf, ob das mit dem Immobilienverschenken überhaupt funktionieren kann. Und wenn ja, wie? Jeder, der schon mal ein Haus oder eine Wohnung gekauft hat, weiß, wie lange sich das alles hinzieht, dass jeder Schritt mit einem enormen bürokratischen Kraftakt verbunden ist und dass der eigentliche Kauf ganz offiziell bei einem Notar stattfinden muss. Mag ja sein, dass sich das ein oder andere im Laufe der Zeit geändert hat – immerhin ist es bei ihnen schon eine Weile her, knapp 40 Jahre. Aber das Prozedere als solches dürfte sich vom damaligen nicht groß unterscheiden. Beamte und Notare bleiben Beamte und Notare – und sind dementsprechend langsam. Weil sie keinen Grund haben, sich zu beeilen. Und weil sie alles in Papierform machen – da wird ja noch jeder Mist per Post verschickt. Bei ihrem Haus hat sich das damals über Wochen hingezogen. Opa Fritz kann sich beim besten Willen nicht vorstellen, warum das jetzt anders sein soll.

Aber was weiß er schon? Vielleicht gibt es ja doch einen Weg, das alles digital zu erledigen. Andererseits: Wie könnte es den geben? Die Archive existieren doch trotzdem. Sie und die zigtausend Ordner voll mit Urkunden und Durchschlägen. Damit so ein Immobilienkauf rechtskräftig ist, genügt es nicht, sich irgendwo einzuhacken, so was lässt sich nicht per Mausklick regeln – oder wie das auch sonst funktionieren soll. Da muss man noch selbst hin und sich die Hände schmutzig machen. Brandstiftung vielleicht. Ein großes Feuer. Oder mehrere kleine. Alle beteiligten Ämter und Notariate anzünden. Und dann gibt es da immer noch die Originale. Die Unterlagen, die jeder Käufer zugesandt bekommt und irgendwo einheftet.

Kurz fragt sich Opa Fritz, wo man 1800 Kaufverträge und notarielle Urkunden aufbewahrt. Bei sich zu Hause in einem extra Zimmer? Hat die Kanitz dafür eine kleine Wohnung geopfert? Oder doch eine externe Firma beauftragt? Wo auch immer diese Papiere sind, auch die müsste man ja verschwinden lassen, wenn man nicht will, dass einen die Nachweise der alten Eigentümer irgendwann doch noch einholen.

Opa Fritz schüttelt den Kopf. Nein, er glaubt nicht, dass diese 1799 »Gewinner« wirklich etwas gewonnen haben. Er bleibt dabei: Das ist alles ein riesiges Ablenkungsmanöver. Augenwischerei, auf die sie alle reinfallen – alle, bis auf ihn.

Opa Fritz hat zu lange gelebt, um sich so hinters Licht führen zu lassen. Aber er will den anderen den Spaß nicht verderben, also hält er den Mund.

—

Nachdem Karl Wanninger sichergegangen ist, dass ihn garantiert keiner seiner Kollegen beobachtet, gibt er seine private E-Mail-Adresse in das dafür vorgesehene Feld der Suchmaske ein und erhält im nächsten Moment die Meldung: *LEIDER NICHT. Aber schauen Sie gern wieder rein – der Abend ist ja noch jung. Ihr Reality-Show-Team.*

Wanninger ist tatsächlich ein wenig enttäuscht – und das, obwohl ihm vollkommen klar war, dass die Chancen, dass er zu den 1799 Gewinnern gehören könnte, denkbar gering sind. Ihm liegt Wahrscheinlichkeitsrechnung, er ist gut darin. Und doch gibt es immer diesen Funken irrationaler Hoffnung – vermutlich derselbe, der Leute wider besseres Wissen jahrelang Lotto spielen lässt.

LEIDER NICHT.

Wanninger schüttelt resigniert den Kopf.

Als er ein Kind war, und später auch als Teenager, hat er sich immer wieder Lose gekauft – das war noch bevor er Stochastik in der Schule hatte und es besser wusste. Wahrscheinlichkeitsrechnung haben sie erst in der Oberstufe durchgenommen. So gesehen sind eigentlich der bayerische Lehrplan und seine ehemalige Mathelehrerin, Frau Schinner, diese verdammte Hexe, schuld daran, dass er bereits in so jungen Jahren so viel Geld verloren hat. Ein Teil seines Taschengeldes floss in die roten Kaugummiautomaten – die heutzutage kaum einer noch kennt – und der Rest in Lose. Rubbellose oder solche, die man an beiden Seiten aufreißt, Wanninger hat nichts unversucht gelassen. Und insgeheim schon damals auf eine Sofortrente spekuliert – und das mit gerade mal 17 Jahren.

Wanninger liest ein letztes Mal die Meldung auf seinem Bildschirm, dann schließt er den Browsertab. Und in dem Moment denkt er, dass die Worte *Leider nicht* absurd gut zu ihm und seinem Leben passen. Hätte es einen Titel, würde er lauten: *Leider nicht – die Geschichte eines gescheiteren Mannes.*

Er sucht schon ewig nach einer bezahlbaren Wohnung in München. Manchmal sind es 400 Bewerber pro Angebot – 400! –, das hat zumindest mal eine der Maklerinnen behauptet. *Ich habe knapp 400 Interessent:innen für dieses Objekt.* Wanninger will schon so lange umziehen. Seine jetzige Bleibe ist klein und dunkel – Souterrain mit Nordostausrichtung. Aber für Münchner Verhältnisse immerhin billig. Wanninger hätte von Kanitz' Immobilien jede genommen, egal welcher Stadtteil, egal wie groß oder klein. Er wäre nicht wählerisch gewesen. Einfach nur etwas, das ihm gehört. Im besten Fall *über* der Erde.

Ein Mann Mitte 40 sollte nicht in so einer schimmeligen Bruchbude wohnen. In so einem Kellerloch, in das man keine Frau einladen kann – es gäbe da sogar eine, die ihm gefällt. Andererseits sollte man sich nie mit Kolleginnen einlassen, eine Regel, die Nick seit jeher ignoriert. Wanninger tut es nicht. Aus Vernunft und aus Scham. Es wäre schlicht eine Zumutung: das klamme Bettzeug und der leicht modrige Geruch, der allem anhaftet – vom Badezimmer ganz zu schweigen. Schreiber käme nie wieder. Und er könnte es ihr nicht verdenken. Wer will schon so hausen? Und ja, ihm ist durchaus bewusst, dass andere es noch viel schwerer haben, aber viele eben auch nicht. Das ist seine Realität.

Nach der Trennung von Sylvia musste er schnell irgendwas

finden. Eine Hauruckaktion an einem Wochenende. Seine jetzige Wohnung stand schon eine Weile leer – Wanninger weiß, warum –, außerdem war sie günstig und nicht weit weg von seiner Arbeit. Drei Gründe, die ihn haben unterschreiben lassen. Etwas, das er seither bereut.

Sylvia hat mit den Kindern und dem Hund mehr Platz gebraucht, das hat er verstanden. Abgesehen davon hätte Wanninger nicht gewollt, dass Lea und Ben nach der Scheidungsschlammschlacht ihrer Eltern auch noch umziehen müssen. Sie konnten ja nichts dafür. Er sieht die beiden kaum noch, zahlt nur den Unterhalt. Liegt bestimmt auch am Alter – mit 16 und fast 18 haben sie was Besseres zu tun, als ihren alten Herrn in seinem Souterrainloch zu besuchen – zumal er ohnehin so gut wie nie da ist, weil er zu viel arbeitet und sein Zuhause hasst. Doch der Realität entkommt man nicht.

Wanninger hätte wirklich gern gewonnen.

―

Karla wollte immer in den Norden ziehen – zu ihren Freunden und ans Meer. Ein gemütliches Haus mit Garten, gute Luft, ein Pferd für ihre Tochter, ein Elektroroller für ihren Sohn, ein paar gute Freunde für jeden von ihnen und das Rauschen der Wellen. Nichts Protziges, einfach nur ein Haus. Vielleicht ein paar Obstbäume und ein Gemüsebeet. Und eine Wiese mit einer Hängematte. Hohes Gras, Wildblumen, Bienen. Karla hat es immer vor sich gesehen wie eine Tatsache, wie einen Ort, den es wirklich gibt.

Aber eine Immobilie ist leider nicht drin. Obwohl Karla mit ihren Romanen durchaus gut verdient. Sie können davon leben, sie und ihre Kinder – und das in einer Stadt wie München. Das kann nicht jeder von sich behaupten. Aber ihre Vorschüsse, Lizenzverkäufe und Tantiemen reichen trotzdem nicht aus, damit Karla abzüglich aller anfallenden Kosten das nötige Eigenkapital zusammensparen könnte, um ein Haus zu kaufen.

Also hat sie sich mit der Zeit arrangiert mit ihrer viel zu kleinen Wohnung, in der sie so gut wie keine Privatsphäre hat, geschweige denn einen Raum zum Schreiben. Das macht sie in der Küche oder an einem klapprigen Campingtisch in ihrem »Schlafzimmer« – einer Nische, die nur durch einen Vorhang vom Wohnzimmer getrennt ist.

Dennoch hätte Karla gesagt, dass sie es gut haben. Ein schönes Zuhause im Grünen und doch zentral gelegen, mit allem, was sie brauchen. Minimalistisch, aber liebevoll. Karla hat sich im Laufe der letzten Jahre von allem getrennt, das keinen Zweck erfüllt – getreu der Marie-Kondo-Methode. Anfangs hat sie es für Quatsch gehalten, doch mit jedem Teil, das sie und ihre Kinder aussortiert, verschenkt oder verkauft haben, hat Karla sich leichter gefühlt. Als würde man Dinge eben doch nicht besitzen, sondern umgekehrt. Wie Anker, die einen an Ort und Stelle halten.

Umso unwirklicher ist diese Situation. Diese sich ausdehnenden Sekunden, in denen Karla wie betäubt auf ihr Handydisplay starrt. Die schwarzen Buchstaben pulsieren vor ihren Augen. Aber sie verschwinden nicht, egal, wie oft Karla die Nachricht liest. *Herzlichen Glückwunsch, Sie gehören zu den Gewinner:innen!* Karla starrt auf den Satz, als würde sie damit rechnen, dass er jeden Moment wieder verschwindet und dass sie, Karla, sich das alles nur eingebildet hat: das Piepen der eintreffenden Nachricht in exakt dem Moment, als Wiseman es angekündigt hat. Karla hört es ihn noch sagen. *1799 von Ihnen werden in den nächsten Sekunden erfahren, dass sie eine*

Immobilie gewonnen haben. Genau da hat ihr Handy gepiept. Und ihre Kinder haben sie ungläubig angesehen. Leere Gesichter mit Augen, in denen etwas flackert. Karla hat kurz an einen Sekundenschlaf geglaubt, an einen erschreckend realen Traum, aus dem sie gleich aufwachen wird. So sind nun mehrere Minuten vergangen, in denen sie und ihre Kinder reglos auf dem Sofa sitzen, als wären sie ein Standbild.

Herzlichen Glückwunsch, Sie gehören zu den Gewinner:innen! Die Anschrift Ihrer neuen Immobilie lautet: Kratzerstraße 6, 80638 München. Eckdaten: (vermietetes) viktorianisches Reihenhaus, sechs Zimmer, 238 m² Wohnfläche, 456 m² Grund, PKW-Stellplatz – derzeitige Mieteinnahme 2 300 EUR/monatlich, kalt. Marktwert: 5,4 Millionen EUR.

5,4 Millionen Euro.

5,4 Millionen Euro.

Karla starrt auf diese Zahl. Diese unfassbare Zahl. Eine Fünf, eine Vier und fünf Nullen. 5 400 000 Euro.

Alle relevanten Unterlagen, die den Eigentümerwechsel belegen, gehen Ihnen in den nächsten Tagen postalisch zu. Zur Sicherheit werden sie an beide Adressen versandt – an Ihre jetzige und an die Ihrer neuen Immobilie. Alles Gute wünscht Ihnen, Ihr Reality-Show-Team.

Karla schüttelt ungläubig den Kopf.

Sie kennt dieses Haus, sie kennt es gut. Sie war unzählige Male in der Gegend mit ihrem Hund spazieren – keine fünf Minuten von ihrer Wohnung entfernt und doch eine vollkommen andere Welt. Karla liebt die Straße mit den kleinen Bäumen. Sie ist friedlich. So, als würde man in ein Kinderbuch abbiegen. Alle Häuser und Grundstücke dort sind schön, aber bei diesem Haus dachte sie immer: Da leben bestimmt glückliche Menschen.

Ja, sie haben sich registriert – alle drei. Trotz Karlas anfänglicher Bedenken. Aber sie hätte niemals für möglich gehalten, dass sie gewinnen – weil Karla noch nie etwas gewonnen hat, sie hat immer nur gearbeitet.

LET IT BLEED.

Es ist das erste Mal, dass Lina mit zu einem Einsatz darf. Nicht etwa, weil ihre Vorgesetzten plötzlich an sie glauben, sondern weil Weihnachten ist und die meisten ihrer Kollegen Urlaub haben. Eltern werden bevorzugt behandelt. Wenn es danach geht, wird Lina wohl niemals an Heiligabend frei bekommen. Einen kinderlosen Single wie sie vermisst sowieso keiner.

Huber, Meisheit und Jobst wurden kurzfristig reinbestellt, die anderen sind zu weit weg – Blaschke mit der Familie beim Skifahren in Sankt Moritz, Reuther mit seinen Kindern in Portugal und Hagen bei einer Kreuzfahrt auf der AIDA.

Das ist Ihre Chance, hat Halberg vorhin gesagt. Es hatte etwas von einer Drohung.

Jetzt, 20 Minuten später, sitzt Lina im Einsatzfahrzeug hinten, neben den kugelsicheren Westen und fragt sich, was sie dort soll. Nicht neben den Westen, sondern bei diesem Einsatz. Vermutlich ist sie nicht mehr als eine schwer bewaffnete Statistin, die Präsenz zeigt. Eine Uniformierte mehr, und damit Teil einer ziemlich plumpen Einschüchterungstaktik. Sie weiß nicht mal, wen sie damit einschüchtern wollen, immerhin sind laut Halberg die Geiselnehmer längst weg.

Lina schaut aus dem Fenster und hört Musik – *Let it Bleed* von den Rolling Stones. Das Kopfsteinpflaster ruckelt sie durch, so wie Halberg rast. Sie sind fast da, fast an der Zieladresse: Böcklinstraße 41, 80638 München. Nette Gegend. Lina radelt da manchmal durch. Viktorianische Reihenhäuser dicht an dicht wie ein amerikanisches Gebiss. Die in der Böcklinstraße sind größer und teilweise sogar freistehend. Mit eigenem Stellplatz und allem. Ein Viertel für Klischeefamilien mit Golden Retrievern – und verdammt viel Geld. Lina hat mal zwei Straßen weiter eine Wohnung besichtigt. 27 Quadratmeter für 1 000 Euro kalt. Aber sie ist nicht dort eingezogen, stattdessen wohnt sie jetzt im Olympiadorf. In einem Apartment im zwölften Stock. Tolle Aussicht. Die hätte sie in Gern nicht gehabt. Da wäre ihr nur der alte Baumbestand im Weg gewesen.

Halberg rast an der Kratzerstraße vorbei, kurz darauf biegt er ab, ohne zu blinken, das Heck bricht aus, das ASR-System greift ein. Wären die Straßen trocken, würden die Reifen quietschen. Lina sieht zu, wie das Blaulicht des Einsatzfahrzeugs über die Hausfassaden wischt. Erst als der Wagen im nächsten Moment zum Stehen kommt, nimmt Lina die Kopfhörer raus.

»Zielperson in der Einfahrt«, sagt Halberg und steigt aus. Lina und die anderen folgen ihm.

Die Frau auf dem Klappstuhl wirkt müde, aber ansonsten nicht weiter mitgenommen. Als wäre so eine Geiselnahme auch nicht anstrengender als ein normaler Arbeitstag. Auf dem Weg hierher, hat Lina sich noch vorgenommen, unbefangen zu sein, schließlich hat Frau Kanitz nach deutschem Recht nichts verbrochen. Doch jetzt, wo sie sie sieht in der Kiesauffahrt ihres riesigen Anwesens – eine Immobilie von 1 800, während Lina sich von ihrem Lohn wohl nie ein Eigenheim wird leisten können –, ist sie es doch. Befangen.

Sie mag diese Frau nicht. Mit ihrer reinen Haut und dem herablassenden Blick. Mit ihren hohen Wangenknochen. Lina wollte immer hohe Wangenknochen. Vermutlich, weil sie selbst Pausbacken hat – und hormonbedingte Akne. Die kam damals pünktlich zu ihrer ersten Periode, und sie ist sie nie wieder losgeworden. Vor allem der Kieferbereich ist schlimm. Sie überschminkt die entzündeten Stellen jeden Tag, als könnte sie ihren Kollegen ihren echten Anblick unmöglich zumuten.

Meisheit und Jobst stehen neben Kanitz in der Auffahrt und befragen sie. Jemand bringt eine Decke und Schuhe. Kanitz zieht sie an und wickelt sich die Decke um die Schultern. Halberg nickt immer wieder verständnisvoll, Jobst notiert etwas, und Lina steht herum. Und dann endlich fällt ihr ein, an wen Claudia Kanitz sie erinnert. Der Gedanke lag die ganze Zeit am Rande ihres Bewusstseins, so wie einem etwas auf der Zunge liegt.

Zu ihrer Verteidigung: Es ist schon ziemlich lange her, dass sie damals *House of Cards* gesehen hat. Claudia Kanitz ist eine deutsche Version von Claire Underwood. Die Frisur, die schmalen Lippen, der kühle Gesichtsausdruck. Sie ist auf eine Art gefasst, die Lina fast ärgert. Irgendwie kaltschnäuzig. Irgendwie berechnend. Und verdammt souverän. Souveräner, als Lina es je sein wird. Eine Claudia Kanitz wäre nie nur eine Statistin auf dem Gehweg. Sie würde den Einsatz leiten. Eine wie sie würde Braun sagen, dass er sich ins Knie ficken kann. Und er würde sich nicht trauen zu widersprechen. Trotzdem mag Lina sie nicht. Weder sie noch das, wofür sie steht.

»Schreiber«, ruft Halberg in ihre Richtung, und Lina zuckt zusammen.

»Ja?«, sagt sie, als sie bei ihm ankommt. Es klingt bemüht.

»Sie begleiten Frau Kanitz ins Präsidium. Meisheit, Jobst und Huber kümmern sich einstweilen um die Spurensicherung.«

Lina stockt der Atem. »*Ich* bringe sie zurück?« Sie klingt wie ein Kleinkind. »Etwa allein?«

»Machen Sie sich nicht lächerlich, Schreiber. *Sie* ist hier das Opfer, keine Täterin«, sagt Halberg.

Ansichtssache, denkt Lina.

»Abgesehen davon komme ich gleich nach.«

»In Ordnung«, sagt sie mit fester Stimme.

»Wenn Sie im Büro sind, bereiten Sie schon mal alles für die Befragung vor. Frau Kanitz ist derzeit unsere einzige Zeugin in dem Fall.« Er mustert Lina. »Passen Sie gut auf sie auf.«

»Sie können sich auf mich verlassen.«

Sie können sich auf mich verlassen? Im Ernst jetzt?

Halberg massiert sich die Schläfen. »Ich will, dass Jansen die Befragung übernimmt« – natürlich will er das –, »bringen Sie sie auf den neuesten Stand, wenn Sie ankommen, ja?«

»Sicher«, sagt Lina.

»Und bitte sorgen Sie dafür, dass Frau Kanitz umgehend von einer unserer Ärztinnen durchgecheckt wird, bevor ich zurück bin.« Er macht eine vage Handbewegung. »Nur für alle Fälle. Wir sollten sichergehen.«

Kurz darauf sitzen sie und Claudia Kanitz in einem der Dienstwagen – Lina am Steuer, Kanitz schräg hinter ihr. Als wäre es ein Shuttleservice und Lina ihre Fahrerin. Sie ertappt sich mehrfach dabei, wie sie verstohlen in den Rückspiegel schaut. Gleichermaßen abgestoßen und fasziniert.

Lina würde Kanitz gern fragen, wie es sich anfühlt, so viele Menschen auf dem Gewissen zu haben. Ob sie nachts noch ruhig schlafen kann. Und dann denkt sie, dass eine wie Claudia Kanitz bestimmt gut schläft in ihrem Boxspringbett und der Schlossberg Bettwäsche aus feinstem Jersey. Die vermisst Lina manchmal. Es geht nichts über Jersey auf frisch rasierten Beinen. Ein Gefühl, das nur Leute kennen, die entweder in die richtigen Kreise geboren werden oder die sich dahin hocharbeiten. In ihrem Fall war es weder noch – ihren Eltern gehört ein kleines Wellnesshotel im Brixental. Alles vom Feinsten: Bioküche, Massagen, Infinitypool – und Jerseybettwäsche. Sie hätte das alles haben können. Doch dafür hätte sie sich ihrer Mutter unterwerfen müssen, und dazu war sie nicht bereit. Lina hat sich unabhängig gemacht und verbringt ihre Nächte seitdem unter Ikeaüberzügen. Sie hat ihr Bett gemacht, und jetzt muss sie darin schlafen. Handlungen und Konsequenzen.

Vielleicht kommt man nur dahin, wo Claudia Kanitz es hin geschafft hat, wenn man so ist wie sie. Eine organische Maschine. Wie künstliche Intelligenz unter menschlicher Haut. Ihre Gesichtszüge sind klar und deutlich, ihre Augen kühl und fokussiert auf das Handydisplay gerichtet. Das bläuliche Licht lässt sie eisig aussehen.

Linas Mutter meinte immer wieder, dass es Lina an Zielstrebigkeit fehle. Zielstrebigkeit und den nötigen Biss, um etwas zu erreichen, sich durchzusetzen – zu *dominieren*, war ihr genauer Wortlaut. Vielleicht hat sie recht damit. Vielleicht ist das der Preis, den man zahlt für ein reines Gewissen.

JULIAN.
MISTER UNDERCOVER.

Das Haus ist noch protziger, als ich es in Erinnerung habe. Ein halber Palast für vier Menschen und ihr Personal. Ich war nicht sonderlich oft hier, nur zu ein paar steifen Abendessen, zu denen Felicitas mich eingeladen hat und bei denen ich, eher laienhaft, den großen Bruder gegeben habe.
Mein Kiefer tut weh, aber er ist nicht gebrochen – dasselbe gilt für mein Jochbein. Ziemlich beeindruckend, was zwei gut platzierte Schläge im Gesicht anrichten können. Ich spüre die Schwellungen anwachsen, meine Lippe ist aufgeplatzt, mein Schädel dröhnt, ich schmecke einen metallischen Rest Blut.
Die Ironie an der Sache ist, dass ich dem Ganzen auch noch zugestimmt habe. Zum einen, weil es auf die Art sehr viel überzeugender aussieht, zum anderen, weil es einfacher ist. Einen fähigen Maskenbildner muss man erst mal auftreiben. Und dann auch noch dafür sorgen, dass er dichthält. Stattdessen habe ich beide Wangen hingehalten. Ich glaube, Jesus wäre stolz auf mich. Und das Ergebnis kann sich wirklich sehen lassen – ich schaue mir kaum noch ähnlich und doch ähnlich genug, dass man mich sofort erkennt. Eine Meisterleistung.
Ich war mein Leben lang sorglos. Geld, Urlaube, ein teurer Wagen zum 18. Geburtstag – alles völlig normal. Bis ich herausgefunden habe, woher das Geld kam, das ich gedankenlos für Partys und Spaß rausgeschmissen hatte.

Mein Vater wollte, dass ich in den Semesterferien praktische Erfahrungen in seinem Unternehmen sammele – einer renommierten Finanzberatung. Er hat darauf bestanden, dass ich mich hocharbeite und mir so den Respekt meiner Kollegen verdiene.

Die Kollegen waren nicht das Problem – ich kann mit den meisten Menschen. Ich bin einer von denen, die irgendwie jeder mag. Keine Ahnung, woran das liegt. Leute reden einfach gern mit mir. Vor allem die, mit denen sonst keiner spricht – das galt besonders für die aus der Rechtsabteilung.

Das ist wirklich krass, meinte Richard Krause mal beiläufig beim Mittagessen. *Manche von denen geben einfach nicht auf. Die eine zum Beispiel, sie heißt Katharina Böhm, die versucht seit Jahren, gegen uns vorzugehen. Vergeblich, natürlich. Sie behauptet, Litten & Partner hätte ihre Mutter um ihr gesamtes Erspartes gebracht. 56 000 Euro. Ist 'ne schlimme Sache. Sie wird das Geld nie wiedersehen.*

Ich habe es nachgeprüft. Es waren 56 357 Euro und zwölf Cent.

Für meinen Vater Peanuts, aber in der Summe doch Millionen.

Es gibt mehrere Hunderttausend solcher Fälle. Magdalena Böhm war nur einer davon. Irgendein Name auf irgendeiner Liste. Eine Gutgläubige mehr, die alles, was sie hatte, auf Anraten meines Vaters hin – oder auf Anraten eines seiner Lakaien – in irgendwelche höchst zweifelhaften Fonds und Aktien investiert hat, bei denen von Anfang an klar war, dass sie wertlos sind. Eine perfekte Wolf-of-Wall-Street-Nummer mit meinem Vater als deutsche Antwort auf Jordan Belford.

Bei meinen Nachforschungen bin ich auf mehr Dreck gestoßen, als ich verdauen konnte. Unzählige Einzelschicksale, die keinen interessiert haben, irgendwelche Akten in verschlossenen Schränken. Ich wollte es nicht wahrhaben. Ich wollte nicht glauben, dass mein Vater zu so etwas fähig ist. Also habe ich ihn damit konfrontiert. Und er hat gelacht. Ich kann sein Lachen noch hören. Ein bellender, herablassender Laut. Danach hat er gesagt: *Hast du etwa auf einmal ein Gewissen, mein Junge?* Mein Junge. Er sagte wirklich mein Junge. *Es hat dich doch bisher noch nie interessiert, woher das Geld kam. Du wolltest es nur ausgeben. Genau wie deine Mutter.*

Da hätte ich ihm gern eine reingehauen. Meine Faust in sein Gesicht. Ihm etwas zu brechen, hätte mich in dem Moment auf eine Art innerlich befriedigt, die ich fühlen, aber nicht beschreiben kann. Im wahrsten Sinne des Wortes. Und doch habe ich es nicht getan. Ich habe ihn nicht angeschrien. Ihm nicht gesagt, dass er sich ins Knie ficken soll. Meine Mutter nicht verteidigt – die er jahrelang beschissen behandelt und betrogen hat. Stattdessen habe ich gewartet. Auf den richtigen Moment. Und einen Plan. Das ist er jetzt. Wir stecken mittendrin.

Zwei der Geiselnehmer führen mich den Flur hinunter in das riesige Wohnzimmer, das wie ein Glaskubus auf der perfekt getrimmten Rasenfläche liegt. Die Kabelbinder schneiden in meine Handgelenke, ich habe Durst und Hunger, beides fördert mein Schauspiel. Die Leiden des jungen J.

Mein Auge tränt, es hört gar nicht mehr auf. Der Gang macht eine Biegung, dann erkenne ich mitten im Raum leicht verschwommen das Sofa – ein Sofa, so groß wie eine Insel, mit drei Gestrandeten, die in meine Richtung blicken.

Als ich blinzle, wird das Bild wieder scharf, und ich sehe in Felicitas' eingefrorenes Gesicht. Sie starrt mich fassungslos an, dann irgendwann sagt sie matt: »Julian.« Es ist ein Tonfall, als wäre ich von den Toten auferstanden und direkt aus meinem Grab in ihr Wohnzimmer gekommen. Als wäre ich nicht nur für meinen Vater gestorben und umgekehrt, sondern tatsächlich.

Meine beiden Halbgeschwister schauen zwischen fragend und angewidert, vielleicht auch ein bisschen verwirrt, so als wüssten sie nicht recht, ob sie diesen übel zugerichteten Typen kennen, der gerade ihren Fußboden vollblutet. Heller Teppich. Normalerweise wäre das eine mittlere Katastrophe. In diesem Zusammenhang ist es ein Kollateralschaden. Mein Gesicht, der Teppich.

»Los, weiter«, sagt einer der Typen neben mir, packt mich am Oberarm und zerrt mich in Richtung Wintergarten.

Ich gebe es ja nur sehr ungern zu, aber ich bin tatsächlich ein bisschen nervös, meinen Vater wiederzusehen. Das letzte Mal ist lange her. Und gleichzeitig nicht lange genug. Damals dachte ich, es wäre ein finales Zusammentreffen, ein Abschied bis zu seiner letzten Ruhe. Vielleicht sogar darüber hinaus.

Und jetzt bin ich hier, in seinem Wohnzimmer, zurück in seinem Leben, ein Ass im Ärmel, von dem er nichts weiß.

In der Sekunde, als ich den Wintergarten betrete, schaut er auf. Und schließt im nächsten Moment verzweifelt die Augen.

THE SHOW MUST GO ON.

Jane schaut neben sich, wo Noah schlafend zwischen ihr und ihrem Bruder liegt, ihr Mann ist nebenan und telefoniert mit seiner Mutter, Janes Mutter und Nadine sitzen am anderen Sofaende. Sie schauen alle wie gebannt in den Fernseher. Zu Zachary Wiseman, der breit in die Kamera grinst. Mit einem Blick wie ein kurzer Flirt. Er macht das ausgesprochen gut, was Jane irgendwie überrascht. Sie kennt ihn von Instagram, klar. Aber gefolgt ist sie ihm nicht – solche Sportfanatiker frustrieren sie nur. Andererseits war sie schon immer beeindruckt von Leuten, die über so viel Willenskraft und Durchhaltevermögen verfügen. Die sich nicht von ihren Zielen abbringen lassen. Nicht so wie sie.

Jane hat einige seiner Posts gelesen, ein paar Reels angeschaut – unsympathisch war er ihr nicht, aber so eine Nummer hätte sie ihm trotzdem nicht zugetraut. Offen gestanden dachte sie immer, er wäre ein bisschen blöd. Anders kann Jane sich so viel Sport und diese Art der Ernährung einfach nicht erklären. Wie viel braunen Reis kann jemand bei Verstand bitte essen, bevor er durchdreht?

»Claudia Kanitz hat ihre gerechte Strafe erhalten«, unterbricht Wiseman Janes Gedanken. »Und das nur dank Ihnen. Ich hoffe, Sie sind bereit für den nächsten Fall, denn genau der wartet gleich auf Sie.« Wieder ein Lächeln. »Ich würde sagen, es wird Zeit für unser Glücksrad. Ich weiß ja nicht, wie es Ihnen geht, aber ich kann es kaum noch erwarten.« Kurze Pause. »Wie heißt es so schön? The show must go on.«

Jane weiß nicht, ob es die Sendung ist, die sie derart angespannt sein lässt, oder ob es an der Sensationslust liegt, die sich fast schon rauschhaft in ihr ausbreitet. Jane würde es vermutlich eher nicht zugeben, aber sie hat lange nichts mehr als so befriedigend empfunden wie das hier. Dabei zuzusehen, wie Gerechtigkeit hergestellt wird. Wie bei einer von diesen alten Waagen, deren Schalen man nach und nach mit genügend Gewichten ausgleicht. Jane gefällt dieses Unmittelbare. Dass der Kanitz-Prozess nicht unter Ausschluss der Öffentlichkeit stattgefunden hat, wie das in solchen Fällen normalerweise üblich ist, sondern vor aller Augen. Tatsächlich gerecht.

Jane hat vor ein paar Monaten eine Doku auf Arte gesehen, in der es um Gorillas und Bonobos ging –, unter anderem auch um deren stark ausgeprägten Gerechtigkeitssinn – ganz ähnlich dem des Menschen. Einer der Versuche ist Jane dabei besonders in Erinnerung geblieben: Zwei Bonobos in benachbarten Gehegen wurden für ihre Arbeit mit Gurkenscheiben belohnt. Sie waren beide damit zufrieden – aber nur so lange, bis einer der beiden plötzlich Trauben anstelle der Gurkenscheiben bekam. Ihre Gehege waren nur durch eine Glasscheibe voneinander getrennt, das heißt, der Gurkenscheiben-Bonobo konnte es sehen. Eine Weile arbeitete er noch weiter, irgendwann jedoch wurde er unvermittelt wütend. Er verweigerte die Arbeit, nahm die eben gereichte Gurkenscheibe und schleuderte sie durch den kleinen Futterschacht hinaus aus seinem Käfig.

Er fühlte sich ungerecht behandelt. Der Gurkenscheiben-

Bonobo wartete vergeblich darauf, ebenfalls Trauben für seine Arbeit zu bekommen. Ähnlich verhält es sich mit der Durchschnittsbevölkerung dieses Landes. Die hat auch jahrzehntelang nur Gurkenscheiben bekommen. Und genau diese Wut hat die Rechten ins Parlament gebracht.

»Wir machen besser mal weiter«, sagt Zachary Wiseman. »Immerhin warten noch viele andere tolle Kandidat:innen auf ihren großen Auftritt.« Er grinst. »Die wollen wir schließlich nicht zu lange auf die Folter spannen.«

Jane rückt weiter in Richtung Sofakante. Sie würde jetzt wirklich gern eine rauchen. Zum ersten Mal seit Jahren bedauert sie es, damit aufgehört zu haben. Läge da gerade eine Zigarettenschachtel vor ihr auf dem Tisch, würde sie es vermutlich tun. Einfach eine anzünden. Aber da sind keine – stattdessen nur eine Babyflasche, ein Spucktuch, ein Schnuller, ein paar unterschiedlich volle Wassergläser, manche mit Kohlensäure, andere ohne. Früher hätte das anders ausgesehen. Bevor ihr Bruder Vater wurde und sie alle so verdammt vernünftig. Ab und zu denkt Jane wehmütig an diese Zeit zurück, daran, wie es sich angefühlt hat, als das Morgen immer weit genug weg war und man geraucht hat wie ein Kamin, weil der Tod einen nicht interessiert hat – als wäre er etwas, das einen einfach nicht betrifft. Diese jugendliche Ignoranz fehlt ihr manchmal. Sie und die Sorglosigkeit, von der sie sich nicht mal bewusst war, dass sie sie hatte. Endlose Nächte in irgendwelchen verrauchten Clubs, schlechte Musik, zu viele Drinks, zu wenig Schlaf und die falschen Männer – die genau genommen noch nicht mal welche waren. Milchgesichter ohne nennenswerten Bartwuchs, auf deren SMS man dann tagelang gewartet hat.

Jane will nicht mehr 19 sein. Und auch nicht mehr 25. Aber

manchmal tut es gut, sich an seine früheren Ichs zu erinnern und daran, dass es mal anders war. Weil das irgendwie zwischen den Zeilen verspricht, dass es das wieder werden kann.

»Nun, da wir Claudia Kanitz erledigt haben; die wird vermutlich gerade vom SEK eingesammelt – schönen Gruß an dieser Stelle,« – Wiseman lächelt verbindlich – »kommen wir endlich zu unserem Glücksrad. Dieses Mal haben wir mehrere Millionen Kontaktmöglichkeiten, aus denen wir wählen können. Noch mal danke an dieser Stelle. Wir sind begeistert, dass Sie alle so eifrig mitmachen.«

Jane schaut kurz zu David hinüber. Irgendwie verrückt, dass er vorhin angerufen wurde. Dass ein Zufallsgenerator aus allen möglichen Nummern ausgerechnet seine ausgewählt hat.

»Oh, oh«, sagt Wiseman dann und fasst sich übertrieben ans Ohr. »Wie die Regie mit gerade meldet, haben wir schon jemanden in der Leitung. Schönen guten Abend, willkommen bei der Reality Show, mit wem habe ich das Vergnügen?«

»Mit Veronika Bäumer«, sagt eine nervöse Stimme.

»Hallo Veronika, ich darf doch Veronika sagen?«

»Aber natürlich.« Sie klingt verlegen.

»Das war bestimmt gerade ein Schreck für Sie, als das Telefon geklingelt hat …«

»Ein bisschen«, gibt sie zu.

»Sie brauchen nicht aufgeregt zu sein«, erwidert Wiseman. »Alles, was Sie tun müssen, ist Stopp sagen – das bekommen Sie hin. Nicht wahr, Veronika?«

»Ich glaube schon.«

»Dann lassen Sie uns anfangen.« Wiseman streckt den Arm aus und umfasst einen der Griffe. »Ich bin bereit, wenn Sie es sind.«

»Das bin ich«, sagt Veronika.

»Na dann – los geht's! In drei, zwei, eins ...« Er dreht das Rad.

Jane hätte jetzt wirklich gern eine Zigarette.

»Ich betätige den Buzzer, wann immer Sie es mir sagen, in Ordnung, Veronika?«

»Noch nicht«, antwortet sie, und Wiseman lacht.

»Sie mögen den Nervenkitzel, das gefällt mir«, erwidert er. »Genau so macht man gutes Fernsehen.«

Es vergehen ein paar Sekunden. Bis auf das leise Klicken des Rades ist es vollkommen still. Eine Stille, die Jane den Atem anhalten lässt.

»Jetzt sag doch endlich Stopp«, murmelt David angespannt.

»Stopp!«, ruft Veronika, und Wiseman schlägt auf den Buzzer.

»Das haben Sie wunderbar gemacht, Veronika, ein richtiges Naturtalent!«, sagt Wiseman und macht einen Diener in Richtung Kamera. »Jetzt müssen wir nur noch nachsehen, wen es getroffen hat.« Er umfasst eine der Ecken der papiernen Abdeckung. »Also dann, let's do this.« Mit einem lauten Ratschen reißt er sie ab und sagt dann triumphierend: »Das ist er! Unser nächster Kandidat! Haraaaaalllld Liiiiindeeeemann!«

PECUNIA NON OLET.

Harald wollte ja schon immer ins Fernsehen. Vielleicht nicht unbedingt so, unter diesen Umständen, aber doch ins Fernsehen. Am liebsten zur Primetime in eine quotenstarke Sendung. Und das ist er jetzt. Quotenstärker geht es kaum. *Na gut*, denkt Harald. Ein Punkt weniger auf seiner Liste.

Als im nächsten Moment sein Imagefilm startet – eine Großaufnahme seines Gesichts begleitet von pathetischer Musik –, ist Harald auf eine unpassende Art freudig erregt, als hätte sein Körper den Ernst der Lage nicht ganz begriffen. Und die Lage ist ernst, so viel steht fest – sehr viel ernster, als Harald es sich eingestehen möchte. Denn auch, wenn er es herunterspielt und seine Geiselnehmer bislang recht zuvorkommend waren, so sind diese Leute doch schwer bewaffnet und wohl auch gewillt, ihre Waffen einzusetzen. Gegen ihn, oder – schlimmer noch – gegen Markus. Harald würde es sich niemals verzeihen, wenn ihm seinetwegen etwas zustößt – wenn seine Fehlbarkeiten am Ende Markus das Leben kosten. Haralds Mutter hat immer gesagt, man überlebt alles, aber in dem Fall glaubt er es nicht. Manches bringt einen todsicher um, davon ist er überzeugt. Markus zu verlieren gehört dazu.

Kurz darauf ebbt die pathetische Musik ein wenig ab, und eine tragende Männerstimme sagt: »Harald Lindemann – digitaler Multimilliardär und Phantom. Ein Mann, vom dem Sie vermutlich noch nie gehört haben – und doch ist er überall.«

Nicht gerade ein charmanter Einstieg, wie Harald findet, und doch irgendwie sehr treffend. Er hat sich stets bedeckt gehalten, wenn es um öffentliche Auftritte ging – und er hätte viele haben können: Talkshows, Gesprächsrunden und dergleichen. Trotzdem hat er die Anfragen, die dahingehend reinkamen, grundsätzlich abgelehnt – und das, obwohl er gern ins Fernsehen wollte. Weil so die ganzen kleinen Versager aus seinem Heimatkaff hätten sehen können, wie weit er es gebracht hat – vor allem weit weg von ihnen und seiner Herkunft. Als wäre es ein altes Leben, das er abgestreift hat wie einen Putzhandschuh. Und doch hat er es nicht getan, sich nie öffentlich gezeigt. Zum einen, weil er seine Privatsphäre schätzt, zum anderen, weil er nichts von Negativ-PR hält – die ist und bleibt negativ, er versteht nicht, was daran gut sein soll. Abgesehen davon wird man die so schlecht wieder los. Wie wenn man in Scheiße steigt – egal, wie gründlich man den Schuh putzt, man ist trotzdem in Scheiße gestiegen. So ein Datenschutzskandal bleibt genauso an einem haften. Das sind so die Themen, die Journalisten immer wieder rauskramen, wenn es sonst nichts gibt, worüber sie berichten können, die armen Teufel. Harald kennt einige Leute, die haben sich von so was nicht wieder erholt. Immerhin auch Existenzen, die ruiniert wurden, aber an die denkt keiner. Die waren dann alle bei Lanz und Johannes B. Kerner und Anne Will und haben versucht, sich zu erklären. Zu rehabilitieren, eine öffentliche Absolution zu erhalten. Da hat Harald echt keine Lust drauf. Er wird keine von diesen traurigen Kreaturen, die zusammen mit anderen Idioten in drittklassigen Fernsehsendungen hocken und sich dort um Kopf und Kragen reden. Einstudierte Sätze, die man wiederkäut, weil man sonst nichts zu sagen hat. Da ist er raus. Das Geheimnis ist: Gar nicht erst mit dem Rechtfertigen anfangen, stattdessen entweder leugnen, angreifen oder sich dumm stellen, alles andere mündet in eine Abwärtsspirale, und man wird weggespült wie Brackwasser.

»Harald Lindemann ist aus der digitalen Welt nicht mehr wegzudenken. Beinahe jede und jeder von uns nutzt eines, viele sogar gleich mehrere seiner Online-Angebote und Apps – oft ohne es zu wissen. Lindemann hat es meisterlich für sich zu nutzen gelernt, die vermeintlichen Unzulänglichkeiten und Schwächen der Menschen zu Geld zu machen. Ein Milliardenvermögen, das wächst und wächst und wächst, weil er an unseren Bedürfnissen ansetzt, an unserem Wunsch zu gefallen, an unserer Angst vor dem Alleinsein, der tiefsitzenden Furcht vor Einsamkeit. Harald Lindemann bietet mit seinen Apps maßgeschneiderte Lösungen für jeden Lebensbereich – egal, ob es sich dabei um Dating, Hobbys, Abnehmen, Sport oder Haustiertreffen in der Nachbarschaft handelt.«

Während der Sprecher das sagt, werden Haralds Apps eine nach der anderen eingeblendet, Logo für Logo, erst eine Reihe, dann zwei Reihen, dann drei. *Einige dieser Logos sind wirklich gelungen*, denkt Harald, *andere könnte man mal überarbeiten.*

»MatchMaker, SlimFit, CookIt – all diese Apps und noch viele mehr gehören zu Sparetime Inc., einem Unternehmen, das wiederum der Harman Group angehört – Harman, wie in Harald Lindemann –, die wiederum ihren Firmensitz auf Barbados hat und deren CEO nie persönlich in Erscheinung tritt«, fährt der Sprecher fort. »Es geht nicht primär um Steuerbetrug, auch wenn der bestimmt vorliegt.«

Tut er nicht, denkt Harald.

»Es geht um unsere Daten – mit denen wir teuer bezahlen, ohne es zu wissen.«

Und einfach so ist das, was immer ein Geheimnis war, gelüftet. Jahrelanges Stillschweigen für die Katz.

Ist es denn Haralds Schuld, dass er irgendwann kapiert hat, wogegen alle sich so vehement wehren? Nämlich, dass die wahre Krankheit des Westens dem Irrglauben zugrunde liegt, dass man, wenn man nur genug an sich arbeitet, irgendwann zufrieden mit sich sein wird. Als würde man im Leben auf einen Endpunkt hinarbeiten, der nicht der Tod ist, sondern die eigene Vollkommenheit. Der größte Blödsinn überhaupt, wenn es nach Harald geht, denn das genaue Gegenteil ist der Fall. Den Kampf gegen die Zeit kann keiner für sich entscheiden, die Zeit gewinnt immer. Sie ist die Bank. Man sieht es in der Natur unentwegt, wenn man drauf achtet. Es ist überall präsent, das ewige Aufblühen und Verwelken, Bäume in voller Pracht, kurz darauf ein Blütenmeer auf dem Asphalt. Kann Harald denn etwas dafür, dass die meisten nicht begreifen, dass es sich bei ihnen nicht anders verhält. Dass sie biologisch abbaubar sind und genau das tun, Tag für Tag abbauen, welken, sich dem Ende nähern – ganz gleich, wie viel Sport sie treiben, Sex sie haben, Kinder sie zeugen, Kilometer sie joggen. Sie werden alle sterben, jeder und jede zu seiner und ihrer Zeit.

»Das, was Harald Lindemann tut, mag auf den ersten Blick nicht verwerflich wirken, doch bei genauerer Betrachtung ist es das sehr wohl. Weil er den Löwenanteil seiner schwindelerregenden Umsätze nicht etwa aus den Verkäufen und Zusatzangeboten seiner Apps erwirtschaftet, sondern durch den Verkauf der personenbezogenen Daten seiner Nutzer:innen.«

Tja. Jetzt sind sie ihm also doch noch auf die Schliche gekommen. *Ein Jammer*, denkt Harald. *Es ist so lange gut gegangen.* Aber er hat sich nichts vorzuwerfen, Harald hat einfach den Markt studiert und ihm das gegeben, was er will. Im Gegenzug hat der sich selbst geregelt und sich erkenntlich gezeigt. *Welch wunderbare Symbiose das war*, denkt Harald leicht wehmütig, unmittelbar gefolgt von dem blöden Satz *Alles hat ein Ende, nur die Wurst hat zwei.* Und dann lächelt er. Trotz allem. Oder vielleicht gerade deswegen.

Ja, womöglich war's das jetzt. Ach, und wenn schon. Er hat es unter die Top Ten geschafft, oder nicht? Das soll ihm erst mal einer nachmachen.

GEBURTSVORBEREITUNG.

Kristin hat es irgendwie unbemerkt über das Fenster in den Nachbarraum geschafft und ist – bis auf eine Schürfwunde am Knie – unversehrt geblieben. Sie hat die Schlüssel zum Waffenschrank, sie steht reglos davor. Mit zitternden Knien und kalten Fingern. Während sie sich daran versucht, den passenden Schlüssel für das Sicherheitsschloss zu finden, steht Amelie nur ein paar Meter von ihr entfernt im Flur und schreit. Sie wird ihre Scharade nicht ewig aufrechterhalten können, Kristin muss sich beeilen. Sie muss an die Gewehre kommen, bevor diese Typen Amelie was antun, das werden die nicht ewig so mitmachen.

»Bring sie endlich zum Schweigen, verdammt!«, brüllt eine Männerstimme – sie scheint von oben aus dem Erdgeschoss zu kommen. Als hätte jemand die Tür zum Keller aufgerissen und runtergeschrien.

Im selben Moment findet Kristin endlich den passenden Schlüssel. Sie dreht ihn um, und das Schloss springt auf. Ihre Hände zittern unkontrolliert. Die nächste Hürde sind die Metalltüren des Schranks. Sie kennt sie gut, sie weiß, wie elend sie quietschen, wenn man sie öffnet.

Kristin atmet flach. Es ist zu still. Sie muss Amelies Gekreische nutzen, den nächsten Schrei abpassen, damit der eine Laut den anderen schluckt. Kristin macht sich bereit, sie hat die Schlüssel eingesteckt, umfasst nun beide Griffe des Waffenschranks, ihre Handflächen sind verschwitzt, Kristin wartet, befeuchtet sich die Lippen, denkt fieberhaft: *Komm schon, Amelie, komm schon, nur noch einmal.*

Als Amelie kurz darauf losplärrt, reißt Kristin die Türen des Waffenschranks auf, eine fließende, schwungvolle Bewegung, und sie sind offen. Das kurze Quietschen dürfte keiner gehört haben.

Dann sieht sie sie: Sieben Gewehre. Alle fein säuberlich verräumt, jedes in einer dafür vorgesehenen Halterung.

Während Kristin von dreien die Riegel zur Seite schiebt, droht die Situation im Flur endgültig zu kippen. Die beiden Männer brüllen Amelie an, Hilde schreit aus der Waschküche, dass sie sie in Ruhe lassen sollen, dass sie schwanger sei, einer der Männer plärrt: *Halt's Maul!*, Amelie kreischt und kreischt, und Kristin schultert die Gewehre. Zwei hat sie bereits. Beim Griff nach dem dritten hört sie Handgreiflichkeiten, ein Gerangel, dann etwas, das klingt wie eine Ohrfeige, und den gezischten Satz: *Wenn du nicht willst, dass dein Baby stirbt, bist du jetzt still.*

Danach gibt Amelie keinen Mucks mehr von sich.

Vollkommene Ruhe, fast schon geisterhaft. Auf einmal ist es so leise, wie es eben noch laut war – auf eine aufgeladene Art, als könnte jeden Augenblick alles in die Luft fliegen. Kristin hat genau eine Chance, das hier richtig zu machen. Eine. Ihre Geiselnehmer sind bewaffnet, und Kristin will lieber nicht herausfinden, ob sie bereit wären, ihre Waffen gegen sie einzusetzen. Vielleicht sind es nur Amateure. Vielleicht aber auch nicht.

Kristins Blick fällt auf den Lauf des Jagdgewehrs in ihren Händen. Er zittert. Ein Schuss aus so einer Büchse ist laut.

Lauter als bei einer Handschusswaffe. Kristin überlegt, ob es einen Weg gibt, den Schall zu dämpfen. Möglicherweise, wenn sie direkt am Körper ansetzt. Doch dafür müsste sie verdammt nah ran. Und wenn sie zu lange braucht, drücken am Ende die anderen ab. Hilde ist in der Waschküche, aber Amelie befindet sich mit ihnen im Flur – wo genau, weiß Kristin nicht, womöglich in direkter Schusslinie. Sie muss also nah ran. Und sie muss schnell sein.

Kristin steht atemlos hinter der angelehnten Holztür. Ihr Herz rast, der grauschwarze Raum um sie herum pulsiert, sie schwitzt überall – an den Handflächen, unter den Achseln, in den Kniekehlen, ja, sogar im Schritt. Sie stellt sich mit dem Rücken an die Wand und späht vorsichtig nach draußen. Auf dem Estrich sieht sie drei Schatten, die ineinander übergehen, unmöglich zu sagen, welcher zu wem gehört. Für den Bruchteil einer Sekunde zögert Kristin – dann entsichert sie lautlos das Gewehr und tritt hinaus in den Flur.

DATENVOLUMEN.

»Wenn ich ehrlich bin, kenne ich keine einzige dieser Apps«, sagt Jürgen.

»Echt jetzt?«, erwidert Basti ungläubig.

»Was denn für Apps?«, will Opa Fritz wissen und erntet dafür fünf skeptische Blicke.

Wenn man jung ist und mal nicht richtig aufpasst, ist das nicht unbedingt höflich, aber auch nicht wirklich schlimm. Geschieht einem dasselbe im Alter, schauen einen plötzlich alle ganz komisch an. So als hätte man gerade einen kleinen Schlaganfall oder würde erste Anzeichen von Altersdemenz zeigen.

»Jetzt schaut's nicht so blöd«, sagt Opa Fritz ruppig, »ich hab nur nicht richtig hingehört.«

Jürgen räuspert sich. »Dieser Lindemann«, erwidert er und zeigt auf den Fernseher. »Der hat wohl einen Haufen Geld mit verschiedenen Apps gemacht. So Datingsachen und so was.«

»Eben nicht mit den Apps«, sagt Franzi. »Sondern mit dem Verkauf der Anwenderdaten.«

»Was denn für Anwenderdaten?«, fragt Opa Fritz. Diese Erklärungen sind ihm alle viel zu abstrakt. Wie soll man sich denn darunter etwas vorstellen?

»Um die App nutzen zu können, musst du dich anmelden«,

sagt Basti, »mit deinem Namen, einer E-Mail-Adresse, Anschrift, Handynummer ...«

»Ich weiß, wie man sich anmeldet«, fällt Opa Fritz ihm ins Wort.

»Wenn es sich um eine kostenpflichtige App handelt oder eine mit In-App-Käufen«, übergeht Basti die Unterbrechung, »musst du zusätzlich deine Kreditkarte oder eine andere Bezahlmöglichkeit angeben ... Apple Pay, PayPal, was auch immer.«

»Und weiter?«, fragt Opa Fritz.

»Was meinst du mit *und weiter*?«, fragt Jürgen.

»Na, wer kauft denn so was? So E-Mail-Adressen und Postanschriften?«

»Unternehmen, die Kunden-Profiling betreiben«, sagt sein Sohn.

»Hm«, macht Opa Fritz. »Und was genau machen die dann damit?«

»Da gibt es einige Möglichkeiten: passgenau zugeschnittene Werbung, Fishingmails, Kreditkartenbetrug, eigentlich alles bis hin zum Identitätsdiebstahl. Es ist echt übel, dass so etwas passiert«, sagt Jürgen ernst. »Wenn jemand deine Daten hat, kann er sich als du ausgeben. Sachen bestellen, ja, sogar Verbrechen begehen.«

»Das ist ja grauenhaft«, sagt Helga und hält sich betroffen die Hand vor den Mund.

Jürgen nickt. »Das größte Problem daran ist, dass man seine Unschuld teilweise nicht beweisen kann«, fügt er hinzu. »Es gibt da echte Horrorgeschichten. Wir haben vor ein paar Wochen eine Sendung darüber gesehen. Nicht wahr, Schatz?« Er schaut zu Sonja hinüber. »Sonja hat das richtig mitgenommen.«

»Das stimmt«, sagt sie. »Seitdem bestelle ich nichts mehr online.«

Opa Fritz runzelt die Stirn. »Aber deswegen sind deine Daten doch nicht weg«, sagt er. »Oder verstehe ich da was falsch?«

———

»Dann wissen die eben, wo ich wohne und wie ich heiße ...«, sagt Gloria.

»Das ist leider nicht alles, was die wissen, meine Süße«, erwidert Clemens.

Maria mustert ihn. Irgendwie mag sie, dass er Kosenamen für ihre Töchter hat, und irgendwie auch nicht – aber das tut gerade nichts zur Sache, also schiebt Maria den Gedanken weg, greift nach der Fernbedienung und schaltet auf Stumm.

»Was haltet ihr von einer Nachspeise?«, fragt sie und erhebt sich vom Sofa.

»Es gibt eine Nachspeise?«, fragt Clemens überrascht.

»Ja«, erwidert Maria. »Ich habe uns eine gemacht. Viktoria, kommst du bitte und hilfst mir?«

Viktoria verdreht die Augen. »Wieso immer ich?«, mault sie. »Gloria kann doch auch mal helfen.«

»Ich habe aber dich gefragt.«

Viktoria bleibt sitzen und schaut motzig. »Aber der Fall läuft doch noch.«

Maria atmet hörbar ein. Sie hat anlässlich des heutigen Abends heimlich ein Dessert vorbereitet, was gar nicht so einfach war in einer fremden Küche – und einem Haus ohne Wände. Aber irgendwie hat sie es hingekriegt, ohne dass die anderen etwas gemerkt haben. Da ist es ja wohl das Mindeste, dass ihr jemand beim Verteilen und Arrangieren hilft.

»Los jetzt, Bewegung«, sagt Maria streng, und ihre Tochter steht widerwillig auf.

»Toll«, murmelt Viktoria neben ihr.

Irgendwie hat sie sich das alles ein bisschen anders vorgestellt. Die vergangenen vier Jahre haben sie und ihre Töchter Weihnachten zu dritt verbracht – erst waren sie im evangelischen Weihnachtsgottesdienst und danach gemeinsam zu Hause –, in einer festlich geschmückten Wohnung, mit großem Baum und ihren drei Katzen. Sie haben es sich richtig schön gemacht, gemütliche Abende mit angemessenem Essen und guter Stimmung. Es widerstrebt Maria, dass dieses Mal alles so anders ist: wo sie feiern, mit wem sie feiern, wie sie feiern. Und dann auch noch diese dämliche Fernsehshow. Es ist Weihnachten, Herrgott noch eins, das Fest der Liebe. Wieso muss man sich ausgerechnet an Heiligabend mit den niedersten Kreaturen der Gesellschaft befassen? Reichen die Nachrichten das ganze Jahr über etwa nicht aus? Kann es nicht einen Tag lang friedlich sein? Maria schaut in Richtung Sofa. Sie haben noch nicht mal ihre Geschenke ausgepackt, verdammt noch mal – und für Marias Dessert interessiert sich auch kein Mensch.

Ja, vermutlich würde sie das alles ein bisschen anders sehen, wenn sie eine von diesen Immobilien gewonnen hätten – aber das haben sie nicht. Also sieht Maria es so, wie sie es sieht.

»Was bedeutet *Anreicherung von Daten?*«, hört sie Gloria fragen, während sie ihr selbstgemachtes Vanilleeis aus dem Gefrierfach holt.

»So werden Profile zu Marketingzwecken erstellt«, erklärt Clemens. »Das macht es Unternehmen leichter, potenzielle Kunden anzusprechen.«

»Und wie funktioniert das?«

»Ich kenne mich da ehrlich gesagt auch nicht so gut aus«, gibt Clemens zu. »Aber es gibt Firmen, die sich darauf spezialisiert haben. Auf den Handel mit personenbezogenen Daten. Wenn ich nicht total falschliege, nennt man diese Leute Datenbroker.«

»Aber *wie* funktioniert es?«, fragt Gloria. »Ich meine, *wie* handeln die mit den Daten?«

Maria sieht, wie Clemens auf seinem Handy herumtippt. Kurz darauf sagt er: »Okay ... hier ist ein Artikel zu dem Thema. Da werden die Hintergründe erklärt.« Einen Moment ist es still, dann liest Clemens: »Datenbroker beziehen Daten aus unterschiedlichen Quellen: zum einen aus öffentlich zugänglichen Statistiken – die von den statistischen Landesämtern veröffentlicht werden –, zum anderen über Gewinnspiele, Kundenkarten und Bonussysteme, die eine Vielzahl von Unternehmen heutzutage anbietet. Zusätzlich werden Daten im Internet gesammelt: in sozialen Netzwerken, in Onlineshops oder bei Mail-Anbietern. Dafür kooperieren Datenbroker mit Unternehmen wie Google und Facebook, mit Versandhändlern, mit Telekommunikationsfirmen, Kreditinstituten, Energieversorgern, Verlagen und Marktforschungsinstituten.«

Maria erwärmt das Karamell in einem Topf, während Viktoria das Krokant dekorativ neben den Eiskugeln anrichtet.

»Das sieht schön aus«, flüstert Maria ihrer Tochter zu, woraufhin die sie kurz von der Seite anlächelt – mehr mit den Augen als dem Mund, genau wie ihr Vater.

»Machen das viele Firmen?«, fragt Gloria. »Das mit den Daten?«

»Damit handeln oder sie kaufen?«, fragt Clemens zurück.

»Damit handeln.«

»Also, laut diesem Artikel hier haben sich knapp 1 900 Un-

ternehmen auf dem deutschen Markt auf den Handel mit Adressen und anderen personenbezogenen Daten spezialisiert«, antwortet Clemens. »Die Big Player sind DataSpace, BC Direct, die ExpertGroup und die Deutsche Post.«
»Und dieser *Lindemann*«, ruft Viktoria aus der Küche.
»Genau«, sagt Clemens. »Und dieser Lindemann.«

———

»Für diejenigen unter Ihnen, die keine Ahnung haben, was *Anreicherung* oder *Veredelung* von Daten bedeutet, hier eine kurze Erklärung: Unternehmen A will potenzielle Kund:innen mit maßgeschneiderten Angeboten locken. Um das zu erreichen, beauftragt es Unternehmen B – nennen wir es BC Direct. Unternehmen B wiederum verfügt über eine Datenbank mit Profildaten von über 100 Millionen Personen, 61 Millionen Haushalten und 41 Millionen Gebäuden. Das sind die Grunddaten. Nimmt man nun den Datenpool von Unternehmen B und kombiniert diese Daten mit hinzugekauften Informationen von Unternehmen C – nennen wir es spaßeshalber Sparetime Inc. – so erhält man *angereicherte* Daten. Die Grunddaten von Unternehmen B – beispielsweise die Gebäudeart – werden verknüpft mit den personenbezogenen Daten von Unternehmen C – also mit den Angaben, die ein Anwender, beziehungsweise eine Anwenderin, bei MatchMaker gemacht hat, um endlich die große Liebe zu finden. Diese Parameter verfeinern das Kundenprofil um entscheidende Informationen – die es wiederum Unternehmen A ermöglichen, die angestrebte Zielgruppe zu erreichen.« Ein animiertes Schaubild verdeutlicht die einzelnen Schritte des Prozesses. »Alles, was wir tun, wie wir leben, welchen Job wir ausüben, mit wem wir chatten, wo wir unser Essen bestellen, *ob* wir

Essen bestellen – das alles verrät etwas über uns. Wie wir wohnen – in einem Mehrfamilienhaus, einem Plattenbau oder einem Eigenheim –, ob wir Single oder verheiratet sind, geschieden oder verwitwet, ob wir Kinder haben oder nur einen unerfüllten Kinderwunsch, einen Hund oder kranke Eltern, um die wir uns kümmern müssen, ob wir getrennt leben oder Flugangst haben, welchen Hobbys wir nachgehen, welche sexuellen Vorlieben wir heimlich googeln und hinterher aus unseren Verläufen löschen – unsere Apps und Browser und Suchmaschinenanbieter wissen alles über uns. Wir hinterlassen überall unsere Spuren. Bei WhatsApp, bei Instagram, bei Google – restlos alles, was wir posten, was wir anklicken, was wir suchen, wird registriert – und dann an den Meistbietenden verkauft.«

Der Sprecher pausiert, und der Bildschirm füllt sich mit Nullen und Einsen. Grün auf schwarz – wie damals bei Matrix.

»Was zu Beginn nur eine schnöde Anschrift war, ist am Ende ein gläserner Mensch. Und *das*, sehr verehrte Zuschauer:innen, sind *veredelte* Daten.«

Marion geht im Geiste alles durch, wo sie sich im Laufe der Jahre registriert oder angemeldet hat. Die Passwörter, die bei Chrome gespeichert sind, damit sie sie sich nicht merken muss, die Lieferdienste, bei denen sie Sushi oder Pizza bestellt, die PayPal-Zahlungen, die sie mit einem Fingerabdruck freigibt. Sie denkt an all die Profile, die sie erstellt hat, die verschiedenen Accounts, die im Netz von ihr kursieren. Die Liste ist endlos. Bei Social Media, bei Amazon, bei eBay, bei Etsy – und zuletzt dann auch bei MatchMaker.

»Bei genauerer Betrachtung ist es absolut genial: Erst machen sie uns auf unsere vermeintlichen Fehler aufmerksam –

dass wir zu alt, zu dick, zu erfolglos, zu faul, zu undiszipliniert, zu was auch immer sind – nur um uns dann die perfekten Lösungen für unsere Probleme anzudrehen. Online-Sportangebote, Abnehmgruppen, Erfolgscoachings, Produkte gegen Cellulite, gelbe Zähne, Falten, Hornhaut, zu dünnes Haar, Problemzonen, Krähenfüße. Es ist ein perfekter Kreislauf – geschmiert von unseren Daten. Soziale Schicht, Alter, Geschlecht, Einkommensverhältnisse, Konsumverhalten, Wohnumfeld, Religionszugehörigkeit, sexuelle Orientierung, politische Einstellung – sie wissen alles. Wobei Letztere laut Datenschutz natürlich nur mit expliziter Zustimmung verwendet werden dürfen – woran die sich natürlich alle halten. Is klar.«

Marion runzelt die Stirn. Wie konnte sie nur so leichtfertig mit ihren Daten umgehen? Ja, Marion kennt die Cookie- und Datenschutzmeldungen, die sie auf jeder verdammten Internetseite wegklicken oder personalisieren muss. Und ja, sie hat auch die diversen Auseinandersetzungen im Zusammenhang mit der DSGVO mitbekommen – aber wie das System hinter der Fassade abläuft, was genau mit den Daten passiert, das wusste sie nicht.

»Wie Sie sehen, ist Harald Lindemanns Erfolgsgeschichte zwar vollkommen anders als die von Claudia Kanitz, deswegen aber nicht weniger bemerkenswert«, schließt Zachary Wiseman. »Dieser Mann hat es absolut zu Recht in unsere Top Ten geschafft. Das Einzige, was jetzt noch fehlt, ist Ihr Urteil.« Kurze Pause. »Ach ja. Und dass Sie ihn kennenlernen. Bitte begrüßen Sie mit mir: Harald Lindemann.«

NEUER FALL, NEUES GLÜCK.

Harald ist auf Sendung – und sakrisch nervös deswegen. Als er das rote Blinken der Kamera sieht, schießt ihm durch den Kopf, dass Orange so gar nicht seine Farbe ist – und dann, dass das jetzt wirklich nichts zur Sache tut. Als er lächelt, spürt er seine Mundwinkel zittern, doch er glaubt, man sieht es ihm nicht an. Wenn Harald eins beherrscht, dann sich.

»Guten Abend, Herr Lindemann«, sagt der Moderator. »Wie schön, dass Sie es einrichten konnten.«

»Machen Sie sich nicht lächerlich«, erwidert Harald unbeeindruckt. »Ich werde hier von bewaffneten Maskierten festgehalten. Ich hab gar nichts eingerichtet.«

Für den Bruchteil einer Sekunde verrutscht Wisemans Miene. *Recht so*, denkt Harald.

»Unabhängig von den Umständen freue ich mich, mit Ihnen zu sprechen.«

»Das würde ich ja wirklich gerne zurückgeben«, sagt Harald, »aber meine Freude hält sich offen gestanden in Grenzen.« Es entsteht eine kurze Pause. »Die haben meinen Lebenspartner und unsere Weihnachtsgäste als Geiseln. Wenn ich mich richtig aufführe, haben sie gesagt, passiert ihnen nichts«, redet Harald weiter. »Ich hoffe, ich bin damit jetzt nicht schon zu weit gegangen. Geschossen wird bisher jedenfalls nicht. Ich nehme an, das ist ein gutes Zeichen.«

Wiseman runzelt die Stirn.

Gell, du Arschgesicht, mit so was hast du nicht gerechnet, denkt Harald. Obwohl er gar kein Arschgesicht hat. Ganz im Gegenteil. Gemeißelte Gesichtszüge. Ein David der Neuzeit mit einem Gladiatorenkörper. Dieser Typ ist einer von denen, die alle gut finden. Einer, wo alle Türen aufgehen. Der weiß gar nicht, wie das Leben von unten aussieht. Harald schon. Harald kennt beide Perspektiven – die von ganz oben und ganz unten. König und Kanalratte.

»Das war übrigens ein netter Imagefilm, den Sie da eben gezeigt haben. Etwas pathetisch, aber nett.«

»Freut mich, dass er Ihnen gefallen hat«, sagt Wiseman.

»Ich hätt da eine Frage.« Pause. »Darf ich eine Frage stellen? Oder ist das gegen die Spielregeln?«

»Genau genommen haben Sie bereits zwei Fragen gestellt«, erwidert Wiseman lächelnd.

Hat er sich also schon wieder gefangen, der Wichser.

»Aber Sie können gern noch eine stellen«, sagt er gönnerhaft und macht eine einladende Handbewegung. »Bitte.«

»Es gibt verdammt viele Unternehmen, die mit Daten handeln«, sagt Harald. »Das ist ein riesiger Wachstumsmarkt. Das Geschäft mit Daten boomt, es ist quasi so was wie eine Ölquelle, nur ohne die Umweltverschmutzung.«

»Ich höre da keine Frage«, sagt Wiseman.

»Da haben Sie recht«, entgegnet Harald. »Die Frage ist: Warum ich? Warum haben Sie mich für Ihre kleine Show ausgewählt? Es hätte auch andere Kandidaten gegeben. Liegt es daran, dass ich schwul bin?«

Ein entgleister Gesichtsausdruck.

Hab ich dich, du Arschloch.

»Stellen Sie mich deswegen an den Pranger? Weil es nicht

zu Ihrem Weltbild passt?« Noch eine Pause. »Haben Sie was gegen Homosexuelle?«

Nach einer Weile seufzt Wiseman, dann sagt er: »Ich schlafe selbst ab und zu gern mit Männern. Also nein, daran liegt es nicht.«

Mit so einer Antwort hat Harald nicht gerechnet. Andererseits muss es ja nicht stimmen. Es könnte genauso gut gelogen sein.

»Ich stelle Sie nicht an den Pranger, weil Sie schwul sind, Herr Lindemann, sondern weil sie persönliche Daten verkaufen.«

»Aber das tun viele.«

»Mag sein«, erwidert Wiseman, »aber Sie haben daran am meisten verdient.« Sein Blick fällt auf einen kleinen Spickzettel. »Vergangenes Jahr waren es knapp 60 Milliarden Euro Umsatz.« Er schaut wieder auf. »Und davon sind Ihnen, dank Ihrer Briefkästen, 45 Milliarden geblieben.«

Harald zieht die Augenbrauen hoch, ein Gesichtsausdruck, der fragt: *Na und?*

»Diese schwindelerregenden Summen haben Sie nicht etwa über App- und In-App-Verkäufe erwirtschaftet, sondern überwiegend mit den Daten Ihrer Nutzer:innen.«

»Hm«, macht Harald. »Ihnen ist aber schon klar, wie absurd das Ganze hier ist, oder?«

»Ich fürchte, ich kann Ihnen nicht folgen«, erwidert Wiseman.

»Sie und Ihre Truppe werfen mir vor, dass ich Daten verkaufe und damit ein Verbrechen begehe«, antwortet Harald, »sind aber selbst an Heiligabend schwer bewaffnet in meine Berghütte eingedrungen und halten mich und meine Gäste hier gefangen.« Harald lächelt. Er gibt sich Mühe, möglichst viel Süffisanz in seinen Gesichtsausdruck zu legen. »Ist das Recht und Ordnung?«, fragt er. »Ist das Ihre Vorstellung von Moral?«

»Sie gestehen also nicht«, sagt Wiseman trocken.

»Ich will meine drei Minuten noch haben«, erwidert Harald. »Vielleicht gestehe ich ja da was … schau ma mal.«

Wiseman grinst. »Sie sind erstaunlich witzig«, sagt er.

»Wenn man als Mann klein ist, muss man witzig sein«, erwidert Harald. »Aber das können Sie ja nicht wissen.«

»In Ordnung«, sagt Wiseman. »Sie nehmen also die drei Minuten.«

»Ich nehme die drei Minuten.«

»In Ihrem Fall sind es nur noch eineinhalb – so viel, wie Sie schon gesprochen haben. Ich hoffe, das verstehen Sie.« Kurze Pause. »Es soll ja fair sein.«

»Unbedingt«, sagt Harald.

»Sehr gut. Dann in drei, zwei, eins« – Wiseman richtet den Finger auf ihn – »jetzt.«

»Meine sehr verehrten Damen und Herren, liebe Kinder. Ich hoffe, Ihr Heiligabend verläuft bislang schöner als meiner. Und dass Sie eine gewisse Genugtuung aus dieser Sendung ziehen – so ein paar reiche Schweine, die vorgeführt werden. In dem Fall wäre das Ganze wenigstens nicht völlig umsonst – und ich in meinem orangen Overall hätte einen gewissen Unterhaltungswert.« Kurze Pause. »Bevor mir jetzt die Zeit wegrennt, sage ich aber noch ein paar Takte zu dem, was mir hier vorgeworfen wird. Meine sehr verehrten Damen und Herren, eines vorweg: Ich bin einer von Ihnen. Einer, der sich von ganz unten hochgearbeitet hat. Und das ohne Startkapital, keine kleine Erbschaft oder Gönner und Mentoren im Rücken. Das war ganz allein ich. Allen Widrigkeiten zum

Trotz. Und warum? Weil ich einer bin, der handelt – war ich immer. Daran ist nichts Böses, das ist Wirtschaft. Ein Tauschgeschäft. Einer bietet etwas an und bekommt im Gegenzug etwas dafür. Im vorliegenden Fall eben Ihre Daten.« Es entsteht eine weitere Pause. »Aber wissen Sie, das ist frei gewählt. So läuft nun mal eine Transaktion – geben und nehmen. Und genau darin liegt das Dilemma unserer Zeit: Alle wollen alles umsonst haben. Niemand will für irgendwas zahlen. Aber es gibt nichts umsonst auf dieser Welt. Alles kostet was: ob nun Nerven, Geld oder eben Daten. Sie hätten ja auch das Abo abschließen können – da sind Ihre Daten dann geschützt. Doch die meisten von Ihnen haben das nicht getan. Und warum? Weil es was kostet.« Harald schüttelt den Kopf. »Wer glauben Sie eigentlich, kommt für das alles auf, hm? Die technische Komponente, die App-Entwicklung, die Fehlerbehebung, den Ausbau des Angebots, den Kundenservice? Wer, denken Sie, zahlt das? Also Sie sind es nicht – diejenigen unter Ihnen, die ein Abo abgeschlossen haben, sind natürlich jetzt ausgenommen – alle anderen haben halt in Daten gezahlt. Ein adäquater Tausch, wie ich finde. Und obendrein auch noch vollkommen transparent: Steht schließlich alles in den Datenschutzbestimmungen – die Sie vermutlich angenommen haben, ohne sie zu lesen.« Harald zuckt die Schultern. »Sie tragen die Verantwortung für Ihr Handeln. Was Sie runterladen, was sie lesen oder nicht lesen, das alles liegt bei Ihnen. Meine Apps sind ein Angebot, nicht mehr und nicht weniger, kein Mensch muss sie nutzen. Schließlich leben wir ja nicht in einer digitalen Diktatur.« Harald macht eine gezielt gesetzte Pause. »Doch zu denken, dass man dieses Angebot nutzen kann, ohne in irgendeiner Form dafür zu bezahlen, ist schlicht und ergreifend weltfremd, wenn nicht sogar dumm.

Das Einzige, was man wählen kann, ist die Zahlungsart – zumindest in diesem Fall. Nicht, ob man zahlen will, sondern nur wie. Und Sie, meine sehr verehrten Nutzer:innen, haben sich für Ihre Daten entschieden – auch, wenn Sie das vermutlich nicht wahrhaben wollen.«

PHILIP.
DIE QUAL DIE WAHL.

»Wir haben die 11 Millionen Zuschauermarke bei YouTube geknackt«, sagt Swift. Schwer vorstellbar, dass das gerade so viele Menschen live verfolgen, online und vor den Fernsehern. Mich in diesem kleinen grünen Raum, der im Fernsehen wie ein riesiges Studio aussieht. Eine Hohlkehle, zwei Kameras, die auf mich gerichtet sind, die Regie und ab und zu Swifts Stimme in meinem Ohr. Die perfekte Illusion.

»Das Einzige, was man wählen kann«, sagt Harald Lindemann pathetisch, »ist die Zahlungsart.« Kerle wie er machen mich krank. »Nicht, ob man zahlen will, sondern nur wie. Und Sie, meine sehr verehrten Nutzer:innen, haben sich für Ihre Daten entschieden – auch wenn Sie das vermutlich nicht wahrhaben wollen.«

Ein Blick zum Reinschlagen. Wie bei so einem verdammten Erzählonkel aus einer Kindersendung.

»Seine Redezeit ist um«, meldet Magpie.

»Bravo«, sage ich und klatsche gleichgültig in die Hände. »Was für ein Plädoyer, Herr Lindemann.« Es kostet mich Kraft, ihn *Herr Lindemann* und nicht *Arschloch* zu nennen. »Das, was Sie da eben gesagt haben, war echt ergreifend. Vereinnahmend. Ich habe noch immer Gänsehaut.«

Lindemanns Gesicht verzieht sich, als hätte er einen Krampf. Gut so.

»Nein, ehrlich, das hat mich gerade wirklich berührt: Sie, der kleine Mann, der alle Schuld von sich weist. Ein missverstandener David aus einem österreichischen Kaff, der die böse weite Welt bezwungen und sich bis ganz an die Spitze geschuftet hat.« Ich höre auf zu klatschen. »Im Ernst, ich glaube, damit haben Sie die Menschen da draußen wirklich erreicht.«

»Sie können sich Ihren Sarkasmus sonst wo hinschieben, Zachary Wiseman, oder wie Sie auch heißen mögen«, erwidert er gelassen. »Sie haben keine Ahnung, wie es ist, sich hochzuarbeiten. Ich schon. Und im Gegensatz zu Ihnen weiß ich auch, wie es sich anfühlt, wenn ein ganzes Dorf einen mobbt. Wie es ist, der einzige Bastard zu sein. Ein kleiner Junge, der mit seiner weichen Art unentwegt aneckt. Zu klein, zu schwul, zu anders … Sie sehen zu gut und zu gewöhnlich aus, um solche Erfahrungen gemacht haben zu können. Leute wie Sie halten sich für was Besseres. Als wäre ein schönes Gesicht ein Freifahrschein dafür, dass man sich aufführen kann, wie man will.« Lindemann atmet seufzend ein. »Ich habe verdammt viel erreicht, Herr Wiseman. Der Sarkasmus steht Ihnen erst dann zu, wenn Sie dasselbe von sich behaupten können.«

Du miese kleine Ratte.

Paul hat mich seinetwegen noch gewarnt. *Bei dem solltest du aufpassen*, hat er gesagt. *Der Typ ist gerissen.* Ich erinnere mich daran, dass ich genau da gelacht habe. *Das ist mein Ernst*, meinte Paul. *Lindemann wird es dir nicht leicht machen.* Hätte ich doch nur mal auf ihn gehört. Jetzt stehe ich hier und schwitze. Und das liegt nicht an den Scheinwerfern, sondern an der Wahrheit, die dieses Arschloch so unverhohlen ausspricht.

Es ist nicht das erste Mal, dass meine Überheblichkeit mir ins Gesicht spuckt. In dem Punkt bin ich ziemlich lernresistent. Das Wort hat meine Mutter in Bezug auf mich früher oft genutzt. *Lernresistent.* Oder sie hat mich angeschaut und gesagt: *Ich liebe dich, mein Schatz, aber deine Lernkurve ist eine Gerade.*

Zu meiner Verteidigung: Harald Lindemann sieht einfach so gar nicht gefährlich aus. Auf seinem Foto an unserer Wall of Shame hatte er was von einem rechthaberischen Zwölfjährigen. Ein bisschen schelmisch vielleicht mit seinem langen Kinn, aber ansonsten vollkommen harmlos. Meine Assoziation war ein Christoph Waltz für Arme. Doch in Persona kann man das *für Arme* streichen. Ich habe ihn unterschätzt, so viel steht fest. Gewaltig sogar. Aber das beruht auf Gegenseitigkeit.

»Ich bin nicht hier, um mit Ihnen zu diskutieren, Herr Lindemann«, sage ich scheinbar ruhig, während meine Halsschlagader zu platzen droht. »Schwanzlängenvergleiche sind nicht so mein Ding. Und auch Ihr Leidensweg interessiert mich nicht besonders.« Ich gebe mir Mühe, entschuldigend zu schauen. »Ist nicht böse gemeint. Vielleicht würde es Ihnen ja helfen, eine Biografie zu schreiben, in der Sie Ihr kleines Dasein für die Nachwelt festhalten. Oder Sie halten es wie der Rest von uns und machen eine Therapie. Es scheint da doch einiges bei Ihnen zu geben, das Aufarbeitung erfordert. Aber bitte nicht hier – das würde den Rahmen unserer Sendung wirklich sprengen. Und – nichts für ungut – ich denke, es wäre auch ziemlich langweilig.«

Ich hoffe, dass die in der Regie rechtzeitig die Verbindung zu Lindemann gekappt haben, und wende mich Kamera zwei zu.

»Meine sehr verehrten Damen und Herren, nun, da Sie das alles gehört haben – die Vorwürfe gegen Herrn Lindemann und seine Reaktion darauf –, ist Ihr Urteil gefragt. Vielleicht sehen Sie es ja wie er und finden, dass Sie im Grunde selbst schuld sind. Oder aber Sie fühlen sich betrogen und sehnen sich nach Rache. Beides ist vollkommen legitim. Vergessen Sie nicht, ich präsentiere Ihnen nur die Fakten, die Entscheidung müssen Sie treffen.« Bei diesem Satz versuche ich, wohlwollend und bestärkend rüberzukommen, so zu schauen, wie Eltern es bei ihren Kindern tun, ohne dabei herablassend zu wirken. Danach wird mein Blick vollkommen ernst. »Gut möglich, dass Sie bis heute nie von der Harman Group oder Sparetime Inc. gehört haben. Aber Sie haben nach unserem Imagefilm sicher eine Meinung zu dem Thema. Und um genau die geht es.«

Ich bewege mich langsam auf Kamera eins zu.

»Sind Kundendaten eine valide Währung? Oder gibt es Grenzen des guten Geschmacks? Und wenn es so ist, hat Harald Lindemann sie ausgereizt, oder geht das, was er getan hat, für Sie in Ordnung? Die Zeit ist gekommen, darüber zu entscheiden, meine sehr verehrten Damen und Herren. Daher bitte ich Sie jetzt, Ihre Vorschläge einzureichen, oder aus denen, die bereits eingereicht wurden, einen auszuwählen. Wie Sie uns erreichen, wissen Sie ja bereits. Und für diejenigen, die sich doch noch schnell registrieren wollen: Die verschiedenen Möglichkeiten dazu sind nach wie vor unten eingeblendet.«

Ich mache eine Pause, um der folgenden Aussage mehr Gewicht zu verleihen.

»Harald Lindemann hat Daten verkauft. Ihre Daten. Mitunter Dinge, die keinen etwas angehen, wie Ihre sexuelle Orientierung oder Ihre politische Gesinnung. Wenn Sie das akzeptabel finden, sprechen Sie ihn frei. Sind Sie jedoch der Meinung, dass er damit zu weit gegangen ist, stimmen Sie für schuldig. Sie haben die Qual der Wahl.«

CO-WORKING-SPACE.

Kristin hat einem der Geiselnehmer ins Bein geschossen. Ein dumpfes Geräusch, geschluckt von Muskeln und Fleisch, dicht gefolgt von einem Aufschrei, der Amelie durch Mark und Bein gegangen ist. Als hätte sie vibriert. Sein Blut hat überall hingespritzt, warm und dicker als Wasser. Der metallische Geruch mischt sich mit dem leicht modrigen des Kellers.

Amelie hat Johann einmal auf die Jagd begleitet, da hat der Schuss sich anders angehört. Ein Knall, der sich auf einen gesamten Wald verteilt hat. Johann hat den Hirsch getötet und nicht nur verletzt. Die anschließende Stille beeindruckte Amelie weitaus mehr als das Abfeuern des Gewehrs selbst. Als hätte sie darin den Tod gehört. In einer Sprache, die sonst vom Lärm des Lebens überdeckt wird.

Der Schrei des Geiselnehmers war das exakte Gegenteil davon. Schmerz in Reinform, konzentriert in einem einzigen Ton. Ungefähr so, wie man den Duft einer Rose destilliert. Ein paar Sekunden später ist der Typ zu Boden gegangen – vermutlich hat er das Bewusstsein verloren, andernfalls würde er wohl noch immer schreien.

Jemand von oben hat die Tür zum Keller aufgerissen und runtergerufen, was der beschissene Lärm soll. Der zweite Geiselnehmer war geistesgegenwärtig genug zu kooperieren. Er meinte nur: *Wir mussten die Frauen in die Schranken weisen. Ist jetzt geregelt.* Und die Tür ging wieder zu.

Jetzt steht er reglos da, mit leeren Händen und einer Waffe, die nutzlos in ihrem Halfter steckt. Kristins Gewehr ist auf ihn gerichtet. Aus dem Bein seines Komplizen pulsiert das Blut. Wie bei einem von diesen kleinen Zimmerbrunnen, bei deren Plätschergeräusch Amelie immer sofort aufs Klo muss.

Eine dunkle Pfütze breitet sich langsam um ihn aus. Sie wirkt beinahe schwarz im dämmrigen Kellerlicht. Wie der Gardasee in jener Nacht im letzten Spätsommer, als Amelie mit Johann nackt baden war. Da haben sie ihr Baby gezeugt. Vielleicht war es auch am Tag davor oder danach, das weiß sie nicht genau. Und auch nicht, warum sie gerade jetzt daran denkt.

»Hilde, bind sein Bein ab, sonst verblutet er«, sagt Kristin sachlich, so, als würde sie solche Anweisungen ständig geben. Ein Satz wie *Bitte reich mir mal das Salz.*

Hilde holt etwas aus dem Nachbarraum, dann schiebt sie sich an Amelie vorbei und geht neben dem blutenden Oberschenkel in die Hocke. Sie hat eine Rolle Hanfgarn in der Hand. Es ist die Art von Garn, mit der man sonst Rosen an Rankgerüste bindet.

»Nimm du seine Waffe«, richtet sich Kristin nun an Amelie. Und die befolgt den Befehl, als würde er direkt von ihrem Rückenmark ausgeführt. Da ist kein Zweifeln, kein Zögern, nur ihre Arme, die sich scheinbar unabhängig von ihr bewegen. »Sehr gut«, bestärkt sie Kristin. »Und jetzt noch seine.« Sie nickt zu dem anderen.

Amelie tut, was sie sagt. Kurz darauf hält sie zwei Waffen. Sie liegen erstaunlich gut in der Hand, klein und leicht, als wären sie für Frauen gedacht.

»Gib Hilde eine davon«, sagt Kristin, die noch immer mit ihrem Gewehr auf den noch verbliebenen Geiselnehmer zielt. Zwei weitere hängen über ihrer Schulter.

»Augenblick noch«, murmelt Hilde. »Ich hab's gleich.«

Ihre Arme sind bis zu den Ellenbogen getränkt in Blut, ein paar Flecken heller Haut scheinen milchweiß hindurch. Hilde kniet in der Blutpfütze, der geblümte Stoff ihrer Schürze saugt sich voll, die Farbe frisst sich immer weiter nach oben. Bei diesem Anblick muss Amelie an zwei Dinge denken. An eine Zündschnur. Und an einen Tampon.

»Fertig«, sagt Hilde kurz darauf und kommt dann schwerfällig auf die Füße. »Was machen wir mit ihm?«, fragt sie dann und nickt zu dem Mann, der noch steht.

Kristin runzelt die Stirn. »Weiß nicht«, murmelt sie.

»Wir können ihn nicht einfach hier unten lassen«, sagt Hilde. »In dem Moment, in dem du ihn nicht mehr mit dem Gewehr bedrohst, wird er schreien.«

»Ich schreie nicht«, sagt der Mann schnell. »Ich schwör's.«

»Noch ein Wort, und du liegst neben ihm, verstanden?«, sagt Kristin auf eine Art bedrohlich, die Amelie ihr nie zugetraut hätte.

Die Situation hat etwas von einem von dieser Augmented-Reality-Spiele, die ihr Bruder so gern mag. Amelie selbst hat es nur einmal ausprobiert und danach nie wieder. Weil es zu echt war, um nicht echt zu sein, und nicht echt genug für die Realität. Ungefähr so fühlt es sich gerade an, in diesem Keller zu stehen. Als wäre sie ein Avatar in einer Welt aus Pixeln.

»Eine von uns dreien könnte bei ihm bleiben und ihn bewachen«, schlägt Hilde vor. »Meinetwegen kann ich das übernehmen.«

Kristin schüttelt den Kopf. »Nein, ich will nicht, dass wir uns trennen«, sagt sie.

»Ist gut«, erwidert Hilde, »ich schätze, dann müssen wir ihn knebeln und irgendwo einsperren.«

»Warum schlagen wir ihn nicht einfach nieder?«, hört Amelie sich sagen.

Und genau das tut sie. So, als hätte sie in ihrem ganzen Leben noch nie etwas anderes gemacht. Sie versetzt dem Kerl einen Schlag mit dem Griff der Waffe. Als der dumpf auf seinen Schädel trifft, leert sich sein Gesicht im Bruchteil einer Sekunde, so als hätte jemand den Stecker gezogen. Danach geht er der Länge nach zu Boden. Wie ein Baum, der gefällt wurde und neben einem schwarzen See zum Liegen kommt.

MEL GIBSON.

Als Elena sich vergangenes Jahr einen Account bei PetFriend zugelegt hat, hat sie nicht weiter darüber nachgedacht, was mit ihren Daten passieren würde. Sie wollte einfach nur ein paar Leute in ihrer Gegend mit Hund finden, damit Rooney ein paar Spielgefährten hat. Dass Elena seitdem dauernd Werbung für Hundebetten, -futter und Konzentrationsspiele bekommt, hat sie nicht groß hinterfragt – es zumindest nicht damit in Verbindung gebracht.

Bei Alex war es ähnlich – nur, dass es sich bei ihm um Fitness- und Sportangebote handelte. Proteinshakes und Rabattcodes für teilweise recht fragwürdige Nahrungsergänzungsmittel.

Elena denkt an die vielen Nachrichten, die sie mit ihren Hundemädels über PetFriend ausgetauscht hat. Tipps und Tricks zu Hundeerziehung und Training. Und irgendwann weit mehr als das. Die Themen wurden mit der Zeit immer privater. Persönlicher. Ein Austausch unter Freundinnen.

Elena scrollt durch die Verläufe, überfliegt ein paar Passagen, in denen sie über die Situation mit ihrer Familie geschrieben hat, über ihre Angstzustände, über die Streitereien mit Alex, kurz: über Dinge, die keinen etwas angehen, außer die Menschen, mit denen man sie teilt. Auserwählte Menschen, ein enger Kreis.

Während sie das denkt, spürt Elena Wut in sich aufsteigen. Es fühlt sich an wie Wasser am Siedepunkt, scheinbar ungefährlich – und doch kurz davor zu kochen.

Dann wechselt sie zum App-Store und gibt *Reality Show* ein. Sie tut es wie ferngesteuert.

Ranking: Platz eins in der Rubrik gratis steht daneben.

Elena drückt auf *laden*, danach schaut sie zu Alex hinüber – der bereits dabei ist abzustimmen.

—

Eigentlich hat dieser Lindemann recht mit dem, was er sagt, geht es Marion durch den Kopf. Es ist in der Tat idiotisch anzunehmen, dass man heutzutage noch irgendetwas umsonst bekommt in einer Welt, in der man für *alles* bezahlen muss – inzwischen sogar für Fahrradstellplätze in den Innenstädten.

Marion hat damals tatsächlich überlegt, ein Abo bei Match-Maker abzuschließen, sich dann aber dagegen entschieden, weil es ihr zu teuer war. Sie verdient gerade so den Mindestlohn, sie kann es sich nicht leisten, Geld für Dinge rauszuwerfen, die sie nicht unbedingt braucht. Lebensmittel, Miete, die Monatskarte für die öffentlichen Verkehrsmittel, das alles frisst schon genug. Vor allem, weil Marion sehr genau darauf achtet, *was* sie kauft. Es soll fair gehandelt sein und Bio-zertifiziert – da zahlt man gleich mal ein Drittel mehr. Wenn man so knapp kalkulieren muss wie sie, machen 23 Euro durchaus einen Unterschied.

Marion geht im Geiste all die Angaben durch, die sie bei MatchMaker gemacht hat – zu ihren Vorlieben und Hobbys, was sie gerne isst, wohin sie gerne reist – oder reisen würde, wenn sie könnte –, was sie im Leben noch erreichen will. Marion hat vorsichtshalber nicht nur den Steckbrief ausgefüllt, sondern auch gleich den Persönlichkeitstest gemacht. Weil sie dachte, dass das vielleicht ihre Chancen erhöhen würde, jemanden zu finden, der zu ihr passt. Bei diesem Gedanken zieht sich ihr Magen schmerzhaft zusammen.

Marion weiß nicht, auf wen sie wütender ist –, auf Lindemann, weil der durch den Verkauf persönlicher Daten – unter anderem *ihrer* Daten – reich geworden ist, oder auf sich selbst, weil sie sie so leichtfertig in irgendwelche Felder getippt hat. Und dann denkt sie, dass es sich vermutlich anders anfühlen würde, wenn persönliche Daten etwas wären, das von einem Konto abgebucht wird, so wie Geld. Eine sichtbare Transaktion auf einem Auszug. Vielleicht wäre sie dann vorsichtiger damit gewesen.

Marion schaut auf ihr Handy. Auf die geöffnete Reality-Show-App. Sie ist intuitiv aufgebaut, das muss sie diesen Leuten lassen. Man findet sich problemlos zurecht. Alle bisherigen Kandidaten, eine Übersicht ihrer begangenen Verbrechen, Hintergrundinformationen, Bilder, Imagefilme, weiterführende Links. Marion überfliegt die Zusammenfassung des Lindemann-Falls. Die harten Fakten. Umsatz, Anzahl der Nutzer:innen-Profile, erwirtschafteter Gewinn nach Steuern: 45 Milliarden Euro. Und das in nur einem Jahr. Diese Zahl ist für Marion vollkommen unbegreiflich. Dass ein einzelner Mensch so viel besitzt, will ihr nicht in den Kopf. Und doch besitzt er es auch nicht. Es sind nur Einsen und Nullen, irgendwelche Datensätze, die irgendwo hinterlegt sind.

Marion klickt gedankenverloren auf den Reiter *Ihr Urteil* und studiert die Vorschläge, die bislang eingereicht worden sind. Der, der ihr als Erstes ins Auge springt lautet: *Payback*. Kurz fragt sie sich, wie das wohl gemeint ist – schließlich könnte das so gut wie alles bedeuten: von einer Rückzahlung im wörtlichen Sinne bis hin zu Folter. Marion erinnert sich dunkel an einen Film mit Mel Gibson, der so hieß. Da hat er es ein paar Typen heimgezahlt – weswegen genau, weiß sie nicht mehr. Nur, dass sie den Film mochte. So wie eigentlich alle Mel-Gibson-Filme aus den Neunzigern. Ihr Favorit war damals *Was Frauen wollen*, aber darum geht es gerade nicht.

Marion studiert weiter die Liste der eingereichten Vorschläge, doch ihre Augen wandern immer wieder zurück zu *Payback*. Ihr Bauchgefühl sagt ihr, dass das die richtige Wahl ist. Weil es fair wäre, wenn Lindemann bezahlt – natürlich nicht mit seinem Leben, dafür aber mit einem beträchtlichen Teil seines Vermögens. Bei diesem Gedanken nickt Marion geistesabwesend, obwohl niemand sie sehen kann. Dann klickt sie auf *Payback* und im Anschluss sofort auf *senden*, damit sie es sich nicht doch noch anders überlegen kann, doch noch einknickt – das gute Mädchen, das keine Rache übt, weil Rache ein niederer Trieb ist. *Und wenn schon*, denkt Marion.

Vielen Dank, Ihre Abstimmung ist bei uns eingegangen. Ihr Reality-Show-Team.

Danach sitzt Marion reglos auf der Couch, so als hätte jemand ihr Leben kurz pausiert, damit sie Zeit hat, darüber nachzudenken. Der Moment scheint eingefroren, wie ein Foto von einer Situation und nicht die Situation selbst. Ein Stillleben von einem erkalteten Rest Tiefkühlpizza auf einem alten Holzbrett, den abgenagten Rändern daneben, den Mozzarellaklecksen, die inzwischen längst wieder hart geworden sind, und mittendrin Marion, eine geknickte Frau, umgeben von Blusen und Shirts, deren stoffliche Zusammensetzung sie zuvor auf schädliche Bestandteile überprüft hat. Eine Frau, die immer alles richtig machen wollte. Als wäre das ihre eigentliche Lebensaufgabe, ihr Daseinsgrund – nicht leben, sondern gut sein. Eine gute Tochter, eine gute Freundin, ein guter Mensch. Über all das denkt sie nach, während die Welt um sie stillzustehen scheint. Nur der laufende Fernseher erinnert daran, dass das Leben weitergeht. Auch ohne sie. Genauso wie es ohne ihre Mutter weitergegangen ist. Als wäre sie heimlich bei einer der vorherigen Stationen ausgestiegen und hätte Marion allein zurückgelassen.

Marion weiß, dass es albern ist, auf jemanden wütend zu sein, der tot ist. Und sie weiß, dass sie unter der Wut eigentlich traurig ist, untröstlich darüber, dass sie ihr nicht ein letztes Mal sagen konnte, wie sehr sie sie liebt. Und dass sie ihr Leben viel besser gemacht hat. Dass sie die entscheidende Zutat war. Die nun fehlt.

Bevor ihre Mutter gestorben ist, war Marion alleinstehend. Jetzt ist sie einsam.

Genau diese Einsamkeit hat Harald Lindemann ausgenutzt. Es geht hier nicht um ihre Daten. Es geht um den Verlust von Menschlichkeit. Und in ihrem Fall um den eines Menschen.

CHEFSACHE.

Lina hat sich damals entschieden, zum SEK zu gehen, weil sie dachte, dort auf Leute mit Rückgrat zu treffen. Auf Leute, die integer sind, mit Werten wie Teamgeist und Loyalität. Es ist nicht so, dass sie nichts davon vorgefunden hätte, aber hinter den Kulissen ist es leider genauso wie überall sonst auch: ziemlich große Egos, hinter denen sich meist noch größere Unzulänglichkeiten verstecken. Ein Haufen Kinder in erwachsenen Körpern, die nach Anerkennung gieren, andere unterdrücken oder ihre Kollegen verraten, um sich dadurch einen Vorteil zu verschaffen. Hier gibt es alles: Sex am Arbeitsplatz, Streit am Arbeitsplatz, Intrigen, Freundschaften, Feindschaften, Lästereien. Im Grunde ist es genau wie damals im Skilager – nur ohne das Skifahren. Viele einsame Seelen, die beim anderen – oder auch beim gleichen – Geschlecht landen wollen und sich dabei nicht selten selbst verraten.

Wenn Lina in den vergangenen Monaten eins gelernt hat, dann, dass triebhaftes und hormongesteuertes Verhalten selbst vor einer ernsthaften Jobbeschreibung nicht Halt macht. Wie dumm und dümmer walzen sie alles nieder, was Verstand und Vernunft verzweifelt zusammenzuhalten versuchen.

Muriel zum Beispiel. Durchaus möglich, dass sie wirklich was für Halberg übrighat. Das könnte sein. Oder aber, sie vögelt mit ihm, weil sie auf die Art an die richtig guten Fälle kommt. Lina vögelt schon seit einer ganzen Weile mit niemandem mehr. Ab und zu stellt sie sich heimlich die Frage, ob sie auf solche Avancen eingehen würde, wenn es denn welche gäbe. Die traurige Wahrheit lautet: Ja. Aber Lina würde sicher nicht mit jedem schlafen, um ihre Erfolgschancen zu erhöhen. Bevor sie mit einem wie Einsatzleiter Braun ins Bett steigen würde, würde sie eher den Job hinschmeißen – in dem Fall würde sie sogar die Aussicht auf Arbeitslosigkeit vorziehen.

Bei einem Mann wie Halberg hingegen hätte sie wohl eher nicht Nein gesagt. Manchmal erinnert er sie an einen etwas jüngeren Ben Affleck – irgendwo zwischen *Good Will Hunting* und *Gone Girl*. Typ: *der Gute*. Mit hellblauem Hemd und Bluejeans. Ein Idealist. Einer, der aus den richtigen Gründen, das Falsche tun würde – beispielsweise, um das Mädchen zu retten. *Ja, in der Rolle würde er sich bestimmt gefallen*, denkt Lina. Und ihr auch – auch, wenn sie es nur sehr ungern zugibt. Wenn sie raten müsste, ist Halberg einer von denen, die den Job ursprünglich mal aus Überzeugung angefangen und irgendwann unterwegs begriffen haben, dass sie so gut wie nichts ausrichten können. Weil sie sich, im Gegensatz zu ihren Gegnern, an die Gesetze halten.

Halbergs Schwachstelle ist Muriel. Wenn es um sie geht, denkt er nicht mit seinem Kopf, sondern mit seinem Schwanz – und Schwänze treffen nur selten gute Entscheidungen. Jedenfalls langfristig betrachtet.

Andererseits, was weiß Lina schon davon? Sie war nie die Sorte Frau, bei der Schwänze anfangen zu denken. Immer eher der Kumpeltyp, die Frau zum Pferdestehlen, die, bei der der Mann ihrer Träume sich über die Frau seiner auslässt.

Und jetzt bereitet sie eben Befragungen vor. Immerhin eine andere Art des Abstellgleises.

Sie hat Kanitz wie geheißen zur Betriebsärztin gebracht. Dort wurde ins Protokoll aufgenommen, dass, bis auf eine Ohrfeige, nichts vorgefallen sei. Einen Moment war Lina erstaunt darüber, dass Kanitz die Handgreiflichkeit so abgetan hat. Doch dann dachte sie, dass eine Frau wie sie eher Scheiße fressen würde, als öffentlich Schwäche zu zeigen. Man mag ihr ins Gesicht geschlagen haben, doch deswegen wird sie es noch lange nicht verlieren. Mit dieser Haltung ist sie ihrer Linie treu geblieben: extrem unsympathisch und beeindruckend. Lina würde sich gern eine Scheibe von Kanitz abschneiden. Nur, dass die ein Hartholz wäre, Eiche oder Ebenholz, und damit nichts, wovon man mal eben was abschneidet.

Als Lina wenig später neben Muriels Schreibtisch steht, ist die nirgends zu sehen. Lina schaut sich suchend in dem Großraumbüro um, ein bisschen so, als wäre ihre Kollegin kein Mensch, sondern ein kleiner Vogel, den sie beim Betreten des Raums vielleicht übersehen hat.

»Weiß einer von euch zufällig, wo Jansen ist?«, fragt sie Wanninger und Richter, die wie immer an ihren Plätzen sitzen, wie früher die Streber in der Schule schon kurz vor dem Gong. Sie schütteln synchron die Köpfe, ohne die Augen von ihren Bildschirmen abzuwenden.

»Eben war sie noch da«, murmelt Richter angespannt.

»Vielleicht macht sie 'ne Pause«, sagt Wanninger.

Zu Wanninger würde Lina auch nicht Nein sagen. Trotz prominenter Geheimratsecken und leichtem Bauchansatz. Er hat ein schönes Lächeln und immer gut gelaunte Augen. Außerdem mag sie, dass man ihm ansieht, wie intelligent er ist. Intelligenz und Humor – Linas Kryptonit.

»Wieso?«, fragt Wanninger. »Worum geht's?«

Lina räuspert sich. »Um die Kanitz-Befragung. Jansen soll

die Leitung übernehmen.« Sie macht eine Pause. »Direkte Anweisung von Halberg.«

Bei diesem Satz lacht Wanninger auf, arbeitet jedoch unbeirrt weiter.

»Nick ist so ein Idiot«, sagt er leise. »Die Kleine wird ihn noch Kopf und Kragen kosten.«

Auf diese Aussage folgt angespanntes Schweigen. Ein Schweigen, das Lina fast körperlich spürt. So als stünde jemand auf ihrem Brustkorb, während sie auf dem Boden liegt. Wären die Umstände andere, würde sie Wanninger recht geben – nicht nur, weil er recht hat, sondern weil es kollegial richtig wäre. Und weil sie es mag, wenn er lächelt. Aber Wanninger ist mit Halberg befreundet. Sie und Richter sind es nicht – was sie als Neulinge zur untersten Kaste des Teams macht. Da wäre es keine gute Idee, schlecht über den Chef zu sprechen, selbst wenn er es verdient hat. Dieser Anfängerfehler wird Lina nicht unterlaufen – und Richter wie es scheint, ebenso wenig, denn auch er schweigt sich aus.

»Meine Güte«, sagt Wanninger. »Ihr könnt ruhig lachen. Ich werd's ihm schon nicht erzählen.«

Doch weder ihr Kollege noch Lina reagieren darauf. Stattdessen sagt sie: »Ich mache mich besser mal auf die Suche nach Jansen. Wenn sie zurückkommt, könnt ihr ihr sagen, dass ich hier war?«

Wanninger nickt verschnupft, Richter murmelt ein konzentriertes *Klar*.

Danach verschwindet Lina.

Sie wüsste wirklich gern, wo Muriel abgeblieben ist. Alle Teams arbeiten am Anschlag, jede verfügbare Einheit ist bundesweit auf dem Weg zu ihrem Einsatzort – SEK und Verhandlungsführer –, sämtliche Polizei- und Bundesbeamten sind ausgerückt, Interpol hat einen Code 17 veranlasst – und Muriel Jansen macht eine Pause? Wahrscheinlich sitzt sie gerade in irgendeiner Ecke und schaut diese beschissene Fernsehshow. Würde Lina auch gern. Aber die muss leider arbeiten. Kann ja nicht jeder mit dem Chef schlafen.

VERGANGENHEIT.

TIME TO SAY GOODBYE.

»Wie meinst du das, *wir müssen ein paar Feuer legen?*«, fragt Frida skeptisch.

»Genau das wollte ich auch gerade fragen«, schließt Erich sich an. »Das ist ja wohl hoffentlich nur im übertragenen Sinn gemeint.«

»Ist es nicht«, sagt Philip sachlich. »Wenn wir nicht nur so tun wollen, als gäbe es einen Eigentümerwechsel bei Kanitz' Immobilien, brauchen wir ein paar Brände.«

Paul fand Philip schon immer gut – auch schon bevor er ihn kannte. Ein erster Eindruck aus der Ferne, der weit mehr war als das. Eher so etwas wie eine unverrückbare Tatsache, die sich nun, da er mit ihm befreundet ist – Paul erlaubt sich inzwischen, von Freundschaft zu sprechen –, immer wieder bestätigt. Er kann nicht mit jedem. Das mag an Paul liegen oder der kollektiven Dummheit der anderen. Vermutlich ist es eine Kombination aus beiden Komponenten.

»Halt, halt, halt«, sagt Anya mit zwei erhobenen Händen. »Keiner hat etwas von Vandalismus gesagt.«

Elisabeth zieht an ihrer Zigarette und verdreht die Augen. »Du hast aber schon kapiert, was wir vorhaben, oder?«, erwidert sie, und ihr Gesicht verschwindet für einen Moment hinter einer Wand aus Qualm.

»Ja«, sagt Anya, »das habe ich.«

»Hm«, macht Elisabeth. »Nur, damit ich das richtig verstehe: Du empfindest es also als moralisch verwerflicher, ein paar – wohlgemerkt, *menschenleere* – Büros anzuzünden, als 42 Menschen in ihren Häusern einzusperren und zur Primetime vor Gericht zu stellen …«

Paul liebt sie für solche Aussagen. In Situationen wie diesen fragt er sich, ob er vielleicht nicht nur Elisabeths Einstellung, sondern auch *sie* mag. So nüchtern und spröde. Und irgendwie unberechenbar. In einem Moment aufgedreht und laut lachend, im nächsten in eisernes Schweigen gehüllt. Und doch ist gerade dieser Charakterzug an ihr auch der, der Paul immer wieder zu denken gibt – weil seiner Erfahrung nach jemand, der so opak ist wie sie, meistens auch etwas zu verbergen hat. Paul versucht schon seit einer Weile, herauszufinden, was es ist, das sie um- und antreibt. Ob da etwas ist. Manchmal kommt es ihm so vor, als hielte Elisabeth Dämonen in den Schatten ihres Wesens wie angeleinte Hunde, die nur darauf warten, losgelassen zu werden. Eine Form von schwelender Wut, die ab und zu für Sekundenbruchteile sichtbar wird. Wie ein Aufblitzen, das wieder weg ist, ehe man es wirklich wahrnehmen konnte. Da war von Anfang an etwas an ihr, das Paul nicht recht einordnen konnte. Etwas Undurchsichtiges, wovon ihre Oberfläche, bestehend aus Sarkasmus und Schlagfertigkeit, ablenken soll.

Entsprechend gründlich fiel Pauls Backgroundcheck von R.B.F aus. Natürlich hat er nicht nur ihren Hintergrund auf Unregelmäßigkeiten hin geprüft, sondern den aller Beteiligten. Paul ist ein Freund von Gründlichkeit – weil Ausnahmen die unschöne Angewohnheit haben, sich auszubreiten. Da werden schnell mal aus einer zwei und aus zweien vier und so weiter, bis einem plötzlich alles über den Kopf wächst.

Um die Arbeitsabläufe zu vereinfachen, hat Paul dafür ein nettes kleines Programm geschrieben – im Grunde ist es nicht mehr als eine Kombination gezielter Abfragen auf bestimmten Servern und Datenbanken bei Behörden, Ämtern, Privatdetekteien, Zeitungsverlagen, dem Melderegister und so weiter und sofort –, um so Zugriff auf mögliche Vorstrafen, Führungszeugnisse, Zeitungsarchive, kurz: alle Datensätze zu erhalten, die mit den von ihm angegebenen Parametern auf irgendeine Weise korrespondieren. Denn ganz gleich, wie gründlich jemand ist, jede Tat hinterlässt Spuren. Manche sind nur leichter zu finden als andere – doch auch die sind da. Man muss nur geduldig sein. Und akribisch. Auf Paul trifft beides zu.

Trotzdem haben seine Recherchen zu R.B.F bis dato nichts Nennenswertes ergeben – einmal abgesehen von einer protokollierten Zeugenaussage bezüglich einer körperlichen Tätlichkeit. Laut Polizeiakte handelte es sich dabei um einen versuchten sexuellen Übergriff, der nur deswegen vereitelt werden konnte, weil Elisabeth sich zu verteidigen wusste. Sie hat keine Anzeige erstattet. Paul wüsste gern, warum. Doch darauf angesprochen hat er sie nicht.

Seine sonstigen Suchabfragen liefen ins Leere. R.B.F hat keine Social-Media-Accounts, es gibt keine Fotos von ihr im Netz, eine der wenigen digitalen Spuren ist eine E-Mail-Adresse bei Web.de, die sie jedoch so gut wie nie nutzt. Dasselbe gilt für ihr Handy. Ein paar unauffällige Nachrichten, kaum Apps, nur wenig Kontakte. Vielleicht ist Elisabeth einfach so: digital misstrauisch und lieber für sich. Oder aber, sie hat etwas zu verbergen.

Als Paul seine Bedenken Philip gegenüber zur Sprache brachte, meinte der: *Such weiter*. Und sein Gesichtsausdruck verriet, was er selbst nicht sagte. Nämlich, dass auch er ihr nicht traut.

»Warum sind es überhaupt 42?«, fragt Anya nach einer gefühlten Ewigkeit in die entstandene Stille. »Wieso nicht 45? Oder 40? Warum so eine schräge Zahl?«

Paul runzelt die Stirn. Er muss sich verhört haben, bestimmt hat er das.

»Weil 42 die Antwort auf alles ist – die Antwort auf die Frage nach dem Leben, dem Universum und dem ganzen Rest«, sagt Erich und klingt dabei irgendwie gereizt.

»Kapier ich nicht«, erwidert sie kopfschüttelnd. »Wie könnte 42 die Antwort auf alles sein?«

Gott, das gibt's ja nicht. Und in so eine Frau ist Frida verliebt?

»Du machst Witze, oder?«, fragt Paul.

»Lass sie in Ruhe«, sagt Frida ernst und dann sanfter zu Anya: »Das ist eine Anspielung auf den Roman *Per Anhalter durch die Galaxis*. Das muss man nicht verstehen.«

Paul findet sehr wohl, dass man das muss – und gibt, wie um diese Tatsache zu unterstreichen, ein abschätziges Geräusch von sich, was ihm wiederum einen scharfen Seitenblick von Frida einbringt. Er mag es, wenn sie ihn so anschaut, auf eine Art direkt wie eine Ohrfeige. Sie verfügt über eine Klaviatur an Gesichtsausdrücken, die Paul willentlich abrufen kann, als würde er durch seine Fotos am Handy swipen. Er sieht Frida vor sich – in der Realität und viele andere Versionen von ihr in seinem Kopf. Nachdenklich, wütend, lachend, nackt. Wenn Frida nackt ist, ist sie meist ungeschminkt, oder ihre Wimperntusche verschmiert von der feuchtheißen Luft im Badezimmer. Ihre Augen wirken dann ganz anders, irgendwie kindlicher. Auf eine Art pur, die Paul seltsam berührt. Manchmal versucht er sich vorzustellen, wie sie im Bett aussehen würde. Kurz nach dem Aufwachen oder während er mit ihr schläft.

»Könnten wir jetzt vielleicht mal zum eigentlichen Thema zurückkommen?«, fragt Philip gereizt. »Ich habe echt keinen Geist mehr für noch eins eurer Geek-Gespräche.«

Diese Fitnessnummer scheint ihm nicht gutzutun. Seit er so exzessiv trainiert, ist er nur noch am Nörgeln. *Von wegen ausgleichende Wirkung*, denkt Paul.

»Wie muss ich mir das vorstellen?«, fragt Erich. »Von was für einer Größenordnung reden wir hier? 100 Feuer? 1 000?«

»Weitaus weniger«, erwidert Paul. »Kanitz hat glücklicherweise alle Immobilienkäufe über dasselbe Notariat abwickeln lassen: Wertheim & Lehner. Die haben fünf Zweigstellen, zwei davon in der Schweiz, plus das externe Archiv, in dem sie die Akten der Vorjahre aufbewahren. Es sind also sechs Brandherde. Hinzu kommt dann noch das Büro von Herrn Graf, Kanitz' Vermögensberater. Gegen einen monatlichen Obolus verwaltet und lagert der sämtliche ihrer Unterlagen – inklusive aller Kaufurkunden.«

»Also sind es sieben«, sagt Philip. »Sieben Brandherde.«

»Genau«, erwidert Paul. »Zuzüglich der zuständigen Grundbuchämter – das sind meinen Recherchen zufolge vier. Macht elf Brandherde.« Er zögert einen Moment, dann fügt er hinzu: »Und wenn wir ganz sichergehen wollen, sind es 15.«

»Wieso 15?«, fragt Erich.

»Deucker Immobilien. Über die hat Kanitz einen beträchtlichen Teil ihrer Renditeobjekte erworben – für deren Vermittlung sie logischerweise Provision gezahlt hat«, sagt Paul. »Als braver Unternehmer ist Wilfried Deucker verpflichtet, seine Unterlagen zehn Jahre lang aufzubewahren. Für den

Fall, dass er steuerbehördlich geprüft wird. In diesen zehn Jahren hat Deucker Claudia Kanitz knapp 1 300 Objekte vermittelt – was durch die von ihm gestellten Rechnungen nachgewiesen werden kann.«

»Verstehe«, sagt Erich. »Dann hat dieser Deucker also vier Niederlassungen.«

»Exakt«, erwidert Paul. »Wenn wir es richtig machen wollen, müssen wir auch die in Brand stecken.«

Anya schaut fassungslos zwischen Paul und Erich hin und her. »Habt ihr sie noch alle? Das können wir doch nicht machen.«

»Und wieso nicht?«, fragt Philip genervt.

»Wieso nicht?«, sagt Anya schrill. »Sag mal, seid ihr alle geisteskrank? Wir haben nicht das Recht, die Existenzen dieser Leute zu ruinieren.«

»Komm wieder runter«, sagt Paul, »die haben alle Versicherungen, die für so was aufkommen.«

»Und was, wenn nicht?«, will Anya wissen. »Was, wenn sie sich weigern? So was passiert andauernd.« Die Frau fängt langsam wirklich an, Paul auf die Nerven zu gehen. »Und überhaupt – was ist, wenn einer von denen vor Ort ist? Weil er länger arbeitet? Was, wenn jemand verletzt wird? Oder schlimmer noch – getötet? Habt ihr darüber mal nachgedacht?«

»Wieso zum Teufel sollten die länger arbeiten?«, erwidert Philip. »Wir reden hier von Heiligabend, verdammt. Da sind die Leute zu Hause.«

»Nicht jeder feiert Weihnachten«, beharrt Anya.

»Das glaube ich ja jetzt nicht«, murmelt Paul und massiert sich die Schläfen. »Wir können nicht auf jeden Einzelnen Rücksicht nehmen. So funktioniert das einfach nicht.«

Anya schüttelt den Kopf. »Ihr seid solche Heuchler. Ihr sagt, es geht euch um Gerechtigkeit, aber das ist nicht gerecht.«

Danach ist es still. Mehrere Sekunden lang, in denen Paul Anya am liebsten anschreien würde, ihr sagen, dass sie seinetwegen gern verschwinden kann. Dass er weder um ihre Hilfe noch um ihre Anwesenheit gebeten hat. Dass sie für ihren Plan vollkommen unbedeutend ist – aber eben leider nicht für Frida. Und Frida brauchen sie.

»Und wenn wir uns einfach bei den Versicherungen einhacken?«, schlägt Elisabeth vor. »Und die Zahlungen an die Geschädigten bereits vorab veranlassen?«

»Tolle Idee«, sagt Paul. »Und ich nehme an, du wirst dich auch darum kümmern?«

»Komm schon«, sagt Frida. »Das sind doch nur drei. Deucker, Graf und dieses Notariat.« Sie hält inne. »Wie hieß es noch – Wertheim & Lehner?«

»Wisst ihr, was euer Problem ist?«, sagt Paul genervt. »Ihr habt alle viel zu viel Gewissen für so eine Nummer. Ihr redet davon, das System zu stürzen, schafft es aber noch nicht mal, die simpelsten Entscheidungen zu treffen. Das ist, als würde man in Luftschlösser einziehen.«

»Ich wusste nicht, dass die Sache mit den Versicherungen so aufwendig ist«, sagt Elisabeth für ihre Verhältnisse fast defensiv. »Ich kenne mich da nicht aus.«

»Genauso ist es, ihr kennt euch alle nicht aus. Abgesehen davon geht es nicht um die Scheißversicherungen, das erledige ich in ein paar Minuten.«

»Sondern?«, fragt Erich. »Worum dann?«

»Worum dann?«, fragt Paul zurück. »Ich weiß auch nicht – vielleicht um die 27 000 anderen Probleme, für die wir noch keine Lösung haben, ganz zu schweigen von einer Top Ten oder einer lückenlosen Beweisführung irgendwelcher Verbrechen, die wir in unserer ach so tollen Show präsentieren könnten.«

Alle am Tisch mustern ihn, mit Ausnahme von Julian – aber der wirkt bereits den ganzen Abend, als wäre er nicht da.

»Wir wissen nicht, wer von diesen 42 Arschlöchern vorhat, über Weihnachten wegzufahren – weil Leute wie die es nicht nötig haben, so was vorab zu planen. Ich kann das Pensum bald nicht mehr alleine stemmen, habe aber keine Zeit, mehr Leute zu rekrutieren, ohne mit meinen anderen To-dos in Rückstand zu geraten. Ich arbeite 18 Stunden am Tag, schlafe kaum noch, und wofür? Für *das hier*?« Paul zeigt unbestimmt in die Runde. »Ein paar von uns reißen sich echt den Arsch für diese Sache auf – Philip, Julian, Katharina … Und was macht ihr? Frida lässt sich von hinten bis vorne bedienen, weil kein Job so wichtig ist wie ihrer, Anya hat wegen jedem Scheiß moralische Vorbehalte, Erich denkt jedes Thema tot und ist sich im Zweifelsfall ohnehin für alles zu schade und Elisabeth strotzt nur so vor guten Einfällen, die andere dann umsetzen können.«

Paul schiebt seinen Stuhl zurück, die Holzbeine schrammen über den Boden.

»Wisst ihr was? Mir reicht's. Ihr verhaltet euch wie ein Haufen beschissener Kleinkinder. Als wäre das alles so eine Art Rollenspiel. Aber das ist es nicht. Ein paar von uns könnten bei dieser Sache draufgehen. Und wenn nicht das, dann verdammt lange in den Knast.«

Paul stützt sich auf der Tischplatte ab und schaut auf seine Mitstreiter hinunter, wie ein Lehrer, der vor seinen Schülern steht. Und auf einmal wirken sie unendlich weit weg. Als würden sie Welten voneinander trennen und nicht nur ein paar Meter und ein Tisch. Die Anspannung ist über ihn hinausgewachsen, wie bei einem Expander, der dem Druck irgendwann nicht mehr standhalten kann, spröde wird und reißt.

Alles, was Paul wollte, waren Freunde und eine Aufgabe, die ihn herausfordert. Stattdessen ist er umgeben von Egoisten und an seine Grenzen gestoßen.

Bei dieser Einsicht schluckt er und sagt: »Das war's. Ich bin raus.«

JULIAN.
42.

Alle verhalten sich wie immer. Und ich irgendwie auch. Zumindest nach außen hin. Als hätte ich einen Schauspieler stellvertretend für mich in die Küche geschickt. Und da sitzt er jetzt und bringt sich ein, macht Bemerkungen an den richtigen Stellen, lacht, wenn es sich nicht vermeiden lässt, und hält ansonsten den Mund. Ich will nicht, dass die anderen wissen, wie es mir geht. Es geht sie nichts an. Also verhalte ich mich so beteiligt wie möglich, sozialkompatibel und gut drauf, wie man es von mir kennt, während in mir alles schreit.

»Warum sind es überhaupt 42?«, fragt Anya. »Wieso nicht 45? Oder 40? Warum so eine schräge Zahl?«

»Weil 42 die Antwort auf alles ist – die Antwort auf die Frage nach dem Leben, dem Universum und dem ganzen Rest«, sagt Erich, als wäre das ein Fakt.

Das ist der Moment, in dem mich das Gefühl beschleicht, in Belanglosigkeiten zu ersticken. Gespräche, die keine sind, endlose Streitereien, Uneinigkeit, Diskussionen. Das ist es alles nicht wert.

»Kapier ich nicht«, sagt Anya kopfschüttelnd. »Wie könnte 42 die Antwort auf alles sein?«

Ich sage nichts, weil ich mich vermutlich vergessen würde, sobald ich auch nur den Mund aufmache. *Per Anhalter durch die Galaxis.* Wen interessiert die Scheiße? Katharina ist gerade bei einem anderen Mann, in seiner Wohnung. Und wir reden über irgendwelche Zitate. *Es könnte sein, dass ich heute über Nacht bleibe,* meinte sie vorhin. Sie hat es mir zuliebe so kryptisch ausgedrückt: Das *bei ihm* weggelassen – und auch das Weswegen. Mein Kopf hat beides brav ergänzt, wie früher in der Schule bei einem Lückentext. Ich war immer gut in Lückentexten.

Eine ganze Weile war es nur ein Gespräch, und jetzt ist es Realität geworden. Sie trifft mich wie ein Zug bei voller Fahrt, während ich ein Bier nach dem anderen trinke, um den Schmerz zu ertränken. Es ist wie bei einem Mord, den man von langer Hand plant und dann in die Tat umsetzt. Theoretisches Wissen versus die Erfahrung. Zwei Welten, die aufeinanderprallen, und ich, der dazwischen zerquetscht wird.

Ich könnte sie umbringen. Sie alle. Ihn. Katharina.

Sie hat es so lange hinausgezögert wie möglich. Ihm die kalte Schulter gezeigt und dann wieder Interesse geheuchelt, gerade so, dass er seines nicht verliert. Ich frage mich, ob es wirklich geheuchelt war, und will es mir nicht vorstellen. Nichts davon. Nicht ihr Lächeln, nicht, wie er es erwidert. Aber ich kann nicht anders. Mein Schädel platzt fast vor Bildern. Und ich schaue hin – abgestoßen, eifersüchtig – und wütend. So gottverdammt wütend. Weil mir das so viel leichter fällt, als verletzt zu sein. Als zu zeigen, was ich wirklich fühle. Weil es mich zersetzt, weil am Ende nichts von mir übrig bleibt als ein bitterer Rest. Ich stelle mir vor, wie Katharina sich ihm spielerisch entzieht und wie er nur noch verrückter nach ihr wird. Ich weiß, dass es so ist, weil es mir mit ihr genauso geht. Auch nach so vielen Jahren Beziehung.

Es war anders, als es noch ein Plan war. Ein Haufen Was-wäre-wenns mit hypothetischen Problemen und daraus resultierenden Folgen. Aber das gerade ist nicht hypothetisch, es ist eine Tatsache: Katharina ist gerade bei ihm, in seiner Wohnung, im Begriff, mit ihm zu schlafen.

Bei diesem Gedanken bricht mir der Schweiß aus. Es passiert überall gleichzeitig. Niemals zuvor habe ich meine Haut so sehr als zusammenhängendes Organ empfunden wie in diesem Moment. Eine komplette Oberfläche, die schwitzt, während die Bilder in meinem Kopf zu einem Film verschmelzen, in dem meine Freundin den besten verdammten Sex ihres Lebens hat – mit ihrem Bald-Chef, einem Kerl, den sie ficken muss, um die Stelle zu bekommen, die sie bekommen muss, damit unser Plan wenigstens den Hauch einer Chance hat.

Vor ein paar Monaten habe ich Paul gebeten, Nachforschungen über ihn anzustellen. Über den Mann, mit dem meine Freundin schlafen wird – es womöglich gerade tut. Und jetzt weiß ich alles über ihn. Wie er aussieht: groß, athletisch gebaut, braune Haare, dunkle Augen. Wie alt er ist: 42, die Antwort auf alles. Sternzeichen: Steinbock. Welche Hobbys er hat: Segeln, Schwimmen, Lesen. Ich kenne seinen Familienstand: drei Jahre verheiratet, dann geschieden. Seine Anschrift: Nymphenburger Straße 77, in 80636 München, dritte Etage, Rückgebäude. Ja, ich weiß sogar, in welchem beschissenen Fitnessstudio er trainiert. Denn natürlich trainiert er. Und als wäre das nicht schon genug, ist er jobbedingt auch noch in mehreren Kampfsportarten ausgebildet. Ich könnte den Wichser also noch nicht mal zusammenschlagen, selbst da würde ich verlieren. So, wie ich überall gegen ihn verlieren würde, diesen Mustermann, der nicht trinkt – und wenn doch, dann höchstens mal ein Bier zum Grillen –, der sich gesund ernährt und dreimal die Woche joggen geht. Immer dieselbe Strecke, immer an der Schlossmauer entlang. Woher ich das weiß? Weil ich ihn mehrfach auf einer Parkbank sitzend dabei beobachtet habe.

Wenn er mit seinem Training durch ist, dehnt er sich sogar. So vorbildlich. Einer, der alles richtig macht. Nicht so wie ich – ein Loser, der nutzlos in den Tag hineinlebt. Er hat Ziele, er hat Ambitionen, er macht meiner Freundin Avancen. Geht gern ins Kino. Manchmal allein, manchmal mit Kollegen. Vergangene Woche dann mit Katharina. Ich saß zwei Reihen hinter ihnen im Dunkeln und habe den Film verpasst. Nicht aber, wie er seinen Arm um ihre Schultern gelegt und sie an sich gezogen hat. Da hätte ich ihn am liebsten getötet. Ihn hinterrücks stranguliert, ausgenutzt, dass er nicht damit rechnet. Katharina weiß nicht, dass ich da war. Erst dort und später vor seinem Haus.

Ich bin ein Typ geworden, der seine Freundin stalkt. Obwohl er genau weiß, wo sie sich befindet, weil sie ihm nichts verheimlicht. Weil sie ehrlich zu ihm ist. Katharina hat mich nicht belogen. Und auch nicht hintergangen. Es ist kein Betrug, es ist von mir abgesegnet, ich bin in alles eingeweiht. Was die Sache irgendwie noch ekelhafter macht, weil ich Katharina so nicht einmal hassen kann für das, was sie tut.

Ich denke an eins unserer Gespräche zurück. Wir saßen einander gegenüber auf meinem Bett. Beide im Schneidersitz. Beide in meinen Boxershorts und T-Shirts. Ich erinnere mich an ihren Blick und wie blau ihre Augen aussahen. Unfassbar blau. Mit einem schwarzgrauen Ring um die Iris, als hätte jemand eine dünne Linie mit einem Kohlestift gezogen.

Sie geben mir die Stelle nicht, hat Katharina gesagt.

Dann finden wir einen anderen Weg, habe ich geantwortet.

Aber es gab keinen.

Mir war klar, dass das passieren könnte – ein Teil von mir

hat sogar damit gerechnet. Die Geschichte ist so alt wie die Welt. Die, die die Macht haben, diktieren die Regeln, und Frauen bezahlen mit der einzigen Währung, die ihnen bleibt: mit ihren Körpern.

Wir hatten endlose Diskussion deswegen, an die Einzelheiten kann ich mich kaum erinnern, wohl aber daran, dass ich mich verhalten habe, als wäre Katharina mein Eigentum. Als könnte ich über sie oder das, was sie tut, bestimmen. Ich weiß noch, dass ich Schweißausbrüche hatte, als ich ihr gegenübersaß, ich erinnere mich körperlich daran – es war genau wie jetzt – und an die eine Frage, die ich auf keinen Fall stellen wollte, aber unbedingt stellen musste: *Stehst du auf ihn?* Katharina hat mich angesehen, als wüsste sie, dass alles an dieser einen Antwort hängt: Wir beide, sie und ich an einem seidenen Faden.

Nein, hat sie gesagt. *Tu ich nicht.*

Es klang nicht gelogen. Alles an ihr war aufrichtig. Wie sie mich angesehen hat, ihre Stimme, der Ausdruck in ihrem Gesicht. Ich erinnere mich noch daran, wie ich gesagt habe: *Ich will dich nicht verlieren.* Katharina ist auf meinen Schoß geklettert und hat mich angesehen. *Das wirst du nicht*, hat sie geantwortet. Und ich wollte ihr glauben.

Als ich in diesem Moment versuche einzuatmen, schmeckt die Luft in der Küche nach Rauch, es ist mehr als nur ein Geruch, er durchdringt mich. Genau wie das Gefühl, das ich unterdrücke. Es ist überall, unbestimmt wie Gliederschmerzen.

Ich stelle mir die beiden zusammen vor. Wir haben Ähnlichkeit, er und ich – nicht nur in Bezug auf unseren Frauengeschmack, auch, was unser Aussehen betrifft. Als wäre er der ältere Bruder, den ich nie hatte, aber immer wollte. Einer, der viel lacht, einer, der aufmerksam zuhört und dabei mit faltiger Stirn nickt. Wir mögen ähnliche Dinge, er und ich. Vielleicht ja auch im Bett. Ich wette, es macht ihn vollkommen wahnsinnig, wenn Katharina oben ist. Wenn er sie komplett sehen kann, ihre Haut, ihren Bauch, ihre offenen Haare, ihre Brüste, ihr Gesicht. Ihr Körper, der einen Teil seines Körpers in sich aufnimmt. Er ganz steif in ihr, und sie, die sich wie in Trance auf und ab bewegt. Ja, ich wette, das findet er gut. Von ihr geritten zu werden. Unter ihr zu liegen. Wir spielen dieselben Computerspiele, er und ich, wir schauen dieselben Filme, dieselben Serien, er bestellt Pizza Hawaii – meine Lieblingspizza. Und jetzt fickt er auch noch meine Freundin. So viele Gemeinsamkeiten.

In einem anderen Leben wären wir befreundet. In diesem hasse ich ihn. Ich will ihm so lange ins Gesicht schlagen, bis man ihn nicht mehr erkennt. Darauf eintreten, bis es nur noch Matsch ist, eine verschmierte Masse, Blut vermischt mit Spucke, die im Mundwinkel Blasen wirft, wenn er atmet – solange er noch atmet.

Bei der Vorstellung wird mir schwindlig, der Raum beginnt sich zu drehen, das Licht verschmiert, genau wie die Personen am Tisch. Ich bin ein einziger Schmerz, verpackt in Scheiße. Der Versuch, etwas zusammenzuhalten, das längst aus den Fugen ist. Wie ein Pflaster auf einem offenen Bruch.

Ich stelle es mir gegen meinen Willen vor, schaue hin wie bei einem Unfall. Es ist, als könnte ich sie riechen, den Sex und den Schweiß. Was, wenn Katharina es genießt, mit ihm zu schlafen? Was, wenn es schön für sie ist, während ich nicht mal den Gedanken daran ertrage? Sollte mich das nicht freuen? Dass die Frau, die ich liebe, nicht mit irgendeinem widerlichen alten Sack ins Bett gehen muss? Sondern mit einem gut aussehenden Kerl, dem vermutlich sogar daran gelegen ist, dass es ihr mit ihm gefällt? Dass sie es genießt? Dass sie kommt?

Ich schließe die Augen.

Sie darf nicht kommen. Sie darf auf keinen Fall kommen. Er darf sie nicht anfassen.

Ungefähr da beginne ich zu zittern. Es fühlt sich an, als ginge es nicht um mich, eher, als würde ich jemanden beobachten. Ein kleiner Weltuntergang mit nur einem Zuschauer. Ich habe Katharina damals gesagt, dass ich das nicht aushalten würde. Ich habe ihr gesagt, dass ich damit nicht leben kann. Und jetzt lebe ich damit – so wie jemand mit einer schrecklichen Diagnose lebt. Ich betraure den Tod unserer Beziehung, wie ein Besucher an einem Krankenbett. Als läge die Entscheidung bei mir, die Maschinen abzustellen. Und ich bringe es nicht fertig.

Während ich das denke, schrammt etwas über den Boden, ein Geräusch, bei dem ich unwillkürlich die Augen öffne. Paul steht an der langen Seite des Tisches und schaut auf uns herunter.

»Wisst ihr was? Mir reicht's«, sagt er dann.

Da beginnt mein Herz zu rasen. Das Küchenlicht liegt wie eine diffuse Korona um Pauls Kopf. Als wäre es ein Heiligenschein.

»Ihr verhaltet euch wie ein Haufen beschissener Kleinkinder. Als wäre das alles so eine Art Rollenspiel. Aber das ist es nicht.« Ich habe Paul nie so emotional erlebt, nie so echt. »Ein paar von uns könnten bei dieser Sache draufgehen. Und wenn nicht das, dann verdammt lange in den Knast.«

Ich erlebe die Situation doppelt. Ich am Tisch sitzend und als würde ich neben mir stehen. Wie ein Preisrichter, der Haltungsnoten erteilt. Die Stille schwillt an, und ich warte. Auf das, was gleich kommt. Und darauf, dass mein Geduldsfaden reißt.

Die übrig gebliebenen Pizzastücke pulsieren auf dem Tisch, genau wie die Bierflaschen und Aschenbecher daneben. Es ist, als würde ich das Rot kommen sehen, kurz bevor es kommt. Eine emotionale Welle, die mich umhauen wird. Und ich sitze nur da und warte, weil ich weiß, dass es längst zu spät ist wegzurennen.

»Das war's. Ich bin raus«, sagt Paul.

Dann raste ich aus.

GEGENWART.

EIN RECHTES ARSCHLOCH.

Aus dem Keller ist kein Laut mehr zu hören. Das alte Gemäuer liegt wie ein Grab zu Johanns Füßen. Während er für seinen unfreiwilligen Fernsehauftritt fertig gemacht wird, versucht er zu rekonstruieren, was unten passiert sein könnte. Er geht gedanklich alles durch. Die Schreie, das Kreischen, dann ein dumpfer Schuss – zu laut für eine Handfeuerwaffe. Johann hat ein geschultes Gehör, wenn es um Waffen geht – 40 Jahre auf dem Schießstand, knapp 50 auf der Jagd, da lernt man, das eine vom anderen zu unterscheiden. Das, was vorhin abgefeuert wurde, war eindeutig ein Gewehr, daran besteht kein Zweifel. Seither stellt sich Johann immer wieder dieselben zwei Fragen: 1. Wer hat geschossen? 2. Wurde eine der Frauen verletzt?

Wenn es so wäre, wäre es seine Schuld. Hilde hätte ohne seinen Wink die Hose nicht an sich genommen. Ohne die Hose keine Schlüssel zum Waffenschrank. Ohne das Gewehr keine Rangelei und kein Schuss, der sich löst. Falls es so abgelaufen ist.

Andererseits – wäre eine von ihnen wirklich getroffen worden, würden die Geiselnehmer sie dann einfach blutend unten liegen lassen? Würden sie nicht wenigstens Verbandszeug holen und die Wunde versorgen? Johann fragt sich, ob diese Männer derart abgebrüht wären und weiß es nicht.

Er versucht die Situation wie ein Puzzle zusammenzusetzen. Nur, dass es eines ist, dessen Motiv er nicht kennt. Die Frauen könnten irgendwie an das Gewehr gekommen sein. Vielleicht waren die beiden Männer, die sie bewachen, dumm genug, sie im richtigen Raum einzusperren. Vielleicht hat Hilde geschossen. Oder seine Tochter. Aber warum hat Amelie so geschrien? Es klang schmerzerfüllt, Johann hat sie noch nie so schreien hören. Beim Gedanken daran, dass diese Leute ihr wehgetan haben könnten, ballt er die Hände hinter seinem Rücken zu Fäusten – was die Kabelbinder nur noch tiefer in sein Fleisch schneidet.

Er hätte sie nicht in Gefahr bringen dürfen. Keine von ihnen. Doch am wenigsten sie. Johann erinnert sich an die eindringliche Mahnung der Frauenärztin, dass Amelie unbedingt Ruhe bräuchte, weil das Baby bereits recht tief liege. *Zu tief für meinen Geschmack*, waren ihre genauen Worte.

Johann schließt die Augen. Es gibt nichts Schlimmeres für einen Mann, als nutzlos zu sein. Alt zu werden setzt ihm schon lange zu, doch das gerade bringt ihn schier um den Verstand.

»Mach das mal lauter«, sagt ein Guy Fawkes zu einem der anderen, woraufhin der den Ton des Fernsehers aufdreht.

»Nun endlich ist es so weit, meine sehr verehrten Zuschauer:innen – Harald Lindemanns Stündlein hat geschlagen – aber keine Angst, es ist nicht sein letztes«, sagt der Moderator und zwinkert in die Kamera.

Johann schüttelt den Kopf. Die Männer dieser Generation sind die reinsten Witzfiguren. Weil sie nichts mehr ernst nehmen. Nicht einmal sich selbst.

»Wir haben das mal für Sie nachgeprüft«, fährt der Moderator fort. »Und dabei herausgefunden, dass die Daten von knapp 10 Millionen Anwender:innen verkauft wurden – lassen

Sie mich das noch mal sagen, meine sehr verehrten Damen und Herren. *10 Millionen.* Kurz für Sie zur Erinnerung: Insgesamt nutzen etwa 12 Millionen Menschen eine oder mehrere Apps von Sparetime Inc. 2 Millionen von ihnen bezahlen in Form eines Abos, die restlichen 10 mit ihren persönlichen Daten. Genau so, meine sehr verehrten Zuschauer:innen, kommt man auf einen Jahresgewinn von satten 45 Milliarden Euro.«

Johann hegt beinahe so etwas wie Sympathie für Lindemann – wenn auch nicht für seine sexuelle Neigung. Liebe unter Männern wird sich Johann nie erschließen, Kameradschaft, Freundschaft, ja, doch nichts darüber hinaus. Lindemanns Erfolg jedoch ist anerkennenswert. Insbesondere, wenn man seine Herkunft bedenkt, eine Schwuchtel aus einem kleinen Dorf in Österreich. Ein Selfmademan, der trotz der Tatsache, dass diese Leute seinen Partner und seine Freunde als Geiseln genommen haben, im Live-Fernsehen Rückgrat bewiesen hat. Derartiges Verhalten imponiert Johann. Er hofft, dass man später etwas Ähnliches über ihn sagen wird. Dass er tapfer war und integer. Ein Mann, der unbeugsam für seine Werte einsteht.

»Und? Gehören auch Sie zu den beinahe 10 Millionen Datenzahler:innen?«, fragt der Moderator auf diese selbstgefällige Art, die junge Menschen so oft an sich haben. Johann geht mittlerweile davon aus, dass sie ihren Mangel an Lebenserfahrung und Weitsicht durch chronische Selbstüberschätzung wettmachen – selbstverständlich ohne sich dessen bewusst zu sein. Denn an Bewusstsein fehlt es ihnen genauso wie an Intelligenz – von Bildung ganz zu schweigen. Traurige Zeiten kommen auf dieses Land zu.

»Deutschland hat abgestimmt, meine sehr verehrten Damen und Herren. *Sie* haben abgestimmt.« Kunstpause. »Und das Ergebnis ist eindeutig.« Wiseman lächelt in die Kamera. »86 Prozent von Ihnen haben *Payback* gewählt. Also, mir persönlich gefällt ja besonders die Zweideutigkeit dieses Urteils.« *Payback. Wie überaus einfallsreich*, denkt Johann. Das passt zur Durchschnittsintelligenz der Bevölkerung.

»Ich bitte nun all diejenigen unter Ihnen, die über ein kostenloses Profil bei egal welcher App der Harman Group verfügen – MatchMaker, PetFriend, CookIt, was auch immer –, einen kurzen Blick auf Ihr Bankkonto zu werfen. Die meisten, die das betrifft, haben ja Onlinebanking. Los, sehen Sie nach. Ich warte einstweilen hier.«

Der Guy Fawkes neben Johann fängt leise an zu lachen, dann sagt er: »Bald bist du dran, du rechtes Arschloch. Ich bin gespannt, was sie dir antun werden.«

In exakt der Sekunde, als Johann etwas entgegnen will, stößt Amelie die Tür des Herrenzimmers auf und beginnt zu schießen. Die erste Reaktion ist Ungläubigkeit, die zweite ist Chaos. Waffen, aus denen gefeuert wird, Schreie, maskierte Männer in Kampfmontur, die herumlaufen wie aufgescheuchte Hühner. Johann hat den Laut von Schüssen schon immer geliebt, aber noch nie so sehr wie in diesem Moment. Wie ein abgehacktes Konzert zu seinen Ehren. Selbst, wenn Amelie ihn versehentlich erschießen würde, er hätte kein Problem damit. Sein Blick folgt ihren Bewegungen. Er kann ihn nicht von ihr abwenden, ist vollkommen hingerissen von seiner schwangeren, mutigen Frau – der er so etwas nie im Leben zugetraut hätte.

Kurz darauf stürmt seine Tochter den Raum, mit einem Gewehr im Anschlag und einem zweiten um die Schulter, dicht gefolgt von einer schwer bewaffneten Hilde mit blutgetränkter Schürze. In etwa da verliert Johann den Überblick im

Tumult. Kristin schießt, trifft einen der Geiselnehmer im Bein, lädt nach, schießt erneut, trifft einen zweiten, diesmal im Knie. *Das ist meine Tochter*, denkt Johann und ist auf eine nicht gekannte Art stolz – auf ihren Einsatz, auf ihre Courage, darauf, wie bereitwillig die drei ihr Leben für ihn aufs Spiel setzen. Als wäre sein Herrenzimmer ein Schachbrett und sie die Figuren darauf. Angriffe von allen Seiten, überall Bauern und Läufer – und Johann der König.

Ein König, der nicht nur eine Dame hat, die ihn schützt – sondern drei.

ROBIN'S HOOD.

Die Sache mit Sander war Pech. Aber irgendwie auch beeindruckend. So eine Nummer hätte Paul diesen drei Frauen nicht zugetraut. Er muss das abhaken, die Angelegenheit auf sich beruhen lassen, sich auf das konzentrieren, was jetzt ansteht.

Pauls Blick fällt auf den Monitor. Das Bild ist leicht verwackelt, aber die Tonqualität stimmt – solange eins von beidem verlässlich funktioniert, spielt der Rest keine Rolle.

»Kleine Feuer überall«, gibt Finch dann endlich durch, und Swift atmet erleichtert auf. Wie erleichtert er ist, merkt er erst jetzt.

»Bestätige«, sagt er, »Zugriff auf Robin's Hood ebenfalls erfolgreich.«

Nach dieser Statusmeldung kappt er die Verbindung. Swift muss sich konzentrieren, Finch kann er gerade wirklich nicht gebrauchen. Schon gar nicht bei dem, was bald folgt.

Diese beiden Punkte ihres Plans haben Swift mit am meisten Nerven gekostet: Finch und seine Brände auf der einen Seite, das Sicherheitssystem des BKA auf der anderen – nicht die Tatsache, dass es komplex ist und strengstens überwacht – komplex und strengstens überwacht ist heutzutage alles, sondern, dass in den frühen Morgenstunden auch noch ein unangekündigtes Upgrade für die Verschlüsselungssoftware durchgeführt wurde. Eine ziemlich fiese Codierung für Türen, Passwörter, Überwachungskameras und Computersysteme – die zu allem Überfluss auch noch stündlich aktualisiert wird. Ohne ihren *Vogel im Käfig*, wie Robin sich selbst nennt, hätte das gravierende Auswirkungen haben können.

Bestimmt hätte Swift es irgendwie wieder geschafft, sich einzuhacken, im Grunde besteht daran kein Zweifel, die Frage ist nur, ob er es *rechtzeitig* geschafft hätte. Schließlich ist er in fast alle Prozesse direkt oder indirekt involviert. Er kann es sich nicht leisten, einen der vielen Fäden fallen zu lassen, die bei ihm zusammenlaufen. Bildlich gesprochen ist er das unterste Stockwerk des Kartenhauses und ihr kritischer Pfad verdammt knapp kalkuliert. Es gibt keinen Raum für Fehler. Dafür umso mehr Fallstricke.

Swift denkt kurz an den Link, den er Finch auf seine Bitte hin gestern noch geschickt hat. Er wusste bereits in dem Augenblick, dass er es nicht tun sollte – mehr noch, dass er es bereuen würde. Andererseits: Mit welcher Begründung hätte er Nein sagen können, ohne dass Finch misstrauisch geworden wäre? Ein abgelenkter Finch legt keine guten Feuer. Nein, es war besser, es so zu machen. Um die Folgen, die aus dieser Entscheidung resultieren könnten, kümmert Swift sich dann, wenn es so weit ist. Aber bestimmt nicht jetzt.

Sein Blick fällt auf die Uhr, sie liegen perfekt in der Zeit.

»The sky is falling«, sagt er dann.

Unmittelbar danach sieht Swift über den Live-Feed der Überwachungskamera, dass Robin das Großraumbüro betritt und sich Wanningers Arbeitsstation mit schnellen Schritten nähert.

Als der sie bemerkt, schaut er auf und sagt: »Da bist du ja endlich.« Gerunzelte Stirn. »Wo warst du?«

»Mit den Leuten von SafeLink in einem Zoom-Gespräch«, erwidert Robin. »Die meinten, einer ihrer IT-ler hätte eine Routine geschrieben, durch die wir wieder Zugriff auf die Überwachungskameras der Top Ten bekommen müssten.«

»Was ist mit dem Rest?«, fragt Richter. »Mit den Türcodes und so weiter?«

»Keine Ahnung«, antwortet Robin. »Ich hatte den Eindruck, das wäre dein Job.«

Swift sieht, wie Richter ihrem Blick ausweicht.

»Ich finde ja, wir sollten froh sein, wenn wir *überhaupt* auf irgendwas Zugriff bekommen, meinst du nicht?«

Richter nickt angespannt.

»Ach ja«, rettet Wanninger seinen Kollegen aus der Situation. »Schreiber war vorhin hier. Nick will, dass du die Kanitz-Befragung leitest.«

»Das kann auch Schreiber übernehmen«, sagt Robin.

»Im Ernst?«, erwidert Richter irritiert. »Kanitz ist unsere einzige Zeugin.«

»Traust du Schreiber etwa nicht zu, eine Zeugin zu befragen?«

»Das habe ich so nicht gesagt«, rudert Richter zurück.

»Du hast es impliziert«, fällt Wanninger ihm in den Rücken – was nicht verwunderlich ist, immerhin steht er auf sie. Swift weiß das, so wie er fast alles weiß. Er überwacht Halberg und sein Team bereits seit Monaten. Manchmal kommt es ihm so vor, als würde er sie schon Ewigkeiten kennen – so wie man das mitunter auch bei Filmstars hat. Swift ging es beispielsweise immer so mit Leonardo DiCaprio.

»Und wie genau wollten die uns ihre tolle Routine zukommen lassen?«, fragt Wanninger gereizt. »Per berittenem Kurier?«

Swift hat die Mail längst verschickt, trotzdem sendet er sie noch einmal.

»Kam eben rein«, sagt Robin. »Ich hab sie dir weitergeleitet.«

Als Wanninger wenig später das Programm öffnet, ändert sich sein Gesichtsausdruck. Es ist ein Blick, den Leute normalerweise bekommen, wenn sie ein Gemälde betrachten oder eine Kirche betreten.

»Unglaublich«, sagt er überwältigt. »Das ist reinste Programmierkunst.«

Richter rollt mit seinem Schreibtischstuhl auf Wanningers Seite.

»Wow«, murmelt er.

»Ich finde es ja wirklich rührend, wie begeistert ihr seid, Jungs«, sagt Robin, »aber die Uhr tickt. Vielleicht wollt ihr mal weitermachen.«

»'tschuldigung«, murmelt Wanninger, führt die Routine aus – und erhält im nächsten Moment Zugang zu den Live-Aufnahmen der Überwachungskameras.

»Wir sind drin«, sagt er. Und dann: »Scheiße! Was ist das denn? Wer von denen ist dieser Typ?«

»Walter Emhoff«, erwidert Robin.

THE LEFTOVERS.
VOL. 3.

Ferdinand Litten.

Sein Sohn wirkt verändert – und damit meint Ferdinand nicht die Platzwunden in seinem Gesicht, sondern die Haltung, die er endlich angenommen hat. Ferdinand hat oft an Julian gedacht in den vergangenen Jahren und dennoch vergessen, wie er aussieht. Als hätte er sich mit der Zeit vor Ferdinands innerem Auge in Luft aufgelöst. Aus dem Jetzt betrachtet ist der wütende junge Mann einem erwachsenen Mann gewichen – einer kuriosen Kombination aus ihm und seiner Ex-Frau. Julian hat ihre Augenpartie, seinen Kiefer und ihre Nase. Ferdinand mustert ihn. Und dann rügt er sich dafür, dass er kurzzeitig tatsächlich gedacht hat, Julian könnte an dieser Sache beteiligt sein. Er ist ein grauenhafter Vater, ein grauenhafter Mensch.

Als er sich das eingesteht, bemerkt er hinter dem Kirschlorbeer das rhythmische Aufblitzen von Blaulicht.

Harald Lindemann.

Sie haben Harald zur Strafe ein paarmal saftig geohrfeigt, das war's aber auch schon. Im Grunde hat er mit nichts anderem gerechnet – auch, wenn ein Teil von ihm befürchten musste, falsch damit zu liegen. Harald ist ja kein Idiot. Aber wenn er eins im Leben gelernt hat, dann, dass Dreistigkeit siegt. Und dass alles heißer gekocht wird als gegessen. Zwei Sprichwörter, die saublöd klingen, aber unfassbar wahr sind.

Die Geiselnehmer sind abgehauen. Davor haben sie noch das Chalet gereinigt – blitzblank geputzt. Sah irgendwie lustig aus: gestandene Männer in schwarzer Kampfmontur mit Plastikmasken, die den Boden wienern. Sie haben haufenweise Akten auf den Esstisch gelegt – schätzungsweise das gegen Harald gesammelte Beweismaterial. Er hat kurz überlegt, ob es Sinn machen würde, den Versuch zu starten, sich zu befreien und die Papiere zu vernichten – ein offenes Feuer hätt er da –, aber Harald geht davon aus, dass die Drahtzieher hinter diesem Affentheater alle relevanten Unterlagen ohnehin zusätzlich an die entsprechenden Behörden geschickt haben. Alles andere wäre Dilettantismus. Und das waren diese Leute nicht, Dilettanten, die wussten schon, was sie tun.

Dementsprechend sitzt Harald noch immer gefesselt auf seinem Stuhl, die drei anderen sind nebenan – sie haben sich schreiend über die Unversehrtheit der jeweils anderen versichert, und jetzt warten sie. Darauf, dass die Einsatzkräfte endlich diesen verdammten Berg hochkommen und sie befreien. Es riecht nach einer traurigen Mischung aus Desinfektionsmittel und kalt gewordenem Festtagsbraten.

Aber sie leben noch. Alle vier. Das ist den verlorenen Jahresgewinn allemal wert.

Und ein paar Milliarden hat er ja noch. Die und die Gewissheit, dass die Idioten da draußen den Datenverkauf bis morgen ohnehin wieder vergessen haben. Die Wahrheit ist nämlich: Die meisten von denen zahlen lieber mit ihren Geheimnissen als mit ihrem hart verdienten Mindestlohn. Weil Geiz geil ist, das haben sie in der Werbung gelernt.

Josua Sievers.

Josua geht nicht davon aus, dass sein Vorhaben funktionieren wird. Im Grunde ist es nicht mehr als ein armseliger Versuch, eine Mischung aus psychologischer Kriegsführung und Küchenpsychologie. Und der Annahme, dass auch Geiselnehmer nur Menschen sind und dementsprechend etwas zu verlieren haben. Josua findet langsam in die Spur zurück. Als wäre seine Selbstsicherheit durch die vorherigen Ereignisse kurzzeitig ins Schleudern geraten, infolgedessen er die Kontrolle über seine Kontrolle verloren hat. Doch jetzt ist er wieder bei sich – und seine Strategie, so waghalsig sie sein mag, eröffnet wenigstens den Hauch einer Chance, hier rauszukommen.

Josua liest in Menschen, er versteht sie, wie sie denken, was in ihnen vorgeht. Genau genommen sind sie nicht viel anders als Fernbedienungen. Wenn man weiß, welche Knöpfe man drücken muss, bekommt man für gewöhnlich auch, was man will.

Nun, da er ein bisschen Zeit hatte, ihre Bewacher zu studieren, hat auch seine Angst abgenommen. Sein Bauchgefühl sagt ihm, dass es sich hierbei nicht um eine Überzeugungstat handelt. Es ist ein Job. Schnelles Geld. Und relativ einfach verdient – vorausgesetzt, alles läuft nach Plan.

Jeder dieser Männer hat ein Leben fernab dieser Realität. In diesen Leben sind sie vielleicht verheiratet oder haben Kinder, vielleicht stecken sie in einem schlecht bezahlten Angestelltenverhältnis fest oder sind arbeitslos. Gut möglich, dass jeder Einzelne von ihnen gute Gründe hat, das hier durchzuziehen. Kann sein, dass der ein oder andere glaubt, keine Wahl zu haben – oder nichts zu verlieren. Was im Normalfall nicht stimmt. Doch das wird den meisten erst in Ausnahmesituationen bewusst, wenn alles bereits droht zusammenzubrechen. Da merken sie dann plötzlich, dass sie sehr wohl etwas zu verlieren haben.

Diese Erkenntnis könnte bei ihren Geiselnehmern jeden Moment eintreten. Es ist eine Sache, etwas zu planen, und eine völlig andere, sie in die Tat umzusetzen. Auf dem heimischen Sofa kennt jeder die richtigen Antworten der Quizshow, im Rampenlicht des Fernsehstudios dann auf einmal nicht mehr.

Josua kann ihren Schweiß riechen. Auch er schwitzt, doch seinen eigenen riecht man ja bekanntlich nicht. Diesen Typen geht der Arsch auf Grundeis. Die wollen genauso lebend aus dieser Sache wieder rauskommen wie er. Die Masken, ihre Kampfmontur und die Waffen sind am Ende des Tages auch nichts anderes als Mimikry. Sie sollen Josua und Pia Angst machen. Das bedeutet noch lange nicht, dass diese Männer deswegen auch wirklich bereit wären, sie zu erschießen.

Auf ebendieser Annahme basiert das gesamte Konstrukt – dass sie bereit wären zu schießen. In der Sekunde, in der weder Josua noch Pia das glauben, verlieren sie ihre Macht.

Die Blaulichter spielen Josua zusätzlich in die Hände. Der Feind steht vor der Tür. Der Freund und Helfer. Das macht die Angelegenheit erschreckend real.

Josua ist natürlich bewusst, dass die Einsatzkräfte nicht stürmen werden – immerhin sind Geiseln im Spiel, wehrlose, hilflose Opfer, die sich nicht verteidigen können. Die Situation wird also erst einmal genauso bleiben: sie im Haus, die Beamten davor, ein wackeliger Waffenstillstand mit ihm und Pia als Bollwerk dazwischen.

Da kann es nicht schaden, eine alternative Lösung in den Ring zu werfen. So eine Art *Du-kommst-aus-dem-Gefängnis-frei*-Karte wie bei Monopoly. Josua an ihrer Stelle würde es sich zumindest mal durch den Kopf gehen lassen.

In exakt dem Moment, als er Luft holt, um ihnen ein lukratives Geschäft vorzuschlagen, kommt einer der Typen auf ihn zu, packt ihn am Kragen und zieht ihn hoch.

»Das Glücksrad hat deinen Namen ausgespuckt. Du bist gleich auf Sendung.«

Heiner Voigt.

Menschen haben Heiner schon immer amüsiert. Als wären sie die grausame Komik des Planeten, nur dass die wenigsten sie als solche entlarven. Heiner hat schon länger den Eindruck, dass die Dummen sich exzessiv vermehren, während die Klugen kinderlos bleiben – freiwillig oder unfreiwillig. Die größten Idioten haben die größten Familien. Die einen haben nichts zu fressen, und die anderen ersticken an Informationen, während sie gleichzeitig ausgehungert sind, wenn es um Wissen geht. Heiner sieht ja selbst, wie ungerecht das alles ist, er sieht es sogar ein. Auch wenn dieser Rachefeldzug hier sicher nicht die Lösung ist. Man kann schließlich nicht alle Systemprofiteure einsperren und ihnen im Live-Fernsehen den Prozess machen. Erstens bräuchte man dafür zu viele Leute, und zweitens wird selbst das irgendwann langweilig.

Neulich, bei einem seiner seltenen Spaziergänge, hat Heiner ein Graffiti gesehen, das ihm nicht mehr aus dem Kopf geht. Drei Sätze untereinander an einem Garagentor, weiße Schrift auf Schwarz, Großbuchstaben.
NATION OF SHEEP.
RULED BY WOLVES.
OWNED BY PIGS.

Seither fragt Heiner sich, ob er eher zu den Wölfen oder zu den Schweinen zählt. Dominiert er die Menschen, oder gehören sie ihm? Er glaubt, es ist ein bisschen von beidem.

Hannelore Köster.

Das mit dem Herzinfarkt wird wohl leider nichts. Sie haben Hannelore dazu gezwungen, ihre Betablocker zu nehmen – andernfalls haben sie gedroht, Roswita einen Finger abzuzwicken. Scheußliche Vorstellung. Also hat sie sie genommen, die blöden Betablocker.

Ihre Haushaltshilfe hat zehn Finger, Frau Köster, meinte die Frau mit der sanften Stimme, *wenn die ab sind, gehen wir zu den Schusswaffen über.*

Roswita ist so viel mehr als eine bloße Haushaltshilfe, Hannelore hat keine Sekunde gezögert.

Ein Teil von ihr würde wirklich gern gestehen. So ein Geheimnis wiegt ziemlich schwer. Hannelore hat ihr Leben lang alles getan, um Abbitte zu leisten, nur zugegeben hat sie es nicht – das Vergehen, das ihre Eltern ihr zusammen mit den zwei heruntergewirtschafteten Hotels vermacht haben.

Die längste Zeit hat sie es nicht mal gewusst. Bis dann die ersten Ansprüche erhoben wurden. Zu der Zeit war die Brenner Group längst ein florierendes Unternehmen, das internationales Renommee genoss. Das alles war Hannelores Verdienst gewesen – ihr Lebenswerk. Zu Beginn hat sie die Anschuldigungen nicht ernst genommen. Und dann irgendwann doch Nachforschungen angestellt, weil die Forderungen nicht eingestellt wurden. Diskret, versteht sich. Eine verschwiegene Privatdetektei.

Das Ergebnis war niederschmetternd und ließ sie alles infrage stellen, was sie von ihren Eltern bis dato zu wissen geglaubt hatte. Zwei fromme, rechtschaffene Eheleute – sechs Kinder, unpolitisch, regelkonform. Natürlich war ihr Vater Parteimitglied – wer war das zu jener Zeit nicht? –, doch hinter vorgehaltener Hand verurteilte er die Machenschaften »dieser Leute«, wie er sie nannte. *Es ist nicht korrekt, was die diesen Menschen antun*, hat er häufig gesagt. Und dann selbst davon profitiert.

Hannelore fragt sich manchmal, ob sie das Erbe angetreten hätte, wenn ihr die Hintergründe bekannt gewesen wären, die volle Bandbreite dessen, was ihre Eltern getan hatten. Die faulen Geschäfte, die das Fundament ihres Erfolgs darstellten.

Hannelore hätte sich etwas anderes aufbauen können, etwas Sauberes – ohne das schlechte Gewissen, das sie seither mit Spenden und Schirmherrschaften und Wohltätigkeitsveranstaltungen im Zaum zu halten versucht.

Ihr Verstand weiß, dass sie nichts falsch gemacht hat – sondern die Fehler ihrer Eltern lediglich übernommen. Unwissentlich. Doch als sie es dann herausgefunden hat, hätte sie reinen Tisch machen können. Die Wahrheit sagen. Dass sie es nicht wusste, dass sie sich schämt, dass sie es wiedergutmachen will – so weit das eben möglich ist.

Der Name Brenner wäre danach verbrannt gewesen. Er und alles, was sie so mühsam aufgebaut hat. Reduziert auf zwei von den Nazis enteignete Häuser, die ursprünglich jüdischen Familien gehört hatten – und ihnen demnach noch immer gehören.

Hannelore hätte die beiden Immobilien sofort zurückgegeben. Darum ist es ihr nie gegangen – den Besitz oder den monetären Wert –, das ist ihr alles vollkommen gleichgültig. Ihr ging es immer nur um das große Ganze, um das, was sie aus ihrem maroden Erbe gemacht hat: eine internationale Erfolgsgeschichte, die alsdann nur noch durch den Dreck gezogen worden wäre. Und genau das konnte Hannelore nie zulassen. Jede Faser in ihr hat sich dagegen zur Wehr gesetzt.

Letzten Endes hat sie sich geschworen, dieses Geheimnis mit ins Grab zu nehmen. Niemals die Wahrheit zu sagen. Alles zu leugnen, bis zum letzten Atemzug. Dafür hat sie auf jede andere Art bezahlt und an die Gesellschaft zurückgegeben – ganz besonders an die jüdische. Geld, Engagement, Unterstützung, sie hat sich überall eingebracht, sich verdient gemacht, bis man ihr eines Tages das Prädikat *Wohltäterin* verlieh. Eine Auszeichnung, die ebenso falsch wie verdient ist.

Lange Zeit dachte Hannelore, sie kenne den Unterschied zwischen richtig und falsch – als gäbe es den überhaupt. Nun weiß sie, dass es üblicherweise nicht das eine oder das andere ist. Sondern der Brei dazwischen. Die Kanalisation, die stinkend und vergessen unter der Oberfläche verläuft.

Und in diesem Moment auf dem Sofa zwischen ihrer Tochter Carolin und Roswita erneuert Hannelore das Versprechen, das sie sich vor Jahren schon einmal gegeben hat: Sie wird nichts gestehen, was sie nicht getan hat. Die Dokumente sind perfekt – kein Mensch wird ihr je auf die Schliche kommen. Und falls doch, stirbt sie vielleicht ja davor.

Walter Emhoff.

Walter hat ihre Präsenz die ganze Zeit schon gespürt, wie ein wetterfühliger Mensch ein bevorstehendes Gewitter. Vor ihr auf dem Boden zu knien, fühlt sich richtig an. Das Einzige, was sich noch richtiger anfühlen würde, wäre, wenn sie ihn abknallt.

ERICH.
KLEINE FEUER ÜBERALL.

Es hat Monate gedauert, das alles vorzubereiten – die einzelnen Komponenten, die Zündvorrichtungen, Brandbeschleuniger und mich, der bebrillt, mit Bart und einer Perücke mit respektablem Haarschnitt die betreffenden Büros aufsucht, um sicherzustellen, dass die Brandschutzrichtlinien ordnungsgemäß eingehalten werden – um sie dann außer Kraft zu setzen.

Ich habe Kameras installiert, damit ich den Prozess von hier aus verfolgen kann – den Moment, wenn die Feuer alles schlucken. Und genau das tue ich gerade. Mit einem kühlen Bier in der Hand und einem Gefühl von Feierabend. 146 Liveübertragungen mutwilliger Zerstörung. Swift lag mit seinen 15 Brandherden dann doch etwas daneben. Auf den einen Fall gesehen hatte er natürlich recht, nicht aber in Bezug auf das gesamte Vorhaben. Doch genau darum geht es.

Ein Teil von mir will auf den zweiten Browsertab klicken, nur kurz nach Elisabeth sehen, ein paar Sekunden. Aber ich verbiete es mir. Mein Part ist noch nicht abgeschlossen. Das ist er erst dann, wenn alle 146 Kameras den Feuern zum Opfer gefallen sind und mein Bildschirm schwarz wird. Dann darf ich zu Elisabeths Browsertab wechseln. Bis dahin bleibe ich gedanklich bei der Sache, egal wie schwer es mir fällt.

Ich wollte nicht, dass Elisabeth mit reingeht, in keins der

Häuser, weder zu Emhoff noch zu sonst wem. Aber sie ließ sich nicht davon abbringen, weder von mir noch von meinen Bedenken.

Jeder von uns hat seine Aufgabe, meinte sie trocken. Und sie hat recht. Das hier ist meine. Also widerstehe ich dem Impuls, lehne mich zurück und sehe dabei zu, wie die Flammen sich nach und nach durch 146 Archive, Büros, Behörden und Lagerräume fressen. Dabei nippe ich immer mal wieder an meinem Bier und genieße, wie die Brandschutztüren diverser Aktenschränke ächzend nachgeben, weil ich sie entsprechend präpariert habe. Es ist ein seltsam befriedigendes Gefühl, diesen Verfall zu beobachten, den Übergang von einer Form in eine andere. Wie ein Naturschauspiel – eine Doku über Vulkane, bei der man fasziniert, ja, beinahe erregt die orange-roten Lavaströme betrachtet, die sich durch tiefschwarzes Gestein graben und schließlich zischend ins Meer fließen.

Als ich vorhin hier saß und nach einem finalen Statuscheck der einzelnen Module auf Swifts Kommando gewartet habe, ging mir wieder und wieder ein Zitat von Bukowski durch den Kopf. *If something burns your soul with purpose and desire, it's your duty to be reduced to ashes by it. Any other form of existence will be yet another dull book in the library of life.*

Ich hatte mein Leben nie so gesehen – als weiteres langweiliges Buch in der Bibliothek des Lebens. Doch wenn ich zurückschaue, war es genau das. Eine Aneinanderreihung von – überwiegend heiteren – Belanglosigkeiten ohne jede Handlung. Bei genauerer Betrachtung habe ich nie wirklich etwas vertreten – weder mich noch meine Meinung. Und wenn doch, dann nur in der behutsamen Geborgenheit meiner eigenen vier Wände – und damit der wohlwollenden Sicherheit der Menschen, die mir nahestehen.

Erst diese Freundschaften, unser Plan und schließlich die Begegnung mit Elisabeth vermochten meine Geschichte umzuschreiben. Ihretwegen gewann sie an Tiefe und Bedeutung. Als hätten sie mir den Schneid verpasst, den meine Großmutter sich immer für mich gewünscht hat. *Du hast so viel Potenzial, mein Junge*, hat sie immer gesagt, *es gibt nichts Traurigeres, als es zu verschwenden.*

Was sie wohl sagen würde, wenn sie wüsste, was ich getan habe? Ihr Enkel ein Verbrecher. Brandstiftung in 146 Fällen. Vielleicht wäre sie entsetzt. Oder aber sie wäre stolz. Beides wäre möglich.

Ich trinke die Neige meines Biers, während eine Überwachungskamera nach der anderen hitzebedingt ausfällt. Drei Brandherde pro Raum, das bedeutet 438 kleine Feuer. Sie sind strategisch exakt so platziert, dass die gesamte Fläche komplett ausbrennt. Es ist erstaunlich, was man im Internet alles lernen kann. Insbesondere im Darknet – in dem Swift sich auskennt, als wäre es seine Westentasche.

Unterm Strich hat es sich gelohnt. Das alles, der gesamte Aufwand, auch wenn der doch erheblich war: die Beschaffung der Teile, der Bau und letztlich die Installierung vor Ort.

An jedem anderen Abend wäre die mediale Berichterstattung über diese *beispiellose Reihe von Brandanschlägen* in vollem Gange. Sie würden in ihren Sondersendungen eindrucksvolle Bilder von verkohltem Inventar zeigen und die rührseligen Geschichten der Mittelständler erzählen, deren Existenzen in nur einer Nacht ausgelöscht worden waren. Es wäre wahrscheinlich die Rede vom Rückgrat des Landes, von Familienbetrieben in dritter Generation und einer *neuen Qualität der Gewalt*, die immer mehr um sich greife.

Ich fand es schon immer etwas befremdlich, dass man bei

Gewalt von *Qualität* spricht. Als wäre sie etwas Gutes – wobei sie das in diesem Fall ist.

Ich frage mich, wie sie die Anschläge auf Bundes- und Landesbehörden verkauft hätten. Als Anschläge auf die Bevölkerung? Auf den Staat? Auf die Demokratie – die, seit Der Rechte Weg an der Macht ist, eher den Anfängen einer Diktatur ähnelt?

Ich werde es nie erfahren. Das, was sonst ein Brennpunkt geworden wäre, ist heute nicht einmal eine Randnotiz. Eigentlich schade, dass es keinen Brennpunkt dazu geben wird. Selten hat der Name besser zur Thematik gepasst. Bei diesem Gedanken muss ich lächeln. Was soll's? Dann eben kein Brennpunkt und keine Sondersendungen und keine Experten, die ihre fachliche Einschätzung zu den Geschehnissen zum Besten geben. Stattdessen spielt eine ganze Nation auf allen Kanälen jüngstes Gericht. Die Polizei würde sagen, *mit einer Truppe Terroristen, die sich als Heilsbringer verkaufen, als Retter der Demokratie.* Ich würde sagen: mit ein paar Vögeln, die alles daransetzen, dieses Land vom *Rechten* Weg abzubringen.

Kurz darauf greift das letzte Feuer auf die letzte Überwachungskamera über, und mein Bildschirm wird schwarz.

»Kleine Feuer überall«, melde ich Swift über das kleine Headsetmikrofon.

»Bestätige«, sagt er. »Zugriff auf Robin's Hood ebenfalls erfolgreich.«

Danach wechsle ich zu Elisabeths Broswertab – dann lasse ich die Flasche fallen.

ERICH.
DER LAUF DER DINGE – DIRECTOR'S CUT.

Der Klang von zerspringendem Glas schneidet in die Stille und hallt von den Wänden wider. Das hier war nicht geplant. Nichts davon. Sie dort, der Pistolenlauf zwischen Emhoffs Zähnen, der Ausdruck in seinem Gesicht – mehr als Angst, mehr als die Schweißperlen, die seine Schläfen hinunterlaufen wie Tränen aus einem nassen Ansatz.

»Wren.« Meine Stimme klingt schwach, wie die eines Waschlappens, der durch meinen Mund spricht. Wie konnte es so weit kommen? Was habe ich übersehen?

Sie war die letzten Tage anders. Abwesend. Deswegen.

Ich starre auf den Monitor. Zu weit weg von allem, abgehängt und doch dabei, auf eine untätige, passive Art daneben, ein Knopf in ihrem Ohr. Der Bildschirm ist bläulich, alles ist bläulich, der Typ, die Waffe in seinem Mund, die zweite in ihrer Hand, Emhoffs Gesicht, Wren.

Ich dachte, ich kenne sie. Ich dachte, ich weiß, wer sie ist, wie sie tickt, was sie antreibt. Aber wann kennt man jemanden schon? Ich meine, *wirklich*? Nicht nur die Oberfläche, nicht nur das, was sie einem zeigen, nicht nur bis knapp unter die Haut, sondern weiter, bis in die Schichten, in denen es wehtut. In denen wir unsere Geheimnisse begraben, wie Leichen auf einem Friedhof. Wir kultivieren sie mit unseren Gedanken, düngen sie mit unserem Schweigen, halten den Deckel darauf, damit sie nicht wieder zurück an die Oberfläche finden aus den Höhlen unseres Unterbewusstseins, Herzkammern, Nieren. Wir wollen sie in uns ersticken. Zum Schweigen bringen. Und scheitern daran.

Ich stütze mich mit den Handflächen auf dem Metalltisch ab, die Oberfläche ist rau, meine Ellenbogen zittern, ich schaue auf den Laptopbildschirm, versuche, die Situation zu begreifen, zu kapieren, was da gerade passiert. Ein Mann in einem orangen Sträflingsoverall auf dem Boden kniend, die Hände hinter dem Rücken mit Kabelbindern gefesselt, seine Frau und die beiden Kinder, ein Junge, ein Mädchen, zusammengekauert auf dem riesigen Ecksofa, eine hellgraue Insel aus teurem Stoff, die Kinder weinen, ihre Mutter hält ihnen die Augen zu – und es lässt mich vollkommen kalt. Sie, ihr Sohn, ihre Tochter, ihr Betteln. *Bitte, tun Sie das nicht. Bitte. Er ist ein guter Mann.* Immer dieselben Sätze, dieselbe Intonation unter erstickten Tränen, die Nase verstopft, geschwollene Schleimhäute.

All das ist mir egal. Aber *sie* nicht. Sie ist mir nicht egal.

Die Kameras blinken in schwarz-weiß an der Zimmerdecke, gleichmäßig wie ein Herzschlag. Und dann frage ich mich, wie das hier enden wird: Ich in dieser gottverdammten Wohnung, und sie in einem Kubus aus Glas, kurz davor, jemandem eine Kugel in den Kopf zu jagen – am besten mit Millionen Zuschauern, die wie gebannt auf ihren Sofas und Sesseln sitzen, mit angehaltenem Atem und einer Hand in der offenen Chipstüte. So war es nicht gedacht. Das hier ist falsch.

»Swift?« Stille. »Swift, ist das gerade live?«

Er reagiert nicht.

»Wren«, sage ich dann noch einmal, diesmal drängender. Doch auch sie antwortet nicht, steht halb mit dem Rücken zu mir. Eine schmale Schulter, ein Bruchteil ihres Profils, ein runder Hinterkopf. Ihr gesamter Körper ist angespannt, ihr ausgestreckter Arm, ihre Hand. Sie schiebt den Lauf der Waffe noch tiefer in seinen Rachen. Sein Gesicht sieht aus wie ein stummer Schrei, ein Spiegelbild ihrer Entschlossenheit. Er kniet vor ihr, als wäre er innerlich in sich zusammengefallen, als würde er Luft verlieren – oder an Boden. Ein Mann so lasch wie ein Sofakissen. Er unterdrückt ein Würgen, seine Tochter heult, sein Sohn auch, seine Frau zittert, kein Flehen mehr, nur noch Kinderweinen. Der Moment ist zum Zerreißen gespannt, eine Stille, in der etwas lauert, als würden wir auf einen Funken warten. Darauf, dass alles in die Luft fliegt.

Es gibt einen Grund für das hier. Es muss einen geben, irgendeine Erklärung. *Denk nach, verdammt, denk nach.*

Dann erinnere ich mich. An Wren nackt im Schutzraum unter meinem Zimmer, an ihren Blick, als sie eins und eins zusammengezählt hat, daran, dass *sie* ihn in den Top Ten haben wollte, dass es *ihr* Vorschlag war. Davor war er nur ein möglicher Kandidat unter vielen.

Zu der Zeit kam es mir nicht seltsam vor, ich habe es nicht hinterfragt. Aus dem Jetzt betrachtet, hätte ich es tun sollen. Ich erinnere mich an den Ausdruck in ihrem Gesicht, an die Unnachgiebigkeit in ihren Augen. Fremd und faszinierend.

Meine Gedanken fallen wie Dominosteine, einer nach dem anderen, sie werden zu Gräueltaten in meinem Kopf, zu Adrenalin in meinem Blut, zu Aggression und geballten Fäusten. Mein Brustkorb zieht sich zusammen, meine Blutgefäße, meine Muskeln, mein gesamter Körper schrumpft. Schweiß an meinen Händen, Schweiß unter meinen Achseln, Schweiß an meinem Bauch.

Swift muss es gewusst haben. So wie er alles weiß.

Wieso hat sie es mir nicht gesagt? Oder er? Wieso habe ich es nicht gemerkt?

»Woher kennst du ihn?«, frage ich tonlos. Und dann: »Sag mir, was er dir angetan hat.«

Da endlich dreht sie sich um. Ein direkter Blick in die Kamera, als würde sie mich ansehen und nicht nur in eine Linse. Ihre Augen sind hart und leer, nicht grün-grau, sondern bläulich schwarz. *Gunmetal Blue.*

Magpies Stimme schießt mir durch den Kopf: *Am besten, wir arbeiten mit Colour Grading. Das geht inzwischen auch bei Live-Sendungen. Solche Effekte erhöhen die Dramaturgie der Bildsprache.*

Wren steht reglos vor Emhoff und sieht mich an. Eine endlose Sekunde lang, nur mein Herzschlag und ihr innerer Kampf.

Dann richtet sie die zweite Waffe auf mich. Und drückt ab.

TRIGGERWARNUNG 1.
EINE FRAGE DER EHRE.

»Sag mir, was er dir angetan hat.« Seine Stimme klingt seltsam tonlos, als er sie das fragt. Wie die eines Fremden.

Wren wollte nicht, dass er je davon erfährt. Weil sie bei ihm irgendwie so vollständig war. Als gäbe es die schwarzen Löcher nicht, keine Vergangenheit, die lange Schatten wirft, nur das Jetzt und Erichs Wahrheit von ihr. Wenn er sie angesehen hat, war es, wie in einen liebevollen Spiegel zu blicken. Das wird nun anders sein.

Wren dreht sich um. Dann steht sie mitten im Raum und schaut in die Kamera – so als wäre es sein Gesicht und nicht nur eine Linse. Vielleicht hätte sie es ihm doch sagen sollen. Ihm alles erklären. Die gesamte Geschichte von Anfang an. Was ihr passiert ist, was Emhoff ihr angetan hat. Bei der Erinnerung daran drückt Wren den Lauf der Waffe noch tiefer in seinen Rachen. Sie hat mehrfach mit dem Gedanken gespielt, es Erich zu sagen – und die Idee dann doch wieder verworfen. Wahrscheinlich, weil er sie davon abgehalten hätte, das hier zu tun. Er hätte gesagt: *Das ist der Typ nicht wert.* Und es stimmt, das ist er nicht. Trotzdem muss sie es tun. Ein Leben für ein anderes. Denn auch wenn sie noch atmet, ist das hier doch nur eine alternative Version des Lebens, das sie mal hatte, ihr früheres hat er ihr genommen, sie um ihren Weg gebracht, ohne sie umzubringen.

Emhoff hat kaum etwas von ihr übrig gelassen. Als er mit ihr fertig war, war sie nach seinen Wünschen geformt – verformt in ihren Augen. Erst sehr viel später hat sie verstanden, dass er sie manipuliert hat, jahrelang emotional erpresst. Sie hat verstanden, dass es nicht ihre Schuld war, sondern seine – nur seine. Und sie nur ein Kind.

Emhoff hat sie hart rangenommen, erst im Training und später auch anders. Er hat ihre Mahlzeiten rationiert, sie hungern lassen, damit sie nicht *noch mehr auseinandergeht*. Er sagte: *Du willst doch in Höchstform bleiben, oder? Das alles ist lediglich zu deinem Besten.*

Elisabeth hat sich zu ihrem Besten erbrochen, beim Training verletzt und sich ihm vollends unterworfen. Manchmal denkt sie an die Person zurück, die sie mal war, wie an jemanden, der ihr mal nahestand und der gestorben ist. Eine sanftere Variante ihrer selbst, gutgläubig und vertrauensvoll. Aus heutiger Sicht vor allem naiv.

Emhoff hat sie damals entdeckt und gefördert. Und später überfordert und zerstört. Geliebt hat sie ihn trotzdem. Weil es das ist, was Kinder tun. In diesem Fall war es eine Liebe, die mehr auf Angst als auf Respekt basierte. Aber am meisten hat sie ihn gebraucht. Weil Emhoff eine Art Richtwert war, ein Maßstab, ein Spiegel, der ihr zeigte, ob sie gut war oder nicht. Und mit einem Mal war er verschwunden. Von einem Tag auf den anderen. Mit der Abwesenheit kam der Hass auf ihn. Dicht gefolgt von Enttäuschung und Erkenntnis. Dass er sie erst kaputtgemacht und im Anschluss verlassen hat. Wie bei einem Tier, das man überfährt und am Seitenstreifen liegen lässt, wo es irgendwann allein stirbt.

Es wäre anders gewesen, wenn wenigstens ihre Eltern ihr geglaubt hätten. Doch das haben sie nicht. Der Blick ihrer

Mutter wanderte ungläubig zu ihrem Vater, der ihres Vaters war argwöhnisch. Nachdem Elisabeth zu Ende erzählt hatte, sah er sie an, ohrfeigte sie und sagte: *Über so etwas scherzt man nicht.* Nach diesem Vorfall hat Elisabeth nie wieder über die Sache gesprochen. Sie hat sie totgeschwiegen, als wäre es nicht passiert, als hätte es nichts mit ihr zu tun. Wie böse Träume, die im Kopf entstehen, aber nicht wahr sind.

Hätten ihre Eltern ihr damals geglaubt, wäre es vielleicht nicht zum Äußersten gekommen. Vielleicht wäre dann etwas von dem kleinen Mädchen übrig geblieben, das sie einmal war. Mehr als Asche, die im Wind zerfällt.

Elisabeth denkt an ihr jüngeres Selbst zurück, so wie man an eine kleine Schwester denkt. Erinnerungen flackern vor ihrem inneren Auge: das Training, die Wettkämpfe, die Siege. Und er. Immer wieder er. Sein strenges Gesicht, sein animierendes Gesicht, sein nachdenkliches Gesicht, sein lächelndes Gesicht. Wenn er gelächelt hat, war Elisabeth stolz auf sich. Es ging ihr nie wirklich um Pokale und Medaillen. Nicht um das Siegertreppchen, nicht ums Gewinnen, nicht um die Hymne, nicht um ihren Namen, der über die Lautsprecher ausgerufen wurde. Es ging immer nur um die Art, wie er sie angesehen hat.

Elisabeth schaut in die Linse der Kamera. Das Lämpchen blinkt rot und regelmäßig an der Zimmerdecke. Und am anderen Ende steht Erich. Vielleicht fassungslos, vielleicht ungläubig. Vermutlich auch enttäuscht. Sie wollte nicht, dass er es erfährt. Sie wollte seine Elisabeth bleiben. Weiterhin so von ihm gesehen werden, wie nur er sie angesehen hat. Mit einer Liebe im Blick, die ihr bis dahin vollkommen fremd war – ohne das Mitleid, das sich unweigerlich dazugemischt hätte, sobald er die Wahrheit kennt. Wahrscheinlich sieht er sie in diesem Moment so an, ganz mitleidig und traurig. Wenn es so ist, ist Elisabeth froh, dass sie es nicht mitbekommt.

Sie hat lange auf diesen Moment gewartet. Er ist wie eine T-Kreuzung in ihrem Leben. Ein letzter Punkt zwischen Vorher und Nachher. Das Ende eines Abschnitts und der Beginn eines anderen. Wie eine Krebserkrankung oder eine Beziehung, die zu Ende geht – oder der Mord an einem einst nahestehenden Menschen. So ein Vorhaben wischt alles Belanglose aus dem Dasein, wie einen klebrigen Fleck von einer Tischplatte. Und plötzlich ist alles klar. Plötzlich weiß man genau, was zu tun ist – jedenfalls dachte sie das.

Nun steht sie hier, mit Emhoff zu ihren Füßen und dem Lauf ihrer Waffe in seinem Mund. Er stößt immerzu gegen seine Zähne, weil ihre Hand so zittert. Klack. Klack. Klack. Die Situation hat etwas von einer Nahtoderfahrung. Die von Emhoff wird nachhaltiger sein.

Bei diesem Gedanken richtet Elisabeth ihre zweite Waffe auf die Kamera. Sie zwingt ihren Arm zur Ruhe, spannt alle Muskeln an – und schießt.

FIRE IN THE HOLE.

Sie gehen über die Garage rein. Das ist der einfachste Weg – und wohl auch der sicherste. Nick leitet die Operation, Jens Vogel koordiniert das Sprengstoffteam. Sie hatten schon so manchen Einsatz zusammen, doch niemals zuvor musste Nick seine Leute so unvorbereitet losschicken wie heute. Andererseits sind sie geübt in diesen Szenarien. Genau deswegen machen sie so viele Trainings und Simulationen, damit die Abläufe im Ernstfall sofort abrufbar sind. Es geht darum, Befehle auszuführen, ohne groß darüber nachdenken zu müssen. Automatismen zu kreieren, damit das Gehirn umgangen und die Handlung anstandslos vom Rückenmark ausgeführt werden kann. Das ist medizinisch gesehen vermutlich nicht ganz korrekt, aber so stellt Nick es sich gerne vor.

Er und sein Team waren gerade dabei, Stellung zu beziehen und den Lageplan zu besprechen, als der Einsatzbefehl reinkam. Die Fenster des Hauses sind einbruchsicher und abgedunkelt, dementsprechend war es ihnen nicht möglich, Sichtkontakt herzustellen. Es ist ein Weg ins Ungewisse, doch auch das kennen sie. Dunkelheit, unwegsames Gelände, schlechte Wetterverhältnisse, das volle Programm.

Normalerweise würde der Strom abgestellt, damit weder Bewegungsmelder noch sonstige Lichtquellen ihr Kommen ankündigen. Doch dafür ist jetzt keine Zeit. Die Neonröhren an der Decke der Garage schalten sich flackernd ein, sie hängen nackt und nüchtern in dem riesigen Raum. Graue Betonwände, vier Wagen, links davon der Zugang zum Haus.

Das Garagentor kurzzuschließen war nicht weiter schwierig, es stellte kein Hindernis dar. Ganz im Gegensatz zur Tür zum Wohnbereich, die extrem gut abgesichert ist. Die werden Vogel und sein Team sprengen müssen. Auch das lösen sie für gewöhnlich eleganter.

Hoffentlich sind wir nicht zu spät, denkt Nick. Dicht gefolgt von: *Und bitte, lass sie das nicht live senden.*

Wenigstens hat das Miststück die Maske runtergenommen, *bevor* sie alle vier Kameras abgeschossen hat. Das heißt, sie haben zumindest ein Gesicht. Während Vogels Team den Sprengstoff anbringt, lässt Wanninger die Gesichtserkennungssoftware darüberlaufen. Mit etwas Glück gibt es einen Treffer. Nick fragt sich, was diese Leute wollen. Was der Zweck hinter diesem Angriff auf die Demokratie ist? Zugegeben, die Politik ist unangenehm weit nach rechts gerückt, aber das rechtfertigt noch lange keine Selbstjustiz.

Walter Emhoff ist einer der einflussreichsten Sportfunktionäre des Landes – und auch über die Grenzen der Republik hinaus. Er hat sein gesamtes Leben komplett Athleten, Turnieren und Wettkämpfen verschrieben, sich für faire Bedingungen im Sport verdient gemacht und sich unermüdlich für die Nachwuchsförderung eingesetzt. Zugegeben, bis heute hatte Nick noch nie von dem Mann gehört, doch das spricht eher für Emhoff als gegen ihn. Er scheint einer zu sein, dem es mehr um die Sache geht als um sein Gesicht in den Medien. Eine erfreuliche Abwechslung, wie Nick findet. Eitle Fatzken gibt es für sein Dafürhalten wahrlich genug.

»Bereithalten«, sagt Vogel in einem harten Flüstern.

Nick und sein Team gehen in Deckung.

»Sprengung in drei, zwei, eins ...«

Dann ein Knall, der von der Sicherheitstür dumpf geschluckt wird.

»Zugang frei«, sagt Vogel.

»Verstanden«, erwidert Nick. »Zugriff.«

KNIEFÄLLIG.

Der Einsatz wird live übertragen. Darauf hatte Swift spekuliert.

»Bitte nehmen Sie die Waffen runter«, sagt Halberg ruhig. »Lassen Sie uns reden.«

Doch Wren schweigt. Sie wirkt klein, fast wie ein Kind in dem riesigen Raum mit ihrem zu großen Overall. Swift hat sie noch nie so empfunden, so verletzlich und schutzlos. Als hätte sie nicht nur ihre Guy-Fawkes-Maske abgenommen, sondern mit ihr ihr falsches Gesicht. Swift betrachtet diese schwarz-weiße Version von ihr. Sie sieht genauso aus wie vorher. Und doch auch wieder nicht. Kein Resting Bitch Face mehr. Nur noch eine eingestürzte Fassade.

Wren presst sich den Waffenlauf an ihre linke Schläfe. Der der zweiten steckt nach wie vor in Emhoffs Rachen.

»Bitte tun Sie das nicht«, sagt Halberg, während er sein Sturmgewehr langsam auf den Boden legt. »Sie haben bestimmt Ihre Gründe hierfür.« Sein Blick ist verständnisvoll. »Und die kenne ich nicht, Ihre Gründe. Genauso wenig, wie ich Sie kenne.«

Er ist um einiges souveräner, als Swift ihm zugetraut hätte. Ruhige Ausstrahlung, feste Stimmlage. Ein Mann, dem man vertraut – dem man vertrauen *will*. Es ist etwas in seinen Augen. Oder an der Art, wie er schaut.

»Vielleicht hat Emhoff den Tod ja verdient«, fährt Halberg fort. »Aber glauben Sie mir, man fühlt sich nicht besser, wenn man jemanden getötet hat.«

Wren zittert unkontrolliert. Sie weint und schwitzt – Swift sieht das Glänzen ihrer Stirn und Wangen trotz der schwankenden Bildqualität. Er würde sie gern in den Arm nehmen. Sie festhalten. Der Moment ist angespannt, Sekunden wie auf Messers Schneide.

Richter, Schreiber und Robin stehen an Wanningers Schreibtisch und schauen gebannt zu, während Wanninger an seinem Laptop versucht herauszufinden, wen Walter Emhoff sich im Laufe seines Lebens zu Feinden gemacht haben könnte. Es kommen nicht viele infrage. Emhoff hat sein Mustermann-Image perfekt kultiviert. Die schöne Frau an seiner Seite, die beiden Kinder, das Engagement, seine scheinbare Bescheidenheit. Doch er ist keineswegs bescheiden. Er ist ein niederträchtiges Arschloch. Ein Mann, der sein Gesicht nur deswegen nicht zeigt, weil er zu sehr auf junge Mädchen steht, auf ihre haarlosen, glatten Körper, auf die noch nicht fertigen Rundungen, die Ansätze von Brüsten, die androgynen Taillen, ihre unterwürfigen Blicke. Keine Kinder, das nicht, aber auch keine Frauen. Weit davon entfernt. 12, 13 Jahre alt.

»Wir haben eine Übereinstimmung«, sagt Wanninger und richtet sich in seinem Stuhl auf. »Von der Gesichtserkennung. Wir wissen, wer sie ist.«

»Zeig mal«, erwidert Robin und beugt sich vor.

Richter und Schreiber reagieren nicht, sie schauen gebannt auf den Monitor, verfolgen die Szene wie einen Film.

»Ich will Ihnen helfen«, sagt Halberg zu Wren. »Doch dafür müssen Sie mir sagen, was passiert ist. Warum Sie das hier tun.«

Wren sieht ihn an, sagt aber nichts.

»Wanninger, guck mal hier. Das habe ich eben gefunden«, sagt Robin betreten.

Vielleicht hätte ich sie doch komplett einweihen sollen, vielleicht war das unfair, denkt Swift und schluckt, seine Handflächen sind unangenehm feucht – er wischt sie an den Jeans ab.

»Das gerade wird aber nur intern gesendet, oder?«, fragt Richter im Flüsterton. »Das senden die nicht auch im Fernsehen?«

»Wie sollten die das im Fernsehen senden? Das sind unsere Aufnahmen«, flüstert Schreiber zurück.

»Glaubst du, von denen hat keiner ein verdammtes Smartphone dabei?«, zischt er. »Die könnten das gerade genauso gut live senden – eine Hinrichtung vor laufenden Kameras bringt bestimmt Quote.«

Schreiber greift nach ihrem Handy. »Im Fernsehen läuft nach wie vor die Reality Show«, sagt sie. »Die verhandeln im Moment den Fall Josua Sievers.« Sie macht eine kurze Pause. »Korruption und Lobbyismus.«

Wanninger nimmt sein Telefon, steht auf und entfernt sich ein paar Meter von seinem Schreibtisch.

Robin schüttelt unterdessen seufzend den Kopf. »Mein Gott. Das ist ja grauenvoll«, murmelt sie, während sie die Unterlagen überfliegt.

»Was ist grauenvoll?«, fragt Schreiber.

Robin zeigt auf den Bildschirm. »Das hier. Sie hat versucht, gegen dieses Arschloch vorzugehen. Aber die haben ihr nicht geglaubt.«

In etwa so hat Swift damals auch reagiert, als er es herausgefunden hat. Ein einzelnes Dokument über ein Gespräch, das sie mit der Schulsozialarbeiterin des Internats geführt hat. Den Beweis für Wrens Lüge zu finden, war letztlich nur ein kurzer Augenblick des Triumphs gewesen, eine Sekunde, die sich anfühlte, als wäre Swift der König der Welt – bis er dann das ganze Ausmaß der Angelegenheit verstanden hat. Den Rattenschwanz dessen, worauf er da gestoßen war. Ratte und Schwanz schien Swift in dem Zusammenhang auf eine morbide Art treffend.

»Weiß Nick davon?«, fragt Robin, als Wanninger kurz darauf an seinen Schreibtisch zurückkehrt.

»Ja«, sagt er. »Ich habe es ihm eben durchgegeben.«

»Walter Emhoff war Ihr Trainer. Nicht wahr?«, sagt Halberg im nächsten Moment. »Er hat Ihr Talent gefördert – und Sie jahrelang missbraucht.«

Swift spürt, wie seine Kehle eng wird. Als würden Halbergs Worte sich wie Hände um seinen Hals legen und langsam zudrücken. Er kann nicht anders, als an seine Schwester zu denken. Sie war danach nie wieder dieselbe.

»Sie haben versucht, ihn dranzukriegen, richtig?«, sagt Halberg. »Aber die haben Ihnen nicht geglaubt.«

Wrens Brustkorb bebt. Das lautlose Weinen ist einem Schluchzen gewichen.

»Ich kann verstehen, dass Sie ihn erschießen wollen«, sagt Halberg. »Ich würde ihn auch gern erschießen. Aber bitte tun Sie es nicht.« Er macht eine Pause, sein Blick ist lang und direkt, wie eine Hand, die er nach ihr ausstreckt. »Ihr Leben ist so viel mehr wert als seines.« Pause. »Es gibt bestimmt Menschen, die Sie lieben. Denken Sie auch an die.«

Finch, denkt Swift. *Scheiße.*

»Sie wollen für dieses Stück Dreck nicht ins Gefängnis gehen«, sagt Halberg. »Und ich will Sie seinetwegen nicht einsperren. Daher bitte ich Sie ein letztes Mal: Legen Sie die Waffen weg.«

Swift schaltet die Verbindung zu Finch frei.

Ein leises Knacken. Dann schreit der ihm ins Ohr: »Swift? Swift, kannst du mich hören?« Finch atmet schnell. »Was ist mit Elisabeth? Geht es ihr gut?« Pause. »Antworte mir!«

»Ihr Name ist nicht Elisabeth«, sagt Swift.

Im selben Moment legt Wren die Waffen nieder, geht auf die Knie und wird festgenommen.

BATMAN.

»Dein Name ist Isabel Heidenreich. Du bist 29 Jahre alt, geboren am 8. Februar 1999 im Klinikum Dritter Orden in München. Ist das richtig?«

»Wow«, sagt sie. »Sie haben meine Geburtsurkunde ausgegraben. Ich bin beeindruckt.« Ihr Lächeln ist leer, bewegliche Mundwinkel in einem ansonsten toten Gesicht. »Kann ich eine Zigarette bekommen?«

»Wir kennen deine Verbindung zu Emhoff«, ignoriert Braun ihre Aussage. »Wir wissen alles über dich.«

»Niemand weiß je alles über einen anderen«, erwidert Heidenreich trocken.

Braun ist ein Desaster. Fleischgewordene Selbstüberschätzung. Natürlich hat er darauf bestanden, dass *er* das Verhör übernimmt – schließlich ist er der Einsatzleiter und hat am meisten Erfahrung. *Sie können mir assistieren, wenn Sie wollen*, meinte er vorhin zu Nick. Als wäre es eine verdammte OP.

Die Frage, die Braun Heidenreich als Erstes gestellt hat, war, wie viel sie wusste. Eine dumme Frage, wie Nick findet. Was soll man darauf schon antworten? Viel? Alles? Nichts? Geht Sie nichts an? Abgesehen davon ist es strategisch kein geschickter Weg, Vertrauen aufzubauen. Und genau das braucht man: Vertrauen. Die meisten Menschen wollen verstanden werden, sie wollen, dass man begreift, *warum* sie getan haben, was sie getan haben – etwas, das Braun nie wirklich kapiert hat. Wenn jemand ein Verbrechen begeht, beruht das überwiegend auf einem – jedenfalls subjektiv betrachtet – validen Grund. Es gilt daher, diesen Grund herauszufinden und sich in sein Gegenüber hineinzuversetzen. Eine von vielen Fähigkeiten, über die Braun schlicht nicht verfügt. Diese Tatsache stellt er seit über einer Stunde auf höchstem Niveau unter Beweis. Nick saß währenddessen nutzlos neben ihm und hat versucht, jedwedes Anzeichen von Scham zu unterdrücken. Eine Scham, die langsam in Aggression übergeht.

Die Wahrheit ist: Selbst wenn man kein Verständnis für die Beweggründe des Täters hat, muss man *vorgeben*, es zu haben. Es heucheln, um so an die benötigten Informationen zu kommen. Es gibt nicht genug Raum für zu viele Egos in einem Verhörzimmer, also gilt es, sich zurückzunehmen. Auf diese Art öffnet man seinem Gegner die Tür. Es ist, im übertragenen Sinn, wie eine ausgestreckte Hand, die der andere dann annehmen oder ablehnen kann. Nick hat die Erfahrung gemacht, dass die wenigsten Leute ablehnen wollen. Sie haben etwas zu sagen. Sie ersticken fast daran.

Man muss sich das Ganze wie einen Paartanz vorstellen. Ein Schritt nach vorn bedeutet für das Gegenüber stets einen Schritt nach hinten – und andersrum –, andernfalls tritt man einander auf die Füße.

Braun tut genau das.

»Du warst Turnerin«, fährt er nach einem Blick auf ein ausgedrucktes Dokument fort. »Ein vielversprechendes Talent. Du hast zahlreiche Medaillen und Wettkämpfe gewonnen.«

»Sie können von einem Blatt ablesen«, erwidert Heidenreich. »Das ist toll.«

»Ich kann dir das Leben zur Hölle machen, Mädchen«,

zischt er. Und vergisst dabei, dass sie die längst kennt, die Hölle. Jahrelanger Missbrauch – emotional und körperlich. Als ob Braun hier was ausrichten könnte.

Heidenreich schlägt ein Bein über das andere und schweigt ihre Antwort. Mit einem Gesichtsausdruck, der Bände spricht. Ein lautloses *Fick dich* in Brauns Richtung, das Nick imponiert. Er kann sich nicht daran erinnern, jemals in Augen geblickt zu haben, die so gelangweilt und herablassend dreinschauen wie ihre. Sie ist eine schöne Frau, halb Kind, halb abgebrüht. Blass, mit geschorenem Kopf und dichten Wimpern.

Nick studiert sie wie ein Feldforscher ein Tier.

Braun stellt weiter seine Fragen.

Heidenreich fragt weiter nach Zigaretten.

Beim vierten oder fünften Mal knickt der Alte ein. Er schaut mit wutausbrüchigem Blick zum Nebenraum, der nur durch eine verspiegelte Scheibe von ihnen getrennt ist. Spätestens da wird klar, wer dieses Verhör eigentlich leitet.

Nick stellt sich vor, wie Schreiber in diesem Moment aufsteht, den Flur hinunterläuft und eine Schachtel am Automaten in der Kaffeeküche zieht. Entweder das oder sie schnorrt eine Zigarette bei einem der wenigen Kollegen, die noch immer nicht mit dem Rauchen aufgehört haben. Von den Mitarbeiterinnen raucht keine mehr, soweit Nick weiß. Passt zur landesweiten Statistik.

»Es ist nicht meine Aufgabe, Sinn für Sie zu ergeben«, sagt Heidenreich ein paar Minuten später, während sie sich von Braun Feuer geben lässt, um ihre Zigarette anzuzünden. Auch dieser Punkt geht an sie.

»Wir wollen dasselbe«, sagt Braun dann. Ein Satz wie aus einem schlechten Film.

»Tatsächlich?«, erwidert Heidenreich sichtlich amüsiert. »Was will ich denn?«

Braun schaut betreten, Nick schämt sich stellvertretend, und sein Chef geht zur nächsten Frage über – die Heidenreich natürlich übergeht. Wenn sie doch mal antwortet, dann ohne Zusammenhang. Es sind Sätze wie: *In einer anderen Geschichte wären Sie der Böse.* Oder: *Ich weiß nichts. Wir haben nie miteinander gesprochen. Sie müssen sich das vorstellen wie ein monatelanges Schweigeretreat.* Oder: *Frei ist, wer in Ketten tanzen kann. Ist nicht von mir. Ist von Nietzsche.* Oder: *Passivität ist der Grund allen Übels.*

»Warum diese komische Show?«, fragt sein Chef unermüdlich weiter.

Vielleicht hat das Ganze ja doch ein System, denkt Nick.

Braun schüttelt den Kopf. »Was soll der Blödsinn? Was ist der Hintergrund?«

»Menschen wollen unterhalten werden«, erwidert Heidenreich. »Also unterhalten wir sie.«

»*Darum* geht es?«, fragt Braun mit bebender Stimme. »Brot und Spiele?«

Heidenreichs Blick fällt auf die Zigarettenschachtel zwischen ihnen auf dem Tisch, dann sieht sie Nick an. »Würden Sie mir eine Zigarette anzünden, Herr Halberg?«, fragt sie.

»Ich bin Nichtraucher«, sagt Nick.

»Ach ja, richtig, der Saubermann«, erwidert sie. Dann streckt sie sich und greift mit beiden Händen nach der Schachtel. Die Kette ihrer Handschellen schrammt metallisch über die Tischplatte.

»Hör auf, meine Zeit zu verschwenden«, blafft Braun. »Wir machen hier jetzt seit fast« – Blick auf die Uhr – »eineinhalb Stunden rum und sind keinen Schritt weiter.« Heidenreich reagiert nicht. »Ihr habt 41 Männer und Frauen in eurer Gewalt.«

»Ihre Kinder nicht zu vergessen«, fügt Heidenreich hinzu, während sie versucht, an das Feuerzeug zu gelangen.

»So ist es«, sagt Braun verächtlich. »Wer tut so etwas?«

»Sie alle sind Profiteure eines kranken Systems«, entgegnet Heidenreich sachlich. Im nächsten Moment verschwindet ihr Gesicht hinter einer Wand aus Rauch. »Es gibt sehr viele benachteiligte Kinder in diesem Land, Herr Braun. Und denen geht es nicht nur einen Abend lang schlecht.«

»Der Zweck heiligt also die Mittel«, sagt Nick.

Heidenreich lächelt. »Kennen Sie Batman, Herr Halberg?«

Nick runzelt die Stirn. »Selbstverständlich kenne ich Batman. Jeder kennt Batman.«

»Ist Ihnen schon mal aufgefallen, dass er alles ist: Richter, Geschworener und Vollstrecker. Alles in einer Person?« Sie mustert Nick. »Es ist Ihnen noch nicht aufgefallen, nicht wahr?«

»Ich habe mir noch nie Gedanken darüber gemacht«, sagt Nick.

»Batman ist ein selbsterklärter Rächer«, sagt sie.

»Batman ist ein Comic«, erwidert er.

Heidenreich nickt. »Da haben Sie recht. So wie das ganze Leben.« Ein paar Sekunden schweigt sie, dann rückt Sie näher an Nick heran und sagt: »Es war Notwehr.«

»Was war Notwehr?«, schaltet Braun sich ein. »Die Sache mit Emhoff? Oder die 42-fache Geiselnahme?«

»Beides«, erwidert sie, den Blick nach wie vor auf Nick gerichtet. »Wissen Sie, warum wir genau 42 Geiseln genommen haben, Herr Halberg?«

Nick mustert sie, dann sagt er: »Weil 42 die Antwort auf

alles ist – die Antwort auf die Frage nach dem Leben, dem Universum und dem ganzen Rest?«

»Ja«, sagt sie zufrieden. »Ich hätte nicht gedacht, dass Sie das wissen.«

»Ich weiß sehr viel mehr, als Sie denken.«

»Aber um einiges weniger, als Sie glauben.«

In diesem Moment wünschte Nick, sie wären das Team: Heidenreich und er. Sie auf einer Tischseite und Braun als ihr Gegner auf der gegenüberliegenden. Das würde die Sache um einiges leichter machen.

TRIGGERWARNUNG 2.
TATORT.

Elisabeth hat gewusst, dass es so kommen würde: sie in Handschellen in irgendeinem muffigen Verhörraum. Als sie sich umschaut, schießt ihr durch den Kopf, dass er genauso aussieht wie die im *Tatort*.
Es schießt ihr durch den Kopf. Wie treffend.
In der Version, die Elisabeth monatelang wieder und wieder durchexerziert hat, saß sie am Ende auch mit Handschellen in einem abgeriegelten Raum. Mit dem Unterschied, dass in jener Zukunftsvision Emhoffs Blut an ihren Händen klebte. Natürlich nicht im wörtlichen, nur im übertragenen Sinn – weil es vom Winkel und der Tatwaffe her schlicht unmöglich gewesen wäre. Schließlich hatte Emhoff die Waffe im Mund. Es war befriedigend, zur Abwechslung einmal ihm etwas in den Rachen zu schieben, bis er würgt. *Deep Throat.* Darauf stand er schließlich. Jedenfalls hätte der Schuss – hätte Elisabeth abgedrückt – alles von ihr *weg* spritzen lassen und nicht zu ihr hin. Vielleicht ein paar sichtbare Sprenkel in ihrem Gesicht und ein paar unsichtbare auf dem Overall. Aber vor allem: Emhoffs Gehirn in Fetzen auf dem Fußboden seines Protzhauses in Gräfelfing. Organische Masse auf Hartholz – und damit jeder noch so abartige Gedanke, den er je gedacht hat, ausgelöscht.

Elisabeth hat sich die Situation oft ausgemalt. Bis ins

kleinste Detail. Die Rückkopplung der Waffe, die Kräfte, die auf ihren ausgestreckten Arm wirken würden, das Geräusch, wenn der Schuss sich löst und Emhoffs Schädel sprengt. Und seinen Körper, der danach wie ein Sack zu Boden fällt. Eine eben noch bewohnte Hülle, die bald beginnen würde zu rotten.

In dieser Vorstellung hat Elisabeth Emhoff, ohne zu zögern, abgeknallt. *Peng.* Eine Entladung von jahrelang aufgestauter Wut, ein Ballon aus Hass, der endlich platzt, ein einzelner Finger, der ein Leben beendet.

Als Emhoff dann jedoch vor ihr kniete und zu ihr aufsah, glänzte da etwas in den Tiefen seiner Augen – etwas, das Elisabeth als Todessehnsucht verstand. Als den innigen Wunsch nach Erlösung. Wie ein Funke Vorfreude auf sein bevorstehendes Ende.

Elisabeth hat früh gelernt, Emhoff zu analysieren, sich so zu geben, wie er sie haben will. Sie hat sich so lange angepasst, bis nur noch das von ihr übrig war, was er an ihr mochte. Als hätte sie ihr Wesen in ein feinmaschiges Sieb geleert.

Sie hat Emhoff studiert. So lange, bis sie schließlich selbst die kleinsten Nuancen zu unterscheiden wusste. Beispielsweise welche Umarmung noch eine Umarmung war und welche bereits Teil seines Vorspiels.

Elisabeth weiß, dass Halberg denkt, er hat sie davon abgehalten zu schießen. Dass seine Worte auf sie eingewirkt haben und sein Einfühlungsvermögen auf sie abgefärbt – seine tadellose Menschlichkeit. Doch nichts davon stimmt. Der einzige Grund, weshalb Emhoff noch lebt, ist, weil er sterben wollte. Hätte er leben wollen, hätte sie ihn umgebracht.

Elisabeth drückt ihre Zigarette aus und trinkt einen großen Schluck Wasser.

Nick schenkt ihr nach.

Sie mag ihn, er ist ein angenehmer Mensch. Für ihren Geschmack vielleicht ein bisschen zu ritterlich, aber immerhin mit guten Absichten. Braun dagegen ist ein Arschloch. Es ist offensichtlich, dass er ihr am liebsten eine reinhauen würde. Aufstehen, ausholen, sie ohrfeigen. Elisabeth erkennt es an der Art, wie er die Zähne zusammenbeißt, und an den geblähten Nasenlöchern.

Sie fragt sich gerade, ob sie wohl die erste Frau wäre, die er schlägt, da klopft es an die Tür und eine uniformierte Beamtin betritt den Raum.

»Nicht jetzt, Schreiber«, bellt Braun ihr entgegen.

Sie zögert, bleibt aber stehen. »Ich weiß, Sie wollten nicht gestört werden, Herr Braun, aber ...«

»Wieso zum Teufel stören Sie mich dann?«, fällt er ihr ins Wort.

Die Beamtin strafft die Schultern.

»Frau Heidenreichs Anwalt ist hier. Er verlangt, mit ihr zu sprechen.«

VERGANGENHEIT.

DIE GEISTER, DIE ICH RIEF.

Paul hat von Anfang an gewusst, dass etwas an ihr nicht stimmt. Er wusste nur nicht, was. Wie bei diesem süßlichen Geruch von fauligen Kartoffeln, den man beim ersten Mal nicht zuordnen kann und dann nie wieder vergisst.

»Ich weiß nicht mal, wie ich dich nennen soll«, sagt Paul.

»Elisabeth«, sagt sie. »Isabel Heidenreich ist der Name, den meine Eltern mir gegeben haben. So heiße ich nicht mehr.«

Es ist beinahe fünf Uhr morgens, draußen beginnen die Vögel zu zwitschern. Es sind Laute wie aus einer anderen Welt. Paul und Elisabeth sitzen angespannt am Küchentisch, während die restliche Wohnung neben ihnen liegt wie ein schlafender Riese.

Paul schließt einen Moment die Augen und massiert sich die Schläfen. So, als würde das irgendwas an der Situation ändern. Er will das Richtige tun. So ist er gepolt – schwarz und weiß, hell und dunkel, richtig und falsch. Er mag es nicht, von zu vielen Grautönen abgelenkt zu werden. Das *Dazwischen* verwirrt ihn, und Paul ist nicht gern verwirrt. Was er braucht, ist Eindeutigkeit. Klare, feste Regeln und Abläufe. Routinen, denen er sich unterwerfen kann.

Er ist nicht immer so gewesen, so zwanghaft. Auch wenn er vermutlich eine Disposition für derartiges Verhalten hat. Eine tickende Zeitbombe in seinem Kopf, die in dem Moment hochging, als seine kleine Schwester ihm damals alles erzählte. Seitdem weiß er, dass ein Mensch kaputt sein kann, auch wenn er von außen makellos erscheint. Wie bei fauligen Kartoffeln. Ihre Oberfläche kann noch hart wirken, aber innen sind sie längst flüssig. Paul hat einmal so ein Netz angehoben, und es hat *Flatsch* gemacht. Eine braune, stinkende Plörre auf dem Boden. Auf eine Art süßlich, die einen Brechreiz verursacht.

Paul hat versucht, seiner Schwester zu helfen. Er hat sie getröstet, sie abgelenkt, sie zur Therapie begleitet, er hat versucht, der zu sein, den sie brauchte. Aber sie war zu weit weg, egal wie nah dran er war, ein bisschen so, als würde sie sich vor ihm auflösen. Dann, an einem Montagmorgen im Mai, stieg sie in die S-Bahn, fuhr bis zur Großhesseloher Brücke und sprang in den Tod. Als Paul davon erfuhr, hörte sein Leben auf, Sinn zu ergeben. Doch seine Fassade blieb davon weitestgehend unberührt. Eine Tatsache, für die er mit inneren Zwängen bezahlte.

Paul war einige Jahre in Behandlung, weil seine Mutter darauf bestand – vermutlich, weil sie Angst davor hatte, dass sie von *Mutter zweier Kinder* in nur ein paar Monaten zu *kinderlos* werden könnte. Paul hat genickt und ist ihr zuliebe dreimal die Woche zu einem ahnungslosen Therapeuten gegangen. Rückblickend betrachtet ist das Einzige, was er dort gelernt hat, eine Mauer hochzuziehen, die ihn und alles, was er fühlt, vor der Welt verbirgt.

Bis vor ein paar Stunden hat das wunderbar funktioniert. Es hat sogar so gut funktioniert, dass Paul auf die Frage: *Hast du Geschwister?*, schon recht bald problemlos mit: *Nein, ich bin Einzelkind*, antworten konnte.

Paul hat Lola zu den Akten gelegt und weitergemacht. Ihre wenigen persönliche Gegenstände haben er und seine Eltern gespendet oder in den Keller verbannt. Die sterblichen Überreste liegen am Westfriedhof in einem Grab, das aussieht wie ein Blumenbeet. Paul hat die Erinnerungen an seine kleine Schwester in den Tiefen seines Unterbewusstseins begraben. Bis auf die Albträume war sie weg. Nur manchmal, an Lolas Geburtstag, hat seine Mutter noch geweint. Das Warum wurde nie angesprochen. Als wäre es eine Tür des Bösen, die man, ist sie erst einmal offen, nie wieder schließen kann. Pauls Vater hat angefangen, Golf zu spielen und heimlich zu trinken, seine Mutter gärtnert und engagiert sich ehrenamtlich in der evangelischen Pfarrei, und Paul schreibt Programme, weil er mit Einsen und Nullen besser zurechtkommt als mit der Realität.

Die längste Zeit ist das gut gegangen. Paul hatte sein Leben im Griff – mit strikten Routinen und einer regelmäßigen Einnahme von Neurozepam. Doch seit er herausgefunden hat, was Elisabeth hinter ihrem Resting Bitch Face versteckt, kann er nicht mehr aufhören, an seine kleine Schwester zu denken. Es ist wie bei einer Wunde, die plötzlich aufreißt und zu eitern beginnt.

Paul holt sich ein weiteres Bier aus dem Kühlschrank. Als er den Kronkorken entfernt, hält er mitten in der Bewegung inne und fragt: »War alles Berechnung?«

»Wie meinst du das?«, fragt Elisabeth.

Paul wendet sich ihr zu. »Bist du deswegen damals auf die Party gekommen?« Seine Stimme klingt abgenutzt, als müsste er jeden Moment weinen. »Bist du hergekommen, weil du von dem Plan wusstest?«

»Wie hätte ich davon wissen sollen?«, fragt sie. »Alle Personen, die daran beteiligt sind, habe ich erst an dem Abend kennengelernt.«

»Und die Sache mit Erich?«, fragt Paul. »Ist die wenigstens echt? Oder einfach nur praktisch?«

Elisabeth steht auf, ihr Kinn zittert. »Weißt du was, Paul?«, sagt sie. »Fick dich.«

Bei *Fick dich* verliert sich ihre Stimme, so als würde sie umknicken wie ein Fußgelenk.

Dann dreht Elisabeth sich um und geht.

Ihre Hand umfasst bereits die Klinke der Küchentür, als Paul endlich sagt: »Warte.«

Elisabeth wartet, bewegt sich aber nicht.

»Vielleicht gibt es eine Lösung«, murmelt er kaum hörbar in den Raum, so als würde er es nicht über sich bringen, das, was er denkt, lauter auszusprechen. Ein Verrat an den anderen und ein Vertrauensbeweis an sie.

Elisabeth nimmt die Hand von der Klinke und dreht sich langsam um. Ihr Blick ist glasig, die Augen gerötet, die Haut auf Wangen und Stirn fleckig. Elisabeth steht neben der Tür und sagt nichts. Und doch sagt sie alles. Eine ganze Geschichte in einem Gesicht. Dass sie nicht will, dass Erich von der Sache erfährt, dass sie es ihm irgendwann selbst sagen wird, dass sie voll und ganz hinter dem Plan steht, dass sie ihn niemals sabotieren würde – aber dass sie auch eine eigene Agenda hat, eine offene Rechnung, die danach verlangt, beglichen zu werden. Und dass sie dafür einen Verbündeten braucht. Jemanden, der dichthält. Jemanden, der sie versteht. Jemanden wie Paul.

GEGENWART.

ERICH.
SINN UND SINNLICHKEIT.

Es riecht nach altem Teppich und Bürokratie. Ein seelenloses Gebäude voll mit Gutmenschen, die denken, das Richtige zu tun. Und unter ihnen ich.

Ich hatte vergessen, wie es sich anfühlt, wenn alles Sinn ergibt. Wenn alles plötzlich so ist, wie es sein sollte. Vermutlich, weil es ewig nicht so war. Ich habe mich mit der Zeit an das Knirschen gewöhnt, an dieses beständige Gefühl, dass etwas nicht rundläuft. Weniger zwischen Elisabeth und mir als zwischen ihr und der Welt. Wie ein verstummtes Wortgefecht. Ein bitterer Streit, der in Schweigen und schließlich in gegenseitige Verachtung übergeht. Nur, dass Elisabeth diesen Streit mit sich selbst zu führen schien. Es gab kein Gegenüber – bis heute Abend.

Die längste Zeit habe ich die Lücken in ihrem Wesen nicht als solche wahrgenommen – und doch war klar, dass irgendwas fehlt – zu undefinierbar, um es anzusprechen, so wie eine Ahnung von Regen noch kein Regen ist. Und nun, ganz unerwartet, ergibt alles Sinn, auf einmal ist alles an seinem Platz: Sie in diesem Verhörraum, ich in diesem Flur, viele kleine Teilchen in einem riesigen Kosmos. Das Knirschen ist weg. Alle Rädchen drehen sich. Wie bei einem Uhrwerk, das lange stand und nun emsig tickt.

In diesem Licht ergibt auch ihre Freundschaft mit Paul

endlich Sinn. Diese Freundschaft, die über Nacht entstanden schien – nachdem sie einander monatelang nicht gewogen waren, ja beinahe feindselig gegenüberstanden. Und dann hatten sie – von einem Tag auf den anderen – eine Beziehung wie Geschwister. Eine platonische, große Liebe, die ich mir nicht erklären konnte. Als hätte jemand sie in den beiden angeknipst, während ich schlief.

Jetzt verstehe ich es. Jetzt ist es vollkommen klar. Sie haben eine Leerstelle im Leben des jeweils anderen gefüllt, die ein Liebes- und Sexualpartner nicht auszufüllen vermag. Paul konnte seine kleine Schwester ein Stück weit retten, und Elisabeth fand in Paul endlich die Familie, die ihr glaubt.

Natürlich spüre ich einen gewissen Stich der Eifersucht, dass nicht ich derjenige war, dem sie sich anvertraut hat. Doch bei genauerer Betrachtung hat sie sich auch Paul nicht anvertraut – er ist ihr lediglich auf die Schliche gekommen, hat ihr nachspioniert – etwas, das ich nicht nur nicht gekonnt, sondern nie getan hätte.

Endlich verstehe ich, warum es sich manchmal so angefühlt hat, als wäre Elisabeth hinter einer Scheibe – da, aber nicht greifbar. Unmöglich zu fassen. Als stünde ich auf einer Seite und sie auf der anderen. Und egal wie laut ich geschrien habe, sie hörte mich nicht. Selbst dann, wenn sie neben mir lag.

Zu wissen, was ihr passiert ist, ist beinahe unerträglich für mich. Und trotzdem bin ich froh, es zu wissen. Ich habe Antworten auf Fragen bekommen, von denen ich nicht einmal wusste, dass ich sie mir stellte. Als wäre Elisabeth mein persönliches Rätsel, das nun endlich gelöst ist.

»Entschuldigen Sie, dass Sie warten mussten«, sagt eine Frau und ich schaue auf. Sie ist jung – jünger als ich und trägt Uniform. »Sie sind der Anwalt von Frau Heidenreich?«

»So ist es«, sage ich. »Mein Name ist Becker.«
Sie nickt. »Einen Moment bitte.«
»Natürlich«, erwidere ich lächelnd.

Dann wendet sie sich ab, entfernt sich ein paar Meter und klopft an die Tür mit der Nummer Sieben.

Ich bleibe mit meinem Anzug und dem Aktenkoffer seltsam verloren im Gang zurück. Als würde ich respektabler Mann spielen. Dabei fühle ich mich fast so verkleidet, als hätte ich eine der Guy-Fawkes-Masken auf. Um mich von meinem Unbehagen abzulenken, beginne ich, auf und ab zu gehen. Ich versuche, es souverän zu tun, so wie jemand, der beruflich hier ist und die Zeit totschlägt.

Du hättest es mir sagen müssen, schießt mir meine eigene Stimme durch den Kopf. Drängend und ungehalten.

Du hättest dem Plan niemals zugestimmt.

Er hat recht, das hätte ich nicht. Nie im Leben.

Wessen Idee war es?

Meine, sagte Paul.

»Ich weiß, Sie wollten nicht gestört werden, Herr Braun, aber ...«, höre ich die Beamtin sagen. Dann, wie ihr jemand ungehalten ins Wort fällt und sie daraufhin bestimmt entgegnet: »Frau Heidenreichs Anwalt ist hier. Er verlangt, mit ihr zu sprechen.«

In diesem Raum sitzt Elisabeth. Teil des Plans. Weil unser Plan ohne dieses Manöver nicht aufgegangen wäre.

Es war klar, dass sie irgendwann kapieren würden, was wir wirklich vorhaben. Die Show hätte die Gegenseite eine Weile abgelenkt, aber eben nicht ewig. Deswegen brauchten wir einen Honeypot.

Einen was?

Der Begriff stammt aus der Informatik und Computersicher-

heit. So nennt man eine Aktion, die vom eigentlichen Ziel ablenken soll. Ein Scheinziel, wenn du so willst. In unserem Fall eine Win-win-Situation. Elisabeth bekommt ihre Rache und wir unsere Ablenkung.

Ich frage mich, wie das hier ausgehen wird. Ob Pauls Plan genial oder doch eher geisteskrank ist. Andererseits, gilt das nicht eigentlich für unser gesamtes Vorhaben? Wir alle Teile eines Ganzen, irgendwo verteilt: Philip im Fernsehen, Frida und Anya auf dem Weg nach Wien, Julian bei Litten, Katharina bei der Arbeit, Elisabeth in Handschellen, ich in diesem Flur und Paul in einem SEK-Van auf dem Parkplatz vor dem Gebäude. Diese Wendung gefällt mir mit am besten – dass er sie mit ihren eigenen Waffen schlägt.

»Sie sind also ihr Anwalt, ja?«, sagt jemand schroff, und ich wende mich ihm zu. Das ist dann wohl Braun. Ein großer, wütender Mann, dem Zorn und Frustration über die Jahre tiefe Falten in sein Gesicht geschnitten haben – und doch ist er kleiner als ich. Brauns Blick hat etwas von einer geballten Faust, die zum Schlag ausholt. Und mein Schweigen scheint ihn nur noch aggressiver zu machen.

»Was ist? Können Sie nicht sprechen?«, fragt er ungehalten.

»Ich möchte zu meiner Mandantin.« Ich zeige an ihm vorbei in den Raum, den er eben verlassen hat. »Sie wissen, dass Sie sie ohne mein Beisein nicht hätten befragen dürfen.«

Er sieht aus, als würde sich ein Schrei in seinem Hals formen. Ein ausgewachsener Wutausbruch. Braun hat Schweißperlen auf der Stirn, sein Atem riecht nach dünnem Filterkaffee, hinter all seinem Ärger ist er müde und verbraucht.

»Und jetzt gehen Sie mir aus dem Weg«, sage ich.

Er tritt zur Seite. Widerwillig wie ein Kind.

Dann sehe ich sie.

GÜCKSSPIEL KANN SÜCHTIG MACHEN.

Paul wechselt zu den Überwachungskameras von Verhörraum sieben – dem einzigen mit einseitig durchsehbarem venezianischen Spiegel. Alle anderen sind stinknormale Büroräume, in denen stinknormale Verhöre durchgeführt werden, ganz ohne den Krimizauber, den man aus Film und Fernsehen kennt.

Es gibt vier Kameras – zwei Perspektiven des Verhörraums, zwei des angrenzenden Supervisionszimmers –, außerdem noch sechs Mikrofone. Paul hat Zugriff auf alle. Über das kleine Standmikro, das zwischen Erich und Elisabeth auf dem Tisch steht, hört er sie gedämpft und halbkryptisch miteinander sprechen. Sätze wie, *Sie wissen bestimmt, wer mich geschickt hat*, gefolgt von Plattitüden à la, *Ich werde Sie hier so schnell wie möglich rausholen*.

Was Braun nebenan mit einem abschätzigen, *Das kannst du vergessen, Arschloch*, kommentiert. Er, Halberg, Schreiber und Robin stehen nebeneinander in dem winzigen Raum, Bluthunde, die darauf hoffen, dass Erich oder Elisabeth sich durch eine unbedachte Äußerung verraten – vor allem Jonas Braun spekuliert darauf, mieses Stück Scheiße, das er ist. Die meisten Menschen werden von irgendwas getrieben. Bei ihm ist es der pure Selbsthass, den er tagtäglich ungefiltert auf seine Umwelt richtet.

Paul wechselt zu Wanningers Arbeitsstation. Nicht mehr

lange, und er hat die Puzzlestücke beisammen. Es ist nur noch eine Frage der Zeit. Kein Ob mehr, sondern ein Bald.

Paul sitzt in einem der Technik-Kastenwagen vor dem Gebäude und observiert die Situation. Er wechselt zwischen Erich und Elisabeth, der Show, Wanningers Fortschritt und den Statusmeldungen, die jetzt im Sekundentakt eintreffen, hin und her.

Im nächsten Moment gefriert Wanninger mit halboffenem Mund vor seinem Bildschirm. Es ist so weit. Paul zoomt näher an ihn heran – die Zusammenhänge sind ihm förmlich ins Gesicht geschrieben. Fragen und Antworten umrahmt von Falten.

Es dauert noch einige Sekunden, bis er endlich nach dem Telefonhörer neben sich greift und wie in Zeitlupe auf eine der Kurzwahltasten drückt.

Unmittelbar darauf klingelt das Telefon hinter dem venezianischen Spiegel von Verhörraum sieben, und ein kollektives Zucken geht durch die Anwesenden.

Natürlich ist es letztlich Braun, der nach dem Hörer greift und den Anruf annimmt.

»Ja?«, sagt er knapp.

»Es ist ein sehr viel größerer Angriff«, stammelt Wanninger.

»Wanninger, sind Sie das?«

»Es ging nie um die Geiselnahmen«, spricht er weiter. »Es ging die ganze Zeit um was anderes.«

»Wovon reden Sie, verdammt?«

»Die Show«, sagt er. »Die Show war nur ein Ablenkungsmanöver.«

Bei dem Wort *Ablenkungsmanöver* leert sich Brauns Gesicht im Bruchteil einer Sekunde. Als hätte die Erkenntnis ihn getroffen wie ein Schlag. Dann reißt er sich zusammen, erwidert: »Sie reden mit niemandem darüber. Ich bin unterwegs«, legt auf und verlässt ohne ein weiteres Wort den Abhörraum.

Pauls Blick fällt auf die Anzahl der noch ausstehenden Statusmeldungen. Drei von 241. Sie haben es fast geschafft.

»Was war das denn?«, sagt Schreiber, nachdem die Tür hinter Braun ins Schloss gefallen ist.

Auch Halberg schaut skeptisch, zieht dann sein Handy aus der Hosentasche und ruft bei Wanninger an.

Der Buschfunk beginnt.

»Hey, ich bin's«, sagt er. »Was ist passiert?«

»Ich darf nicht darüber reden. Anweisung von Braun«, erwidert Wanninger.

»Komm schon«, sagt Halberg. »Ich erzähl's auch keinem.«

Ein Seufzen.

»Ich geb dir mein Wort.«

Wanninger ringt mit sich, doch dann sagt er: »Die haben uns die ganze Zeit verarscht. Vom ersten Moment an.«

»Wie meinst du das?«

»Diese Typen im Fernsehen, die Geiselnahmen, das war alles nur Show«, erwidert Wanninger im Flüsterton. »Um uns von der *eigentlichen* Tat abzulenken: Einem Neustart des Systems.«

»Was?«, fragt er.

»So eine Art Reset. Alles auf Anfang.« Kurze Pause. »Da kommt Braun. Ich muss Schluss machen.«

Danach steht Halberg reglos da, erst nach ein paar Sekunden lässt er das Handy sinken.

»Was hat er gesagt?«, fragt Robin. Keine Antwort. »Nick? Ist alles okay?«

Halberg atmet schnell, er ist kurz davor zu hyperventilieren.

»Was ist mit ihm?«, fragt Schreiber leise.

»Keine Ahnung«, erwidert Robin.
Nur noch eine Statusmeldung. Eine letzte.
Da trifft sie ein.

VERGANGENHEIT.

ERKLÄRBÄR.

»Jetzt geht es eigentlich nur noch darum, wie wir dem Publikum plausibel erklären, dass das alles ein Ablenkungsmanöver war.«

»Wir erklären ihnen gar nichts.«

»Moment. Du willst es am Ende nicht auflösen?«

»Nein. Wieso auch?«

»Aber wir müssen es auflösen. Es gibt nichts Unbefriedigenderes als einen verwirrenden Schluss.«

»Was daran ist bitte verwirrend? Wir starten das System neu.«

»Das ist für die meisten Menschen viel zu abstrakt. Wir müssen ihnen *schonend* beibringen, was passiert ist.«

»Schonend beibringen? Was redest du da eigentlich für einen Mist?«

»Kapiere ich jetzt ehrlich gesagt auch nicht ganz. Der Großteil von denen da draußen profitiert doch von dem, was wir vorhaben. Es ist ein Schritt hin zu ökonomischer Gerechtigkeit.«

»Mir brauchst du das nicht zu erzählen, ich weiß das alles. Aber die Zuschauer wissen es nicht.«

»Und wie genau stellt ihr euch das vor? Dass wir so was sagen wie: Während Sie gerade mehrere Stunden wie ein Haufen Vollidioten unsere Show verfolgt haben, haben wir heimlich für den Kollaps des Finanzsystems gesorgt. Herzlich willkommen in der schönen neuen Welt.«

»So, wie du das sagst, klingt das so negativ.«

»Wie wäre es denn mit: *Kapitalumverteilung?* Das klingt doch gut. Immerhin nehmen wir von den Reichen und geben es den Armen.«

»So wie der Nikolaus.«

»Ach, halt den Mund jetzt. Wir können uns nicht ewig aufhalten mit irgendwelchen Erklärungen. Wenn die Sache gelaufen ist, muss Heron so schnell wie möglich da weg.«

»Und wenn wir vorab ein Video machen? Ein Video, in dem er alles erklärt?«

»Entschuldige, wer war noch mal Heron?«

»Mensch, Paul, du musst dir langsam echt mal die Namen merken.«

»Ich hab's nicht so mit Namen.«

»Du offensichtlich auch nicht. Du hast ihn eben Paul genannt.«

»Echt jetzt? Oh. Ich meinte natürlich Swift.«

»Ihr wollt ernsthaft ein Video, in dem alles erklärt wird? So ein Erklärbar-Video?«

»Was spricht denn dagegen? Heron hat durch die Sendung geführt, und mit dem Video geht sie dann zu Ende.«

»Tell, don't show, also. Großartig.«

»Na ja, immerhin mit Bild.«

»Und wie weit soll die Erklärung reichen? Genügt es, das grob abzuhandeln, oder wollen wir den Zauber komplett ersticken, indem wir alles auflösen?«

»Wie was zum Beispiel?«

»Keine Ahnung. Dass *The sky is falling* ein Codesatz ist?«

»Für was ist das bitte der Codesatz?«

»Spielt keine Rolle, hat mit dir nichts zu tun.«

»Wäre das jetzt grob oder Zauber erstickt?«

»Zauber erstickt wäre, zusätzlich zu erwähnen, dass Präsident Palmer in der Serie *24* dazu gezwungen wird, diesen Satz in seine Rede an die Nation einzubauen, weil die Terroristen das von ihm verlangen.«

»Echt? In welcher Staffel?«

»Ich glaube, so weit müssen wir wirklich nicht gehen.«

»Wieso müssen wir überhaupt erwähnen, dass es ein Code war? Die Codes sind doch nur für uns bestimmt.«

»Richtig. Wenigstens einer, der mitdenkt.«

»Heißt das jetzt, wir machen so ein Video?«

»Also, ich fände es nicht schlecht. Es müssen ja nur ein paar Sätze sein. Irgendwas in die Richtung: Nicht Arbeit generiert das meiste Geld, Geld generiert das meiste Geld. Arbeiten ist schon lange nicht mehr lukrativ. Dann ein kleiner Witz, um das Publikum miteinzubeziehen, aber warum sage ich Ihnen das? Das wissen Sie ja bereits. So was in der Art. Und dann das Entscheidende: dass ein Prozent der Weltbevölkerung mehr besitzt als die übrigen 99 – und dass das nun endet. Zumindest in Deutschland. Dann nur noch ein paar Schlagworte wie Vetternwirtschaft, Korruption, Lobbyarbeit. Das war's dann eigentlich schon. Viele Hände, die einander waschen, während der Rest von uns ein Ventil für seine Unzufriedenheit sucht. Etwas in der Art.«

»Das ist gut. Gefällt mir. Ich hab mir ein paar Notizen gemacht.«

»Ihr wollt also echt das volle Programm ...«

»Ich denke, es wäre besser. Denk an den dümmsten anzunehmenden Zuschauer.«

»Wo wir schon dabei sind, da wäre noch was.«

»Was denn noch?«
»Die Texte für die Moderation.«
»Sie gefallen dir nicht?«
»Doch, die sind ganz toll.«
»Aber?«
»Wir müssen gendern.«
»Vergiss es. Ich mache diese Sprachverhunzung nicht mit.«
»Bitte fang jetzt nicht schon wieder mit deinen Elke-Heidenreich-Zitaten an.«

»Aber sie hatte recht. Sie hatte recht mit dem, was sie damals gesagt hat.«

»Und wenn schon. Das ändert nichts daran, dass die Leute da draußen das wollen. Und wir wollen die Leute da draußen.«

»Das heißt dann also, wir prostituieren uns.«

»Das heißt, wir gendern.«

»Während die zwei noch diskutieren: Wann verlässt du das Nest, Swift?«

»In etwa zur Halbzeit der Show. Robin versteckt die Schlüssel des Vans so spät wie möglich, damit wir nicht auffliegen. Der Van ist ein kritischer Punkt, ohne den haben wir echt ein Problem. Finch fährt mich hin – die kleinen Feuer koordiniert er dann von der zweiten Wohnung aus.«

GEGENWART.

KATHARINA DIE GROSSE.

Paul hat seinen Abgang akribisch vorbereitet: Die Nachricht an Wanninger ist getippt, die Liste an losen Enden abgehakt, der Benzinkanister gefüllt.
Jetzt geht es nur noch um Minuten.
Entgegen seinen Erwartungen ist nicht gleich Chaos ausgebrochen, stattdessen läuft die Situation langsam aus dem Ruder. Ein Desaster in Zeitlupe, wie bei einem Auffahrunfall, bei dem sich das Metall beinahe liebevoll ineinander verkeilt. Auf den Monitoren macht sich erstes Gewusel bemerkbar. Viele Menschen, die denken, dass es einen Unterschied macht, sich zu beeilen. Als könnte schnell sein noch etwas ändern. Plötzlich sind sie alle in Bewegung, wie kleine Teilchen, die in ihrer Trägheit gestört wurden.
Nur Halberg steht still. Er hält sich mit beiden Händen an einer Stuhllehne fest und sieht mit seinem grauen Gesicht durch den Raum.
»Läuft die Show noch?«, fragt er dann.
Schreiber schaut auf ihr Handy. »Ja«, sagt sie.
»Zeig mal.«
Sie dreht das Display so, dass sie es alle drei sehen können, und stellt den Ton lauter.
Heron nickt energisch in die Kamera und klatscht Beifall – ob sich selbst oder dem Publikum ist schwer zu sagen. Bei

diesem Anblick kommt Swift nicht umhin zu lächeln. Wegen der Leichtigkeit, die Heron ausstrahlt. Er selbst wäre zu so etwas nie in der Lage.

»Ich danke Ihnen«, hört man ihn in seiner typischen Wiseman-Art sagen. »Ich danke Ihnen wirklich von Herzen, meine sehr verehrten Damen und Herren. Ganz ehrlich. Ohne Sie wäre nichts von all dem möglich gewesen. Sie haben das heute Abend ganz vortrefflich gemacht. Genau genommen, *waren Sie* die Show – und ich Glückspilz durfte Ihr Moderator sein. Doch getreu dem Motto, man soll aufhören, wenn es am schönsten ist, kommen wir nun langsam zum Ende. Ich weiß, ich hatte Ihnen eine Top Ten versprochen – und ich bin untröstlich, dass ich mein Wort nicht halten konnte. Aber wie das bei Livesendungen so ist, kann es leider immer mal wieder vorkommen, dass einem die Kandidat:innen einfach kurzfristig abspringen. Ich hoffe, Sie waren mit unseren Top Eight genauso zufrieden.«

Schnitt von einer Kameraperspektive auf die andere. Und da ist er, der Continuity-Fehler.

»Bevor ich mich jetzt gleich von Ihnen verabschiede, muss ich Ihnen jedoch unbedingt noch etwas beichten.«

»Der Typ hat dieselbe Uhr wie ich. Eine Casio«, murmelt Schreiber. »Hatte er die eben auch schon an?«

»Ruhe jetzt«, zischt Halberg, und Schreiber verstummt.

»Ich muss gestehen, dass ich nicht ganz ehrlich zu Ihnen war. Und glauben Sie mir, das ist mir nicht leichtgefallen. Ich hätte Ihnen gern schon viel früher alles erzählt, Sie von Anfang an eingeweiht. Aber das konnte ich nicht. Doch jetzt kann ich es. Und genau das werde ich tun.«

Paul beobachtet Halbergs Gesicht – wie die Fassungslosigkeit sich mit jedem weiteren Wort darin ausbreitet wie ein

Tropfen Tinte in einem Wasserglas. Man sieht nicht oft derart blankes Entsetzen. Blicke, die vor leerem Ausdruck nur so überquellen.

»Geld generiert Geld. Zu arbeiten ist längst nicht mehr lukrativ – aber wem sage ich das? Das wissen Sie bereits. Wir sind die, die alles am Laufen halten – und zum Dank werden wir verarscht. *Ein* Prozent der Weltbevölkerung besitzt mehr als die übrigen 99. Bestimmt wussten Sie das bereits – immerhin ist diese Tatsache seit Ewigkeiten bekannt. Es gibt zig Studien, die das belegen – aber leider niemanden, der etwas dagegen unternimmt. Die einen, weil sie nicht wollen, die anderen, weil sie nicht können. Es ist wie so oft: Eine Mehrheit wird von einer einflussreichen Minderheit gelenkt – einer unsichtbaren Größe, die wie ein Virus die Hinterzimmer der Macht infiltriert hat, um dort ihre eigenen Interessen durchzusetzen. Vetternwirtschaft, Korruption, Lobbyarbeit. Viele Hände, die einander waschen, während der Rest von uns ein Ventil für seine Unzufriedenheit sucht: Weil irgendjemand doch schuld sein muss.«

Paul vergrößert das Fenster mit der Kameraeinstellung von Wanningers Arbeitsstation und platziert es neben dem des Verhörzimmers, um so den Überblick zu behalten.

In dem Moment brüllt Braun: »Holen Sie Halberg! Wir brauchen jeden verfügbaren Mann. Und wegen mir auch die Frauen. Alles, was wir dahaben.«

Kurz darauf sieht Paul, wie Schreiber das Supervisionszimmer fluchtartig verlässt und den Flur hinunterläuft. Halbergs Handy klingelt ein weiteres Mal, Braun schreit jemand anders an.

»Was ist mit dir, kommst du?«, fragt Halberg.

»Ich gehe noch mal rein«, sagt Robin mit einem Nicken in

Richtung Verhörraum. »Vielleicht kann ich ja doch noch was aus Heidenreich rausquetschen.«

»Solange ihr Anwalt da ist, kannst du das vergessen«, wiegelt er ab.

»Mit deiner Erlaubnis würde ich es trotzdem gern versuchen«, sagt Robin.

Die Formulierung dürfte ihm gefallen. *Mit deiner Erlaubnis.* Sie ist wirklich gut.

»Wie du meinst«, sagt er und gibt ihr seine Magnetkarte. »Aber halt dich damit nicht zu lange auf. Bei dem Einsatz kannst du sehr viel mehr ausrichten.«

»Ist gut«, sagt sie. »Ich komme gleich nach.«

Kurz darauf schließt er die Tür.

Und Paul fragt sich, wie oft Halberg im Nachhinein dieses Gespräch gedanklich wohl durchspielen wird – die letzten Worte, die er je mit Katharina gewechselt hat.

FREE BIRD.

»Wie du meinst«, sagt er. »Aber halt dich damit nicht zu lange auf. Bei dem Einsatz kannst du sehr viel mehr ausrichten.«

»Ist gut«, sagt sie und nimmt die Magnetkarte. »Ich komme gleich nach.«

In exakt der Sekunde, in der die Tür hinter ihm ins Schloss fällt, beginnt Katharina fieberhaft, ihre Spuren zu verwischen. Sie schaut in die Kamera, gibt Paul das vereinbarte Zeichen, kappt dann die Verbindung und schaltet die Mikrofone aus. Sie hat Nicks Magnetkarte für den Verhörraum, sie hat den Schlüssel für die Handschellen, sie hat eine Waffe und knapp dreieinhalb Minuten, um mit den beiden anderen hier rauszukommen.

Hürde Nummer eins: der Wachmann vor der Tür. Ein Neuling namens Weber, kein wirkliches Problem.

Hürde Nummer zwei: das Sicherheitspersonal am Ausgang.

Katharina schaut auf die Uhr. Deren Schichtwechsel ist in genau zwei Minuten und 44 Sekunden. Darauf folgt ein Zeitfenster, in dem der Posten für 30 Sekunden unbesetzt ist.

Das sind ihre 30 Sekunden, um abzuhauen.

Katharina atmet tief ein, dehnt ihr Genick, geht zur Tür, öffnet sie und betritt ein letztes Mal als Muriel Jansen den Flur.

»Weber!« Beim Klang seines Namens zuckt er zusammen. »Braun hat angerufen. Er braucht jeden verfügbaren Mann für diesen Einsatz.« Katharinas Stimme ist auf jene übergeordnete Art unfreundlich, der man nur schwer widerspricht. Weber zögert trotzdem. »Na, wird's bald! Beeilung, Beeilung, Beeilung!«

Er nickt und läuft los.

Wenn Halberg ihn gleich sieht, wird er wissen, dass etwas nicht stimmt. Nicht sofort, aber schnell. Und dann wird er eins und eins zusammenzählen.

Noch 90 Sekunden.

Als Katharina seine Magnetkarte an den Scanner hält und die Sicherheitstür kurz darauf aufspringt, stehen Erich und Elisabeth bereit.

»Wir haben 80 Sekunden«, sagt Katharina.

Dann rennen sie.

Der Korridor ist lang und grau, Neonröhren und Türen – und halbrunde Kameras, die wie schwarze Augen aus der Decke schauen. Sie erreichen das Treppenhaus. Drei Etagen. 66 Stufen. Ein Stockwerk, zwei Stockwerke, drei Stockwerke. Das Quietschen von Plastiksohlen auf Linoleumboden und ihr flacher Atem, der von den Wänden hallt.

Der Alarm darf auf keinen Fall losgehen, bevor das Wachpersonal seinen Wechsel hatte. Sonst war es das. Dann stecken sie fest. Das ist das Einzige, woran Katharina denken kann, während sie außer Atem in Richtung Eingangsbereich hetzen.

Sie sieht die große Digitaluhr über dem Ausgang – die Uhr, die die Zeit für den Schichtwechsel vorgibt.

Der war vor zehn Sekunden.

Katharinas Beine brennen, der Tag ist lang wie ein ganzes

Leben. Sie rennen weiter, haben es fast geschafft, Seitenstechen, vor ihrem inneren Auge Julians Gesicht.

Noch 19 Sekunden.

Noch 18.

Noch 17.

Seltsam, wenn etwas endlich so weit ist. Etwas, auf das man so lange hingearbeitet hat. *A watched pot never boils*, schießt es ihr durch den Kopf.

14 Sekunden.

13.

Sie nähern sich dem Kontrollpunkt, sie rennen weiter.

Es ist weit und breit niemand zu sehen.

Zehn Sekunden.

Der Posten ist nicht besetzt.

Neun Sekunden.

Acht.

Sieben.

Da setzt der Alarm ein.

VERGANGENHEIT.

ERKLÄRBÄR FORTGESETZT.

»Wie sieht es aus mit den Fluchtwagen?«

»Stehen bereit. Zwei Familienkutschen: ein Passat, ein Volvo.«

»Hatten die nicht mal den Slogan *Designed to save lives*?«

»Keine Ahnung, ich weiß nur, dass die das Männlichkeitssymbol im Logo haben – was ich, ganz nebenbei bemerkt, total zum Kotzen finde.«

»Wir wollten unauffällige und verlässliche Autos. Deswegen VW und Volvo.«

»Was ist mit der Verbindung zu Litten? Da haben wir auch noch keine Lösung. Der wird Julian doch garantiert verdächtigen. Und wenn er das tut, gibt es eine direkte Verbindung zu uns.«

»Nicht, wenn Julian eine der Geiseln ist.«

»Hieß es nicht eben noch, wir sollen nur noch die Codenamen verwenden?«

»Meine Güte, dann eben Thrush.«

»Ich bin übrigens anwesend, ihr müsst nicht in der dritten Person von mir sprechen.«

»Also, mein Vorschlag wäre ja, wir hauen dir ein paar rein und bringen dich dann ins Haus deines Vaters. Dort bleibst du, bis die Show zu Ende ist. Problem gelöst.«

»Das ist gut. Sehr gut sogar. Magpie, du bringst ihn hin und sammelst Jay ein. Wenn ihr euch sofort auf den Weg macht, müsstet ihr es rechtzeitig nach Wien schaffen.«

»Gibt es sonst noch irgendwelche offenen Punkte?«

»Ich weiß, das ist nicht so wichtig, aber was wird eigentlich aus der Wohnung? Ich meine, was machen wir damit?«

»Die bekommt Karl Wanninger.«

»Etwa der vom SEK? Du kannst doch nicht einem SEK-Beamten eine Wohnung schenken?«

»Wieso nicht? Der arbeitet auch hart und verdient fast nichts. Abgesehen davon gewinnt offiziell ohnehin seine Mutter – aber da die bereits ein Haus hat, hat sie die Nutzungsrechte freundlicherweise gleich auf ihren Sohn übertragen. Steht alles in den Unterlagen. Die kriegt er dann ein paar Tage später per Post.«

»Und was ist mit unseren Nachbarn? Wie werden wir die los?«

»Die werden wir gar nicht los.«

»Aber die können Heron identifizieren?«

»Das ist eher unwahrscheinlich. Weder dieser komische Lorenz noch seine Frau haben mich je gesehen. Die hat Finch immer abgefertigt. Genauso wie die Polizei, wenn die bei uns angerückt ist. Ich hab da nie aufgemacht.«

»Und selbst wenn sie wüssten, wer wir sind, würden sie nichts sagen.«

»Ach was. Und wieso nicht? Etwa, weil wir immer so nett waren?«

»Nein. Weil die beiden eine von Kanitz' Immobilien bekommen, deswegen.«

»Cool. Bist du auf die Idee gekommen? Die ist richtig gut?«

»Schön, wie erstaunt du klingst.«

»Moment. Es geht doch nicht etwa um die Veganer-Ökos,

oder? Die zwei Joykills mit den Kindern? *Denen* willst du was schenken?«

»Nach zwei Jahren Lärmterror ist das das Mindeste, was wir tun können.«

»Also, ich sehe das anders, das sind selbstgerechte Arschlöcher, wenn du mich fragst.«

»Er hat dich aber nicht gefragt.«

»Was ist es überhaupt für eine Immobilie?«

»Außenbezirk. Ein kleines Haus in einem Wäldchen. Alleinlage. Ist schön da.«

»Wie war das noch gleich, Swift? *Wir können nicht auf jeden Einzelnen Rücksicht nehmen?* Das warst doch du, oder?«

»Witzig.«

»Also, ich finde es nett, dass er das gemacht hat.«

»Danke. Ich auch.«

»Noch mal zurück zu diesem Erklärbar-Video. Wieso noch mal müssen wir das vorab aufzeichnen? Heron könnte die Erklärung doch einfach live moderieren?«

»Kann er nicht. Er muss abhauen, solange die Show noch läuft. So hat er wenigstens den Hauch einer Chance, unerkannt das Land zu verlassen.«

»Ich dachte, wir drehen in Wien?«

»Ach, und Österreich ist also kein Land?«

»Um wie viel Uhr holt ihr mich beim Treffpunkt ab?«

»Wenn alles nach Plan läuft, zwischen 00:00 Uhr und 00:15 Uhr. Sollten wir bis dahin nicht da sein, ist bei Litten irgendwas schiefgelaufen. Dann bist du auf dich allein gestellt.«

»Was mach ich in dem Fall?«

»In der Garage steht ein Motorrad. Der Schlüssel steckt. Das kannst du nehmen.«

»Was ist eigentlich mit unseren neuen Pässen?«

»Sind fertig. An meinem Ende sind keine Punkte mehr offen.«

Stille.

»Wie es aussieht, war's das dann wohl. Wir kennen alle den Plan, wir wissen, wer was zu tun hat, die Zellen operieren autonom, und wir haben einen fixten Treffpunkt.«

»Wer von euch ist eigentlich auf Kefalonia gekommen? Ich hab von der Insel noch nie was gehört.«

»Das war meine Idee. Ich war als Kind mal dort im Urlaub.«

»Könnten wir bitte noch kurz beim Thema bleiben? Wir sind auch gleich fertig.«

»Ich mag es, wenn du so bist. So bossy.«

»Die Fluchttaschen sind vorbereitet. Heron, du findest in deiner zusätzlich alles, was du brauchst, um unerkannt wegzukommen: Fake-Bart, Perücke, Kontaktlinsen. Ich habe uns außerdem allen ein paar Proteinriegel, haltbares Essen, Wasser, Bargeld und ein neues Handy eingepackt – Swift hat selbstverständlich jedes vorher überprüft. Sind also sauber.«

»Was ist mit den neuen Bankkonten?«

»Zugangsdaten und Kreditkarten bekommt ihr nachher von mir. Zusammen mit euren Pässen.«

Pause.

»Wow. Ich schätze, damit ist alles geklärt.«

»Haben wir hier jetzt etwa so einen Moment? So einen Pathos-Moment, wo wir alle ganz bewegt sind?«

»Ach, halt die Klappe.«

»Also, wenn wir einen hatten, ist er jetzt vorbei.«

»Falls jemand noch irgendwas ansprechen will, dann bitte schnell. Laut der App kommen die Pizzen jeden Moment.«

»Und diejenigen, die man tanzen sah, wurden von denjenigen, die die Musik nicht hören konnten, für verrückt gehalten.«

»War ja klar, dass du wieder mit so was kommst. Lass mich raten, Nietzsche?«

GEGENWART.

GUTE FREUNDE KANN NIEMAND TRENNEN.

Pauls Emotionen sind dem Moment voraus. Als hätte er nun endlich alles erledigt – und das, obwohl er sich nach wie vor am Tatort befindet und die Flucht noch vor ihnen liegt. Ein zu frühes Gefühl von Feierabend, von Fertigsein – wie die gute Laune an einem Freitagmorgen, als wäre bereits Wochenende.
    Pauls Blick fällt auf die Uhr. Noch 58 Sekunden.
    Der Passat steht bereit. Und der Van neben ihm in Flammen. Viele heiße Zungen, die in den Himmel schlecken. *Ich habe Feuer gemacht*, denkt Paul, und dabei wandern seine Mundwinkel nach oben. So weit, wie lange nicht mehr. Ein Grinsen, das niemand sieht – nur er in der Reflexion der getönten Autoscheibe. Blasse, fleckige Haut, Schatten unter den Augen.
    Paul freut sich auf Griechenland.
    Er schaut wieder auf die Uhr. Noch 45 Sekunden.
    Dann öffnet er die Wagentür des Passats, steigt ein und lässt den Motor an.
    Sie müssen es nur bis zum Volvo schaffen. Wenn ihnen das gelingt, haben sie eine reelle Chance davonzukommen.
    Noch 20 Sekunden.
    Macht schon, denkt er. *Los, macht schon.*
    Noch 15 Sekunden.

In 15 Sekunden muss er fahren. Egal, ob sie da sind oder nicht.

Sie müssen da sein.

Noch zwölf Sekunden.

Der Alarm setzt sein. Paul richtet sich auf, sitzt kerzengrade da, klopft angespannt mit den Fingerkuppen aufs Lenkrad.

Noch fünf Sekunden.

Er wird nicht ohne sie fahren. Er kann es nicht, das wird ihm in dem Moment klar. Paul lehnt sich auf die Beifahrerseite und öffnet die Tür, damit es, wenn sie kommen, schneller geht.

Wo bleibt ihr denn?, denkt er. *Wir müssen los.*

Paul wartet auf Schatten hinter dem Glas, auf eine Bewegung, auf irgendwas.

Plötzlich schwingen die Türen auf, erst die linke, dann die rechte. Und auf einmal fühlt die Zeit sich an, als würde sie gedehnt, als wäre sie greifbare Materie, die der Moment auseinanderzieht.

Katharina, Erich und Elisabeth rennen auf ihn zu. Mit riesigen, zähen Schritten. Als wäre alles in Zeitlupe, sogar das Feuer – nur Pauls Herzschlag nicht. Ein letztes Rasen in unendlicher Langsamkeit.

Dann schlagen die Autotüren zu, ein Geräusch wie eine Ohrfeige.

Und Paul tritt aufs Gas.

MFG.

»Das reichste Prozent existiert nun nicht mehr. Deren Vermögen ist umverteilt. Was wiederum im Umkehrschluss bedeutet, dass bei sehr vielen von Ihnen, meine sehr verehrten Zuschauer:innen, auf einmal sehr viel mehr Geld auf dem Konto sein dürfte. Und bei ein paar wenigen sehr viel weniger.«

Marion öffnet aufgeregt die ING-App, und im nächsten Moment fällt ihr fast das Handy aus der Hand.

»Ich schätze mal, damit ist alles gesagt. Die ganze Wahrheit und nichts als die Wahrheit, so wahr mir Gott helfe.«

Neben der Erstattung von Sparetime Inc. ist ein weiterer Zahlungseingang vermerkt. Verwendungszweck: Vermögensumverteilung, XOXO, Ihr Reality-Show-Team.

Beim Anblick dieses Betrags bricht Marion in Tränen aus.

»Mein Team und ich wünschen Ihnen fröhliche Weihnachten«, sagt Wiseman. Marion schaut auf. »Und falls wir uns nicht mehr sehen sollten: Guten Tag, guten Abend und gute Nacht.«

ERICH.
DESIGNED TO SAVE LIVES.

Ich kann mich nicht daran erinnern, mich jemals so lebendig gefühlt zu haben. So, als hätte die Realität mein Leben gesprengt. Wie bei einer Knospe, die unter dem Druck ihrer eigenen Blütenblätter aufplatzt.

Wir sitzen zu viert in einem blauen Volvo Kombi – Paul, Katharina, Elisabeth und ich. Keiner von uns sagt etwas. Das Fenster auf der Fahrerseite ist einen Spalt weit offen, und die einströmende Luft riecht nach Schnee. Wäre das hier ein Film, würden uns Eiskristalle im Scheinwerferlicht entgegenfliegen und die Kamera würde langsam rauszoomen. Danach wären wir nur noch ein Autodach unter vielen.

Während ich nach draußen schaue, scheint alles wie immer. Als wäre nichts passiert. Ein weiterer Weihnachtsabend und die Menschen fahren zurück nach Hause. Mit gelungenen Geschenken und Staubfängern im Kofferraum, mit schlafenden Kindern auf dem Rücksitz und Hunden in Hundeboxen. Manche mit Musik, andere schweigsam. Und auf derselben Straße wir.

Es ist eine Flucht, die nichts von einer Flucht hat. Keine Sirenen, keine Angst, keine Verfolgungsjagd, keine quietschenden Reifen. Nur vier Menschen in einem blauen Volvo Kombi mit vier gefälschten Pässen und vier Fluchttaschen – im Begriff, das Land zu verlassen.

Ich frage mich, wie meine Großmutter es wohl aufnimmt, wenn mein Brief sie nach den Feiertagen erreicht. Für sie wird es sein, als hätte ich von einer Sekunde auf die andere alles hinter mir gelassen – sie, die Wohnung, mein bisheriges Leben. Im Gegensatz zu ihr hatte ich drei Jahre lang Zeit, mich vorzubereiten. Ich hoffe, Philip hat recht, und sie wird es mir verzeihen. Doch ich denke, das wird sie.

Als wir am Stadtrand ankommen, fällt mein Blick auf das durchgestrichene Ortsschild: Landeshauptstadt München. Und es ist, als wäre dieser Teil meiner Geschichte plötzlich vorbei. Ein Kapitel, das aus heutiger Sicht vielleicht doch nicht so langweilig war, wie ich immer dachte – und auch nicht umsonst. Denn hier habe ich eine Familie gefunden. Und – so kitschig das auch klingen mag – die Liebe.

Mein Blick fällt auf Elisabeths entspanntes Gesicht. Sie schläft an meiner Schulter den Schlaf des Gerechten. Dann umfängt uns Dunkelheit, keine Straßenbeleuchtung mehr, nur noch Autobahn – durchbrochen vom grellen Leuchten von Katharinas Handydisplay. Ihre Haare fliegen im Fahrtwind, es sieht aus wie ein Flattern in nächtlicher Stille.

Dieser Moment birgt gleichermaßen Ende und Anfang. Dasselbe Gefühl wie bei *Oceans Eleven*, als sie wortlos nebeneinander vor dem Brunnen in Vegas stehen und man weiß, dass sie es geschafft haben. Oder bei *Fight Club* in der Sekunde, als die Wolkenkratzer in sich zusammenstürzen.

Ich habe mich mein Leben lang davor gefürchtet, vom vorgegebenen Weg abzukommen, weil es in meinem Kopf immer gleichbedeutend war mit verloren gehen – damit, plötzlich keinen Platz mehr zu haben.

Aber jetzt fühlt es sich anders an. Als bedeutete Freiheit allem voran loszulassen – und zu verstehen, dass alles nur geborgt ist: jeder Tag, jede Begegnung, jeder Gegenstand, alles, was man tut.

Bei diesem Gedanken schließe ich die Augen und spüre, wie die Unebenheiten des Asphalts durch meinen Körper vibrieren. Und dann kommt mir bruchstückhaft in den Sinn, was in den letzten Stunden und Monaten und Jahren passiert ist. Die vielen kleinen Feuer. Paul, wie er mit laufendem Motor ein paar Meter entfernt von einem brennenden Van auf uns wartet. Frida, die in der Badewanne sitzend unser Drehbuch schreibt. Elisabeth, die nackt im Schutzraum unter meinem alten Zimmer steht.

Ich frage mich, ob Frida und Anya schon in Wien angekommen sind. Und ob Julian sich schon auf den Weg zum Flughafen gemacht hat. Vielleicht ist er bereits im Taxi? Oder er hat sich eines gerufen? Ich male mir die kleine Terrasse am Meer aus, auf der wir sitzen werden – ein anderer Tisch, aber dieselben Menschen, ein neues Kapitel einer alten Geschichte.

Im Wegdriften stelle ich mir vor, wie Philip in seinem rosa Bademantel auf einem dunklen Gehweg irgendwo in Wien steht und ein Bier trinkt. Und dann lächle ich.

Ich bin mir sicher, er wird nie wieder braunen Reis essen.

CREDITS.

Der Abspann setzt ein.

Drehbuch und Regie: Frida Steinberg
Moderation: Zachary Wiseman (@the_zacharywiseman)

In den Hauptrollen
Claudia Kanitz (als sie selbst)
Harald Lindemann (als er selbst)
Josua Sievers (als er selbst)
Heiner Voigt (als er selbst)
Agnes Brandauer (als sie selbst)
Carl Ahrens (als er selbst)
Hannelore Köster (als sie selbst)
Ferdinand Litten (als er selbst)

Mit freundlicher Unterstützung von ARD und ZDF

No animals were harmed during the making
of this show.
Only humans.

Der Bildschirm wird schwarz, es ist vollkommen still, die Wohnung riecht nach abgestandener Luft und erkaltetem Gänsebraten.

Dann fragt jemand: »Was läuft sonst noch?«

DANKSAGUNG

Ich danke[1]: Christine Albach, The Rolling Stones, Rita D., Adriana Popescu, Max Richter, Kira Mohn, Martin D., Chuck Palahniuk, Christine Albach, Michael T., Eva Siegmund, Lars Eidinger, dem DAV, Tanja D., Christine Albach, Brad Pitt, Isabel Schickinger, Gloria & Viktoria, Lynyrd Skynyrd, Christoph Waltz, Nico D., Dennis Neisberger, Lemmy, Matthias Koeberlin, Juli Zeh, Christine Albach, Lianne Kolf, dem dtv – und last but not least: mir selbst.

Nicht zu vergessen, Ihnen, meine sehr verehrten Leserinnen und Leser.

Wie sagte Brecht so schön?

Denn die einen sind im Dunkeln
Und die anderen sind im Licht.

Dem füge ich hinzu: Die einen werden's verstehen, die anderen leider nicht.

---

1 not in alphabetical order, nor in order of appearance – or importance.

Das Zitat auf Seite 32 stammt aus dem Song »Ding Dong«/
ERSTE ALLGEMEINE VERUNSICHERUNG.
Text: Thomas Spitzer
Verlage: Blank Musikverlag/Wintrup Musikverlag.
Wiedergegeben mit freundlicher Genehmigung.
Zitat auf Seite 460: Bertolt Brecht, Die Dreigroschenoper,
in: ders., Werke. Große kommentierte Berliner und
Frankfurter Ausgabe, Band 2: Stücke 2.
© Bertolt-Brecht-Erben/Suhrkamp Verlag

Das brisante Porträt der Gesellschaft und unserer Zeit

ALLE LIEFERBAREN TITEL, INFORMATIONEN UND SPECIALS FINDEN SIE ONLINE

Auch als eBook   www.dtv.de   **dtv**